Pramoedya Ananta Toer

Die Familie der Partisanen

Pramoedya Ananta Toer

Die Familie der Partisanen

Aus dem Indonesischen
und mit einem Nachwort
von Diethelm Hofstra

HORLEMANN

Die Deutsche Bibliothek – CIP-Einheitsaufnahme

Toer, Pramoedya Ananta:
Die Familie der Partisanen / Pramoedya Ananta Toer.
Aus dem Indones. und mit einem Nachw. von Diethelm Hofstra.
- Unkel/Rhein ; Bad Honnef : Horlemann, 1997
Einheitssacht.: Keluarga gerilya <dt.>
ISBN 3-89502-056-7

Originaltitel:
Keluarga Gerilya

Bitte fordern Sie unser aktuelles Gesamtverzeichnis an:

Horlemann Verlag
Postfach 1307
53583 Bad Honnef
Telefax 0 22 24 / 54 29
e-mail: horlemann@aol.com
http://www.mediacompany.com/horlemann

Umschlaggestaltung:
Karl Debus Bonn

Die Übersetzung aus dem Indonesischen wurde
mit Mitteln des Auswärtigen Amtes unterstützt von
der Gesellschaft zur Förderung der Literatur
aus Afrika, Asien und Lateinamerika e.V.
in Zusammenarbeit mit dem Institut
für Auslandsbeziehungen.

Gedruckt in Deutschland

1 2 3 4 5 / 00 99 98 97

Die Familie der Partisanen

Die alte Amilah und ihre Kinder

Damals haben die Menschen ihrem Wohngebiet einen heimlichen Namen gegeben: Zone der Freiheit. Und sie haben diesen Namen nicht ohne Grund gewählt, denn nach der Landung der Engländer und der Nica ist die Gegend zu einem Nest des Widerstands und zum Hoffnungsträger für das Volk geworden. Deshalb ist es nicht verkehrt, daß sie das Gebiet hinter der Hand Zone der Freiheit nennen.
Nachdem die Engländer aus Java abgezogen und durch niederländische Truppen ersetzt worden sind, hat sich zunächst nicht viel verändert. Eine Veränderung, die die Menschen vollkommen unerwartet traf, haben erst die Monate nach der Einführung einer Währung der Republik Indonesien gebracht, und mit dem Verfall des sogenannten weißen Geldes ist der Widerstand im Volk auseinandergebröckelt. Die Menschen sind unruhig geworden und haben einer nach dem anderen den Mut verloren, sich noch länger dem Kampf für die Unabhängigkeit zu verschreiben. Doch in dem Gebiet, das sie Zone der Freiheit nennen, führen Verbände, die am Tag nicht zu sehen sind, ihren Kampf unvermindert weiter. Daran hat auch die erste Polizeiaktion nichts ändern können.
Die Zone der Freiheit erstreckt sich rund um die Straße Gang Tengah in Jakarta. In einer ihrer Seitengassen wohnt in einem Haus mit Wänden aus Bambusgeflecht die Familie Amilahs – denn Amilah ist die Familienälteste. Eigentlich ist es die Familie Amans – denn Sa'aman ist es, der für den Lebensunterhalt sorgt. Eine Woche nach der ersten Polizeiaktion ist die Familie in diese Gasse in der Zone der Freiheit gezogen. Ja, das ist wahrlich noch nicht lange her. Und dennoch rühmen die Nachbarn Aman

bereits jetzt als den besten Jungen der Welt, während sie seine Mutter Amilah schon bald eine Giftnudel und ehemalige Kasernenhure nennen, die nicht die geringste Spur von guten Manieren und Höflichkeit besitzt. Vielleicht wollen sie damit nur auf den Charakterunterschied zwischen Mutter und Sohn hinweisen, und es ist offensichtlich, daß sie mit ihrer Einschätzung nicht falsch liegen. Jedenfalls hat die Nachbarschaft den beiden diese Stempel aufgedrückt.

Die Nacht ist hereingebrochen. In der Dunkelheit sind die Umrisse des Hauses nur undeutlich zu erkennen. Allein der Lichtschein der Öllampe, der vage durch die Ritzen im Bambusgeflecht dringt, macht für Vorbeikommende erkennbar, daß dieses Haus bewohnt ist.

Die Nacht unterscheidet sich in nichts von anderen Nächten mit abnehmendem Mond. Sie ist stockfinster wie die gestrige. Es ist stockfinster. Und wie in allen Nächten der vergangenen drei Monate ereignet sich auch in dieser Nacht nichts, was Amilahs Seelenschmerz lindern könnte. Amilah ist ein Mensch inmitten von Millionen anderen, der von Sorgen und Fassungslosigkeit geplagt wird. Sie hat das Gefühl, der mit Abstand unglücklichste Mensch der Welt zu sein, und darüber hinaus empfindet sie, daß niemand auf dieser Welt Mitmensch ist und ihr in ihrem letzten Leid zur Seite steht. Amilah ist davon überzeugt, daß ihr gegenwärtiges Leid ihr letztes ist. Doch wann sie zu dieser Überzeugung gefunden hat, weiß sie nicht.

Man schreibt das Jahr neunzehnhundertneunundvierzig. Für alle, die sie kennen, steht fest, daß Amilah kein Mensch der Gegenwart ist. Sie lebt in der Vergangenheit – zehn, zwanzig Jahre zurück. Und in den Augen der Nachbarn ist sie nicht mehr und nicht weniger als die verfluchte Kasernenhure von damals. Sie lästern, daß sie nur im Augenblick ihrer Geburt auf der Höhe der Zeit gewesen sei. Ihre Haut ist faltig, ihre Schönheit verblichen. Ihre Mitmenschen nennen sie einen alten Besen und sagen, es bliebe nur eines, zu dem sie noch tauge: Dünger für die Erde.

Sie kann weder lesen noch schreiben, und deshalb hat sie auch

niemals ein Notizbuch besessen. Folgerichtig versteht sie nicht, welchen Zweck ein Notizbuch hat. Bis hin zu diesem Tag im Jahre neunzehnhundertneunundvierzig hat sie nicht begriffen, welchen Sinn es hat, lesen und schreiben zu können. Und nicht zuletzt aus diesem Grund weiß sie nicht, wann sie zu der Überzeugung fand, daß dieses Leid ihr letztes ist.
Abend für Abend, sobald sich die Stadtgeräusche legten und nur noch die regelmäßigen Atemzüge, das leise Schnarchen und das Zähneknirschen der Kinder an ihr Ohr drangen, hat sie sich in den vergangenen drei Monaten an den Tisch gesetzt und geistesabwesend in die Öllampe gestarrt. In diesem Zustand hängt sie ihren Illusionen nach, schwebt in einer Scheinwelt und denkt mitunter sogar ein wenig nach. Doch niemals findet sie über ihre Illusionen, Phantastereien und Gedanken zu einem konkreten Schluß. Daß dieses Leid ihr letztes ist, mag die einzige konkrete Überzeugung sein, zu der sie in ihrem Leben gefunden hat.
Amilah, die berühmte Amilah mit der hochgewachsenen Figur. Was von ihrer Erscheinung übrig ist, läßt erkennen, daß sie in ihrer Jugend eine bildschöne Frau gewesen ist. Doch jetzt ist ihr Gang nicht mehr so aufrecht wie damals. Die Leute spotten, daß ihre Haltung an ein Fragezeichen ohne Punkt erinnere. Es sind die Jahre des Krieges, die ihren Körper, ihr Leben und ihr Dasein zerstört haben. Und sowohl die Nachbarn als auch entfernte Bekannte sind sich darüber einig, daß diese Frau mit dem Lauf der Zeit immer einfältiger und verrückter wird. Ihr selbst kommen solche Lästersprüche natürlich nie zu Ohren. Und wie es für verrückte Menschen typisch ist, ist sie sich ihrer Verrücktheit überhaupt nicht bewußt – und dies gerät wiederum oft zum Ärgernis für ihre Mitmenschen, vor allem für die Nachbarn.
Andere betrachten sie als unverbesserlichen Trotzkopf und meiden sie einzig und allein aus diesem Grund. Durch ihre Verrücktheit und ihren Starrsinn kommt es häufig zu unschönen Reibereien, und vor allem die machen Amilah in ihrem Wohngebiet so bekannt, wie Stalin oder Roosevelt es in dieser wirklich nicht vollkommenen Welt waren.

Nur selten sieht man Amilah ohne verdrossenes Gesicht. Sich in der Öffentlichkeit zu zeigen, heißt für sie, sich dem Feind zu stellen. Aus diesem Grund ist sie zur Einzelgängerin geworden. Wenn sie sich einmal mit freundlicher Miene präsentiert, ist allen sofort klar, was sich dahinter verbirgt: die tief unter ihren Brüsten gehegte Absicht, um einen Gefallen zu bitten. Ja, unter ihren Brüsten, die schlaff wie leere Säcke an ihrem Oberkörper herabbaumeln. Ohne Übertreibung kann man sagen, daß sie an ihrer Haut haften wie das Kendeng-Gebirge an der Erde von Bojonegoro. Und je unansehnlicher ihre früher so runden und vollen Brüste geworden sind, desto mehr sind ihre Hoffnungen schlechten Stimmungen gewichen.
Die Stille der Nacht hat sich herabgesenkt. Der Mond ist nicht zu sehen. Und auch Hoffnungen keimen nicht auf. Hoffnungen gibt es in dieser Familie schon lange nicht mehr. Und falls es sie doch noch gibt, sind sie unausgesprochen geblieben. Sa'aman, der junge Stützpfeiler und Lehrmeister der Familie, ist in den vergangenen drei Monaten nicht nach Hause gekommen. Nicht einmal eine Nachricht von ihm ist eingetroffen. Keine einzige, auch nicht die schlimmste.
Die Flamme der Öllampe flackert unruhig. Es ist eine Öllampe wie tausend andere. Eine Öllampe, die die Armut einer Familie symbolisiert. Die Flamme züngelt in einem Farbton zwischen rot und gelb, und alle Schatten im Zimmer geraten in Schwingung, wenn sie von einem Windzug gestreichelt wird.
Schaut! Amilah sitzt auf ihrem Stuhl – dem einzigen, den die Familie besitzt. Sie schaut zur Haustür. Ihr trüber Blick bleibt an der Tür, dem Eingang und Ausgang all ihrer leeren Hoffnungen, hängen. Ihre glanzlosen Augen gleichen denen eines Hundes, der den Mond bestaunt.
Das Getöse und der Lärm des Stadtverkehrs weichen nun zunehmend nächtlicher Stille. Zehn Minuten verstreichen, ohne daß sich Amilah rührt. Plötzlich ist von der Schlafbank hinter ihrem Stuhl das Geräusch eines Fußes zu hören, der auf eine Matte gesetzt wird. Amilah rührt sich nicht von der Stelle. Einen Augenblick später erklingt eine Stimme neben ihr.
»Mutter«, haucht ihre neunzehnjährige Tochter Salamah. Und

noch einmal: »Mutter.« Da Amilah nicht reagiert, rückt Salamah näher zu ihr hin und sagt nachdrücklicher: »Mutter.«
Erst jetzt wird Amilah aus ihrer Scheinwelt gerissen. Mit verstörtem Gesichtsausdruck schaut sie Salamah an und sagt mißbilligend: »Du bist wieder aufgestanden.«
»Mutter«, sagt Salamah erneut. »Es ist schon wieder ein Kleidungsstück von mir verschwunden.« Der Schein der Öllampe streut ein rötliches Licht auf ihre Wangen, und aus ihren Augen leuchtet unverhohlener Verdruß.
Amilahs Blick schweift von der Tochter weg, zurück zur Tür.
»Daß du auch nie aufpaßt!« meckert sie.
Das Mädchen will sich gegen den Vorwurf wehren, doch Amilah meckert weiter: »Jetzt bist du schon so groß und kannst noch nicht mal deine Sachen in Ordnung halten. Jetzt bist du schon so groß! Amüsierst dich schon mit Männern!«
»Ich amüsiere mich nicht mit Männern«, verteidigt sich Salamah.
»Nicht mal auf die eigenen Kleider kannst du aufpassen«, meckert Amilah fort. »Wenn deine Kleider eines ums andere verschwinden«, sagt sie rüde, »womit willst du dann deine Titten verbergen?«
Die junge Frau versucht, ihre aufwallende Empörung niederzukämpfen. Ein Zittern geht durch ihren Körper. Auf ihre vom Lichtschein der Öllampe geröteten Wangen tritt eine noch dunklere Farbe, und ihre Augen werden glasig. Ihr kommen schnell die Tränen, wenn sie traurig ist oder gekränkt wird, wenn etwas ihr Herz wie ein Nadelstich verletzt. Und diesmal weint sie, weil sie die rüde Bemerkung ihrer Mutter nicht ertragen kann.
»Ich amüsiere mich nicht mit Männern!« wispert sie.
»Ich habe doch Augen im Kopf«, wehrt Amilah den Einwand ab. »Und die kann ich offenhalten. Du bist doch schon im heiratsfähigen Alter. Eine alte Jungfer bist du. Wahrscheinlich ist dein Kleid verschwunden, weil du eine sitzengelassene Jungfer bist.«
Salamah wagt nicht, sich zu verteidigen, denn sie weiß genau, daß Widerworte nur noch üblere Beschimpfungen provozieren. Doch sie ist tief im Herzen verletzt.

»Dein Bruder Aman hat seinen Schweiß im gesamten Stadtgebiet von Jakarta vergossen, um dir Kleider kaufen zu können. Aber du hast bloß Männer im Kopf und keine Spur von Verstand. Nicht mal auf die eigenen Kleider kannst du aufpassen«, sagt Amilah ohne Betonung. Plötzlich aber wird ihre Stimme schneidender: »Ich glaube … ich denke … du bist eine mannstolle Schlampe. Du! Ja, du!« Und sie wirft Salamah boshafte Blicke zu. »Wo wären deine Kleider wohl, wenn du sie nicht verkaufen würdest? Natürlich verkaufst du sie! Und das Geld steckst du einem ausgebrannten Mistkerl zu!«

»Ich glaube, daß es in diesem Haus einen Dieb gibt!« erwidert Salamah stockend, um den Anfeindungen ihrer Mutter etwas entgegenzusetzen.

»Einen Dieb?« Amilah faßt ihre Tochter scharf ins Auge. »Sag das nochmal: einen Dieb? Los, sag es nochmal!«

Salamah erwidert nichts. Amilah lacht verächtlich: »Ein Dieb, sagt sie! Welchen Dieb sollte es in dieses Haus verschlagen? Höchstens einen geistesgestörten Dieb!«

»Gestern ist ein Kleidungsstück von Hasan verschwunden und vorgestern eines von Mimi.«

Amilah steht auf, doch sie schweigt. Dann setzt sie sich wieder hin. Sehr langsam wandern ihre Augen zur Tür. Es bleibt eine Weile still. Plötzlich schleudert sie ihrer Tochter wieder unwirsche und vorwurfsvolle Blicke entgegen.

»Bist du nicht erwachsen? Nicht schon im heiratsfähigen Alter? Nicht alt genug? Keine sitzengelassene Jungfer, die sich mit Männern amüsiert, aber noch nicht mal auf die Kleider ihrer Geschwister aufpassen kann?« zetert sie in hastigen, keinen Widerspruch duldenden Worten. »Sag mir, wer uns jetzt Kleider kaufen soll?« Plötzlich wird ihre Stimme weich und melancholisch: »Aman! Oh, Aman! Sa'aman, mein Sohn! Warum kommst du nicht nach Hause? Warum? Niemand weiß, wo du bist! Jetzt haben wir niemanden mehr, der Geld verdienen kann.«

Sofort wird ihre Stimme wieder hart und unerbittlich: »Schau dich doch an! Du bist nicht in der Lage, auch nur einen Knopf zu verdienen. Und wir sind so viele. Hasan, Mimi, Patimah, du und ich. Fünf Personen. Und keiner verdient Geld. Jetzt haben

wir niemanden mehr, der uns Kleider kaufen kann. Du kannst nicht arbeiten. Du kannst keinen Lebensunterhalt verdienen. Du kannst bloß Kleider verlieren.« Dann schweigt sie. Erst nach einer ganzen Weile fährt sie in einem Ton, aus dem Selbstmitleid spricht, langsam und wie im Selbstgespräch fort: »Ach, warum habe ich keine Arbeit gelernt, als ich jung war? Warum? Und warum habe ich immerzu in Kasernen leben müssen? Warum habe ich damals immer gedacht, daß es kein angenehmeres Leben als das in der Kaserne gibt? Und jetzt bin ich alt.«
Erneut verfällt sie in Schweigen, tief in Gedanken versunken. Als sie ihre Rede wieder aufnimmt, klingt sie wie eine fauchende Katze: »Warum war ich immer der Meinung, daß nur ein faules Leben angenehm ist? Und warum bin ich jetzt alt? Warum? Alt zu sein ist etwas Verfluchtes. Wenn man alt ist, hat man keinen Anteil mehr an den schönen Dingen des Lebens.« Sie schließt die Augen, um dem Blick ihrer fast erwachsenen Tochter auszuweichen. Und plötzlich verspürt sie Eifersucht auf deren Jugend.

»Mutter«, sagt Salamah vorsichtig. »Wir sind in einer üblen Lage.«
Amilah unterbricht sie nicht.
»Darf ich ab morgen arbeiten gehen?«
Amilah hebt den Blick und schaut ihrer Tochter in die Augen: »Was?« schnauzt sie. »Sag das nochmal! Los, sag's nochmal!«
»Arbeiten gehen«, sagt Salamah.
»Arbeiten gehen? Wo?«
»Im Büro der Druckerei eines Chinesen.«
»Du kannst überhaupt nicht arbeiten«, schnaubt Amilah verächtlich.
»Wahrscheinlich kann ich dort Arbeit bekommen. Und eine Mahlzeit pro Tag. Eine Kleiderzuteilung und Reis für zu Hause. Und wöchentlich wird der Lohn ausgezahlt. Auch wenn es anfangs nicht viel sein wird. Darf ich gehen?«
Für einen Augenblick scheint Amilah an dem Gedanken Gefallen zu finden, doch noch bevor sie sich recht mit ihm angefreundet hat, keimt schon ihr Argwohn auf. Und resolut wie ein

Ladenbesitzer, der die Warenausgabe an seine Kundschaft überwacht, sagt sie: »Wenn du das Haus verläßt, dann nicht um Arbeit zu suchen, nicht um unseren Lebensunterhalt zu verdienen, sondern …«
»Vielleicht wird es gerade mal für die wichtigsten Einkäufe reichen, Mutter.«
»… um dir einen Kerl zu schnappen. Du willst dich doch bloß amüsieren, hast doch nichts anderes im Sinn …«
»Für ein paar Kleidungsstücke, Mutter. Und vielleicht können Hasan, Mimi und Patimah wieder zur Schule gehen.«
»… als dich zu amüsieren«, zischt Amilah. »Und abends wirst du mit leeren Händen nach Hause kommen.«
»Mutter, ich habe die Ermahnungen meines Bruders Aman immer beherzigt. Er sagte zu mir: Wie übel unsere Lage auch sein mag: Hasan, Mimi und Patimah müssen weiter zur Schule gehen. Ansonsten hätte ich mich schon längst den Partisanen im Hinterland angeschlossen – wie unsere Brüder Canimin und Kartiman. Aber weil unsere jüngeren Geschwister weiter zur Schule gehen müssen, muß ich bei euch in Jakarta bleiben. Genau das waren seine Worte, Mutter.«
Amilah schenkt ihrer Tochter nicht die geringste Beachtung, sondern erwidert barsch: »Und abends wirst du nicht mit Geld nach Hause kommen, sondern mit einem Kind. Ist dir das klar?« Sie reißt die Augen auf und blickt Salamah böse an. Das Mädchen senkt den Kopf und tritt ein wenig zurück.
»Ist dir das klar?« zischt Amilah sie wieder an. »Ist dir das klar? Ob es dir klar ist?«
Diese Grobheit kränkt Salamah sehr. Tränen rollen ihre Wangen herab. Sie läßt den Kopf hängen. In Gedanken sieht sie ihren ältesten Bruder vor sich, Sa'aman. Er hat sie, Mimi, Patimah und den achtjährigen Hasan immer seine besondere Wertschätzung spüren lassen. Ihr Bruder hat sich stets tadellos verhalten, auch den viel jüngeren Geschwistern gegenüber. Sa'aman hat immer von schönen und guten Dingen gesprochen und durch seine Feinsinnigkeit die Grobheit der Mutter wettgemacht. Salamah wünscht sich sehr, daß er nach Hause käme und wieder mit ihnen zusammenlebte. Für Augenblicke spielt sie in ihrer Vor-

stellung ein Schauspiel, das von Menschlichkeit durchdrungen ist. Und dann treffen ihre Augen wieder ihre Mutter, die sie so grob behandelt. Sie seufzt, dreht sich um und schaut zur Schlafbank, die ihrer Familie als gemeinsamer Ruheplatz dient. Ihr Blick bleibt an der sechzehnjährigen Patimah hängen. Sie empfindet eine tiefe Zuneigung für die drei Jahre jüngere Schwester, obwohl Schwestern mit so geringem Altersabstand nicht selten zu Rivalität und Eifersüchteleien neigen. Patimah ist ihre Lieblingsschwester, so wie sie selbst Sa'amans Lieblingsschwester ist. Und niemals wird sie Sa'amans Prophezeiung vergessen, daß Patimah es einmal weit bringen werde, da sie nicht nur intelligent und auffassungsschnell sei, sondern auch Würde, Charakter und ein großes Maß an Menschlichkeit besitze.

Ihr Blick schweift weiter, streicht über ihren eigenen Schlafplatz, der jetzt leer ist, wandert zu der zehnjährigen Mimi und dann zu Hasan, dem jüngsten der Familie.

Währenddessen bedenkt Amilah ihre älteste Tochter mit immer schneidenderen Blicken, und ihre Eifersucht steigert sich noch, als sie sich Salamahs Schönheit eingesteht – ist sie doch ihre eigene, von der Tochter geraubte Schönheit! Und schon explodiert ihre Stimme: »Du heulst? Pah! Eine Frau im heiratsfähigen Alter, die keine Scham kennt! Ich habe nie geheult, als ich so alt war wie du. Ist dir das klar?«

Sie verstummt für einen Augenblick. Salamah schaut die Mutter an und betrachtet still ihren Mund. Ihr Blick ist verschwommen, denn ihre Augen sind tränenverhangen.

An der Schwelle zu einem weiteren Gefühlsausbruch hält Amilah inne, denn plötzlich war sie vom Gesicht ihrer Tochter fasziniert. Sie prüft dieses Gesicht so aufmerksam wie selten zuvor. Salamah hat wunderschöne blaue Augen, die im rötlichen Schein der Öllampe, der auf ihr Gesicht fällt, besonders auffällig leuchten. Und unwillkürlich denkt Amilah: Diese Augen, dieses Haar, dieser Mund ... die hat sie nicht von mir. Und auch nicht von Paijan, meinem Mann. Nein, gewiß nicht! Und sie denkt an jene wundervolle Zeit, die nun schon fast zwei Jahrzehnte zurückliegt. Augen, Nase, Mund, Haare und auch Hautfarbe und Figur hat sie weder von mir noch von Paijan, gesteht sie sich ein. Auf ihre Lippen tritt ein glückliches Lächeln. Deutlich sieht sie jenen Mann vor sich, den sie Leutnant Gedergeder nannte, da sie seinen Namen nicht richtig aussprechen konnte. Der Name war ihr auch niemals wichtig gewesen. Wichtig war ihr der Mensch – sein Körper, sein Fleisch und seine weiße Haut, die ihr dieses Wohlgefühl schenkten. Paijan, ihr Mann, war damals für zwei Monate in Pare-Pare stationiert, und sie selbst hatte während jener Zeit in einer Kaserne in Sulawesi gewohnt... Und jetzt verwandelt sich Leutnant Gedergeder wieder in Salamah, ihr Kind, das leibhaftig vor ihr steht – als hübsche und anmutige junge Frau.

Abrupt verschwindet Amilahs Lächeln, und sofort zerfließt auch die Freude über ihre Erinnerungen. Falten zeigen sich auf ihrem Gesicht. Wieder lodert die Eifersucht in ihrem Herzen auf. Die Jugend ist es, die ihre Eifersucht in unverfrorener Weise entfacht! Langsam und beständig wächst ihr Zorn auf Salamah.
»Als ich so alt war wie du«, zischt sie grimmig, »weißt du, was da war? Weißt du es? Da hatte ich schon Aman geboren. Ist dir das klar? Ob es dir klar ist, du sitzengelassene Jungfer? Du alte Jungfer! Und Aman ...« Mitten im Satz unterbricht sie ihren Redefluß. Sie verstummt, weil sie den Namen dessen ausgesprochen hat, den sie am meisten liebt. Wieder starrt sie zur Tür, Eingang und Ausgang des Lebensunterhaltes und ihrer leeren Hoffnungen.
Beide Frauen schweigen. Von der Schlafbank hinter ihnen dringen die regelmäßigen Atemzüge der schlafenden Kinder herüber. Und draußen in der Stadt ist der Straßenverkehr vollkommen zum Erliegen gekommen. Es ist, als übertreffe die Stille des Augenblicks die Stille sämtlicher vergangener Zeitalter.
Als Salamah sich wieder rührt, sind ihre letzten Tränen bereits getrocknet. Sie spürt die Verwirrung ihrer Mutter, doch sie weiß natürlich nicht, daß sie durch die Erinnerungen an Salamahs Vater, Leutnant Gedergeder, ausgelöst worden ist und daß auch ihre Jugend und Schönheit sowie Amilahs fortgeschrittenes Alter zu dieser Verwirrung beitragen. Für Augenblicke kommt ihr der Gedanke, daß ihre Haut heller als die ihrer Geschwister ist –

eine Tatsache, die sie sich nie hat erklären können. Denn sie hat nie erfahren, daß sie nicht Korporal Paijans Kind ist, sondern die Tochter eines gewissen Leutnant Gedergeder. Ihre Gedanken wandern zu den Leuten, die ihre Mutter mit Spott bedenken und als Kasernenhure beschimpfen. Das bereitet ihr großes Unbehagen, das erst wieder verschwindet, als sie an Sa'amans Worte denkt: Die Geburt der Kinder liegt nicht in der Verantwortlichkeit des Menschen; jeder neugeborene Säugling ist eine Schöpfung des Allmächtigen.

Sie seufzt tief und sagt besorgt: »Mutter.«

Amilah beachtet sie nicht. Sie starrt nach wie vor zur Tür. In einiger Entfernung wird zwölfmal gegen den Mast einer Straßenlaterne geschlagen. Mitternacht – die Stunde, zu der ein alter Tag stirbt und ein neuer geboren wird, ohne daß sich das Leid der Menschheit verändert – es bleibt frisch wie der Wind und stark wie die Sonne.

»Mutter«, wiederholt Salamah sanfter als zuvor.

Amilah schaut sie mürrisch an. Dann sagt sie grob: »Nervensäge! Was denn noch? Was noch?«

»Mutter«, sagt Salamah betont rücksichtsvoll, »warum bist du immer so böse auf mich?«

Sie wartet vergebens auf Antwort. Schließlich fährt sie fort: »Wenn du meine gute Absicht verstehen und mir gestatten würdest, eine Arbeit zu suchen – was ich tun will, seit Aman von den Holländern festgenommen wurde –, dann befänden wir uns heute wohl kaum in einer so üblen Lage.«

Wieder schweigt sie, etwas schnürt ihre Brust ein. Sie wartet, bis die stärkste Beklemmung vorbei ist, und fügt hinzu: »Aber immer richtest du deinen Zorn gegen mich, wenn ich mit wohlgemeinten Vorschlägen komme. Immer wirst du böse und beschimpfst mich.«

Und Amilah starrt zur Tür. Sie ist nur selten bereit, jemandem zuzuhören; schon gar nicht den eigenen Kindern, die noch nicht trocken hinter den Ohren sind! Nur Sa'aman bildet eine Ausnahme. Er ist für sie in jeder Hinsicht etwas Außergewöhnliches. Warum das so ist, würde sie nicht begründen können. Doch nur sie allein weiß: Amans Vater war der einzige Mann, den sie jemals wirklich geliebt hat. Ihm hat sie ihre Unschuld geschenkt, damals, in der Kaserne von Kotaraja. Sie, Amilah, ein uneheliches, in Kasernen aufgewachsenes Soldatenkind. Und für uneheliche Soldatenkinder ist im Leben fast nichts verboten. Doch dieser Mann, Unteroffizier Benni, von Amilah aus ganzem Herzen geliebt, wurde bei einem Patrouillengang auf acehanischem Gebiet ermordet.

Ohne Gehör zu finden, redet Salamah weiter. Sie fleht geradezu um Aufmerksamkeit: »Mutter, mein Bruder Aman sagte mir, daß ich meine Eltern ... meine Mutter ehren und würdigen muß. Mutter, wenn dies deine eigenen Kinder nicht täten, wer dann sonst? Wer sonst auf dieser Welt wäre dazu bereit? Aber du bist immer nur böse auf uns. Immer beschimpfst du uns. Wir nehmen deine Wutanfälle und Beschimpfungen voll Qual und Traurigkeit hin. Doch anderen Menschen gegenüber darfst du dich nicht so verhalten, denn wenn du es tust, machst du dir Feinde. Mutter, überall machst du dir Feinde. Überall ... ich weiß es.«
Sie schweigt und atmet tief die kühle Nachtluft ein. Ganz vorsichtig versucht sie es erneut: »Mutter, ich will sehr gerne tun, was früher Aman erledigt hat und nun mir anbefohlen ist. Meine jüngeren Geschwister müssen weiter zur Schule gehen. Und ich werde es schaffen. Ich habe die Volksschule besucht. Ich kann lesen und schreiben. Ich spreche holländisch. Und nach der Schule hat Aman mir noch manches andere beigebracht. Warum sollte ich nicht den Lebensunterhalt für unsere Familie verdienen können? Das einzige Hindernis besteht darin, daß ich keine entsprechende Kleidung besitze. Aber um Etiketten aufzukleben und Papier zu falten, benötigt man keine gute Kleidung. Meine Freundin Hadijah hat schon ein gutes Wort für mich eingelegt. Oder aber ich suche in der Seifenfabrik Arbeit. Du mußt nur einwilligen, Mutter. Tust du das?«
Wieder schweigt sie, wartet auf Antwort, doch Amilah hat ihren Worten auch jetzt keine Beachtung geschenkt. Sie starrt immer noch zur Tür. In ihrer Kebaya aus Stoff, aus dem man Militärkleidung schneidert, wirkt sie älter, als sie tatsächlich ist. Sie ist

einundvierzig. Doch die Kriegsjahre haben sie um fünfzehn bis zwanzig Jahre altern lassen.
Das Mädchen versucht es erneut: »Mutter.« Doch nach wie vor bleibt ihr deren Aufmerksamkeit verwehrt. »Mutter«, haucht sie noch einmal. Doch ihre Stimme verhallt ungehört. Amilah verweigert sich. Nun ist Salamahs Geduld allmählich erschöpft.
»Mutter«, sagt sie nachdrücklich. »Du mußt mir jetzt bitte zuhören. Höre, was deine Tochter, die nur das Beste für diesen Haushalt will, zu sagen hat. Ab morgen werde ich arbeiten gehen. Meine Freundin Hadijah ist befördert worden und leitet jetzt die Falz- und Etikettierungsabteilung in der Druckerei eines Chinesen. Sie hat mir zugesagt, mich in ihre Abteilung aufzunehmen.«
Wieder wartet sie schweigend. Doch ihre Mutter starrt unverwandt zur Tür.
»Mutter«, drängt sie nun mit ernster Miene, »ich bitte dich, deine unnötigen Launen zu zügeln. Bisher habe ich immer deine Partei ergriffen, wenn du dich mit den Nachbarn angelegt hast. Doch ich habe nachgedacht und weiß schon seit längerem, daß immer du diejenige bist, die unrecht hat. Auch Aman hat dies gesagt. Und Aman hat außerdem gesagt, daß der gute Name unserer Familie zerstört worden ist. Von Vater und von dir. Doch das ist für uns kein Grund, Vater und Mutter zu hassen. Nein, Mutter, wirklich nicht. Im Gegenteil … eure Kinder werden den guten Ruf unserer Familie wiederherstellen.«
Sie läßt den Kopf sinken. Amilah fixiert ihre Tochter mit feindlichen Blicken, doch sie sagt kein einziges Wort.
»Bitte lasse deinen Launen nicht mehr freien Lauf. Wir alle bitten dich darum: Patimah, Mimi, Hasan und ich.«
Salamah schweigt. Nach einer Weile blinzelt sie vorsichtig zu Amilah hinüber und sagt in flehendem Ton: »Mutter, willige ein, daß ich ab morgen arbeiten gehe.«
»Was?« schnauzt Amilah rüde. »Du willst mich belehren? Du, gerade du! Dir läuft doch noch der Rotz aus der Nase!« Sie springt von ihrem Stuhl auf, deutet gebieterisch mit spitzem Finger auf die Schlafbank und herrscht ihre Tochter an: »Dorthin! Leg dich schlafen!«

Langsam geht Salamah zu ihrer Schlafstelle. Die Schimpfkanonaden der Mutter haben ihre jüngeren Geschwister längst aufgeweckt, und drei Augenpaare lugen ihr entgegen. Sie legt sich hin, während Amilah wieder auf dem einzigen Stuhl der Familie Platz nimmt, um die geschlossene Tür anzustarren.

Als Salamah liegt, verbirgt sie das Gesicht unter den Händen. Ihr Flehen ist nicht erhört worden. Die Grobheit der Mutter wühlt sie immer noch auf. Sie fühlt sich angespannt, enttäuscht und ausgelaugt.
Vorsichtig rutscht die neben ihr liegende Patimah an sie heran. Lange betrachtet sie die schweigend ihr Gesicht verbergende Schwester und lauscht ihren unregelmäßigen, gepreßten Atemzügen. »Salamah«, haucht sie schließlich, »warum ist Mutter immer so böse? Warum nur?«
Salamah konnte nicht antworten. Sie hat im Namen ihrer Geschwister gesprochen und ist abgewiesen worden. Sie weiß nicht mehr weiter. Ihre Gedanken sind leer. Sie weiß nicht recht, was ihre Mutter eigentlich will. Am liebsten würde sie weglaufen. Sie atmet heftig. Und mit aller Kraft, die ihr geblieben ist, schließt sie Patimah in die Arme und drückt sie fest an sich. Salamahs Empfindungen übertragen sich auf die Schwester, und auch Patimah empfindet tiefe Traurigkeit und Bedrückung.
»Schwester«, haucht sie zwischen gepreßten Atemzügen.
Als Antwort drückt Salamah ihre Wange gegen Patimahs. »Schwester«, flüstert diese erneut. »Wenn doch bloß Aman wieder bei uns wäre.«
»Ja, wäre er doch bloß zu Hause«, erwidert Salamah stockend. »Aber die Militärpolizei hat ihn mitgenommen, und niemand weiß, wann er zurückkommt.«
»Warum will uns niemand sagen, wo er ist?« flüstert Patimah verzweifelt.
»Wer weiß es? Wer weiß es? Mas Darsono hat verschiedene Dienststellen um Auskunft gebeten, doch er ist überall mit Ausflüchten abgespeist worden. Niemand scheint genau zu wissen, wo Aman ist. Armer Aman! Aber so ist die Welt, Patimah. Das mußt du wissen. So ist deine Welt, so ist unsere

Welt. Oh, hoffentlich geht es Aman gut! Hoffentlich geht es ihm gut!«

»Auch von Bruder Canimin ist lange keine Nachricht mehr eingetroffen«, flüstert Patimah.

»Du darfst deine Hoffnungen nicht darauf richten, daß Canimin kommt. Möge ihm in seinem Kampf nichts Schlimmes passieren! Patimah, obwohl wir hier nicht gegen Leid gefeit sind, leben wir in der sicheren Stadt. Wir müßten uns vor Canimin schämen, wenn wir seine Rückkehr einforderten. Hoffentlich geht es ihm gut.«

»Und hoffentlich geht es auch unserem Bruder Kartiman gut!« ergänzt Patimah.

»Hoffentlich geht es ihnen allen gut, hoffentlich«, flüstert Salamah liebevoll.

»Schwester, läßt sie uns wirklich nicht arbeiten gehen? Noch immer nicht?«

»Oh, Patimah ... ich verstehe Mutter nicht. Ich verstehe ihr Denken nicht. Eigentlich habe ich Angst vor ihr. Es wird von Tag zu Tag schlimmer. Die Arme. Es ist so traurig.«

Sie drückt ihre Schwester fester an sich. »Laß mich erst darüber nachdenken.«

»Sollen wir denn verhungern? Doch wohl nicht. Was würden die beiden Kleinen ohne uns anfangen, Mimi und Hasan? Schwester, du bist nun an Amans Stelle gerückt. Du bist jetzt die Älteste von uns und mußt die Entscheidungen treffen. Nur du allein«, flüstert Patimah eindringlich.

»Wir wollen bis morgen warten, Patimah.«

»Schwester, was glaubst du, wann Kartiman und Canimin nach Hause kommen?«

»Wann sie nach Hause kommen? Oh, Patimah, das darfst du mich nicht fragen. Ich fühle mich in ihrer Schuld, wenn ich an sie denke. Hoffentlich widerfährt ihnen in ihrem Kampf nichts Böses. Patimah, es ist sehr gut, daß sie nicht kommen. Du weißt doch selbst, daß Aman festgenommen wurde, obwohl er überhaupt nichts getan hat. Was würden sie erst mit Canimin und Kartiman machen, wo doch jeder weiß, daß sie zu den Partisanen gehören? Wir müssen dankbar sein, daß sie nicht kommen.«

»Aber sind wir im Augenblick denn nicht auf ihre Hilfe angewiesen?«

»Wer kann uns schon helfen? Nur wir selbst können das, Patimah. Nur wir selbst. Wie auch alle anderen sich selbst helfen müssen. Einzig und allein Mas Darsono hilft uns, indem er uns einen Teil seines Lohnes zusteckt.«

»Mas Darsono ist ein guter Mensch. Ich hoffe, daß ihr beide heiraten werdet, Schwester.«

»Wir können nur beten, Patimah, sonst nichts.«

Die beiden jungen Frauen schweigen, denn ein Gefühl entsetzlicher Verlassenheit kommt in ihnen auf. Und dahinten sitzt Amilah regungslos auf ihrem Stuhl und versucht, die Augen starr zur Tür gerichtet, ihre Gedanken zu fassen. Doch wie in allen Nächten zuvor kommt sie auch diesmal zu keinem Schluß.

Die Nacht schreitet voran. Hin und wieder ist das Dröhnen eines Militärlastwagens zu hören, der über die Straße Gang Tengah rumpelt. Es ist Krieg. Und da in Kriegszeiten nur wichtig ist, was mit dem Krieg zu tun hat, verkommen Menschen und Menschlichkeit zur Bedeutungslosigkeit.

Die Öllampe brennt noch immer, doch der Schein der rötlichgelben Flamme wird allmählich schwächer. Der Kummer der beiden jungen Mädchen rückt ein wenig in den Hintergrund. Salamah lockert ihre Umarmung und sagt langsam, so als vergleiche sie Schicksale: »Ami und andere Freundinnen wollen später einmal Kinder haben. Warum nur verläuft unser Leben in diesen Bahnen? Wie glücklich sind doch Eltern, die ihre Kinder lieben! Und wie glücklich sind Kinder, deren Eltern sich liebevoll um sie kümmern!«

Patimah hört ihrer Schwester aufmerksam zu. Als sie schließlich ebenso langsam antwortet, klingt es fast wie ein Schwur: »Ich werde keine Mutter sein … die hart gegen ihre Kinder ist. Ich werde meine Kinder mehr als alles andere auf der Welt lieben. Ich werde ihnen nur Gutes beibringen und alles Leid und Elend von ihnen fernhalten.«

Erneut schließt Salamah sie fest in die Arme. Dann sagt sie zärtlich: »Du wirst einmal eine gute Mutter sein, Patimah. Und ich hoffe, daß du deinem Mann eine gute Ehefrau sein wirst. Du wirst einen herzensguten Mann bekommen, Patimah, denn der Allmächtige hat die Guten nur für gute und die Schlechten nur für schlechte Menschen erschaffen.«

Sie schweigt eine Weile. Dann streicht sie ihrer jüngeren Schwester durch das Haar und sagt: »Wir werden ab morgen arbeiten gehen, Patimah. Ich und du. Und wenn am Nachmittag Zeit bleibt, mußt du dein Wissen erweitern. Vergiß niemals, was Aman sagte: Dumme und Schwache finden in dieser Welt keinen Platz. Aus diesem Grund mußt du weiterlernen, und auch auf die Gesundheit mußt du achten.«

»Ja«, erwidert Patimah fügsam.

»Ich hoffe, daß du dein Glück finden wirst. Nein – ich weiß, daß du es finden wirst.«

Stumm schaut sie in den äußersten Winkel des Zimmers, doch Sa'aman ist nicht dort, wie es sonst zu dieser Stunde üblich gewesen ist. Auch sein Feldbett ist nicht mehr dort aufgeschlagen, denn die Militärpolizei hat es beschlagnahmt und zusammen mit Sa'aman mitgenommen. Sie seufzt tief und sagt dann leise: »Und wenn du dein Glück gefunden hast, wirst du gewiß noch an deine jüngeren Geschwister denken, nicht wahr? Das wirst du doch, Patimah?«

»Natürlich, Schwester. Natürlich werde ich das tun.«

»Wirklich, Patimah: Du mußt immer an deine jüngeren Geschwister denken. Bewahre ihnen deine Anteilnahme. Vielleicht wird unser Bruder Aman nie wieder nach Hause kommen. Wir dürfen unsere Hoffnungen auch nicht darauf richten, daß unsere Brüder Canimin und Kartiman nach Hause kommen. Füge dich in den Gedanken, daß sie ihrem Schicksal und ihrem Kampf überlassen sind. Ich verstehe nicht, warum man Aman, unseren einzigen Beschützer, verhaftet hat. Und weniger als jemals zuvor verstehe ich, was er damals zu mir gesagt hat: Salamah, vielleicht muß ich euch alle eines Tages verlassen. Ich werde nicht sagen, warum. Doch wenn es geschieht, haben du und deine Schwester Patimah die Pflicht, für unsere Jüngsten zu sorgen.«

Schweigend denkt sie an Sa'amans Worte zurück. »Genau das

sagte er«, fährt sie schließlich fort. »Du wirst seiner Aufforderung nachkommen, nicht wahr? Alle Hoffnungen Amans ruhen auf dir. Nur auf dir. Begreifst du?«
»Ja, Schwester«, erwidert Patimah bewegt.
»Und weißt du, was Aman außerdem sagte?« Salamah beginnt unwillkürlich zu flüstern, als sie die Worte ihres Bruder anführt: »Er sagte: Ich weiß, daß ihr Schwierigkeiten mit Mutter bekommen werdet, aber du darfst keine Angst zeigen. Du mußt alles in die Hand nehmen, zusammen mit Patimah. Vergeßt nicht, daß ihr unsere alte Mutter achten und ehren müßt. Ihr dürft sie nicht verletzen.«
Sie unterbricht ihre Rede, weil ein Schluchzen, das aus ihrer Brust dringt, stärker ist. Dann fügt sie hinzu: »Begreifst du?«
»Ja«, flüstert Patimah fügsam.
»Dem Allmächtigen sei Dank. Patimah, ich weiß, daß Mustafa sehr gut zu dir ist. Er ist rechtschaffen und charakterfest. Aber du bist erst sechzehn. Du hast noch nicht die Absicht, eine Familie zu gründen, nicht wahr?«
Patimah schüttelt schwach den Kopf: »Noch lange nicht.«
»Mustafa geht noch zur Schule, und auch du mußt noch sehr viel lernen. Die Familie, die du gründen wirst, wird gebildet sein. Und das ist gut so.«
»Danke, Schwester. Und Mas Darsono ist nicht nur sehr gut zu dir, sondern zu uns allen. Hoffentlich kann er Amans Platz einnehmen.« Ihre letzten Worte klingen fast wie ein Stoßgebet.
»Ja, Sa'aman hat unseren Heiratsplänen zugestimmt. Wie du weißt, Patimah, bin ich fast erwachsen – neunzehn Jahre alt. Ich wünsche mir sehr, daß unsere Vorstellungen in Erfüllung gehen. Doch die Nacht ist schon fast vorüber. Morgen suchen wir uns eine Arbeit. Schlaf noch ein wenig.«
Gehorsam dreht sich Patimah um. Für den Bruchteil eines Augenblicks blinzelt sie noch zu ihrer Mutter hinüber, die regungslos die Tür anstarrt. Doch rasch verschwimmt ihr Blick. Ihre Augenlider werden schwer und sinken langsam nach unten. Dann sind ihre Augen geschlossen. Patimah ist eingeschlafen.
Nun liegt Salamah alleine wach. Sie fühlt sich von der gesamten

Welt abgeschnitten. Um sie herum ist es totenstill. Flüchtig schaut sie zu Amilah hinüber, der alten Frau, die nur darauf wartet, daß sich die Tür öffnet und Aman wie üblich mit einem Geldbetrag in der Hand hereinkommt. Doch ihr Blick verharrt nur kurz auf der Mutter. Sie wälzt sich auf den Bauch und drückt die Wange ins Kissen. Ihr Blick hängt in der dunklen Ecke, wo Sa'amans Feldbett aufgeschlagen war und die jetzt leer ist. Aus dieser Ecke ist sie von Sa'aman unterrichtet worden. Doch jetzt spricht seine angenehme Stimme nicht mehr von dort. Diese wundervolle Stimme ist verstummt, ihrem Ohr gestohlen. Doch in ihren Gedanken, ihren Erinnerungen und ihrer Seele lebt sie weiter, für immer und ewig.
Langsam schließt sie die Augen. Ihre Erinnerungen schweifen zurück zu dem Abend, an dem Sa'aman abgeholt wurde.

Mit von Erschöpfung gerötetem Gesicht und schweißnassem Hemd war ihr Bruder an jenem Abend nach Hause gekommen.
»Gut verdient heute, Bruder?« hatte sie gefragt, und in trübsinnigem Ton hatte der Vierundzwanzigjährige langsam erwidert: »Heute war es nicht besonders gut, Salamah. Vielleicht bringt uns der morgige Tag etwas mehr Geld ein.«
Nach diesen Worten hatte er sich auf seinem Feldbett ausgestreckt, und niemand hatte sich ihm genähert, denn alle wußten, daß er jetzt nicht gestört werden wollte. Wie üblich war er nach einer Viertelstunde wieder aufgestanden, um sich mit dem inzwischen bereitgestellten heißen Wasser zu waschen. Erst danach war er ansprechbar. An jenem Abend war er zunächst zu dem Tisch gegangen, an dem Patimah, Mimi und Hasan lernten.
»Wie war der Unterricht heute?« hatte er Patimah gefragt.
Und sie hatte erwidert: »In Holländisch eine Sieben, in Englisch eine Neun und in Algebra eine Acht. Bist du zufrieden?«
Sa'aman hatte Patimah mit einem liebevollen Blick bedacht und erfreut geantwortet: »He he! Wenn du einen guten Abschluß auf der Mittelschule schaffst, sollst du auch die Oberschule besuchen. Was willst du eigentlich später einmal werden? Darüber müßtest du doch allmählich deine Vorstellungen haben, nicht wahr?«

Patimah hatte verlegen erwidert: »Meine Klassenkameraden wollen Offizier, Pilot, Journalist, Musiker, Professor, Doktor oder Jurist werden.«
»Und du?« hatte Sa'aman nachgehakt.
Patimah war noch verlegener geworden: »Ich weiß es noch nicht, Bruder. Ich kann auch nicht darüber nachdenken. Ich weiß nur, daß ich immer bemüht sein will, ein guter Mensch zu sein und meinen Beitrag für das Gute im Leben zu leisten.«
Und Salamah erinnert sich genau daran, daß sich Amans Augen nach diesen Worten vor Rührung gerötet hatten. Er war näher an Patimah herangetreten, hatte ihr durch das Haar gestreichelt und dann wie ein Geistlicher, der einen Segen erteilt, gesagt: »Ja, du wirst ein guter Mensch sein und deinen Beitrag für das Gute im Leben leisten. Doch vergiß nicht, daß du erst noch viel lernen mußt ... bis du die Welt, die voller Verbrechen und Grausamkeit ist, kennst und verstehst.«
»Ja, Bruder, das begreife ich«, hatte Patimah erwidert.
Dann war Sa'aman zu Mimi gegangen und hatte freundlich gesagt: »Und du, Mimi, schon wieder eine Drei im Rechnen?«
»Heute nicht ganz so gut. Bloß eine Zwei.«
Aman hatte schallend gelacht und fürsorglich gefragt: »Warum will es denn nicht klappen?«
»Ich weiß es nicht. Vielleicht, weil ich dumm bin. Ja, wahrscheinlich bin ich dumm.«
»Nein, du darfst den Mut nicht verlieren. Weißt du das? Es ist nicht gut, wenn man den Mut verliert. Vielleicht liegt es daran, daß mit deinen Augen etwas nicht in Ordnung ist und du vom Lernen Kopfschmerzen bekommst.«
Mimis Verlegenheit war sofort gewichen, und erleichtert hatte sie gesagt: »Ja, genauso ist es. Genauso. Das habe ich meinem Lehrer schon öfters gesagt, doch er meinte immer nur, das sei eine Ausrede.«
»Vielleicht sind deine Augen wirklich nicht in Ordnung. Morgen früh gehst du nicht zur Schule, sondern ich bringe dich zum Sehtest ins Krankenhaus. Vielleicht brauchst du eine Brille.«
»Eine Brille«, hatte Mimi zufrieden gesagt.

Unvermittelt werden Salamahs Erinnerungen abgeschnitten und vertrieben. Sie hört Amilahs Stuhl knarren. Sofort dreht sie sich um und hebt etwas den Kopf, um ihre Mutter besser sehen zu können. Amilah schüttelt den Kopf. Ihr dünner Zopf hat sich gelöst, und die Haarsträhnen hängen an ihrem Rücken herab. Sie hat die Ellbogen auf den Tisch gestützt und das Gesicht in den Handflächen vergraben. Leise beginnt sie zu jammern.
»Aaamaaaan«, klagt sie gezogen, »Aaamaaaan, mein Sooohn.«
Sie schweigt und atmet stoßweise. Dann jammert sie wieder: »Wo bist du? Wo? Wo? Wann kommst du nach Hause? Wann?«
Erneutes Schweigen. Als sie den Kopf hebt, stehen keine Tränen in ihren Augen. Ihre Augen sind trocken. Sie ist auch jetzt ganz die alte Amilah geblieben – hart wie Stein.
»Aman ... Aman ...«
Ihre Stimme wird immer leiser und erstirbt schließlich ganz, bis sie wieder schweigend die Tür anstarrt.
Langsam läßt Salamah den Kopf aufs Kissen sinken. Im Flüsterton betet sie: »Möge es unserem lieben Bruder Aman gutgehen. Aman ...« Sie spricht, als stehe ihr Bruder leibhaftig vor ihr: »Es sind deine Güte und deine edle Gesinnung, die uns voller Sehnsucht hoffen lassen, daß du wieder nach Hause kommen wirst. Möge es dir unter der schützenden Hand des Allmächtigen wohl ergehen.«
Sie verstummt. Und gleichzeitig ziehen weitere Erinnerungen auf.

Sie sieht in jeder Einzelheit vor sich, wie Sa'aman sich an jenem Abend, als die Militärpolizei ihn festnahm, Hasan näherte – ja, das war jetzt schon drei Monate her.
»He, Hasan, mein Favorit«, hatte Sa'aman lachend gesagt. »Warum ist dein Auge geschwollen? Hast du dich wieder geprügelt?«
Hasan war ängstlich geworden und hatte sofort zu seiner Verteidigung gerufen: »Ich war's nicht schuld. Ich war's nicht schuld. Ich schwör's, ich will sterben, wenn's ...«
»Ssst«, hatte Sa'aman ihm das Wort abgeschnitten, »in deinem Alter leistet man keinen solchen Eid. Ist das klar?«

»Ja, Bruder«, hatte Hasan fügsam erwidert.
»Hast du's auch wirklich verstanden?«
»Ja, Bruder.«
»Und du wirst es nicht wieder sagen?«
»Nein, Bruder. Wirklich nicht.«
Sa'aman hatte geschwiegen und Hasans Hefte sorgfältig durchgesehen. Dann hatte er zufrieden gelächelt und gesagt: »Du bist ein guter Junge.«
»Danke, Bruder. Aber ich war's wirklich nicht schuld«, brachte Hasan noch einmal zu seiner Verteidigung vor. »Die anderen wollten Krieg spielen und haben mich gefragt, ob ich mitmache. Da wir zwanzig Kinder waren, sollten zwei Gruppen mit jeweils zehn gebildet werden. Sie wollten, daß ich den Nica-Kommandanten spiele, aber da hatte ich keine Lust zu. Ich will kein Nica-Kommandant sein. Deshalb habe ich gesagt, daß ich nicht mitspiele. Nur dann, wenn ich Partisanenkommandant sein darf.«
Sa'aman hatte wohlwollend gelächelt.
»Warum wollten sie, daß ausgerechnet ich den Nica-Kommandanten spiele? Warum? Mein Bruder Canimin ist Partisanenkommandant, und mein Bruder Kartiman ist Partisanensoldat. Und ich will auch zu den Partisanen. Warum also hätte ich Nica-Kommandant spielen sollen? Das war nicht gerecht, nicht wahr? Sag, daß es nicht gerecht war!«
Sa'aman hatte nur mit einem Lachen geantwortet.
»Aber sie haben mich nicht den Partisanenkommandanten spielen lassen. Das wollten sie nämlich alle selbst sein. Nur einer aus der Laan Trivelli wollte den Nica-Kommandanten spielen. Sein Papa ist bei der Militärpolizei. Dann bin ich einfach weggegangen. Aber sie sind mir nachgelaufen und haben mich beschimpft. Feigling! Feigling! haben sie gerufen. Und dann haben wir uns geprügelt. Es ist eine ganz schöne Rauferei entstanden. Erst der Lehrer hat uns wieder auseinandergekriegt.«
Wieder hatte Sa'aman, den die Verteidigungsrede seines jüngsten Bruders amüsierte, gelächelt. Dann hatte er ihm in die Wange gekniffen und zärtlich gefragt: »Willst du immer noch General werden?«

»Ja, Bruder, sehr gern. Aber nicht Nica-General. Ich will General bei den Partisanen werden, nicht bei der Nica. Partisanengeneral, Bruder. Und auf einem Pferd will ich reiten. Auf einem großen, braunen Pferd. In einer braunen Uniform. Und mit hohen Stiefeln. Hei, was wird das toll. Und mit zwei Pistolen an der Hüfte. Darf ich General werden?«
»Warum nicht? Aber dafür mußt du klug sein. Und mutig. Und du mußt deine Meinung vertreten können. Und gesund mußt du sein. Wenn du groß bist, wirst du vielleicht General werden. Dann wirst du eine Armee anführen. Mit Tausenden, nein, Zehntausenden von Offizieren und Soldaten. Vorausgesetzt, daß du ein rechtschaffener Mensch bist.«
»Rechtschaffen muß ich auch sein?«
»Natürlich, Hasan. Wenn du nicht rechtschaffen bist, begehst du viele Sünden. Wenn du viele Sünden begehst, hast du Angst vor dem Tod. Wenn du Angst vor dem Tod hast, hast du Angst, verwundet zu werden. Und wenn du Angst hast, verwundet zu werden, hast du Angst vor dem Krieg.«
Hasan hatte nachgedacht und gefragt: »Warum willst du eigentlich nicht General werden, Aman?«
»Mir genügt es, Becakfahrer zu sein und etwas Geld zu verdienen, damit ihr alle zu essen habt, lernen könnt und gesund bleibt. Es macht mir nichts aus, hart zu arbeiten. Viel wichtiger ist, daß Patimah, Mimi und du eine gründliche Ausbildung erhalten. Verstehst du, Hasan?«
Der Junge hatte so angestrengt nachgedacht, daß seine Stirn Falten warf. »Ja, Bruder«, hatte er schließlich gesagt und unverzüglich hinzugefügt: »Bruder?«
»Ja?«
»Vielleicht ist Canimin jetzt schon General.«
Sa'aman hatte laut aufgelacht und erwidert: »Nein.«
»Aber er ist doch schon erwachsen.«
»Trotzdem ist er noch zu jung. Erst zweiundzwanzig. Um General zu werden, muß man älter sein. Man wird erst dann General, wenn man sich fähig gezeigt hat, sein Volk vor den Angriffen und der Unterdrückung der Feinde zu schützen.«
»Aber das tun Canimin und Kartiman doch.«

»Ja, aber sie sind noch zu jung. Und außerdem führen sie erst seit vier Jahren Krieg. Um General zu werden, muß man viele Kriege geführt haben. Keine Kriege, um andere Länder zu vernichten, sondern Kriege zum Schutz des eigenen Volkes und Landes vor der Unterdrückung durch Feinde.«
Seine Worte hatten Hasan sichtlich beeindruckt. Der Junge hatte sich alles noch einmal vorgestellt: Ein großes, braunes Pferd; Pistolen; blitzende Stiefel; eine braune Uniform; Tausende Soldaten und Offiziere; und an deren Spitze er als General. Dann hatte er ein wenig niedergeschlagen gesagt: »Es wird bestimmt noch ganz schön lange dauern, bis ich General bin.«
»Noch sehr lange. Zwanzig oder dreißig Jahre noch.«
»Und ich bin noch nicht mal zehn. Erst acht.«
»Wenn du fleißig lernst, wirst du schneller erwachsen, als du denkst. Und dann kannst du dich auf den Weg machen, ein General zu werden. Wenn du erst groß bist, wirst du das alles besser verstehen. So, lerne jetzt weiter, und zwar gründlich.«
Anschließend hatte sich Sa'aman zu Salamah und Amilah auf die Schlafbank gesetzt. Alle drei hatten geschwiegen, bis er, wie es die Regel war, seiner Mutter einen Geldbetrag zusteckte und sagte: »Hier, Mutter, für die morgigen Einkäufe.«

Diesmal ist es Amilahs Stimme, die Salamah aus ihren Erinnerungen reißt. Wieder hebt sie den Kopf, um ihre Mutter besser sehen zu können. Diese hat den Rücken gegen die Stuhllehne gedrückt und richtet den Blick hinauf zu den Dachziegeln, deren untere Seite vom Küchenrauch geschwärzt ist. Sie beklagt ein weiteres Mal ihr Schicksal: »Aman, du weißt nicht, welches Leid mich plagt. Ich weiß nicht, warum du nicht nach Hause kommst.«
Dann starrt sie wieder die Tür an und schüttelt den Kopf. Schließlich sackt sie vornüber auf den Tisch. So bleibt sie bewegungslos liegen. Sie ist eingeschlafen.
Und Salamah gibt sich wieder ihren Erinnerungen hin.

Am Abend der Verhaftung ihres Bruders hatte dieser der Mutter nur zehn Rupiah geben können, doch Amilah hatte nicht zu

meckern gewagt. Salamah selbst hatte fünf Rupiah erhalten, wie immer die Hälfte des Betrages für die Mutter. Mit dem Geld tätigte sie die nötigsten Einkäufe für die Geschwister – sie bezahlte davon alles, was mit Schule und Lernen zu tun hatte.
Salamah glaubt den jungen Mann, ihren stämmigen Bruder Sa'aman, leibhaftig vor Augen zu sehen: wie er zum Feldbett ging und sich, nur mit Unterhemd und einer kurzen Hose bekleidet, dort ausstreckte. An jenem Abend war kein Lichtschein auf sein Gesicht gefallen. Ohne noch ein Wort zu sagen, war er eingeschlafen – vor Erschöpfung nach sechs Stunden becakfahren. Er hatte unruhig wie üblich geschlafen, mit verzerrtem Gesicht, als verfolgten ihn unablässig böse Erinnerungen und Ängste.
Die neunte Stunde des Abends war angebrochen. Kurz nachdem draußen neunmal gegen den Mast einer Straßenlaterne geschlagen wurde, hatten sich Hasan, Mimi und Patimah zur Ruhe begeben. Die Mutter hatte sich auf ihrem schmalen Bänkchen an der gegenüberliegenden Wand ausgestreckt und war schon eingeschlafen. Alles schien friedlich. Auch draußen hatte sich bereits die Stille der Nacht herabgesenkt. Plötzlich aber waren alle aus ihrem Schlaf hochgeschreckt, weil jemand gegen die Vordertür trat. Sa'aman war unverzüglich aus seinem Feldbett gesprungen und einige Schritte Richtung Tür gelaufen, doch dann hatte er sich umgedreht und war zu Salamah gekommen, die aufgerichtet auf ihrer Schlafstelle saß und nicht begriff, was geschah. Er hatte sie fest in die Arme geschlossen und in gehetztem Ton geflüstert: »Das Haus ist umstellt. Ich kann nicht mehr entkommen. Es ist soweit, meine Schwester. Ich werde festgenommen. Sorge für deine jüngeren Geschwister!«
Und er hatte ihr einen Kuß auf die Wange gedrückt und war zur Tür gegangen, um zu öffnen. Ruhig hatte er den Militärpolizisten ins Gesicht geschaut.
»Bist du Aman, Sa'aman?« hatte einer der drei gefragt.
Und gefaßt, als habe er schon lange mit diesem Augenblick gerechnet, hatte Sa'aman erwidert: »Ja.«
»Sa'aman bin Paijan?«
»Ja.«

»Wo ist dein jüngerer Bruder ...?« Im Licht einer Taschenlampe hatte der Wortführer in seinem Notizbuch geblättert. »... Canimin bin Paijan!«
»Das weiß ich nicht.«
»Du weißt es nicht?« Der Militärpolizist war nähergetreten und hatte sein Gesicht nahe an Sa'amans geschoben. »Hundesohn! Mörder! Verfluchter Untergrundaktivist! Mistkerl! Wir sind dir schon lange auf den Fersen. Wo ist dein Bruder? Ich denke, daß du es weißt.«
»Bei den Partisanen«, hatte Sa'aman erwidert.
»Ach, bei den Partisanen? Was für eine genaue Ortsbeschreibung!« Der Militärpolizist hatte erneut in sein Notizbuch geleuchtet und gefragt: »Und wo ist Kartijan – nein, nicht Kartijan, Kartiman. Wo ist Kartiman bin Paijan?«
»Ich weiß es nicht. Er ist seit vier Jahren bei den Partisanen.«
»Du Dreckskerl! Schon wieder so eine schwammige Auskunft, mit der nichts anzufangen ist! Soll ich dir was sagen? Es dauert nicht mehr lange, bis die beiden einen schönen Strick um den Hals haben!«
Die zwei anderen Militärpolizisten hatten bereits begonnen, das Haus zu durchkämmen und das Unterste nach oben zu kehren. Und einer von ihnen hatte plötzlich gerufen: »He, wem gehört dieses Feldbett?«
»Es gehört mir«, hatte Sa'aman erwidert.
»Wo hast du's geklaut, Verbrecher?«
»Geklaut? Können sich die Herren nicht etwas höflicher ausdrücken?«
»Von eurer Höflichkeit habe ich schon lange die Nase voll. Wo hast du dieses Feldbett geklaut? Das ist Eigentum des Militärs! Eigentum der Kompanie!«
»Ich habe es einem indischen Soldaten abgekauft.«
»Märchenerzähler! Los, zusammenklappen!«
Sa'aman hatte das Feldbett zusammengeklappt, während die beiden Militärpolizisten weiter durch das Haus stöberten. Und sie, Salamah, hatte umringt von Geschwistern und Mutter dem Ablauf zugesehen, ohne zu begreifen, was geschah.
»He, Mörder, wo sind deine Waffen?«

»Ich habe keine Waffen.«
»Wo sind deine Waffen, teuflischer Untergrundaktivist?«
»Sucht sie doch selbst!«
»Dickschädel! Los, auf geht's! Nimm das Feldbett mit!«
Sa'aman hatte dem Befehl Folge geleistet, und erst jetzt war Salamah bewußt geworden, daß es in diesem Augenblick nur eines gab, was sie unternehmen konnte. Sie lief hinter den Militärpolizisten, die Sa'aman abführten, her und fragte: »Wo wird mein Bruder hingebracht, Herr?«
»Zum Galgen.«

Und Salamah hatte keine weiteren Fragen gestellt. Sie hatte stumm zugesehen, wie einer der Soldaten Sa'aman einen Fußtritt versetzte, so daß ihr Bruder ins Taumeln geriet und nach vorn gegen den Türpfosten stolperte. Ihre Sorge und Angst waren ins Unermeßliche gewachsen. Und als Sa'aman über die Türschwelle nach draußen gestoßen wurde, hatte sie noch sein eindringliches Rufen vernommen: »Salamah, du mußt für deine Geschwister sorgen!«
Sie hatten ihren Bruder mit einem derben Schlag auf den Mund zum Schweigen gebracht. Und dann war Sa'aman weg. Verschluckt von der stockfinsteren Nacht. Und erst zehn Minuten später hatten sie sich in den Armen gelegen und leise zu weinen begonnen. Sie hatten Tränen eines Volkes geweint, dem die eigene Obrigkeit feindlich gesinnt ist. Es war Krieg. Und in jener Nacht waren ihre Tränen nicht mehr versiegt. Tränen, die aus brennendem Schmerz geboren wurden. Tränen, die spurlos und still im Schoß der Erde verschwanden. Und es hatte niemanden gegeben, der sie in diesem Zustand bedauerte. Denn Tränen sind nicht fruchtbar wie das Wasser unter einem Bergrücken. Irgendwann hatten sie alle auf ihren Schlafstellen gelegen und waren in Gedanken bei Aman gewesen, der nun weg war.
Wenn die Königliche Armee ein Haus durchsucht hatte, brachten Nachbarfamilien nicht den Mut auf, nachzusehen und ihre Hilfe anzutragen. Das Wohl der eigenen Familie wurde in solchen Situationen über alles gestellt, besonders dort, wo es keinen anderen Schutz gab. Und es herrschte Krieg. Und in

diesem Krieg war nur wichtig, was mit dem Krieg und der Königlichen Armee zu tun hatte.

Salamah reibt sich die Augen, deren helles Blau auch jetzt von Tränen feucht ist. Sie seufzt tief. Dann legt sie, vor sich hin flüsternd, das Gelöbnis ab: »Bruder, ich werde deinen Auftrag mit aller Kraft, die mir gegeben ist, erfüllen.«

Sie dreht sich um, schaut zu Patimah hinüber und spricht ein kurzes Gebet für das Wohlergehen der Familie und besonders für das Wohl ihrer drei Brüder, die ihnen jene Zeit des Krieges entrissen hat. Und dann ist es still im Haus. Alle schlafen.

Als eine Stunde verstrichen ist, wird Hasan wach. Er setzt sich auf, kratzt sich am Kopf, kriecht von der Schlafbank herab, geht zu Salamah und berührt sanft ihren Fuß. Sie erwacht und schaut ihr Brüderchen an.

»Was ist, Hasan?«

»Ich muß zum Klo«, erwidert der Kleine schläfrig.

Salamah steht auf, und die beiden gehen nach draußen, wo sie hinter dem Haus verschwinden. Zehn Minuten später sind sie zurück. Und als sie wieder auf ihren Schlafstellen liegen, kehrt noch einmal kurz die Stille der im neuen Morgen verschwindenden Nacht zurück.

Morgenröte

Während ihre Geschwister Salamah, Patimah, Mimi und Hasan auf der großen Schlafbank schlummern und ihre Mutter Amilah, übermüdet von ihren Überlegungen und Phantastereien, vom Schlaf übermannt vornüber auf den Tisch gesunken ist, schieben Korporal Canimin und Soldat Kartiman für die Partisanenarmee Wache. Tatsächlich ist die Stelle, an der sie lauern, nicht weit von jener großen Schlafbank entfernt, also auch nicht weit von dem schmalen Bänkchen der Mutter. Die Entfernung zur Stadt beträgt nur ungefähr vierzig Kilometer, nach Nordwesten. Das ist wahrlich nicht weit! Und doch ist es den Familienangehörigen nicht möglich, einander eine Nachricht zu übermitteln.

Die beiden Soldaten stehen in der vordersten Linie Wache – unter einem hohen Baum, gleich neben der Hauptstraße. Beide haben ein Maschinengewehr mit Kühlwassermantel hergeschleppt. In der Dunkelheit der Nacht sind ihre Gestalten kaum auszumachen. Nur die Sterne streuen ihr Licht auf die Erde und lassen vage Körperhaltung und Bewegungen der beiden erkennen.

Die Soldaten sind mit der Umgebung bestens vertraut, obwohl sie erst zwei Stunden hier sind. Früher, als die Menschen noch nicht von einer Polizeiaktion erzählten, besaßen sie in der Nähe eine feste Stellung, aber als die Polizeiaktion dann in aller Munde war, haben sie sich mit ihrer Einheit Hals über Kopf an einen Ort zurückgezogen, der etliche tausend Meter von hier entfernt ist. Seitdem sind sie einige Male zur Straße zurückgekehrt, um Konvois abzufangen.

In den Verhandlungen zwischen Indonesien und Holland wur-

den sie Kantongsoldaten genannt. Diesen Namen empfinden sie als Beleidigung, läßt er sich doch mit der Übersetzung Westentaschensoldaten interpretieren. Doch was ist daran zu ändern, nachdem sogar die eigene Regierung die Bezeichnung akzeptiert hat? Jedenfalls haben sie zusammen mit den anderen Westentaschensoldaten die Stellung in der Nähe aufgegeben.
Die beiden Brüder gehören zu den erfahrensten Soldaten ihrer Armee. Sie sind bei der Niederschlagung des kommunistischen Aufstands in Madiun dabei gewesen und anschließend zu einem weiten Marsch zurück in ihr angestammtes Gebiet aufgebrochen, das den Namen Kantong trägt. Und von hier – aus ihrer Westentasche heraus – agieren sie.
Um sie herum ist es ruhig. Außer Insektengezirpe und Vogelgezwitscher ist kein Laut zu hören. Eine friedliche Stille liegt über der Welt, und das, obwohl nur hundert Meter vor den beiden Brüdern Dutzende Soldaten Stellung bezogen haben, und sich auch hinter ihnen ein Trupp in voller Kampfausrüstung bereithält. In ihrem Rücken führt ein Regiment in diesen Minuten zwei Kilometer entfernt drei- bis viertausend Angehörige von Partisanen auf die andere Seite der Hauptstraße. Jeweils einen Kilometer zu ihrer Rechten und Linken schieben zwei weitere Trupps Wache. Auch das Ende des Zuges wird von einem Wachtrupp abgeschirmt. Nur wenige Kilometer hinter den Angehörigen der Partisanen rückt die Stabsführung mit Ausrüstungsgegenständen, Lebensmitteln, Maschinen und allerlei anderem wie Dynamos, Radiosender, Medizin und dergleichen mehr nach.
Und in dieser stillen Stunde sagt Korporal Canimin zu seinem jüngeren Bruder, dem Soldaten Kartiman: »Diese Familienangehörigen sind bloß eine Last für uns.«
»Ja, verflucht«, schimpft Kartiman erzürnt. »Als Lohn hängt man uns an, was keinen Nutzen hat und alles nur schwieriger macht. Schau doch selbst, was jetzt los ist: Unsere Armee kann sich überhaupt nicht richtig bewegen. Schau sie dir an, diese Großmütter und Großväter, die schon halb verreckt sind, und die Babys, die nicht hätten geboren werden müssen. Alle hängt man sie uns an. Und wir? Wir haben uns um alles zu kümmern,

obwohl wir längst mit den Kräften am Ende sind. Du weißt selbst, daß es von Yogya und Purwokerto hierher keine neunhundert Kilometer sind, doch wir haben fast zwei Monate gebraucht. Verflucht! Wirklich verflucht!«

»Kartiman«, sagt Korporal Canimin sanft, »du bist schon den ganzen Abend so aufgebracht.«

»Ha, ich weiß auch nicht, warum. Ich kann nichts dagegen tun. Auf meinem Herzen liegen Schatten. Ich weiß nicht, was los ist. Verflucht! Ich habe vorhin zuviel gegessen. Und ich habe Bauchweh. Aber nicht deshalb. Wirklich nicht deshalb. Ich habe das unbestimmte Gefühl, daß meine Zeit vielleicht bald abgelaufen ist ...«

»Du spinnst dir doch hoffentlich kein unsinniges Zeug zusammen, oder?«

»Ob es wahr oder unsinnig ist«, erwidert Kartiman ein wenig unwirsch, »das weiß ich nicht. Darüber mache ich mir auch keine Gedanken. Weißt du, was? Ich ...« Seine Stimme wird leiser und wehmütiger. »... Ich habe das Gefühl, daß ich morgen oder heute Nacht oder schon in dieser Stunde sterben werde. Nein, widersprich mir nicht. Mich durchläuft ein Zittern. Und ich habe Bauchweh. Ein Zittern, Canimin, mein Bruder ... ein Zittern. Es ist unbeschreiblich. Und ich kann es nicht kontrollieren. Verflucht!« Seine Stimme wird leer und schwermütig. »Wahrscheinlich werde ich jung sterben.«

»Jung sterben! Du zitierst unseren Bruder Aman.«

»Ja, so ist es. Aber in diesem Augenblick, Canimin, jetzt empfinde ich zutiefst die Bedeutung dieser Worte. Jung sterben! Ja, wahrscheinlich werde ich jung sterben.«

»Offensichtlich bist du nicht ganz bei Verstand, Kartiman. Du wirst noch sehr lange leben – bestimmt noch sechzig Jahre. Vielleicht sogar noch länger. Dein Körper ist kräftig und von keiner Verwundung verstümmelt«, erwidert Korporal Canimin aufmunternd.

Doch der Soldat Kartiman erwidert langsam und mit tiefem Ernst: »Canimin, mein Bruder, der Tod ist mir plötzlich vollkommen gleichgültig. Laß mich getrost jung sterben. Ich werde mich nicht dagegen wehren, ich empfinde auf einmal ein starkes

Verlangen nach dem Tod. Der Tod! Der Tod, den ich bisher immer fürchtete. Jetzt empfinde ich ein deutliches Verlangen nach ihm. Vielleicht werde ich dann endlich von der Sünde befreit sein, die mir unentwegt auf der Seele lastet. Es soll geschehen. Auch wenn ich nicht mehr die Möglichkeit habe, dem Menschen, den ich liebe, Lebewohl zu sagen. Ratni! Wenn mein Blut hier an diesem Platz vergossen werden muß – nein, Canimin, ich empfinde kein Bedauern.«

»Ich verstehe, Kartiman. Aber du darfst dich diesen verkehrten Gefühlen nicht hingeben. Ich bin es, der verstümmelt ist. Ach, diese Benzinbombe, die mir in Madiun das Gesicht weggerissen hat, den ganzen linken Unterkiefer mitsamt der Speicheldrüse! Ich hoffe, daß ich statt deiner fallen werde. Du bist nicht verstümmelt. Kartiman, schiebe diese verkehrten Gefühle von dir weg. Du mußt an die guten Dinge im Leben denken, dann wirst du auch die guten Früchte ernten können. Nicht wahr?«

»Aber diese Gefühle kommen ganz von selbst. He, sei mir nicht böse, Canimin. Ich weiß, daß du nicht darüber sprechen willst«, sagt Kartiman sehr ernst, »aber gerade jetzt quält es mich sehr.«

»Was meinst du?«

»Was geschehen ist. Was wir getan haben. Was mir immer noch deutlich vor Augen steht.« Er schweigt. Plötzlich spricht er ein knappes Wort aus, in dem Schmerz und Entsetzen mitschwingen: »Vater!«

Bei diesem Wort durchläuft ein Schauder den Korporal. Bevor er etwas erwidern kann, wiederholt Kartiman sehr langsam und gezogen, fast schon unhörbar: »Vater.« Dann fährt er fort: »Immer noch habe ich sein aufgedunsenes Gesicht von damals vor Augen. He, war er nicht schon halb verreckt, weil er sich mit Whisky besoffen hatte? Krumm und schlaff wie eine gebackene Banane lag er ausgestreckt auf dem Fußboden. Whisky – die große Belohnung der Nica.«

»He. Es ist besser, wenn du jetzt aufhörst, davon zu sprechen.«

»Was wir getan haben, lastet mir bis zum heutigen Tag schwer auf der Seele. Vielleicht ist meine letzte Stunde bereits angebrochen. Unterbrich mich nicht. Höre mir erst zu. Ich erinnere mich noch genau an jene Brücke und an das, was darunter geschah:

am Ufer des Ciliwung. Auch du wirst dich ganz bestimmt noch erinnern. Verflucht! Und ich war es, der ihm eine Kugel durch den Kopf geschossen hat. Sag mir, warum ich es tat? Warum nicht du? Warum nicht Aman? Und ich war es auch, der ihn mit dem Fuß ins Wasser befördert hat. Warum ich? Und jetzt lastet mir das alles schwer auf der Seele. Verflucht!«

»Ja, aber Aman, du und ich haben ihm dennoch die letzte Ehre bezeugt. Nicht wahr?«

»Die Ehre bezeugt! Richtig, das haben wir getan. Aber ich war derjenige, der geschossen und ihn ins Wasser gestoßen hat. Verflucht! Und jetzt verfolgt er mich. Immer sehe ich ihn in Gedanken deutlich vor mir. Aber diesmal ist es einfach zu heftig. Wirklich, ich halte es nicht mehr aus. Wenn ich doch nur tot wäre!«

»Ich sage, daß du dich diesen unsinnigen Empfindungen nicht hingeben darfst«, erwidert Korporal Canimin. »Du bist ein guter und disziplinierter Soldat. Wenn der eigene Vater sich dem Feind anschließt, der uns töten will, wer als als die Kinder selbst hat dann die Pflicht, ihn aus dem Weg zu schaffen? So mußt du denken, Kartiman! Schau, wenn Vater einem anderen Trupp in die Hände gefallen wäre, hätte er einen qualvolleren Tod gehabt. Stell dir vor: Man hätte ihn mit Bambusspeeren durchbohrt!«

»Bruder«, sagt Kartiman mit erstickter Stimme, »auch wenn er auf der Seite unserer Feinde stand, so war er doch unser Vater. Mein Vater und dein Vater. Amans Vater. Es gibt niemanden, der das widerlegen will.«

»Das ist wahr.«

»Und nun? Er war doch mein Vater. Und dein Vater. Und wir sind seine Kinder. Oh, Herr im Himmel, wenn es Dir möglich ist, Gnade walten zu lassen, dann vergib mir diese verabscheuenswerteste aller Sünden.«

»Der Allmächtige vergibt denjenigen, die Sünde auf sich geladen haben. Und jeder Mensch sündigt.«

»Ja, ich weiß.« Plötzlich packt Kartiman die Schulter seines Bruders. Seine Hand ist verkrampft. »Aber … aber für mich – Kartiman, für mich – für mich ist es die größte Sünde, die jemals von einem Menschen begangen worden ist. Ein Vatermörder bin ich! Es mag sein, daß es für ihn selbst so am besten war. Er ist nicht mit Bambusspeeren durchbohrt worden oder auf eine andere qualvolle Weise gestorben. Vielleicht ist es vor dem Hintergrund unseres Kampfes keine Sünde, denn er war Nica-Korporal. Aber vor mir selbst, da ist es eine Sünde. Vatermörder … ooh!«

Canimin hat die Fassung zurückgewonnen und versucht, beruhigend auf seinen Bruder einzuwirken: »Kartiman! Korporal Paijan, Korporal der Nica und des KNIL, war nicht dein richtiger Vater. Und er war auch nicht mein leiblicher Vater. Oder vielleicht war er es doch. Aber dein Vater? Nein! Ganz bestimmt nicht. Darüber habe ich mir schon sehr früh Gedanken gemacht, und ich habe mir mein Urteil gebildet. Also, vermutlich bin ich Korporal Paijans Sohn. Ja, sehr wahrscheinlich bin ich das, denn ich habe eine gewisse Ähnlichkeit mit ihm. Aber du? Nein, Kartiman! Da bin ich mir ganz sicher. Deine gesamte Erscheinung weist auf einen ambonesischen Ursprung hin. Du hast nicht die Gesichtszüge des Korporals Paijan. Ich hingegen sehe ihm ähnlich. Und jetzt denke einmal nach: Unser Bruder Aman sieht aus wie jemand aus Menado. Er hat eine hellgelbe Hautfarbe und recht ausgeprägte Schlitzaugen. Und Salamah? Sie hat nicht die geringste Ähnlichkeit mit Korporal Paijan. Und sie kommt auch nicht auf ihre Mutter. Sie läßt an eine holländisch-indonesische Verbindung denken. Ihre Haut ist fast weiß. Und deine ist schwarz wie eine Krähe.« Korporal Canimin schweigt bedeutungsvoll, um seine Ausführungen auf den Soldaten Kartiman einwirken zu lassen. »Du solltest einmal gut darüber nachdenken. Salamah hat lockiges, brünettes Haar. Und du? Deine Haare sind kraus wie die eines Schafes. Wieso hast du niemals darüber nachgedacht, warum du so unansehnliche Haare hast? Auch das mußt du dir klar machen. Und außerdem hat Salamah eine spitze Nase. Und du? Eine flache! Eine sehr flache sogar! Nein, Kartiman, du bist nicht Korporal Paijans Sohn. Aber du bist mein Bruder.«

»Möglicherweise hast du recht«, erwidert Kartiman heiser und nervös. »Aber dennoch habe ich ihn immer als meinen Vater betrachtet. Von Kindesbeinen an habe ich Vater zu ihm gesagt,

und auch jetzt noch nenne ich ihn Vater. Und ist eine Auffassung nicht schon ein Teil der Wahrheit?«
»Immer redest du wie unser Bruder Aman.«
»Rede ich tatsächlich wie er?«
Canimin räuspert sich: »Bitte sprich über normale Dinge.«
»Was willst du damit sagen?«
»Daß ich so tiefsinniges Gerede nicht mag. Ich kann es nicht leiden, Einfaches zu Kompliziertem zu machen. Du sagst, daß eine Auffassung schon ein Teil der Wahrheit ist. Ich mag solche geschwollenen Aussagen nicht.«
»Ich bin so lange mit Aman zusammen gewesen«, sagt der junge Soldat langsam, »daß er mich sicher in gewisser Weise beeinflußt hat. Er ist ein guter Mensch, und er denkt viel nach. Ganz im Gegenteil zu dir! Und deshalb schließe ich mich seiner Meinung an – eine Auffassung ist schon ein Teil der Wahrheit.«
Urplötzlich verschwindet die Ruhe aus seiner Stimme, und er wird wieder zornig: »Teuflische Bilder. Ich sehe immer wieder dieses Ufer des Ciliwung vor mir. Und den Körper, den ich mit dem Fuß ins Wasser gestoßen habe. Und wie sich das Wasser öffnete und über ihn hin schwappte. He, war damals nicht gerade Vollmond?«
»Hmm.«
»Canimin, ich kann diese Bilder nicht von mir fortschieben. Und ich kann auch nichts gegen diese teuflischen Empfindungen tun. Vielleicht ist nun meine letzte Stunde wirklich gekommen.«
»Es reicht, du darfst dich diesen Gefühlen nicht hingeben. Der Tod liegt ausschließlich in der Hand des Allmächtigen, und der hat dem Menschen sein Leben gegeben, damit er es nutzt. Glaube mir, du wirst noch fünfzig oder sechzig Jahre leben. Habe ich dir das nicht vorhin schon gesagt?«
Der Soldat Kartiman erwidert nichts, und die beiden verfallen ins Schweigen. Jeder für sich. Wieder legt sich Ruhe über den Ort. Nur das Säuseln und Zirpen von Kleingetier ist zu hören. Die Sterne funkeln am klaren, schwarzen Himmel. Es ist still, obwohl sich in der näheren Umgebung Tausende von Menschen befinden. Nur hin und wieder trägt der Nachtwind von irgendwoher ein leises Kommando herüber.

Und die beiden Soldaten hängen ihren Gedanken nach. Im gleichen Augenblick schlafen ihre Mutter und Geschwister ungefährdet in dem Haus mit den Wänden aus Bambusgeflecht, das in dem Gebiet steht, das die Menschen heimlich Zone der Freiheit nennen. Auch dort funkeln hoch oben am Himmel die Sterne. Ja, genau die gleichen Sterne.

Mit dem Voranschreiten der Zeit wird die Ruhe, die über dem vordersten Posten liegt, immer häufiger von herüberschallenden Kommandos gestört. Schließlich bellen im Zentralbereich des überwachten Gebietes sogar einige Schüsse auf.

»Bestimmt ein Fluchtversuch«, sagt Korporal Canimin.

»Hmmm. Wenn die Wächter Gefangene entwischen lassen, hmmm, dann hänge ich sie auf. Sie würden es zu spüren kriegen. Ja, ich finde Gefallen an dem Gedanken, sie aufzuhängen. Ich hänge sie an den Füßen auf, bis sie verrecken.«

»Jetzt hast du aber wirklich üble Gedanken.«

»Wenn die Gefangenen Fluchtversuche unternehmen ... Hmmm, ich verstehe, wir sind hier nicht weit von Jakarta entfernt. Sie suchen jetzt ihre Gelegenheit.«

»Du darfst nicht so grausam sein. Das habe ich dir nicht nur einmal gesagt.«

»Wenn ich den Menschen, den ich für meinen Vater halte, umbringen kann, warum dann nicht die, die zu entkommen versuchen? Ich weiß doch, daß sie entkommen wollen, um wieder auf uns schießen zu können«, zischt Kartiman haßerfüllt. »Und ich kann diese Empfindungen wirklich nicht mehr von mir fortschieben. Ich werde sterben. Na gut, wenn es denn sein soll! Nur wann, das weiß ich nicht. Willst du wissen, was ich jetzt tun möchte?«

Er schweigt und lauscht in die Nacht. Dann fährt er mit Brutalität in der Stimme fort: »So viele Feinde wie möglich töten. Egal auf welche Weise. Mir ist jetzt alles gleichgültig.«

»Das ist pure Blutrünstigkeit, aber kein Heldenmut!«

»Hmm, kein Heldenmut? Ach, Heldenmut oder nicht, was kümmert mich das? Und ich bin mir auch nicht sicher, ob es auf dieser Welt jemals Heldenmut gegeben hat. Unser Bruder Aman sagte einmal zu mir: Wir Geschwister sind in einem Dreckhau-

fen geboren worden – in einer Kaserne des KNIL. Deshalb sind wir selbst Dreck. Doch es ist unsere Pflicht, den Dreckhaufen umzuschichten. Verstehst du, was er meinte? Ihn umzuschichten, um Saatgut für Menschen und Menschlichkeit zu säen.«
»Aber das, was du tun möchtest, hat mit Menschlichkeit nichts zu tun. Gefangene haben das Recht, ihr Heil in der Flucht zu suchen. Und Menschen, also auch Wächter, werden hin und wieder vom Schlaf übermannt. Gefangene sind Menschen, die sich ergeben haben. Menschen, die keine Kraft mehr haben und sich nicht mehr verteidigen können. Was du tun möchtest, ist pure Blutlust.«
»Blutlust öffnet manchmal den einzigen Weg, der zur Menschlichkeit führt«, erwidert Kartiman grimmig.
»Du redest wie Aman.«
Soldat Kartiman, der keine Lust verspürt, am Faden, der zu ihrem Zwist geführt hat, weiterzuspinnen, lenkt das Gespräch in eine andere Richtung: »Canimin, ich sehe Salamah, Patimah, Mimi und Hasan deutlich vor mir. Salamah ist jetzt eine erwachsene Frau, nicht wahr? Damals war sie noch ein richtiges Kind. Als wir fortgingen, war sie keine sechzehn. Jetzt ist sie neunzehn. Vielleicht ist sie schon verheiratet. Mit neunzehn wäre es an der Zeit.«
Er schweigt. Dann sagt er mit flehendem Unterton: »Möge sie einen guten Ehemann bekommen.«
»Das hoffe ich auch«, pflichtet Canimin ihm bei. »Salamah ist ein guter Mensch. Ganz besonders hat sie Sa'aman ins Herz geschlossen. Und hübsch ist sie. Nicht selten habe ich mich gefragt, wieso mein Schwesterchen so hübsch werden konnte. Das einzige, was mir an ihr nicht gefällt, ist ihre Neigung zum Heulen. Doch jeder, der sie Tränen verströmen sieht, schließt sie sofort ins Herz und hat Mitleid. Und ich weiß nicht, warum das so ist.«
»Einmal habe ich ihr eine Ohrfeige versetzt.«
»Kartiman, du bist ein grober Klotz.«
»Das stimmt. Ich bin wirklich ein grober Klotz.« Jetzt wird seine Stimme leiser: »Canimin, nun sehe ich auch Sa'aman deutlich vor mir. Es ist, als würden mich seine Ruhe ausstrahlenden Augen aufmerksam anschauen. Vielleicht denkt er in diesem

Augenblick an mich. Alle sehe ich jetzt vor mir. Ich verstehe es nicht. Ich will sterben.«

»Du fängst schon wieder damit an. Lausche doch einmal!«

»Und du beginnst schon wieder mit deinem leeren Geschwätz. Ich will nicht lauschen.«

»Was ich sagen will, hat Hand und Fuß.«

»Und nach was soll ich lauschen?«

»Hör genau hin!« sagt Korporal Canimin. »Du hörst da draußen weder etwas von Lastwagen noch von Panzern oder Maschinengewehren, nicht wahr? Es rückt kein Konvoi an. Hör doch hin. Es gibt dort überhaupt nichts. Und du hast nichts zu befürchten, ganz gewiß nicht. Du wirst noch fünfzig oder sechzig Jahre leben, Kartiman. Schiebe die bösen Erinnerungen fort. Es ist besser, wenn du in Gedanken bei Ratni, deiner hübschen Frau bist. Du hast das arme Waisenkind in Madiun kennengelernt und in dieses gefährliche Gebiet hier gebracht; doch damit nicht genug, bist du auch noch grob zu ihr.«

»Hmm. Das ist mir nicht bewußt. An Ratni kann ich jetzt nicht denken. Meine Gedanken sind voller Schatten. Vielleicht sind es die Schatten des Todes. Und sie treten in steter Abwechslung auf, als führe sie eine ordnende Hand. Canimin, wenn ich falle, mußt du Ratni in allen Angelegenheiten helfen. Sie ist eine gute und loyale Frau. Und sie steht alleine in der Welt, ohne Eltern und Geschwister. Die Arme. Wenn ich sie nicht zu mir genommen und hierher gebracht hätte, würde es ihr dort sogar noch schlechter gehen.«

»Sei still, hör endlich auf damit!«

»Was?« schnauzt der Soldat Kartiman. »Ich bin nun einmal nicht mehr Herr meiner Gefühle! Ich will mich diesen rasenden Empfindungen nicht unterwerfen, aber sie kommen einfach so über mich, ganz von selbst! Verflucht! Und je länger sie da sind, desto erdrückender werden sie. Oh, ich werde tot sein, noch bevor die Sonne aufgeht. Ich weiß es. Ich spüre es genau. Ich weiß es. Ich weiß es.«

»Leeres Geschwätz!«

»Ja, für dich mögen es nur leeres Geschwätz und rasende Empfindungen sein, aber für mich ist es eine Wahrheit! Sage

mir, warum mich jetzt so heftiges Heimweh befällt? Warum habe ich diese Sehnsucht, selbst nach Vater? Ich möchte ihn so gerne treffen und um Vergebung bitten. Nur um Vergebung! Und warum? Ich weiß es. Es ist die Vorahnung des Todes. Die Hand des Todes, die meine Seele berührt hat.«
Jetzt sträubt sich Korporal Canimin nicht mehr dagegen, daß sein Bruder seine Gefühle vor ihm ausbreitet. Er widerspricht ihm nicht mehr, doch er stimmt ihm auch nicht zu.
»Warum empfinde ich eine solche Sehnsucht nach allem? Begreifst du, daß es wegen der Hand des Todes ist? Und ich habe auch Sehnsucht nach Ujung Krawang. Nach den Segelbooten, die silbern im Sonnenlicht baden. Nach dem Meer mit dem sanften morgendlichen Wellenschlag. Nach dem tiefblauen Himmel. Und ich habe Sehnsucht nach Ujung Krawang zur Zeit der Morgenröte. Wir beide haben dort einmal Wache geschoben. Du wirst dich vielleicht daran erinnern, daß die holländischen Schiffe dort landen wollten und unsere Kompanie Hals über Kopf dorthin beordert wurde. Du wirst dich ganz bestimmt daran erinnern.«
Der junge Soldat schweigt und versinkt in Gedanken. Erst nach einer Weile fährt er mit müder Stimme fort: »Ich kann mich noch genau daran erinnern, wie dort die Morgenröte am Himmel heraufzog. Das Meer und der Himmel badeten in rotem Licht. Doch damals habe ich diesem Schauspiel nicht die gebührende Aufmerksamkeit geschenkt. Diese rote Farbe, die auf dem Meer lag! Diese Morgenröte, die sich im Osten entfaltete! Die Sonne lugte soeben über den Horizont hinaus, vor dem sich die Wipfel von Kokospalmen und anderen Strandbäumen abzeichneten. Selbst die Boote, die zurück Richtung Küste schaukelten, waren rot ... fast so rot wie Blut. Erst jetzt empfinde ich die Schönheit jenes Morgens. Warum erst jetzt, Canimin?«
Schweigend harrt er auf Antwort. Als Korporal Canimin nichts erwidert, sagt er in beinahe geringschätzigem Tonfall: »Du verstehst das sicher nicht. Ich bin grob. Ja, grob und ungeschliffen, aber ich habe ein Gefühl für Schönheit – selbst wenn es diese Schönheit nur in meinen Erinnerungen gibt. Und du bist zwar feinsinnig, aber für Schönheit nicht empfänglich.«

Korporal Canimin gibt noch immer keine Antwort.
»Ujung Krawang! Ich werde diesen Ort bis an mein Lebensende nicht vergessen, obwohl er sich in nichts von der Hölle unterschied – Millionen von Moskitos. Und Krokodile! Aber die Landschaft war wunderschön. Das rote Meer. Der rote Himmel. Selbst die Segel waren rot. Aber auch Blut ist rot. Nur Wanzen haben weißes Blut. Weißt du das? Wie gerne würde ich noch einmal das wunderschöne Panorama von Ujung Krawang genießen. Alles in rot: die Küste, das Meer, der Himmel und die Segel. Wie gerne wäre ich dort, um noch einmal die Morgenröte zu bewundern. Diese wundervolle Morgenröte.«
»Du scheinst krank zu sein, Kartiman!«
»Krank? Ich bin gesund. So gesund wie du. Vielleicht sogar gesünder.«
»Vielleicht brauchst du Erholung.«
»Vielleicht«, räumt Soldat Kartiman überraschend ein.
»Wenn du dich tatsächlich erholen mußt, wirklich und allen Ernstes, dann werde ich unserer Sektion melden, daß man dich zur Brigade nach Purwakarta schicken soll. Die Luft dort wird dir gut tun. Vor allem, wenn man dich nach Plered versetzt.«
Und Soldat Kartiman zeigt sich von dieser Vorstellung erfreut.
»Du beginnst, mich besser zu behandeln«, sagt er freundlich.
»Ja, ich habe dich immer hart angefaßt. Viel härter als die anderen. Verzeih es mir. Ja, vielleicht solltest du dich wirklich etwas erholen. Du hast zuviel kämpfen müssen. Vor allem in Madiun. Als wir die Kommunisten von Madiun nach Kudus und dort bis hinab zum Strand jagten, warst du in der vordersten Front aktiv, und ich glaube, daß unsere Sektion am aufopferungsvollsten gefochten und gekämpft hat. Und zwischen Purwokerto und hier warst du an über neunzehn Gefechten beteiligt.«
Die beiden Partisanen setzen sich hin und lehnen sich an den Stamm eines großen Baumes, wo keine Spur mehr von ihnen zu entdecken ist.
»Du glaubst, daß ich eine Ruhepause bekommen könnte?« fragt der Soldat Kartiman verlangend.
»Ich habe das Vertrauen des Sektionskommandanten. Keine Sorge!«

»Du bist auf einmal sehr freundlich zu mir, Canimin.«
»Ja, seit wir in dieser Armee sind, habe ich dich immer sehr hart angefaßt«, sagt Korporal Canimin reumütig. »Und eigentlich habe ich dir sogar im Weg gestanden. Wenn du nicht in meinem Trupp wärst, hättest du es wohl selbst längst zum Korporal gebracht. Oder sogar zu mehr? Du bist ja auch ein ehemaliger Heiho und hast als solcher in zahlreichen Schlachten auf asiatischem Boden Erfahrung gesammelt. Vielleicht hättest du es längst zum Sergeant-Major oder Sergeant gebracht. Aber weil du meinem Trupp zugeordnet wurdest, habe ich dich willkürlich kleingehalten. Und weißt du warum?«
»Nnnnn.«
»Doch, du sollst und mußt es wissen, Kartiman: Damit sich die anderen nicht das Maul zerreißen.«

Er schweigt einige Augenblicke. Dann verrät ein leises Rascheln, daß er näher an seinen Bruder heranrutscht.
»Kartiman, du wirst mir verzeihen, nicht wahr?«
Der Soldat Kartiman erwidert nichts. Erst nach einer Weile sagt er langsam und mehr zu sich selbst: »Eigentlich würde ich gerne eine Sektion führen.«
»Ja.«
»Und wenn ich als Sektionskommandant falle, ...«
»Ja.«
»... wird mir irgend jemand das Rangabzeichen abnehmen, und du mußt es zurück nach Jakarta bringen.«
»Ja.«
»Und dieses Rangabzeichen mußt du in unseren Schrank mit der Glastür hängen, direkt neben mein Bild. Du verstehst ...«
»Ja, ich verstehe.«
»Als Zeichen, daß sich unsere Familie aufrichtig und aus ganzem Herzen dafür eingesetzt hat, den Dreckhaufen umzuschichten.«
»Ja.«
»Aber«, sagt Soldat Kartiman resigniert, »diesen Rang bekleide ich nun einmal nicht. Ich bin noch immer Soldat erster Stufe – wie damals, als ich Heiho war.« Dann spricht er sich selbst Trost

zu: »Aber das ist gleichgültig. Ich bin bereit, im Kampf zu fallen, in welchem Rang auch immer. Es ist gleichgültig.«

»Kartiman, wenn du tatsächlich fallen mußt, dann tue es ehrenhaft.«

Für einen Augenblick bleibt es still. Dann läßt der junge Soldat seinen Gefühlen freien Lauf.

»Verflucht!« schimpft er barsch. »Jetzt weiß ich Bescheid. Du willst mich schon wieder an der Nase herumführen, mich mit deinen schönen Worten aufmuntern. Was haben mir denn deine früheren schönen Reden eingebracht? Was denn? Nichts! Hörst du? Nichts!«

»Ich bin erstaunt. Du kannst dich nicht wie ein anständiger Mensch betragen. Du solltest dich in deiner Grobheit zügeln.«

»Wenn du nicht mein eigener Bruder wärst, hätte ich dich längst über den Haufen geschossen.«

Nach diesen Worten bricht Korporal Canimin in schallendes Gelächter aus.

»Du hast doch eine Lee Enfield!« spricht er seinem Bruder Mut zu. »Gut, sehr gut! Es ist mir nur recht, wenn mein eigener Bruder mir das Gehirn aus dem Schädel bläst. Ich bin doch sowieso verstümmelt. Kartiman! Meine Jugend ist dahin. Keine Frau wird mich noch wollen.«

»Ha! Du willst mich mit solchem Geschwätz doch bloß unterkriegen. Pah! Genug jetzt, es reicht! Es reicht wirklich!«

»Im Grunde kannst du ganz gescheit reden, Kartiman«, sagt Canimin.

»Sei verflucht!« schimpft sein Bruder.

»Ruhig jetzt, was soll die Aufregung. Morgen werde ich eine Ruhepause für dich beantragen, und dann kannst du mit Ratni einen halben Monat wegfahren. Und außerdem lege ich dir nahe, deine Frau, dieses arme Waisenkind, nicht immer so grob zu behandeln. Doch sei jetzt still! Wir schieben schließlich Wache.«

Plötzlich sagt er in abgehaktem Rhythmus verwundert: »He, wo bleiben die beiden Männer, die Wasser holen sollten?« Dann wendet er sich wieder seinem jüngeren Bruder zu und sagt: »Schon morgen werde ich den Antrag stellen. Wirklich!«

Soldat Kartiman kümmert sich nicht um ihn, denn er hat zu beten begonnen: »Allmächtiger im Himmel!« beginnt er unterwürfig. »Vergönne mir eines: Laß mich noch einmal eine Morgenröte bewundern. Ja, Allmächtiger, ich verstehe die Zeichen, die Du mir gibst. Ich habe viele Sünden auf mich geladen, und ich bin mir dessen bewußt. Du in Deiner allmächtigen Größe weißt das. Und Du selbst läßt zu, daß solche Sünden in dieser Welt geschehen. Wie vielen Leben habe ich ein Ende bereitet, die als Opfer für die neue Nation herhalten mußten, die Du in meinem Vaterland gebären willst. Diese Nation wird aus meinen Sünden und denen meiner Mitstreiter geboren werden – und auch aus den Sünden der Feinde meines Volkes! Ja, ich weiß es, ich habe Deine Zeichen verstanden. Mein Ende naht.«

»Kartiman, es reicht jetzt. Du brauchst nur etwas Ruhe.«

»Doch vielleicht betrachtest Du ja diese Sünden nicht als solche, denn Du bist es, nach dessen Willen diese neue Nation geboren wird, Du selbst. Meine Mitstreiter und ich stehen auf der schwachen Seite, die sich verteidigen muß. Ja, wir stehen auf der schwachen Seite, und das weißt Du. Doch für mich sind und bleiben alle Sünden, die ich begangen habe, Sünden. Ich habe gegen mich selbst und gegen die Menschlichkeit gesündigt, und gegen die Familien der feindlichen Soldaten, die ich umgebracht habe. Ich habe gegen ihre Liebe gesündigt, die keine Erfüllung fand.«

»Kartiman ...«, versucht Canimin ihn vorsichtig zu unterbrechen.

»... und wenn ich zu Dir zurückkehre«, setzt Kartiman sein Stoßgebet fort, als stünde er leibhaftig vor seinem Herrn, »und Du nicht bereit bist, mir, den Du selbst geschaffen hast, zu vergeben, dann will ich auch bereitwillig hinnehmen, daß meine Seele mit dem Blut der von mir getöteten Feinde befleckt und besudelt bleibt. Ich werde es bereitwillig hinnehmen, wenn Du mir nicht vergeben willst. Doch ich flehe Dich an, Ratni zu beschützen, die alleine im Leben stehen wird, wenn Du mich zu Dir genommen hast. Von weit her habe ich sie an diesen Ort gebracht. Und nun, da wir hier angekommen sind, erreichen mich Deine Zeichen, daß mein Ende – das ihres Beschützers –

nahe ist. Und wenn ich in Deinen Augen Sünde auf mich geladen habe, dann will ich es hinnehmen, daß Du mir das Tor nicht öffnest und ich auf ewige Zeiten als Dämon umherschweifen muß.«

Er schweigt nachdenklich. Und als er schließlich weiterspricht, richten sich seine Worte an den Bruder: »Canimin, kümmere dich um Ratni.«

Unvermittelt springt er auf. Das schemenhafte Licht, das die Sterne herabstreuen, beleuchtet seine Gestalt. Er salutiert. Dann tritt auch die Gestalt seines Bruders aus der Finsternis in das fahle Licht der Sterne. Man sieht sie den militärischen Gruß erwidern.

»Truppführer«, sagt der Soldat, »ich bitte, zum Gebet abtreten zu dürfen.«

»Jawohl.«

Kartiman salutiert ein weiteres Mal. Dann kniet er in seiner Armeeuniform unter dem großen Baum zum Gebet nieder. Undeutlich ist das Abzeichen mit den zwei Reisähren zu erkennen, das an seiner dunklen Mütze befestigt ist. Um den Nacken trägt er ein Patronenband, um die Schulter seine Lee Enfield. Wasser für eine rituelle Waschung hat er nicht.

Korporal Canimin verschwindet wieder im Schatten und setzt sich hin. »Noch keine Meldung über einen heranrückenden Feind«, flüstert er vor sich hin. Dann schweigt er.

Die Nacht neigt sich ihrem Ende zu. Der schwarze Himmel wird allmählich dunkelblau, und mit ihm einher ist die gesamte Umgebung einschließlich der beiden Gestalten dunkelblau eingefärbt. Je weiter die Nacht dem Morgen entgegeneilt, desto deutlicher sind die Brüder zu sehen. Selbst Einzelheiten sind jetzt bereits zu erkennen. Soldat Kartiman und Korporal Canimin tragen beide einen Stahlhelm auf dem Rücken und darunter einen Ranzen. Vor ihnen sind die Maschinengewehre mit Kühlwassermantel aufgebaut.

Sehr langsam steht Korporal Canimin auf und späht nach links und nach rechts, als halte er Ausschau nach etwas Bestimmtem. Dann murmelt er vor sich hin: »Verdammt, wo Ahmad und Kosim bloß bleiben? Es ist schon eine ganze Weile her, daß ich

sie zum Wasserholen geschickt habe. Sie müßten längst wieder hier sein. Sie sind sehr diszipliniert, und ich kann mir nicht vorstellen, daß sie sich abgesetzt haben. Unmöglich. Nein, unmöglich. Ob sie sich verlaufen haben?«
Er schweigt. Nach einer Weile nimmt er den Faden wieder auf: »Unmöglich! Ahmad kennt dieses Gebiet in- und auswendig. Und Kosim auch.«
Und wieder schweigt er nachdenklich.
»Allmächtiger«, fleht sein jüngerer Bruder jetzt zum Ende des Morgengebets, »schenke mir noch einen Tagesanbruch mit einer Morgenröte wie damals in Ujung Krawang, auch wenn es hier nur eine Morgenröte ohne Blick auf das Meer sein kann. Oh, wie schön sie doch war! Erst jetzt in der Erinnerung wird mir bewußt, wie wunderschön diese Morgenröte war.«
Er steht auf und sagt zu seinem Bruder: »Es geht aufs Ende zu.«
Korporal Canimin nimmt das seltsame Verhalten seines jüngeren Bruders schweigend zur Kenntnis. Kartiman hat sich noch nie so seltsam aufgeführt. Er zieht ihn zu sich herab, und ohne ein Wort zu sagen, sitzen die beiden Brüder nebeneinander. Rundum herrscht tiefe Stille. Jetzt halten die beiden sich an den Händen. Und der Korporal muß plötzlich an die Zeit vor dreieinhalb Jahren denken.

Die Engländer waren gelandet, und auch der Name Nica war in aller Munde. Er wurde von Kindern gerufen, von Erwachsenen, von den Alten und selbst von Babys, die gerade erst sprechen lernten. Und dieser Name war untrennbar mit dem Reis verbunden, der zu jener Zeit äußerst schwer erhältlich war. Einen Monat später waren im gesamten Stadtgebiet von Jakarta Gefechte losgebrochen. Und eines Tages (den er niemals vergessen wird) war sein Vater nach Hause gekommen: Korporal Paijan. Ein Lastwagen setzte ihn ab, und auf diesem Lastwagen hatte er alle möglichen Sachen mitgebracht.
»So!« hatte er geschrien. »Es sind wieder gute Zeiten angebrochen.«
Und die gesamte Familie, der es während der japanischen Besatzungszeit an allen Dingen gemangelt hatte, war nach drau-

ßen gestürmt. Oh, wie sehr hatte es ihnen an allem gemangelt! Die Märkte waren in den zurückliegenden Jahren leer und verlassen gewesen, weil es ständig Schießereien gab, weil die Japaner hemmungslos herumwüteten und weil die Gurkhas und Sikhs den einheimischen Frauen hinterherjagten. Und natürlich auch deshalb, weil überall nur Haß regierte und die Menschen einander mit Mißtrauen und Argwohn begegneten. Sa'aman, Canimin, Kartiman, Salamah, Patimah, Mimi und Hasan hatten zusammen mit ihrer Mutter Amilah staunend vor dem Berg von Sachen gestanden, die Korporal Paijan mitbrachte.

»Wißt ihr was?« hatte er gerufen. »Ich bin wieder zum Korporal befördert worden.«

Dann hatte er nacheinander drei Soldatenuniformen, zwei Paar Schuhe und ein Rangabzeichen ausgepackt: ein schwarzes Dreieck mit einem messingfarbenen Balken. Und anschließend ein Lendentuch, einen Gürtel, eine Mütze, ein Handtuch und noch verschiedene andere Sachen.

Und Kartimans Gesicht hatte sich deutlich verdüstert. Er hatte seinen ältesten Bruder Sa'aman angeschaut und ihm zugeraunt: »Aman, schau dir das an! Dieser verfluchte Verbrecher! In Aceh hat er Aceher umgebracht.« Dann hatte er sich an ihn, Canimin, gewendet: »In Bali hat er Balier umgebracht. In Sulawesi, in Borneo ... Verbrecher. Und jetzt ist er mit dem Rangabzeichen dieser Mörder hier. Weißt du, wen er als nächstes umbringen wird? Schon bald? Weißt du es? Mich! Und dich! Uns alle – seine Kinder. Und sich selbst auch.«

Nachdenklich hatte er den Kopf sinken lassen. Kartiman ebenfalls. Und Sa'aman auch. Dann waren sie zu dritt ein paar Schritte fortgegangen.

Und schließlich hatte Sa'aman geflüstert: »Wir müssen ihn aus dem Weg räumen. Wenn wir es nicht tun, wird man bald unsere gesamte Familie mit ihm identifizieren, und wir alle werden die Bambusspeere zu spüren kriegen.«

Dann hatte Sa'aman Kartiman angeschaut, und der hatte genickt. Und er, Canimin, hatte ebenfalls genickt. Dann waren die Blicke der drei Brüder zu Korporal Paijan gewandert.

»Ich bin wieder im Dienst!« hatte der angetrunken triumphiert.

»Schaut euch das an! Alles kostbare Sachen. Japan? Pah! Von den japanischen Zwergen war doch nichts zu erwarten!«
Dann hatte er seinen Kindern der Reihe nach ins Gesicht geschaut und gesagt: »Kleider von Ihrer Majestät der Königin sind Kleider meiner Größe.« Doch seine Kinder teilten seine Begeisterung nicht, denn zwischen dem indonesischen Volk und der Allianz Holland-England gärte Krieg. Und ein kalter Krieg breitete sich nun auch in dieser Familie aus. Hasan, mit erst fünf Jahren der Jüngste von ihnen, hatte die ausgebreiteten Sachen mit großen Augen angeschaut und angewidert die Lippen geschürzt. Ja, so hatte dieses Kind reagiert – weil es von seinen älteren Geschwistern gelernt hatte, daß das indonesische Volk gegen Holland und dessen Verbündete um die Unabhängigkeit kämpfen muß.
»Dreißig Jahre in der Kompanie!« hatte Korporal Paijan stolz verkündet. »Dreißig Jahre Dienstzeit, das ist kein Pappenstiel. Es dauert nicht mehr lange, bis ich Pension erhalte und den ganzen Tag die Beine baumeln lassen kann. Welch angenehmes Leben wir führen werden!«
Dann hatte er sich Kartiman zugewandt: »Heiho? Geh doch weg damit. Wie hoch war denn dein Sold? Und diese komischen Hosen: nicht kurz, nicht lang, dafür aber immer zerknittert. Und habt ihr von den Japanern Schweinefleisch bekommen? Nein, bloß Mais und Frösche! Darauf spucke ich!«
Als nächsten hatte er ihn, Canimin, ins Auge gefaßt: »Peta? Was war das schon? Vor Angst würden dir die Knie schlottern, wenn du diesen acehanischen Schuften gegenüberständest. Bist doch bloß Aktivist in einem ungeordneten Haufen. Weißt du das? Wenn du in Acehs Wäldern mit dem Kurzschwert in der rechten und der Flinte in der linken Hand auf Patrouille gehen müßtest, würdest du dir in die Hose scheißen, sobald die acehanischen Hurenböcke dir auf den Fersen sind. Weißt du das? Besonders, wenn sie dich über diese schmalen Bambusstege hetzen. Bah! Peta!«
Dann war sein Blick zu Sa'aman gewandert, und er hatte seine beleidigende Rede fortgesetzt: »Und du warst Beamter, als die Japaner hier waren. Mit dem Hungerlohn von neunzig, und das

in einer so kritischen Zeit! Oje! Ihr drei kommt morgen mit und schreibt euch zum Militärdienst ein. Dann könnt ihr Dienstkleidung von Ihrer Majestät der Königin tragen! Keine Sorge! Wir alle werden ein angenehmes Leben führen. Die Königliche Armee ist eingetroffen! Die Kompanie ist da! Es ist absolut sicher, daß wir ein Leben in Saus und Braus führen werden. Und mein Lohn wird mir für die gesamte Zeit der japanischen Besatzung nachgezahlt werden. Etliche zehntausend, Zehntausende! Rechnet selbst! Oh, es ist unglaublich!«

Canimin wird aus seinen Erinnerungen gerissen. Zwei Soldaten kommen mit einem Blechkanister voll Wasser. Die beiden Brüder trinken abwechselnd und füllen ihre Feldflaschen auf. Das restliche Wasser kippen sie in den Kühlwassermantel der Maschinengewehre. Und oben am Firmament funkeln noch immer die Sterne. Der Himmel wird allmählich hellblau. Klar und hellblau.

»Korporal!«

»Ahmad, es hat viel zu lange gedauert.«

»Wir wurden im Bataillon aufgehalten, weil eine Warnung nach vorn übermittelt werden mußte.« Und mit gesenkter Stimme fährt er fort: »Im Bataillon ist eine Nachricht von einem Spitzel bei der Militärpolizei eingetroffen.«

»Militärpolizei? Was für eine Nachricht?«

»Eine über Funk. In ungefähr einer halben Stunde wird ein leichter Konvoi aus Jakarta hier vorbeikommen.«

Er schweigt. Sein Atem geht stoßweise. »Das ist alles«, sagt er dann.

»Gut. Wir halten hier die Stellung.«

»Wir hoffen, daß uns eine Winde in die Hände fällt«, sagt Kosim.

»Kartiman!« ruft der Korporal.

»Jawohl!«

»Gib diese Nachricht zum Vortrupp weiter«, befiehlt Canimin. »Und melde, daß unsere Maschinengewehre dreißig Meter rechts von der Straße in Stellung gebracht sind. Los, alles noch einmal.«

»Über Funk ist die Nachricht gekommen, daß in ungefähr einer halben Stunde ein leichter Konvoi aus Jakarta vorbeikommen wird. Korporal Canimins Maschinengewehre sind dreißig Meter rechts von der Straße in Stellung gebracht. Ende.«
»Jawohl! Abmarsch!«

Soldat Kartiman zurrt den Sitz seiner Lee Enfield zurecht und rennt los. Rasch ist er im Zwielicht des aufziehenden Tages verschwunden.
»He, Kosim«, ruft Korporal Canimin den Soldaten zu sich, »was sagt dein gesunder Menschenverstand? Hat jemand, der im Kampf fällt, vorher Visionen? Kann er es spüren?«
»Manchmal soll es das geben. Aber nur sehr selten.«
Nun erhebt der Soldat Ahmad die Stimme: »Yusuf hat es gespürt. Ihr erinnert euch doch an ihn, nicht wahr? Yusuf, Sohn indonesischer und chinesischer Eltern aus Depok?«
»Der erschossen wurde, als er mit Dullah vorpreschte?«
»Genau«, erwidert Ahmad, »der mit den ausgeprägten Schlitzaugen. Er benahm sich kurz vor seinem Tod äußerst ungewöhnlich. Einen Augenblick war er schwermütig, im nächsten wirkte er so glücklich wie ein Jugendlicher, der sich zum ersten Mal verliebt hat, um dann melancholisch zu werden und still vor sich hin das Lied Lebewohl, meine Mutter zu summen. Nur wenig später starb er einen sinnlosen Tod, als ihn eine verirrte Kugel traf.«
»Und Diran«, führt Kosim den Gedanken weiter.
»Du meinst Diran vom Bataillon Mustafa?«
»Ja, Korporal. Bevor er fiel, entwickelte er sich zum Schweiger. Am Tag vor seinem Tod ist ihm keine einzige Silbe über die Lippen gekommen. Er saß in der Feldküche und verdrückte schweigend seine Ration, zu der er eine ganze Handvoll rote Pfefferschoten aß. Wenn jemand scherzend zu ihm hintrat oder ein Späßchen treiben wollte, ging er fort, ohne ein Wort zu sagen. Beim Gefecht von Cibarusa zerriß ihm am nächsten Tag ein Bombensplitter die Brust. Sie wurde in zwei Teile gespalten. Aber nicht alle benehmen sich vorher merkwürdig.«
»Gibt es vielleicht noch andere Vorzeichen? Unkontrollierte

Wutausbrüche, oder dergleichen? Ich habe nie auf so etwas geachtet. Ob auch das zu den Vorzeichen gehört?«
Für eine Weile herrscht Schweigen. Dann hört man Ahmad antworten: »Ja. Karim hatte dauernd Wutausbrüche, bevor er fiel.«
»Die Kameraden erzählen, daß er kurz vor seinem Tod einen heftigen Wutausbruch wegen eines unverständlichen Telegramms hatte. Unablässig verfluchte er den Korporal der Dechiffrierungsabteilung. Dann ging er weg und legte sich zu einem Mittagsschlaf hin. In der Nähe reinigte ein Soldat seine Pistole. Er dachte, sie sei nicht geladen, doch wie sich herausstellte, saß doch noch eine Kugel im Lauf. Sie löste sich, durchschlug Karims Wange und blieb in seinem Hinterkopf stecken.«
»Wie tragisch!«
»Er kam nicht mehr dazu, noch etwas zu sagen, denn er schlief ja. Nur einen ächzenden Laut gab er noch von sich. Es klang wie: Aaak. Und dann war er tot.«
»Vielleicht gibt es tatsächlich Menschen, die die ausgestreckte Hand des Todes spüren.«
Niemand gibt eine Antwort. Rundum ist es still. Erschöpfung und Übermüdung zeigen ihre Wirkung. Hin und wieder rührt ein kühler Windhauch die Männer an. Korporal Canimins Augenlider sind geschlossen. Er ist aufgewühlt von Angst und vom Gedanken, daß er den eigenen Bruder zu hart angefaßt und unterdrückt hat. Und dann durchflutet ihn ein Gefühl tiefer Zuneigung. Er bereut alle Versprechen, die er in seinem Leben nicht eingehalten hat. Die Erinnerung an die Versündigung gegen den eigenen Vater, den KNIL-Korporal Paijan, wird übermächtig. Dann befallen ihn Verdruß und Verzweiflung über sein verstümmeltes Gesicht, das von einer Benzinbombe in Madiun verbrannt wurde – und Sehnsucht nach Liebe, die für ihn seit damals unerreichbar geworden ist, wohin auch immer er seine Schritte lenken wird. Und auch das Verlangen nach sexueller Leidenschaft, die ihm für alle Zeiten verwehrt bleiben wird, empfindet er. Alles das wühlt ihn auf.
Schließlich wird das Schweigen gebrochen.
»Warum stellst du solche Fragen?« erkundigt sich Kosim.

»Einfach so.«
»Wir werden unversehrt bleiben. Ganz bestimmt!« ergreift Ahmad das Wort. »Denn wir greifen nur an, wenn der Feind nicht damit rechnet, und wir ziehen uns zurück, wenn der Feind vorstößt. Wir werden unversehrt bleiben und bald Tanjung Priok erreicht haben.«
»Dein Wort in Gottes Ohren.«
»Warum stellst du solche Fragen?«
Das Gespräch erstirbt wieder. Jetzt befällt den jungen Korporal Furcht, und plötzlich hat er Angst vor dem Tod. Ein Schauder läuft ihm über den Rücken, und erneut schließt er die Augen. Er rührt sich nicht. Bilder treten vor sein geistiges Auge: eine nicht mehr atmende Brust, ein leicht offenstehender Mund, nicht mehr fließendes Blut, matte und glanzlose Augen – Bilder vom Ende des Menschen. Und dann nehmen die Bilder konkrete Gestalt an, und er sieht seinen jüngeren Bruder tot vor sich liegen.
Die ihn überrollenden Empfindungen fallen erst von ihm ab, als Soldat Kartiman zurückkehrt und meldet, daß sein Auftrag erfüllt ist. Wieder legt sich Stille über den Ort. Dann erklingt ein Flüstern dicht an Canimins Ohr: »Mein Bruder, bitte sage Mutter später Grüße von mir. Und Sa'aman. Und Salamah. Und Patimah. Und Mimi. Und Hasan. Und bitte sorge bestens für Ratni. Verzeihe mir meine Fehler. Auch ich verzeihe dir deine. Mein Gefühl trügt mich nicht, mein Bruder.«
Und Korporal Canimin fügt sich widerstandslos den Empfindungen, die ihn erneut überrollen. Er ergreift Kartimans Arm, bekommt jedoch kein Wort heraus. Er empfindet aufs Heftigste die Strenge der militärischen Vorschriften, die keine Rücksicht auf verwandtschaftliche Beziehungen nehmen, und er muß an die Versprechungen denken, die er immer vorgeschoben hat, um seinen Bruder abzulenken. Stück um Stück zieht dies alles an ihm vorbei.
Urplötzlich sind alle Empfindungen ausgelöscht. In der Ferne krachen Karabinerschüsse.
»Verbrecherpack«, flucht Ahmad.
»Seid ruhig«, sagt Korporal Canimin und läßt den Arm seines Bruders los, »soll die Militärpolizei ihr Werk verrichten.«

Wieder ist es still. Einige Minuten später bricht eine wilde Schießerei los. Auch Salven aus automatischen Waffen und Granatenexplosionen sind zu hören. Die vier Soldaten, die den Maschinengewehrtrupp bilden, hören dem Getöse zu.

Wieder gleiten Canimins Erinnerungen in die Vergangenheit zurück.
»Du mußt dich zum Militärdienst verpflichten«, hatte ihr Vater Paijan gesagt, »die Kompanie braucht jetzt jeden Soldaten.«
Doch Sa'aman hatte nichts erwidert.
»Stell dich gefälligst nicht taub!« Dann hatte des Vaters Finger auf ihn gezeigt: »Und du schreibst dich auch ein!« Und er, Canimin, hatte genickt.
»Und du auch!« war der Finger schließlich auf Kartiman gerichtet. Der junge, jähzornige Kartiman hatte die Selbstbeherrschung verloren und so heftig mit der Faust auf den Tisch gehämmert, daß die militärischen Artikel ins Wackeln gerieten. Dann hatte er seinen Vater barsch angeschrien: »Bleib doch Korporal, bis du verreckst!« Anschließend war er in sein Zimmer gerannt und hatte sich eingesperrt. Der angetrunkene KNIL-Korporal war ihm nachgelaufen, hatte die bereits versperrte Zimmertür mit Fußtritten traktiert und gebrüllt: »Kartiman! Du Rotznase! Spielst also den Untergrundkämpfer, was? Hahaha! Warte ab, mein Junge! Willst du eines Tages etwa den eigenen Vater aus dem Weg räumen müssen? Warte ab, Freundchen! Ich kann dich ins Bataillon stecken, weißt du das? Ich werde dich dort schleifen lassen!«
Und er selbst, Canimin, hatte Paijan von der Tür fortgezogen. »Vater«, hatte er gesagt, »schrei nicht so laut herum. Wir befinden uns in einem Gebiet, in dem es viele jugendliche Aktivisten gibt, die für die Unabhängigkeit kämpfen. Denke daran und sei auf der Hut! Wenn du deine Zunge nicht zügelst, wirst du es am eigenen Leib zu spüren bekommen. Verstehst du? Sie können uns mit ihren Bambusspeeren übel zurichten.«
Und Sa'aman, der bei den wüsten Drohungen, die sein Vater gegen Kartiman richtete, leichenblaß geworden war, hatte dem Vater schleunigst die Hand auf den Mund gelegt, denn er hatte

Angst, daß zufällig ein Trupp Jugendlicher daherkommen und man ihm das Vertrauen entziehen könnte; dann wäre es vielleicht schon bald um die gesamte Familie geschehen gewesen – auch um seine Geschwister, die noch klein waren und die er sehr liebte. Und er hatte bekräftigt: »Es ist sehr richtig, was Canimin sagt, Vater.«

Korporal Paijan hatte nicht widersprochen und sich gefügig von Canimin und dessen älterem Bruder in den Vorraum zurückführen lassen, wo er, Canimin, dem Vater Honig um den Mund schmierte und sagte: »Später wird sich Kartiman als Soldat verpflichten.«

»He. Alle müßt ihr euch verpflichten. Du, Aman, und du auch, Canimin. Und Kartiman auch. Und dann ziehen wir um, in die Kaserne!« Sein Gesicht war inzwischen feuerrot vom Whisky.

»Natürlich, natürlich«, hatte Sa'aman beigepflichtet, »von Herzen gerne. Du bist schon so lange im Dienst, Vater.«

»Dreißig Jahre! Dreißig Jahre sind kein Pappenstiel. Pension! Die Beine baumeln lassen! Back pay!!!«

»Die Beine baumeln lassen«, hatte Sa'aman begeistert gerufen, »Back pay! Los, noch ein Whisky!«

»Juchhe, noch ein Whisky. Whisky! Pension. Juchhe! Aceh ist geschlagen. Japan ist geschlagen. Juchhe! Whisky und Kaserne. Juchhe!«

»Juchhe«, hatte Sa'aman geschrien.

»Juchhe«, war auch Canimin eingefallen.

»Juchhe! Pension! Kaserne! Korporal ist nicht irgendein Dienstgrad.« Vor lauter Begeisterung hatte sich Paijans Gesicht noch mehr gerötet.

Salamah, Patimah, Mimi und Hasan waren zurückgewichen und hatten ihren Vater mit Blicken bedacht, aus denen unverhohlene Abscheu sprach, und sie hatten es nicht mehr gewagt, sich ihm zu nähern.

»Pension!« hatte der Korporal erneut geschrien. Und dann noch einmal, und noch einmal – als ob das Wort magische Kraft besäße. Und mit Feuer sprühenden Augen hatte er Sa'aman angeschaut, der sich plötzlich so willfährig zeigte, und gesagt: »Auch du wirst dich als Soldat verpflichten.«

»Selbstverständlich.«
»Ha-ha-ha-ha«, hatte der KNIL-Korporal daraufhin mit weit aufgesperrtem Mund gelacht, so daß seine gelben Zähne zu sehen waren. »Wir werden alle Schutz unter der Krone finden. Juchhe. Juchhe. Whisky! Schenkt mir noch einen Schluck Whisky aus!«
Sa'aman füllte ein Küchenglas randvoll mit Whisky und goß seinem Vater das hochprozentige Getränk bis auf den letzten Tropfen in den Mund. Und der KNIL-Korporal, der auf dreißig Dienstjahre zurückblickte, ließ alles gierig und in großen Schlucken die Kehle hinabrinnen.
»Pension! Back pay!« hatte er ausgelassen geschrien. »Ihre Majestät die Königin ist reich. Juchhe. Lang lebe Ihre Majestät die Königin! Ihr alle müßt euch als Soldaten verpflichten.«
Dann waren seine Stimme allmählich undeutlicher und seine Bewegungen unkontrollierter geworden. Lallend hatte er gerufen: »Sa'aman, Canimin, Kartiman, und Salamah, Patimah, Mimi, Hasan und Amilah auch. Juchhe, juchhe, juchhe.«
Er hatte immer mehr die Kontrolle über sich verloren und Mühe, das Gleichgewicht zu halten. Schließlich war er ins Torkeln geraten und der Länge nach auf den Boden gestürzt, wo er bewegungslos liegenblieb. Niemand bot ihm eine helfende Hand – sie wollten Korporal Paijan den Höhepunkt seiner Ausgelassenheit genießen lassen. Nach einer Weile hatte sich der Betrunkene übergeben. Aus seinem Mund quollen Reis, Schokolade, Fleisch, verschiedene Gebäcksorten und stinkender Whisky – die großzügigen Gaben Ihrer Majestät der Königin.
»Back pay! Pension! Juchhe«, hatte der KNIL-Korporal danach noch einmal mühsam und undeutlich gelallt.

Ein Schrei reißt Canimin aus seinen Erinnerungen: »Verdammte Viecher! Ich liege in Wasserbüffelscheiße!« Im nächsten Augenblick folgt dem Aufschrei hämisches Gelächter. Dann ist es wieder still. Und der Morgen rückt näher. Canimin seufzt schwer.

Ja, Korporal Paijan hatte lang ausgestreckt auf dem Boden

gelegen. Nachdem er die Gaben Ihrer Majestät der Königin ausgekotzt hatte, war er eingeschlafen, und die Nacht war hereingebrochen. Sa'aman hatte dem treuen Diener Ihrer Majestät noch zwei weitere Gläser Whisky eingeflößt, und dann hatten sie den Betrunkenen zu dritt hinab zur Brücke am Ufer des Ciliwung getragen. Der Mond hatte geschienen, und sonst hatte es keine Zeugen gegeben, als Kartiman dem vom Whisky stockbesoffenen Paijan mit einem Revolver der Marke Horse in den Kopf schoß und den Leichnam gleich darauf mit dem Fuß ins Wasser stieß. Und dann hatte Sa'aman geflüstert: »Jetzt ist Vater ein von seinen Sünden rein gewaschener Mensch. Jetzt, als Leichnam. Wir wollen ihm die letzte Ehre erweisen.«

Sie hatten die Köpfe gesenkt und einige Augenblicke bewegungslos verharrt, wie die Söhne Nippons bei der Huldigung vor dem Palast des Tenno.

»Vater ist im Zustand der Volltrunkenheit und Glückseligkeit gestorben. Wir haben keinen Grund, traurig zu sein.«

Die drei Brüder waren nach Hause gegangen, und …

Wieder wird Canimin aus seinen Erinnerungen gerissen. In der Ferne ist das Brummen von Lastwagen zu hören.

»Achtung!« gibt der Korporal Anweisung. »Der Konvoi kommt!«

Die vier Soldaten, die den Maschinengewehrtrupp bilden und bäuchlings auf der Erde gelegen haben, beziehen Stellung. Kartiman, dessen Aufgabe darin besteht, dem Mann an den Maschinengewehren Feuerschutz zu geben, entsichert seine Lee Enfield, während Canimin sich an die Maschinengewehre begibt. Ahmad und Kosim kümmern sich um die Munition.

»Canimin, vergiß nicht, allen meine Grüße zu sagen. Auch Ratni. Vermutlich erlebe ich die Morgenröte nicht mehr. Auch gut, wenn es denn sein muß.«

Niemand erwidert etwas. Nur das schwache Brummen des nahenden Konvois ist in der Stille der Nacht zu hören.

Dann hört man Canimin im Flüsterton rufen: »Kartiman, es sind Lastwagen. Ziele du auf den Benzintank. Ich schieße auf Insassen und Motor.«

»Gut.«
Wieder wird es still. Nur die Fahrzeuggeräusche kommen immer näher. Dann rattern beim vordersten Wachposten die ersten Schüsse los. Der Angriff auf die Spitze des Konvois hat begonnen. An den Scheinwerfern ist zu erkennen, daß nur der Fahrer des vordersten Lastwagens wild entschlossen ist, die feindlichen Linien zu durchbrechen. Schon hören die Leute am vordersten Wachposten den Wagen vorbeirumpeln. Die Fahrer der anderen Fahrzeuge haben in Panik das Steuer herumgerissen, um zu entkommen.
Canimin läßt die Waffen Kugeln speien. Auch Kartiman schießt. Ein Feuerball schlägt hoch. Kugeln durchschneiden wie Blitze die Luft. Aus dem Lastwagen, der den Durchbruchversuch unternimmt, wird der Kugelhagel erwidert – fünf Sekunden lang. Dann steht das Fahrzeug in hellen Flammen und rammt gegen die Abdeichung eines Naßreisfeldes. Der Motor bleibt stehen, und das Fahrzeug sitzt auf der gegenüberliegenden Straßenseite fest. Noch einmal zischen Schüsse hin und her. Flammen schlagen über dem in Brand geschossenen Fahrzeug in die Höhe und erhellen den Platz des Geschehens.
Korporal Canimin hört neben sich ein dumpfes Geräusch. Und Kartiman schießt nicht mehr.
»Bruder, ich bin getroffen!«
Auch Korporal Canimin hört zu schießen auf.
»Kein Sonnenaufgang mehr – und keine Morgenröte.«
Von drüben wird ebenfalls nicht mehr geschossen.
»Ahmad, Kosim!« schreit Korporal Canimin seinen Kameraden zu. »Gebt den Mistkerlen Anweisung, sich zu ergeben. Und wenn sie sich weigern, schlagt ihr ihnen die Schädel ein. Nehmt Kartimans Lee Enfield mit.«
Die beiden verschwinden. Canimin rückt nahe an seinen Bruder heran. Der Geruch von Blut hängt in der Luft. Am vordersten Wachposten bellt wieder heftiges Gewehrfeuer auf. Und drüben auf der anderen Straßenseite greift das Feuer immer ungestümer um sich.
»Canimin, mein Bruder, wo bist du getroffen?«
Es kommt keine Antwort. Stoßweise schlagen ihm keuchende

Atemzüge entgegen. Stoßweise! Die Blicke der Brüder begegnen sich. Und zwischen ihnen wirkt die Allmacht der Natur!
Am vordersten Wachposten wird nur noch vereinzelt geschossen. Auf der anderen Straßenseite wird ein Befehl gerufen.
»Hände hoooooch!«
Es folgt der verzweifelte Angstschrei eines Menschen, der die Lebensgefahr spürt: »Mammiiii.«
»Hände hoooooch!« ertönt der Befehl noch einmal.
»Pappiiii«, schreit jemand in Todesangst.
Korporal Canimin legt die Hände um den Mund und schreit: »Bringt sie hierher!«
»Freiheit! Freiheit!« winselt ein Mann, der Todesangst empfindet, um Gnade.
Der Lastwagen brennt jetzt lichterloh. Im Lichtschein des Feuers erscheinen sechs Personen, die mit hoch erhobenen Armen in die Richtung des Korporals schreiten.
»Alla-hu akhbar!« sagt Canimin, während er sich zu seinem jüngeren Bruder hinabbeugt. »Sprich mir nach, Kartiman, sprich mir nach: Alla-hu akhbar.«
Als Antwort kommen nur stoßweise Atemzüge.
»Los! Schneller!« schnauzt drüben jemand gebieterisch. »Schneller! Ich schlage euch die Schädel ein, wenn ihr nicht spurt!«
Und die sechs Gefangenen beschleunigen ihre Schritte. Ahmad treibt sie mit der Lee Enfield im Anschlag vor sich her, während Kosim die erbeuteten Waffen einsammelt.
»Keine Morgenröte mehr«, stöhnt Soldat Kartiman schon halb ohne Bewußtsein.
»Sprich mir nach, Kartiman: Alla-hu akhbar.«
Keine Antwort. Nur stoßweise Atemzüge.
Korporal Canimin reißt seine Jacke in Streifen und verbindet das Loch in der Brust seines Bruders.
»Die Morgenröte«, haucht Kartiman schwach.
»Ja, jetzt zieht die Morgenröte am Himmel auf«, flüstert Canimin.
»Ratni, du bist eine gute Frau.«
»Ja, Ratni hat dir immer die Treue gehalten.«
»Canimin, wo ist dein Gesicht?«

»Hier, mein Bruder«, erwidert Canimin und wischt seinem Bruder über das schweißnasse Gesicht. »Sprich mir nach, Kartiman, mein Bruder! Sprich mir nach: Alla-hu akhbar. Allahu …«

»Verflucht!«

»Ooh«, stöhnt Canimin und schlingt die Arme um den Hals seines jüngeren Bruders. »Mein Bruder, mein Bruder! Möge der Herr dir alle deine Sünden vergeben. Sprich mir nach, mein Bruder, sprich mir nach: Alla-hu akhbar. Sprich es mir nach, mein Bruder!«

Doch die Allmacht der Natur ist stärker als die Umarmung eines Menschen.

»Dein Gesicht, wo ist dein Gesicht?«

»Hier. Alla-hu akhbar. Sprich mir nach, mein Bruder. Du bist ein Märtyrer. Sprich es doch nach! Ratni ist eine gute Frau. Ich werde gut für sie sorgen. Keine Bange. Korporal Canimin steht zu seinen Versprechen. Sprich mir nach, mein Bruder, sprich mir nach: Alla-hu akhbar.«

»Rat-ni. Mor-gen … röte. Ca-nimin. Kor-poral Pai-jan. Vergebung. Das … Meer.«

Die Stimme erstirbt. Der Atem des Soldaten Kartiman beginnt zu fliegen, wird dann ruhiger und steht schließlich still.

»Allahu akhbar!« ruft Korporal Canimin seinem Bruder ins Ohr. Und noch einmal: »Allahu akhbar!«

Die Gefangenen werden hergetrieben.

»Kartiman, was ist mit Kartiman, Korporal?«

»Er ist gefallen. Allahu akhbar.« erwidert Korporal Canimin. Dann sagt er auf holländisch: »Zwei von euch nehmen ihn mit! Schnell! Nehmt auch das Maschinengewehr mit! Schnell! Zwei von euch!«

Er nimmt Kosim eine erbeutete Thompson ab. Und als alle bereit sind, aufzubrechen, zieht sehr langsam die Morgenröte auf. Der Himmel färbt sich rot. Die Wipfel der Bäume färben sich rot. Und auch die Erde und die Gesichter der Soldaten färben sich rot. An diesem Morgen kräht nirgends ein Hahn. Ein sanfter Wind berührt die Gesichter der Menschen. Ein unwirklicher Lichtschein breitet sich rot über Himmel und Wolken aus. Blutrote Streifen durchziehen das saphirblaue Morgenlicht. Je

heller es wird, desto mehr dünnen die Farben aus, und schließlich ist die Morgenröte vorbei.
»Die Morgenröte«, flüstert Korporal Canimin.
Dann schreit er: »Laufschritt!«
Und alle laufen. Sie überqueren die Straße und rennen an einem Naßreisfeld vorbei auf den Ort zu, der vom Sektionskommandanten zuvor bezeichnet worden ist. Als der Morgen anbricht, sind sie spurlos verschwunden.
Über dem Ort des Geschehens liegt wieder tiefe Stille. Nur eine Blutlache und ein roter Fleischklumpen zeugen von den Ereignissen. Und drüben auf der anderen Straßenseite läßt rotes Feuer, hinter dem auch der Himmel rot erscheint, den Lastwagen zu einem eisernen Gestellrahmen schmelzen.

Ein Gast vor Tau und Tag

Salamah und Hasan sind wieder eingeschlafen, und Stille liegt über dem Haus in der sogenannten Zone der Freiheit. Nach einer Viertelstunde erwacht Amilah, aufgeschreckt durch einen bösen Traum, in dem Dämonen und wilde Tiere hinter ihr her gewesen sind. Sie setzt sich aufrecht hin und starrt wieder zur Tür. Und wie in den vergangenen drei Monaten wartet sie auch jetzt darauf, daß sich die Tür öffnet und Sa'aman mit allen möglichen Dingen für den Lebensunterhalt hereinkommt – und vielleicht zusätzlich noch mit vier- oder siebentausend Rupiah. Doch die Tür will sich einfach nicht öffnen.

Oft, wenn sie im tagträumerischen Zustand wacht, lächelt sie vor sich hin, und nicht selten murmelt sie dann einige Worte. Mitunter lacht sie leise oder auch laut auf, und es geschieht von Tag zu Tag häufiger. Manchmal hellt sich ihr Gesicht auf, um kurz darauf wieder düster und mürrisch auszusehen. Und zuweilen ergießt sich aus ihrem Mund ein Schwall der unflätigsten Schimpfwörter.

Schaut! Das Kasernenweib lächelt jetzt tatsächlich vergnügt. Die Lampe vor ihr brennt noch immer, wie sie es die ganze Nacht getan hat. Nun murmelt die alte Frau etwas vor sich hin, und bei genauem Hinhören hört ihr sie mit dunkler Stimme sagen:

»Ja, Aman … Sa'aman, mein Sohn! Vielleicht bist du jetzt schon reich.«

Sie lächelt vergnügt.

»Ich weiß, daß du jeden Augenblick kommen wirst. He, he, wann kommst du endlich nach Hause?«

Plötzlich ist das Strahlen aus ihrem Gesicht verschwunden. Mißtrauisch läßt sie den Blick durch den Raum schweifen. Dann spiegelt sich Enttäuschung in ihrer Miene wider. Sie knirscht mit den Zähnen.

»Ü-ber-trie-ben. Ü-ber-trie-ben«, stöhnt sie. Dann hört sie auf, den Kopf zu schütteln, und schaut starren Blickes wieder zur Tür. Sie rührt sich nicht. Sa'aman verschwindet aus ihren Gedanken, und Bilder aus früheren Zeiten nehmen in ihrer Erinnerung Gestalt an – Bilder aus der Zeit vor fünfundzwanzig Jahren. Ja, welch herrliche Zeit das doch war, als alle jungen Männer innerhalb und außerhalb der Kaserne verrückt nach ihr waren! Eine vergnügliche Zeit. Eine unmoralische Zeit. Ihr ist, als höre sie die Stimme des jungen Benni aus Menado – des Mannes, den sie wie niemanden sonst in ihrem Leben geliebt hatte.

»Ami«, hatte er damals gesagt. Nur er hatte sie so genannt, und sie liebte diese Anrede.

»Ami«, hatte er dann noch einmal gesagt. »Wir sind unterschiedlichen Glaubens. Ich bin Christ und du bist Muslim. Vielleicht ist es besser, wenn wir uns trennen. Sonst wird es später Schwierigkeiten geben, Ami. Was meinst du?«

Nach diesen Worten Bennis war sie wie versteinert.

»Ami, mein Vater wird mit Sicherheit seine Zustimmung verweigern. Und Mutter auch.«

Daraufhin hatte sie ihn haßerfüllt angezischt: »Ich wußte es, ich wußte es: Deine Eltern sind schlecht!«

»Nein, Ami, nein«, hatte Benni sanft widersprochen, »ganz bestimmt nicht. Meine Eltern sind beide sehr gute und aufrichtige Menschen – nicht nur mir, sondern allen Menschen gegenüber. Zwischen dir und mir besteht einzig und allein das Problem, daß wir unterschiedlichen Glaubens sind. Und meine Eltern werden eine solche Beziehung mit Sicherheit nicht dulden.«

Amilah hatte störrisch die Lippen geschürzt und verächtlich gesagt: »Glaube? Was hat der Glaube schon zu bedeuten?« Dann war ihre Stimme fordernd geworden. »Los, gib mir eine Antwort! Was hat Religion zu bedeuten? Antworte! Los, Antworte! Ich verlange eine Antwort von dir! Was hat Religion zu bedeuten?«

Benni hatte gen Himmel geblickt, die Hände vor der Brust gefaltet und ein stilles Gebet gesprochen.
»Antworte! Los, antworte!« hatte Amilah gedrängt. Dann hatte sie verbittert gelacht. »Warum hast du das nicht von Anfang an gesagt? Warum nicht?«
»Ami, dir bedeutet Religion nichts.«
»Ha! Bist du nicht ein Mann? Und ich eine Frau? Los, antworte. Ist das nicht für uns genug auf dieser Welt?«
»Nur das?«
»Nur das! Und sonst nichts. Was denn noch?«
Und für eine Weile hatten sich beide schweigend mit ihren jeweiligen Gedanken befaßt. Es entging ihr nicht, daß sich Bennis Gesichtszüge schmerzlich verzogen. Er betete zu seinem Gott, und sie beobachtete ihn voller Zorn. Beten – für sie gehörte das zu den merkwürdigsten Dingen, die es auf der Welt gab. Am Ende ihrer Geduld angekommen, hatte sie Benni schließlich heftig zu sich herangezogen und geradeheraus gesagt: »Feigling! Was bist du für ein Feigling!«
»Der Herr möge dir vergeben, Ami.«
»Feigling! Feigling, sage ich. Bist du kein Mann?«
»Doch.«
»Doch. Nur das weißt du zu erwidern? Und sonst nichts?«
»Der Herr möge dir vergeben«, hatte Benni seinen Segenswunsch wiederholt.
»Bahhh, ein feiger Mann«, hatte sie ihn beschimpft und ihn dabei noch enger an sich herangezogen, so als habe sie Angst, ihn jemals wieder loszulassen.
In Bennis Augen war Unsicherheit abzulesen. Ja, auch das war ihr nicht entgangen. Und sie hatte gespürt, wie Bennis Körper in ihrer Umarmung bebte. Auch sein Atem und seine Lippen bebten. Sie hatte sich nicht länger beherrschen können und Benni mit der ganzen Kraft ihres Leibes an sich gedrückt – und dann hatte sich jene klassische Kasernengeschichte wiederholt. Und sie wiederholte sich in rascher Folge, immer wieder. Und so verstrich der Monat.
Damals waren sie und Benni in der Kaserne Kotaraja. Sie waren beide noch sehr jung. Und dann war jener Befehl gekommen,

der Benni zur Patrouille abstellte. Er wurde an einen fernen Ort versetzt. Vor seiner Abreise hatten sich die beiden in der Dunkelheit der Nacht getroffen – es war ihr Abschiedstreffen, eine Begegnung, der keine weitere mehr folgen sollte. Der junge Benni wurde für seine Königin geopfert. Er wurde in Aceh von einem Speer durchbohrt. Und sie, Amilah, hatte gewartet und gewartet. Doch der, auf den sie wartete, war längst wieder zu Erde geworden.
Und statt seiner war Paijan gekommen. Obwohl er viel älter war als sie, hatte sie sich in ihr Schicksal gefügt. Und seit damals hatte sie ein tristes Kasernenleben geführt, das erst mit dem Sturz Niederländisch-Indiens endete.

Wie alte Bilder in einer Wochenschau ziehen jetzt Erinnerungen an Dutzende anderer Liebesaffären an ihr vorbei. Verschwommene Bilder, verschwommene Erinnerungen. Sie reichen in eine Zeit zurück, die lange vergangen ist, und sie sind mit Amilah zusammen alt geworden. Und bei diesen Erinnerungen hängen ihre Augen an der Tür, die sie nun bereits seit drei Monaten unverwandt anstarrt.
Der Nachrichtenfilm in ihrer Erinnerung reißt ab. Sie schreckt auf. Ihr ist, als habe sie ein leises Klopfen an der Tür, die sie seit drei Monaten nicht aus den Augen läßt, vernommen. Schweigend lauscht sie. Ja, da ist es wieder: ein leises Klopfen.
»Ich habe es gewußt. Aman kommt zurück«, flüstert sie glücklich.
Sie steht auf und geht zur Tür, wo sie erst einmal verharrt. Dann hört sie das Klopfen wieder. Ein leises Klopfen.
»Aman, bist du es?« fragt sie gegen die Tür.
»Ein Freund von Aman, Frau«, erwidert draußen eine Stimme.
»Ach, nicht Aman?«
»Darf ich eintreten?«
»Wer bist du?«
»Darf ich eintreten?« wiederholt die Stimme.
Amilah fixiert die Tür, als wolle sie hindurchsehen. Dann sagt sie: »Was willst du um diese Tageszeit?«
»Darf ich eintreten?«

Amilah schweigt verunsichert. Sie beginnt zu überlegen und abzuwägen, doch bevor sie zu einer reiflichen Entscheidung findet, hat ihre Hand die Tür bereits geöffnet. Vor ihr entfaltet sich die Finsternis des frühen Tages.
»Wo bist du?« fragt sie in die Finsternis hinein. In der Tür erscheint ein Mann.
»Hier, Frau«, sagt er.
Im mittlerweile sehr fahlen Lichtschein der Öllampe ist ein stämmiger KNIL-Sergeant zu erkennen. Er mag ungefähr einssechzig groß sein und ist jung. Vielleicht achtundzwanzig, eher jünger. An seiner Uniform steckt kein Zeichen einer Einheit, doch an der Mütze prangt das Abzeichen mit dem alten, mageren Löwen. Er ist mit einer Pistole bewaffnet.
»Wie heißt du?«
Der Sergeant verbeugt sich zu einem knappen Gruß. Dann sagt er höflich, aber bestimmt: »Ich habe ein wichtiges Anliegen. Darf ich eintreten?«
»Welches Anliegen?« Amilah schaut auf die Füße des Gastes. Dann fragt sie noch einmal: »Welches Anliegen?« und flüstert zu sich selbst: »Es geht sicher um Aman. Er wird nach Hause kommen.«
Nun legt sie Nachdruck in ihre Stimme: »Es geht um Sa'aman, nicht wahr? Um Aman? Oh, ganz sicher geht es um Aman.«
»Ja, es geht um Aman, Frau.«
Sofort packt Amilah den Arm des Gastes und zieht den Mann ins Zimmer. »Tritt ein«, sagt sie glücklich, »sei willkommen in unserer bescheidenen Hütte.«
Der Gast läßt sich bereitwillig von der alten Amilah ins Haus ziehen. Gemessenen Schrittes tritt er ein und läßt sich langsam auf dem einzigen Stuhl der Familie nieder. Respektvoll und selbstsicher schaut er sich kurz im Raum um. Dann schaut er Amilah freundlich an und sagt sanft: »Frau, ich komme mit einem Anliegen, das Aman betrifft.« Noch einmal läßt er forschend den Blick schweifen. »Das hier ist doch Amans Zuhause, nicht wahr?«
»Ja, das ist sein Zuhause.«
»Dann bin ich also am richtigen Ort?«

»Ja. Was gibt es zu dieser frühen Stunde, Herr?«
»Etwas Wichtiges, Frau. Mein Name ist Kasdan. Sergeant Kasdan.«
»Sergeant Kasdan«, verinnerlicht Amilah seinen Namen. »Sergeant Kasdan. Ich will deinen Namen gut behalten.«
»Erinnerst du dich etwa nicht mehr an mich? Du mußt diesen Namen doch schon einmal gehört haben ...« Sein Blick streift hinüber zu Amilahs Kindern, die auf der Schlafbank ruhen. »Du scheinst mich tatsächlich schon vergessen zu haben ...«
»Vergessen? Ich habe deinen Namen noch nie gehört. Ich habe dich noch nie gesehen.«
Sie schweigt betreten. Dann fragt sie fordernd: »Wo ist Aman? Wo ist Sa'aman, mein Sohn?«
Doch der Mann, der sich als Sergeant Kasdan vorgestellt hat, schenkt ihrer Frage keine Beachtung. Er sagt: »Offensichtlich bist du ein sehr vergeßlicher Mensch. Sa'aman und ich waren Freunde. Wir haben zusammen gespielt, als wir noch in der Kaserne lebten. Ich habe mich als Soldat verpflichtet, während Sa'aman weiter zur Schule ging. Daran mußt du dich doch erinnern. Oder hast du auch das vergessen?«
»Nein«, erwidert Amilah kopfschüttelnd, »ich kenne dich nicht. Wirklich nicht. Wo ist Aman?«
»Aman? Oh, das ist noch nebensächlich. Mache dir keine Sorgen. Wirklich, Frau, du brauchst dir keine Sorgen zu machen. Ich weiß genau, wo Aman ist. Und nur ich weiß es, niemand sonst. Es darf auch niemand sonst wissen. Denn, Frau, gib gut acht: Es ist ein Staatsgeheimnis! Du verstehst, nicht wahr?«
»Ein Staatsgeheimnis«, wiederholt Amilah und nickt verständnislos.
»Du mußt es verstehen. Was ich sage, ist für andere Ohren sehr gefährlich, und deshalb darfst du niemandem etwas davon erzählen. Du wirst es doch verstehen? Du hast früher in der Kaserne gelebt, nicht wahr?«
Angesichts der ausführlichen Erklärungen des Mannes schwindet Amilahs Aufmerksamkeit, und energisch fragt sie: »Wo ist Aman?«
Und Sergeant Kasdan setzt seine Ausführungen fort, ohne daß

ihm jemand zuhört: »Mein Freund Aman ist gesund«, sagt er, »so gesund wie damals in Palembang, als wir in der Kaserne lebten. Auch daran wirst du dich doch erinnern ...«
Er lächelt schwach; es ein vergnügtes Lächeln.
»Meiner Ansicht nach ist Palembang die angenehmste Stadt der ganzen Welt. Sehr schade. Kurz vor der Landung der Japaner habe ich ...« – er stockt, überlegt und erzählt dann weiter – »... die Stadt leider verlassen müssen. Hätte ich es nicht gemußt, dann hätte ich die gesamte japanische Armee mit meinem Maschinengewehr niedergemäht. Aber was konnte ich tun? Ich war schließlich nur einfacher Soldat und hatte mich den Befehlen zu unterwerfen. Ich habe kein einziges japanisches Gesicht gesehen, denn unser gesamtes Bataillon wurde nach Java verschifft, und als Sumatra fiel, war ich schon auf einem anderen Schiff unterwegs Richtung Bali, Hollandia und weiter nach Australien.«
Wieder hält er inne. Er schaut Amilah an, deren Augen zur Tür starren, die einen Spalt offensteht. Ihr runzliges Gesicht läßt erkennen, daß die Geschichte des Gastes sie unbeeindruckt läßt. Der Blick des Mannes wandert erneut durch das ganze Zimmer. Er wirkt enttäuscht. Schließlich bleibt sein Blick wieder an Amilah hängen.
»Australien, Frau«, sagt er.
Amilah schenkt seinen Worten keine Beachtung. »Aman«, stöhnt sie leise.
»Aman ist wohlauf, Frau. Man darf nur gegenwärtig nicht wissen, wo er ist.«
Amilah dreht den Kopf in seine Richtung. »Wo hast du Aman kennengelernt?«
»Wo? In Palembang. Das habe ich doch vorhin schon gesagt.«
»Palembang. Ich erinnere mich noch gut an Palembang.«
»Ja. Aber du bist mit Aman nach Java gegangen, und ich nach Australien.« Und noch einmal sagt er nachdrücklich: »Nach Australien!«
Dann setzt der Sergeant, der sich Kasdan nennt, die Geschichte über seine Heldentaten fort: »In Australien bin ich ein halbes Jahr lang zum Spion ausgebildet worden. Spionieren ist keine

leichte Arbeit, Frau. Dann hat man mich an verschiedene Fronten geschickt – Timor, Ambon, die Aleuten, selbst nach Tarakan. Und weißt du womit, Frau? Mit allem Möglichen: Kriegsschiffe, Unterseeboote, Flugzeuge. Einmal mit einer Schaluppe. Ein anderes Mal bin ich mit dem Fallschirm abgesprungen. Ich war zu Fuß unterwegs und zu Pferde. Mit allem Möglichen eben.«

Wieder schweigt er und sucht Amilahs Gesicht prüfend nach Reaktionen ab, doch auf dem Gesicht der alten Frau ist nicht die Spur eines Eindrucks zu entdecken. Amilah starrt nach wie vor zur Tür. Und während der Gast über weitere Heldentaten schwatzt, ist sie mit ihren eigenen Gedanken beschäftigt. Der Gast zeigt unverhohlen seine Enttäuschung. Trotz aller Heldentaten, von denen er berichtet, bleibt die Gastgeberin unbeeindruckt. Und so lenkt er das Gespräch ganz unvermittelt in eine andere Richtung.

»Aman ist wohlauf.«

Sofort ist Amilahs Aufmerksamkeit geweckt. »Wo ist mein Sohn Aman?« fragt sie begierig.

»Er ist wohlauf. Wo ist Canimin, Frau?«

Erst durch seine Frage fällt Amilah ein, daß sie einen Sohn namens Canimin hat.

»Canimin?« entgegnet sie. »Canimin?«

»Ja. Wo ist er, Frau?«

Sie denkt kurz nach.

»Weiß ich nicht«, erwidert sie knapp.

»Du weißt es nicht?« fragt der Gast hohl. »Seltsam.« Er schweigt und gerät ins Grübeln. »Und wo ist Kartiman, Frau?« erkundigt er sich schließlich.

»Kartiman?« Und erst jetzt fällt Amilah ein, daß sie auch einen Sohn namens Kartiman hat. Wieder denkt sie kurz nach, bevor sie knapp und müde antwortet: »Weiß ich nicht.«

»Das weißt du auch nicht?« fragt der Mann, der sich Sergeant Kasdan nennt, verwundert. Und mehr zu sich selbst, jedoch mit bedrohlichem Unterton, spricht er weiter: »Sie weiß nicht, wo Canimin ist. Dabei ist sie seine Mutter. Seltsam, wirklich seltsam. Also ist er verschwunden? Und sie weiß auch nicht, wo Kartiman ist. Ob er auch verschwunden ist? Seltsam. Zeiten des

Krieges sind wirklich seltsam. So viele Menschen verschwinden spurlos. Und Sa'aman ist verhaftet worden.«
Mit einem Ruck schaut er die Gastgeberin an und sagt in einem Tonfall, der Aufmerksamkeit einfordert: »Und Salamah? Wo ist sie?«
Ohne den Mund aufzumachen, deutet Amilah mit dem Finger auf ein Paar Füße, das über den Rand der Schlafbank hängt.
»Das ist Salamah? So groß ist sie schon?« sagt der Mann, der sich Sergeant Kasdan nennt, vergnügt.
»So groß ist sie schon«, wiederholt Amilah. »Und das da ist Patimah, das ist Mimi, und der hier ...«, sie deutet auf die Füße unmittelbar hinter ihrem Rücken, »... das ist Hasan.«
»Wie groß sie alle geworden sind. Hmm. Hmm. Die Zeit vergeht schnell, und niemand von uns spürt es. Und dein Mann? Wo ist dein Mann?«
»Weiß ich nicht.«
»Auch das weißt du nicht?« fragt der Gast mit einer Miene, die höchste Aufmerksamkeit erkennen läßt. Dann sagt er wieder: »Seltsam.«
»Erst hat man ihn zum Korporal befördert, und dann ist er spurlos verschwunden. Einfach verschwunden, ohne mir eine Mitteilung zu hinterlassen. Wir haben nie wieder etwas von ihm gehört.«
Sie schaut den Gast an und beklagt ihr Schicksal: »Er ist einfach fortgegangen, ohne darüber nachzudenken, wen er zurückließ, und er ist nicht mehr nach Hause gekommen. Sieh doch selbst, wieviele Kinder ich habe. Nicht nur eines oder zwei. Zähle einmal: Sa'aman, Canimin, Kartiman, Salamah, Patimah, Mimi und Hasan. Zähle zusammen, wieviele es sind. Und er ist einfach fortgegangen.«
»Aber hat er nicht gesagt, wo er hingeht?«
»Nein.«
»Nein? Seltsam. Wirklich seltsam. Äußerst seltsam. Das begreife ich nicht. Wirklich, das begreife ich nicht«, sagt der Gast.
Seine Miene hat sich aufgehellt, weil er Amilah zum Sprechen bewegen konnte.
Jetzt konzentriert sich Amilahs Interesse auf Aman, und sie

poltert los: »Du sagst, du wüßtest, wo Aman ist, Sergeant. Dann sag es mir jetzt. Wo ist er? Wo?«
»Wo er ist? Offenbar hast du keine Geduld?«
Und mit Amilahs Aufmerksamkeit hat es wieder ein Ende. Erneut starrt sie die Tür an.
»Aman«, stöhnt sie verzweifelt.
Der Mann, der sich Sergeant Kasdan nennt, streut Salz auf ihre Wunde: »Ja, Frau, eigentlich ist Aman doch ein sehr guter Mensch. Ich frage mich, warum die Militärpolizei ihn verhaftet hat? Einen so guten Jungen zu verhaften! Er hat doch nie jemandem etwas zuleide getan, sondern immer nur pflichtbewußt seine Arbeit verrichtet. Seltsam. Alles ist seltsam.« Plötzlich wird seine Stimme langsam, tief und einschüchternd: »Frau, ich kann Sa'aman nach Hause bringen.«
Unverzüglich konzentriert sich Amilahs gesamtes Interesse auf diese Worte. Begierig fragt sie: »Stimmt das? Ist das wahr, Sergeant?«
»Natürlich sage ich die Wahrheit. Aber eines mußt du wissen, Frau: diese Angelegenheit ist sehr gefährlich und schwierig. Es läßt sich nicht so ohne weiteres bewerkstelligen«, erwidert der Gast belehrend. »Wir müssen äußerst umsichtig vorgehen und leise wie Ameisen sein. Sonst kann es für uns verhängnisvoll werden. Merke es dir gut, Frau: Es kann verhängnisvoll werden! Wenn wir nicht äußerst umsichtig vorgehen, wird man nicht nur mich, sondern uns alle abholen.«
Ungeduldig heftet Amilah den Blick auf den Gast und fragt ebenso ungeduldig: »Mit welcher Absicht bist du gekommen? Es ist vor Tau und Tag!«
»Ich versehe meinen Dienst mit Eifer und Freude, Frau. Den Militärdienst, meine ich. Auch den Nachtdienst. Als ich meinen Fuß in diese Seitengasse setzte, fiel mir Sa'amans Botschaft ein. Sa'aman selbst hat mir eure Anschrift mitgeteilt. Und so bin ich hergekommen. Er hat mir aufgetragen, herzukommen. Das habe ich doch vorhin schon gesagt.« Behutsam späht er zu Amilah hinüber. »Entschuldige, Frau, daß ich vorhin kurz durchs Schlüsselloch geschaut und gesehen habe, daß du schon wach bist. Zum Glück bist du schon wach gewesen, denn ich habe

nicht viel Zeit. Ich habe immer zu arbeiten, Frau, und es gibt noch viel zu tun. Das Militär hat jetzt alle Hände voll zu tun. Das ist auch der Grund, warum ich zu dieser ungewöhnlichen Tageszeit komme. Es ist wirklich nicht höflich, das weiß ich. Aber was sollte ich machen? Eine so günstige Gelegenheit erhalte ich vielleicht nicht wieder. Ich will dir doch Amans Botschaft überbringen.«

Amilahs Stimme explodiert förmlich: »Eine Botschaft? Bloß eine Botschaft?«

»Was meinst du damit, Frau?«

»Du bist blöde! Blöde! Blöder Sergeant, der du bist!« schimpft Amilah auf den Gast ein.

»Warte, Frau. Höre mir doch erst einmal zu«, beschwichtigt sie hastig der Mann, der sich Sergeant Kasdan nennt.

Doch Amilah wettert weiter: »Um diese Tageszeit kommt er daher! Und was bringt er? Ha, bloß eine Botschaft! Eine Botschaft! Kein Geld! Und auch sonst nichts!«

Eine Weile schweigt der Mann, der sich Sergeant Kasdan nennt, denn Amilahs Äußerungen verwirren ihn ein wenig. Doch schnell ist er wieder Herr seiner Gefühle.

»Geld, Frau?« sagt er schließlich. »Geld ist nicht das Problem. Geld für Einkäufe ist nicht das Problem, nicht im geringsten – sofern die Lebenszeit eines Menschen noch nicht abgelaufen ist. Im Augenblick ist wichtig, daß wir uns in erster Linie um Sa'aman kümmern. Und ich arbeite bereits nach Kräften daran.«

Dann sagt er in ernsterem Tonfall: »Frau, du mußt etwas mehr Geduld üben. Nur ein wenig, das genügt schon.«

Amilah läßt ihrem Verdruß freien Lauf: »Was sagst du? Geduld? Geduld soll ich haben? Sprich mir noch einmal von Geduld!«

»Ja, nur ein wenig mehr Geduld mußt du aufbringen.«

»Geduld? Wenn man schon drei Monate ...« – sie reißt die Augen weit auf – »... kein Geld mehr hat. Keine Kleider. Geduld, sagt er! Geduld. Ja, Geduld. Alle sagen das. Geduld! Geduld! Und wer entlohnt einen Menschen dafür, daß er nichts anderes tut, als Geduld zu üben? Wer?«

Sie lacht höhnisch auf und ruft: »Und wer soll jetzt die Miete für dieses Rattenloch bezahlen? Wer? Los, antworte!«

Dann senkt sie die Stimme, als wolle sie sich in ihr Schicksal fügen: »Geduld? Geduld? Geduld?«
Wieder gerät Sergeant Kasdan ein wenig in Verwirrung. Er muß sich beherrschen. Ihm ist klar, daß er den Gedankengängen der alten Frau nicht folgen kann, und er hat für ihr leeres Hirn nur ein spöttisches Lächeln übrig. Deshalb leitet er einen Gegenangriff ein: »Schluß jetzt! Was hast du denn für eine andere Wahl, als Geduld zu üben?«
Und mit ängstlich bebender Stimme fragt Amilah: »Wie lautet die Botschaft?«
»Nur ein wenig Geduld noch. Geduld trägt Früchte, Frau. Mit Zorn und Nichtstun allein ist nichts zu erreichen. Aman wird nach Hause kommen.«
Amilah ist von dem Gedanken bestrickt. »Wann?« fragt sie begierig.
»In Kürze.«
»In Kürze«, seufzt Amilah, »in Kürze! Warum nicht auf der Stelle? Warum nicht sofort?« Ihre weit aufgesperrten Augen versprühen Feuer, und mit steinharter Stimme läßt sie ihren Gefühlen freien Lauf: »Antworte! Los, antworte! Antworte! Los! Wenn du nicht sofort antwortest, kannst du deinen Arsch heben und abhauen!«
Wieder muß sich der Mann, der sich Sergeant Kasdan nennt, beherrschen. Trotz der plötzlichen Attacke ringt er sich ein Lächeln ab, bei dem sich zwei Grübchen auf seinen Wangen abzeichnen. Dann steckt er sich in aller Ruhe eine Zigarette an.
»Es ist mir egal«, grollt Amilah, »ob du ein Sergeant oder ein glatzköpfiger General oder der Teufel mit einer Rotznase bist! Alle sprechen nur von Geduld, Geduld, Geduld! Und alle sagen: In Kürze! In Kürze!«
Sergeant Kasdan lächelt erneut und schüttelt den Kopf, doch er erwidert nichts. Er verschränkt die Arme auf dem Rücken und legt den Kopf in den Nacken, wie sein Vorgesetzter es zu tun pflegt, wenn er jemanden herabkanzeln will.
»Mistkerl!« schimpft Amilah wütend.
Sergeant Kasdan steht betroffen auf und schaut Amilah befremdet an.

»Hhhh?« murmelt er mit geschlossenem Mund.
»Ja, Schuft, der du bist! Damit du's weißt! Damit du's endlich weißt! Du willst mich wohl zum Narren halten? Mich, die ich viel älter bin als du?«
Sie springt von der Schlafbank auf, nähert sich dem Gast und weist mit spitzem Finger auf ihn: »Du? Ha! Pah! Weißt du, was passiert wäre, wenn du damals in meinem Alter gewesen wärst? Weißt du's? Du hättest mich angebetet und danach gelechzt, mir die Füße zu küssen. Damit du's weißt! Antworte!«
Gelassen bläst Sergeant Kasdan den Rauch der Zigarette aus, dreht sich betont langsam um und geht zur Tür. Bevor er den Fuß über die Schwelle setzt, bleibt er stehen, wendet sich noch einmal um und sagt höflich: »Frau, ich bin gekommen, um zu helfen. Nur deshalb bin ich zu dieser frühen Stunde gekommen. Aber wenn du ...« – er verstummt und schaut Amilah seelenruhig an – »... mir einen solchen Empfang bereitest, dann vielen Dank! Wenn du nicht geneigt bist, meine Hilfe anzunehmen, tja, dann ist das deine Sache. Ich werde die Finger von der Sache lassen. Und es wird mich auch nicht kümmern, wenn Aman verreckt. Du willst also wirklich keine Hilfe annehmen?«
Amilah erwidert nichts. Und mit nur einem Wort bricht der Gast den Zorn der Hausherrin endgültig: »Gut.« Langsam bewegt er den Fuß über die Türschwelle. Aus Amilahs Gesicht spricht unverkennbare Bestürzung. Ihr Zorn und unflätiges Verhalten haben sich von einer Sekunde zur anderen gelegt – wie ein Kapokbaum, der von einem Orkan umgeknickt wird. Auch der störrische Ausdruck ist aus ihren Gesichtszügen verschwunden. Ihr Verhalten wird sanft und gemäßigt. Ihre Wimpern zwinkern in schnellem Schlag. Sie läuft hinter dem Gast her und packt seine Hand. Ihr Mund zittert. Schweigend zieht sie den Mann, der sich Sergeant Kasdan nennt, wieder hinein und drückt ihn erneut auf den Stuhl, auf dem er fast die ganze Zeit gesessen hat. Und die Öllampe brennt noch immer.
»Aber Herr Sergeant«, haucht sie schmeichelnd. Doch der Gast zeigt sich von ihren Bemühungen unbeeindruckt.
»Gut, gut«, sagt er gleichgültig, »wenn du mir einen solchen Empfang bereitest ... na gut. Sehr gut. Warum auch nicht? Dann

brauche ich mich wenigstens nicht zu plagen, kann endlich meinem eigenen Zeitvertreib nachgehen und tun und lassen, wozu ich gerade Lust habe.«

»Herr Sergeant«, sagt Amilah süß.

Der Gast zieht an seiner Zigarette und genießt deren Aroma. Amilahs Bemühungen schenkt er dabei keinerlei Beachtung. Dann bläst er den Rauch als dicke Wolke in die Luft.

»Hm«, murmelt er.

»Verzeihung, Herr Sergeant. Wo ist Aman?«

Der Gast nimmt noch immer keine Notiz von ihr. Schweigend sitzt er auf dem Stuhl und raucht, ohne daß seine Augen Amilahs flehende Blicke auffangen. Und draußen beginnt ein Hahn lebhaft zu krähen. Das Morgengrauen rückt näher an die Menschen heran. Ganz allmählich beginnt der Straßenverkehr aufzuleben. Ab und zu brummt ein Auto vorbei.

Und vierzig Kilometer südöstlich von diesem Haus in der Zone der Freiheit beginnt in genau diesem Augenblick Korporal Canimin von der Partisanenarmee, sein Maschinengewehr Kugeln speien zu lassen. In einem Augenblick, in dem seine Mutter, die alte Amilah, um das Mitleid eines Fremden bettelt – und dieser Fremde ist ein Feind ihrer Kinder.

»Frau«, ergreift der Gast endlich wieder das Wort, »in meinem ganzen Leben bin ich nicht so schlecht behandelt worden wie soeben. Ich bin in übelster Weise beschimpft worden, und zwar von einer alten Frau, der ich helfen will. Seltsam. Sehr seltsam.«

»Vergebung, Herr Sergeant«, fleht Amilah unterwürfig.

»Also gut, ich vergebe dir«, erwidert der Gast und kostet seinen Sieg aus. »Doch ich hoffe, daß du von nun an meinen Rat berücksichtigen wirst. Denke darüber nach, Frau. Wirst du etwas mehr Geduld üben?«

Er schweigt und nimmt erst jetzt wieder Blickkontakt zu Amilah auf: »Geduld! Ja, du mußt mehr Geduld üben! Was bleibt dir denn anderes übrig, als Geduld zu üben? Denk gut darüber nach, Frau!«

Amilah erwidert nichts, sondern nimmt schweigend wieder auf der Schlafbank Platz. Sie läßt den Kopf hängen.

»Was bleibt dir anderes übrig?« wiederholt der Gast.

»Was mir anderes übrig bleibt?« fragt Amilah mehr sich selbst. »Was mir anderes übrig bleibt? Ja, was bleibt mir anderes übrig?«
»Ich bin gekommen, um zu helfen. Ich verlange weder Lohn noch Lob. Die Menschen haben die Pflicht, einander zu helfen. Und ich habe auch schon gründlich darüber nachgedacht, in welcher Weise ich helfen werde. Du brauchst dir keine Gedanken zu machen, und du brauchst dich um nichts zu kümmern. Überlasse alles mir. Und, Frau ...«
Schweigend heischt er um Aufmerksamkeit, und Amilah schenkt sie ihm bereitwillig: »Ja?« sagt sie sanft.
»Und, Frau«, erwidert der Gast sehr ruhig, »was wäre ich für ein Sergeant, wenn ich alle diese Dinge nicht in Ordnung bringen könnte. Verstehst du, Frau?«
»Ja, Herr Sergeant.«
»Frau, hier bin ich bloß ein Sergeant, aber damals, als es gegen die Japaner ging, war ich Mitglied des Geheimdienstes. Im Geheimdienst gibt es keine Dienstgrade, sonst wäre ich Offizier, Leutnant oder Captain gewesen. Und damals bei den Alliierten gehörte ich zu den Verbindungstruppen. Auch Instruktor bin ich einmal gewesen. Amerikanische und australische Offiziere haben meine Befehle befolgen müssen!«
»Ja, Herr Sergeant.«
»Nun gut, dann will ich dich jetzt noch einmal fragen, ob du meine Hilfe wirklich annehmen möchtest?«
Amilah nickt und sagt leise: »Ja.«
»Gut. Dann wirst du jetzt erst einmal zuhören, was ich zu sagen habe.«
Seine Stimme wird höher: »Weißt du, warum ich zu dieser ungewöhnlichen Stunde komme?«
Amilah erwidert nichts.
»Weil niemand etwas von meinem Besuch erfahren darf«, fährt er geheimnistuerisch fort. »Kein Mensch darf etwas davon erfahren. Nur du und ich dürfen es wissen. Und genau aus diesem Grund komme ich zu dieser ungewöhnlichen Stunde.«
»Aber wo ist Aman jetzt, Herr Sergeant?«
»Oh, der Name des Ortes darf nicht ausgesprochen werden. Das

wäre zu gefährlich. Doch gib jetzt gut acht und vergiß nicht, was ich dir sage: Heute nachmittag um Punkt zwei Uhr soll entweder Salamah oder Patimah zu mir in die Kaserne kommen. Kennst du meine Kaserne?«

»Nein«, erwidert Amilah gefügig.

»Es ist die in der Stadt. Die in Kalibesar. Sie liegt nicht weit vom Ufer des Ciliwung entfernt, an der Straße nach Tanjung«, sagt der Gast selbstzufrieden.

»Ja«, erwidert Amilah und kämpft gegen ihre Irritation an.

»Gut. Du schickst also eine deiner Töchter. Heute nachmittag um Punkt zwei Uhr soll entweder Salamah oder Patimah dorthin kommen. Ich werde vor der Kaserne warten. Dort kann Aman dann abgeholt werden. Doch Vorsicht! Erzähle es niemandem! Wenn du den Mund nicht hältst, kann es verhängnisvoll für uns werden. Die Militärpolizei würde uns festnehmen. Was ist, Frau? Hast du alles verstanden?«

»Ja. Aber warum Salamah oder Patimah?«

»In der Kaserne weiß vielleicht jemand, wer du bist, und das wäre gefährlich. Das verstehst du doch, nicht wahr?«

Plötzlich klettert Amilahs Stimme in die Höhe: »Was kümmern mich die Leute in der Kaserne? Was kümmern sie mich? Aman ist mein Sohn. Und ich bin seine Mutter.«

Der Mann, der sich Sergeant Kasdan nennt, weist ihren Einwand zurück: »Es kümmert dich also nicht?«

»Ich bin noch stark genug.«

»Oh, nur deshalb kümmert es dich nicht?«

Amilah erwidert nichts. Schließlich ergreift der Gast wieder das Wort: »Wenn du nicht auf mich hören willst, können wir nichts machen. Ich werde also die Finger davonlassen und nicht helfen.«

Amilahs Kopf sinkt kraftlos nach unten.

»Aman«, stöhnt sie.

Und der Gast nimmt den Faden wieder auf: »Soeben erst habe ich gesagt, daß niemand etwas davon erfahren darf. Und du warst sehr bekannt in den Kasernen. Auch das habe ich soeben erst gesagt.« Dann wird seine Stimme eindringlicher: »Und jetzt weiß ich außerdem, daß du viel zu aufbrausend bist. Das ist ein

weiterer Grund. Du wirst zu leicht zornig und hast keine Geduld. Wenn du selbst kommst, führt das bloß zu Krawall. Ich garantiere, daß es zu Krawall führt. Du bist für einen so schwierigen Auftrag viel zu aufbrausend. Weißt du das, Frau? Und wenn die Sache schiefgeht, wird die Militärpolizei auch mich festnehmen. Verstehst du?«
Amilah erwidert nichts.
»Ich weiß jetzt, wie aufbrausend du bist«, fährt der Gast fort. »Wenn du dich einmischst, wird im Nu die ganze Stadt Bescheid wissen. Und dann wird es für mich verhängnisvoll. Weißt du das? Dann wird man mich an den Galgen knüpfen, Frau.«
»An den Galgen?« fragt Amilah ängstlich.
»Ja, an den Galgen.«
»Und wird man auch Aman an den Galgen knüpfen?«
»Ja. Auch ihn wird man an den Galgen knüpfen.«
»Mistkerl«, schimpft Amilah, »wer wagt es, meinen Sohn an den Galgen zu knüpfen?«
»Die Regierung.«
»Mistkerle. Was wirft man meinem Sohn vor?«
»Schwere Verbrechen. Morde. Überfälle.«
Amilah springt auf, schießt auf den Gast zu, und wild mit ihren alten, runzligen Händen fuchtelnd, schimpft sie: »Mistkerl! Verfluchter Mistkerl, der du bist! Los, heb den Arsch und verschwinde!«
Doch der Mann, der sich Sergeant Kasdan nennt, kann Amilah nun schon ein wenig besser einschätzen. Drohend sagt er: »Wenn du nicht tust, was ich sage, wird Aman ganz sicher an den Galgen geknüpft. Und ich werde ihn mit eigenen Händen aufknüpfen.«
Sofort ist Amilahs Zorn verraucht. Sie gibt sich geschlagen und heischt um Mitleid: »Gnade, Gnade, Gnade, Gnade! Ihr dürft meinen Sohn Sa'aman nicht an den Galgen knüpfen! Er ist doch mein Sohn! Gnade! Gnade!«
»Also verstehst du.«
»Ja, Herr Sergeant.«
»Gut. Und jetzt nicht mehr viele Worte. Also, heute nachmittag

um Punkt zwei Uhr warte ich vor der Kaserne auf Salamah oder Patimah. Wenn nicht die eine oder andere kommt, gewährleiste ich nichts. Und unter keinen Umständen wirst du selbst dort erscheinen! Das mußt du sehr gut behalten! Unter gar keinen Umständen! Ist das klar?«

Der Gast schaut die Hausherrin gebieterisch an. Panik blitzt in Amilahs Augen auf. »Was?« fragt sie.

»Heute nachmittag um Punkt zwei Uhr soll entweder Salamah oder Patimah zur Kaserne kommen, um Aman abzuholen«, wiederholt der Gast seinen Auftrag.

»Ja, entweder Salamah oder Patimah.«

»Richtig. Und keinesfalls du selbst!«

»Und keinesfalls ich selbst«, sagt Amilah unglücklich.

»Und wenn du dennoch kommst ...«

»Und wenn ich dennoch komme ...«, spricht Amilah nach.

»... werde ich alle Zusagen für nichtig erklären.«

»Ja«, sagt Amilah bekümmert.

»Du hättest es besser sofort verstanden.«

»Ja, besser sofort.«

»Und vergiß nicht: Punkt zwei Uhr.«

»Ja. Aber warum ist er solange nicht gekommen? War er krank?«

»Ja, er war krank. Dysenterie. Aber jetzt ist er fast wieder gesund.«

»Dysenterie«, wiederholt Amilah traurig, »er hat so oft Dysenterie.«

»Warum ...?« Der Mann, der sich Sergeant Kasdan nennt, führt den Satz nicht weiter. Er steht auf und schnippt den erkalteten Zigarettenstummel auf den Fußboden. Dann sagt er: »Frau, es genügt jetzt. Entschuldige mich.«

Amilah stellt sich dicht vor den Gast und fragt: »Warum hast du ihn nicht gleich mitgebracht? Zu dieser frühen Stunde hätte es niemand bemerkt.«

Der Mann schenkt ihren Worten keine Beachtung. In gebieterischer Haltung schreitet er zur Tür, dreht sich dort noch einmal kurz zu Amilah um, verbeugt sich knapp und sagt gedehnt: »Entschuldige mich.«

Dann ist er aus dem Haus verschwunden.
Erst als sie ihn nicht mehr sieht, kommt Bewegung in Amilah, und bestürzt hastet sie in großen Sätzen zur Tür. Mit ihrer alten Stimme ruft sie laut hinter dem Gast her: »Herrrr. Herrr. Herr Serrr-geant. Herr Serrr-geant.«
Sie hetzt durch die Tür nach draußen. Dann ist auch sie verschwunden.
Für einen Augenblick ist es still in dem Haus mit den Wänden aus Bambusgeflecht in der Zone der Freiheit. Dann richten sich nacheinander die Kinder auf, die von Amilahs Geschrei geweckt worden sind.
Salamah ist als erste auf den Beinen. Leise raunt sie ihrer Schwester zu: »Patimah, es wird immer schlimmer mit Mutters Krankheit.«
Und Patimah steht dicht vor ihrer älteren Schwester, ohne etwas zu erwidern. Mit dem rechten Handrücken wischt sie sich den Schlaf aus den Augen.
Salamah dreht sich um und eilt zur Tür, durch die ihre Mutter hinausgelaufen ist. Dann ist auch sie weg. Und die Öllampe brennt so ruhig, wie die ganze Nacht.
Auch Patimah geht zur Tür, doch sie bleibt auf der Schwelle stehen, reckt den Hals hinaus und schaut nach links und nach rechts. Dann geht sie zurück zur Schlafbank und sagt zu den jüngeren Geschwistern: »Mutter ist aus ihren Phantastereien aufgeschreckt worden. Die Arme.«
Sie schweigt für einen Augenblick und mustert Hasan aufmerksam, der noch zu müde zum Aufstehen ist.
»Es ist noch früh«, sagt sie dann, »ihr könnt noch etwas schlafen.«
Mimi und Hasan schließen noch einmal die Augen, während sich die junge Patimah zur Morgenwäsche nach hinten in den Hof begibt. Es ist jetzt fünf Uhr. Der Himmel ist noch dunkel, doch weit im Osten zeichnet sich am Horizont mit ersten Lichtstreifen die Morgenröte ab.

Und in diesem Augenblick hat vierzig Kilometer vom Haus seiner Familie entfernt der Soldat Kartiman längst auf dem

Schlachtfeld sein Leben ausgehaucht. Im gleichen Augenblick bezeugen Dutzende von Partisanensoldaten ihrem gefallenen Kameraden die letzte Ehre. Soldat Kartiman ist gefallen, als er den Angehörigen seiner Mitstreiter sicheres Geleit gab. Unter denen, die dem Toten die letzte Ehre erweisen, ist auch der Mensch, den er aus ganzem Herzen geliebt hat: Ratni, die nun allein auf der Welt steht. Die Ehrenbezeugungen enden nicht mit einer Salve von achtzehn Karabinerschüssen. Dem Soldaten Kartiman ist eine solche militärische Ehrenzeremonie nicht vergönnt, so wie ihm auch keine letzte Morgenröte vergönnt gewesen ist, die zu erleben er sich so sehr gewünscht hatte. Lediglich eines ist ihm vergönnt: die Gewissensbisse seines Bruders, des Korporals Canimin.

Salamah erscheint wieder in der Tür. An der rechten Hand führt sie Amilah herein, die sich widerspruchslos mitziehen läßt. Die beiden Frauen gehen auf die Schlafbank zu.

»Mutter«, fragt Salamah, »wo wolltest du denn zu dieser frühen Stunde hin?«

»Er wollte mich bloß belügen, der verfluchte Mistkerl. Oh, wie unverschämt«, wettert Amilah laut.

»Warum bist du so wütend? Von wem sprichst du?«

»Mistkerl. Er ist keine Spur anders als die anderen Mistkerle. Ein Kasernenschwein ist dieser Sergeant. Sergeant Kasdan hat er sich genannt. Ich gebe nichts auf Sergeanten. Auch auf Generäle gebe ich nichts. Was? Er ist bloß gekommen, um eine Botschaft zu überbringen. Bloß eine Botschaft! Sonst nichts! Und Aman? Der ist nicht gekommen. Oh, Allah. Mein Sohn!«

»Wenn es an der Zeit ist, wird Aman zurückkommen, Mutter«, sagt Salamah tröstend, während sie Amilah zur Schlafbank schiebt, auf der sie soeben selbst noch geruht hat. »Du hast schon wieder die ganze Nacht nicht geschlafen. Leg dich etwas hin, Mutter, du mußt doch todmüde sein. Du denkst zuviel nach. Schlaf jetzt ein wenig.«

Sanft drückt Salamah ihre Mutter auf die Schlafbank, und die alte Frau läßt es widerstandslos geschehen. Als sie lang ausgestreckt neben Hasan und Mimi liegt, seufzt sie und schließt die Augen.

»Die Menschen«, murmelt sie vor sich hin, »beginnen zu verkommen.«
»Mutter, du mußt schlafen. Sei nicht mehr wütend.«
»Ich weiß es. Amilah weiß alles«, murrt sie weiter. »Die Welt verkommt zunehmend. Oh, sie verkommt zunehmend.«
»Sei still, Mutter«, beschwichtigt Salamah sie. »Ich gehe mich jetzt waschen. Du brauchst erst aufzustehen, wenn das Wasser kocht.«
Salamah zieht ihre Kebaya aus und legt sie neben die Mutter. Augenblickelang schaut sie Amilah, die vom Schlaf übermannt wird, forschend an. Dann schleicht sie auf Zehenspitzen Richtung Küche und verschwindet nach draußen.
Kaum ist sie fort, da schreckt Amilah aus dem Schlaf hoch und schlüpft sofort von der Schlafbank.
»Ich muß zur Kaserne«, murmelt sie. »Jetzt sofort. Ich muß diesen Sergeant Kasdan auftreiben, und wenn ich darüber sterbe.«
Geweckt von ihrem Murren, öffnen Mimi und Hasan die Augen, doch als sie die Mutter so dicht vor sich stehen sehen, kneifen sie die Augen sofort wieder ängstlich zu.
Amilah blickt sich um. Prüfend schaut sie zu Mimi und Hasan. Dann packt sie Salamahs Kleidungsstück und läuft rasch zur Tür. Dabei murmelt sie: »Vielleicht kommt Aman nachher zurück. Ich muß dieses Kleidungsstück losschlagen, dann kann ich von dem Geld Zwiebeln, Pfefferschoten und Essig für eingelegtes Gemüse kaufen. Das ißt du doch so gerne, nicht wahr, Aman?«
Und sie verschwindet erneut. Nur zwei Sekunden später schlüpfen Mimi und Hasan von der Schlafbank und begeben sich sofort nach hinten in den Hof. Zurück bleibt nur die Öllampe mit ihrer rötlich-gelben Flamme.

Ein strahlend schöner Morgen

Der Chor der Hähne, die im Wettstreit den Tag begrüßen, ist leiser geworden, und mit der Zeit nimmt ihr Getöse immer mehr ab, bis schließlich nur noch vereinzelt schrilles Krähen zu hören ist. Die Hühner kommen aus den Ställen gelaufen und streben gackernd auf Felder und Vorhöfe hinaus.
Das Tuckern und Brummen des Straßenverkehrs, das von der Hauptstraße herübergetragen wird, hat im gleichen Ausmaß wie gestern, vorgestern und an allen anderen Tagen der niederländischen Besatzungszeit zugenommen. Der Lärm von Autohupen und das Pfeifen von Zügen dringen bis hinter die Wände des Hauses mit den Wänden aus Bambusgeflecht in der Zone der Freiheit.
Es ist sechs Uhr morgens. Auf die Minute genau. Undeutlich ist von Ferne das Läuten von Kirchenglocken zu hören, die den neuen Tag zu einem kurzen Auftritt begrüßen und den gestrigen für ewige Zeiten verabschieden.
Die kehligen Stimmen der Wanderhändler schwirren durch die Morgenluft. Ein neuer Tag ist angebrochen! Ein neuer Tag, der nicht neues bieten wird. Im Gegenteil: Ein neuer Tag mit einer altbekannten Geschichte. Die Fahrradklingeln des Milchmannes und des Bäckerjungen klingen genau wie gestern, und die Menschen erwachen, rühren sich und stehen auf, wie sie es gestern und vorgestern getan haben. Sie bewegen sich ständig zwischen zwei Polen: Bedarf und dessen Befriedigung.
So ist es auch mit Salamah. Wie gestern und vorgestern hockt sie auch an diesem Morgen in der Küche und kocht Wasser. Von Zeit zu Zeit schiebt sie mit bloßer Hand einen Scheit Brennholz

nach, und währenddessen waschen sich hinten am Brunnen der Reihe nach ihre Geschwister Patimah, Mimi und Hasan.
Doch an diesem Morgen kocht Salamah nichts anderes als Wasser. Nur Wasser. Das ist anders gewesen, als ihr Bruder Sa'aman noch nicht von der Militärpolizei abgeholt worden war. Mit Sa'aman ist auch das Frühstück der Familie verschwunden. Salamah kocht Wasser. Wasser für den bitteren Tee, der ihnen als Frühstückersatz reichen muß.
Als sie das aufgekochte Wasser in ein Porzellankännchen gießt, das auf einer unscheinbaren Küchenbank aus zersplittertem Bambus steht, erscheint Hadijah in der Küchentür.
»Sechs Uhr, Salamah«, sagt sie, »Also, wie sieht's aus? Gehst du mit zur Arbeit?«
»Nimm doch einen Augenblick Platz«, erwidert Salamah, während sie ihre Arbeit zu Ende führt. Dann fügt sie hinzu: »Ich denke, daß ich nicht mitgehen kann.«
Hadijah setzt sich hin und sagt: »Unter diesen Umständen, Salamah, muß ich dich fragen, wo dein Verstand geblieben ist? Was geschieht, wenn eine ganze Familie ohne Arbeit ist? Du kannst deine jüngeren Geschwister doch nicht einfach ihrem Schicksal überlassen! Und außerdem weißt du selbst, wie es um deine Mutter bestellt ist!«
»Ja, Mutter geht es immer schlechter, Hadijah, und das ist auch der Grund, warum ich nicht mitgehen kann. Aber vielen Dank für deine wohlgemeinte Unterstützung.«
»Bei Allah! Bei Allah! Ich sehe genau, wie ratlos du bist, Salamah. Ach, wenn ich doch nur selbst nicht so in der Klemme sitzen würde!«
»So ist es nun einmal, Hadijah. Aber vielen Dank für deine Gutherzigkeit. Du bist immer gut zu mir gewesen. Und ich möchte nicht, daß du dich in irgendeiner Weise einschränkst, nur weil du uns helfen willst! Du brauchst alle Kraft für dich selbst!«
»Aber du mußt arbeiten gehen, Salamah«, sagt Hadijah sanft. »Du bist jetzt die Älteste von euch Geschwistern. Dein Bruder Aman ist von der Militärpolizei abgeholt worden, und niemand weiß, wann man ihn freilassen wird. Deine Brüder Canimin und

Kartiman kämpfen in den Reihen der Partisanen. Deshalb bist du jetzt die Älteste hier. Bitte nimm mir meinen Rat nicht übel: Du mußt unbedingt die Verantwortung übernehmen! Salamah, wenn niemand in einer Familie Einkünfte erzielt, dann liegt die Pflicht, für den Lebensunterhalt zu sorgen, bei denjenigen, die alt genug für Verantwortung sind. Und das weißt du selbst. Nicht wahr, Salamah?«
»Ja, Hadijah. Ich weiß das. Danke.«
»Nimm es einfach hin, daß euch keine Nachricht über Amans Schicksal erreicht. Du darfst nicht weiter darüber nachdenken. Wenn du dem Beispiel deiner Mutter folgst, wirst du auch bald krank sein. Aman ist reifer als du, und deshalb wird er besser beurteilen können, was er zu tun hat. Du darfst dir keine Sorgen um ihn machen. Wenn du hier sitzt und dir Sorgen um ihn machst, und er sitzt irgendwo und macht sich Sorgen um euch, dann drehen sich bloß Sorgen nutzlos im Kreise.«
Schweigend heftet sie den Blick auf die Freundin, die von heftigen Gefühlen ergriffen wird. Dann fährt sie fort: »Dein Bruder Canimin hat sich dem Kampf für die Unabhängigkeit unserer Nation verschrieben. Du hast lediglich das Recht, für sein Wohlergehen zu beten, sonst keines. Du hast nicht das Recht, seine Heimkehr einzufordern. Und dasselbe gilt für Kartiman. Du hast das Recht, für sein Wohlergehen zu beten, doch sonst keines.«
»Ja, Hadijah«, wiederholt Salamah langsam, »wir fordern ihre Heimkehr nicht ein. Wir haben nicht den Mut, etwas einzufordern. Wir haben als Familie kein Anrecht mehr auf Canimin und Kartiman, obwohl sie unsere leiblichen Geschwister sind. Ich glaube, daß jetzt unser Volk und Vaterland ein Anrecht auf unsere beiden Brüder haben, in wessen Namen sie auch immer kämpfen mögen. Ich verstehe, Hadijah. Ich verstehe, was du sagen willst. Und ich bin auch bereit, für unseren Lebensunterhalt zu arbeiten. Doch Mutter, bei Allah … ich glaube, Mutter beginnt, den Verstand zu verlieren. Vergangene Woche war es noch nicht so offensichtlich. Doch heute morgen … Bei Allah!«
»Was ist mit deiner Mutter, Salamah?«
»Das weißt du doch selbst.«

»Sie verliert den Verstand?«
»Ja, sie verliert den Verstand«, seufzt Salamah verzweifelt.
»Oh, Salamah, ich habe schon bemerkt, daß du allmählich nicht mehr weißt, was du tun sollst.«
»Ja, tatsächlich weiß ich es bald nicht mehr, Hadijah. Vergangene Nacht hat Mutter nicht geschlafen, sondern nur auf ihrem Stuhl gehockt. Bei Allah! Grübeln ist ihre einzige Beschäftigung. Es wäre ja nur halb so schlimm, wenn es nur einige Tage so ginge, aber es ist schon seit drei Monaten so, Hadijah, und heute morgen war es schlimm wie nie. Sie schrie herum und rannte hin und her. Sie schimpfte unablässig. Sie sagte, sie müsse Sergeant Kasdan finden. Hast du den Namen schon mal gehört?«
»Kasdan ist mir geläufig. Aber Sergeant Kasdan? Nein!«
»Oh Allah, in Deiner Hand liegt alle Gnade. Bitte lasse Mutter von ihrer Krankheit genesen.«
Als sie das inbrünstige Stoßgebet ihrer Freundin hört, senkt Hadijah den Kopf und murmelt die Worte leise nach.
»Hadijah, ich muß weiteres Unheil verhindern, das ist meine Pflicht. Aber wie schaffe ich das? Ich finde keinen Weg.«
Hadijah sitzt gesenkten Hauptes vor der Freundin und hat nicht den Mut, einen Rat zu geben. Sie spürt das Gewicht, das auf Salamahs Seele lastet.
»Hadijah, wenn ich arbeiten gehe und dieses Haus täglich viele Stunden verlasse … ich fürchte, es wäre Mutters Untergang.«
Salamah kann nicht weitersprechen, tiefste Beklemmung schnürt ihr die Brust zu.
»Ich verstehe deine Schwierigkeiten.«
Salamahs Blick wandert von der Freundin weg und bleibt in der Küchenecke hängen. Sie sagt jetzt nichts mehr zur Verteidigung ihrer Entscheidung. Mit einer flinken Bewegung wischt sie sich die Tränen aus den Augen und läßt den Kopf sinken. Oder vielmehr: Er sinkt von ganz alleine.
Stille breitet sich aus und kriecht in sämtliche Winkel der Küche. Menschliches Leid schwingt sich in den Herzen zum König auf. Unbeirrt züngelt das Küchenfeuer am Brennholz. Die Stille birgt gewaltiges Leid in sich. Endlich wird sie von Salamahs wehmütiger Stimme gebrochen: »Aman hat mir anbefohlen, daß wir

uns um Mutter kümmern, sie achten und respektieren müssen. Als ihre Kinder dürften wir sie niemals verletzen, sagte er. Bei Allah, ich kann nicht mitgehen. Wer ist stark genug, sich um Mutter zu kümmern, wenn ich jetzt auch noch fortgehe?«

Sie schweigt und verschafft sich durch einen tiefen Seufzer Erleichterung. Dann führt sie den Gedanken fort: »Doch welche Zukunft ist meinen Geschwistern beschieden, wenn ich zu Hause bleibe?«

Die beiden jungen Frauen schweigen. Ihre Blicke hängen in der gelblich züngelnden Flamme des Ofenfeuers fest. Plötzlich wirft Salamah den Kopf in den Nacken und schaut ihre Freundin an.

»Hadijah«, sagt sie nachdrücklich.

»Du hast eine Idee?« erwidert diese.

»Ja. Was würdest du sagen, wenn Patimah mitginge?«

Bei diesem Gedanken huscht ein Strahlen über Salamahs Gesicht, jedoch nur für einen kurzen Moment. Dann seufzt sie resigniert: »Aber Mutter wird nicht zulassen, daß eine von uns arbeiten geht. Erst gestern abend habe ich sie um Erlaubnis gebeten, Hadijah, und was glaubst du, hat sie gesagt? Sie sagte: Du willst nicht gehen, um dir eine Arbeit zu suchen, sondern um hinter irgendwelchen Männern herzulaufen und dich mit ihnen zu amüsieren. Du wirst kein Geld nach Hause bringen, sondern ein Kind.«

»Ach«, stöhnt Hadijah bestürzt, »du tust mir leid, Salamah! Aber du kennst doch den Grund, warum sie so daherredet, nicht wahr? Du hast doch soeben gesagt, daß sie den Verstand verliert.«

»Ja«, erwidert Salamah niedergeschlagen.

»Also gut, du bleibst zu Hause und Patimah geht mit zur Arbeit. Wahrscheinlich ist das die beste Lösung, denn so wie bisher kann es nicht weitergehen. Drei Monate sind kein Augenblick, Salamah.«

Wieder geben sich die beiden jungen Frauen schweigend ihren Gedanken hin. Als Salamahs jüngere Schwester vom Brunnen zurückkommt, rufen beide wie aus einem Mund ihren Namen: »Patimah!« Das knapp siebzehnjährige Mädchen kommt zu ihnen.

»Patimah«, sagt Hadijah noch einmal, »was hältst du davon, mit mir zur Arbeit zu gehen?«

Patimah schaut ihre Schwester an, um deren Meinung zu erkunden.

»Was sagst du dazu?« fragt sie schließlich.

»Hadijah und ich haben soeben darüber gesprochen. Ich selbst kann nicht gehen. Du hingegen könntest es.«

»Ich will gerne mitgehen«, erwidert das Mädchen, »doch was wird Mutter dazu sagen?«

Salamah denkt einen Augenblick nach und sagt dann entschlossen: »Das ist gleichgültig. Wenn du mitgehen willst, dann tue es.«

»Und du, Salamah?«

»Ich? Nein. Es gibt keine andere Lösung. Ich muß mich um Mutter kümmern. Eine von uns beiden muß diese Pflicht erfüllen, und du hast Angst und läßt dich immer sofort von ihr einschüchtern. Deshalb bin ich diejenige, die zu Hause bleiben muß.«

Sie schaut Hadijah an und fragt: »Denkst du nicht auch so?«

Und Hadijah nickt. Salamahs Blick wandert zu ihrer Schwester zurück.

»Dann mußt du dir aber noch die Haare zurechtmachen, Patimah.«

Patimah entfernt sich. Und Hadijah sagt: »Salamah, ich verstehe deine Schwierigkeiten sehr gut, und ich kann nur staunen, mit welcher Schicksalsergebenheit du dich all diesen Dingen stellst. Wenn mich all dieses Unheil träfe, wüßte ich nicht, was ich tun sollte.«

»Ich hätte es niemals für möglich gehalten, daß soviel Unheil über uns hereinbricht. Hoffentlich wird alles wieder gut. Hoffentlich kehren Sa'aman, Canimin und Kartiman gesund zurück.«

»Möge es so geschehen!« bekräftigt Hadijah.

Wieder erstirbt das Gespräch. Als Patimah zurückkehrt, steht Salamah auf und geht auf sie zu.

»Patimah«, sagt sie, »du wirst jetzt arbeiten gehen, um unseren Lebensunterhalt zu verdienen. Das ist deine Pflicht. Gib acht

und bleibe artig, wie wir es von dir gewohnt sind, und schenke schlüpfrigen Angeboten von Müßiggängern, die arbeitslos am Straßenrand herumlungern, keine Beachtung. Du weißt, was ich meine, nicht wahr?«
Patimah nickt.
»Wenn du auf schlüpfrige Angebote von Männern eingehst, die keine Erziehung genossen haben und ihr Leben lang keinen Gedanken daran verschwenden, ihren Mitmenschen mit Respekt zu begegnen ... dann, Patimah, verlegst du deine Lebensgeschichte an den Rand der Straße, und fortan wird es die Hauptstraße sein, die dein Leben bestimmt.«
Salamah hält inne und atmet tief durch.
»Ja, Schwester«, entgegnet Patimah.
»Man darf schlüpfrigen Angeboten von Männern, die uns Frauen als minderwertige Geschöpfe betrachten, mit denen sie ihr Spiel treiben dürfen, keine Beachtung schenken«, sagt Salamah, den Blick auf Hadijah gerichtet, belehrend.
»Ja«, bestätigt ihre Freundin mit zweifachem Nicken, »so ist es.«
»Du mußt dir immer vor Augen führen, Patimah, daß du kein minderwertiges Geschöpf bist, mit dem jemand sein Spiel treiben darf. Du hast lediglich noch keine Erfahrung draußen in der weiten Welt sammeln können. Und merke dir gut, daß eine Fabrik nicht die Mittelschule ist. Nein. Ganz und gar nicht. In der Fabrik herrscht ein anderes Klima als auf der Schule, wo es sauber und züchtig zugeht, wo gute Manieren, ordentliche Erziehung und solide Ausbildung im Mittelpunkt stehen. In der Fabrik weht ein ganz anderer Wind, dort herrschen Konkurrenzdenken und Selbstsucht vor. Und dort wirst du sehen, wo Schlechtigkeit von Menschen ihren Ursprung hat.«
Patimah nickt verstehend.
»Sa'aman wäre alles andere als glücklich darüber, daß du arbeiten gehst. Doch was bleibt uns anderes übrig? Vergiß niemals, daß Sa'amans Hoffnungen auf dir ruhen. Nur auf dir. So, nun geh.«
Hadijah und Patimah verschwinden durch die Küchentür, und Salamah macht sich wieder an die Arbeit. Plötzlich springt sie auf und stürmt zur Tür.

»Patimah! Patimah!« ruft sie, doch sie erhält keine Antwort.
»Arme Schwester«, seufzt sie, »jetzt hast du noch nicht mal Tee getrunken. Hoffentlich bleibst du so artig, wie wir es von dir gewohnt sind.«
Sie sinkt schwer auf die schiefe Küchenbank, die unter ihrem Gewicht bedrohlich knarrt, und gibt sich ihren Gedanken hin. Mimi kommt hinzu und kurz darauf Hasan. Doch Salamah bemerkt sie nicht. Bewegungslos sitzt sie auf ihrem Platz und ist bei den Bildern, die in ihrer Erinnerung aufkeimen.
Kartiman! Als sie an ihren drittältesten Bruder, den Soldaten Kartiman, denkt, spürt sie ein Beben in der Brust. Und just in dem Augenblick erweisen die Dorfbewohner, in deren Hände der Leichnam gegeben worden ist, ihrem Bruder die letzte Ehre – an einem Ort, der nach Südosten nur neununddreißig Kilometer von dem Haus mit den Wänden aus Bambusgeflecht entfernt ist. Sein Mund wird nie wieder lächeln oder schimpfen. Er ist gefallen, auf ewig tot. Dem Leben entrissen. Und auch dem Vaterland entrissen, für das er sich im Range eines einfachen Soldaten geopfert hat.
Ohne zu wissen, warum, spürt Salamah einen stechenden Schmerz im Herzen, und wieder beginnt sie zu beten: »Oh, Allah! Bitte beschütze meinen Bruder Kartiman vor Kugeln und allen Gefahren! Gib, daß Kartiman wohlauf ist!«
Mit einem Ruck steht sie auf, drängt die auf sie einstürmenden Bilder zurück und sucht nach etwas Reis für das Mittagessen. Als sie den Topf knappe zwanzig Minuten später vom Feuer nimmt, sieht sie das Bild des Soldaten Kartiman in immer deutlicheren Konturen vor sich. Instinktiv weiß sie, daß ihr Bruder im Kampf gefallen ist. Die Empfindungen sind zu stark; sie lassen sich nicht niederkämpfen und überfluten sie in immer neuen Wellen. Wieder spürt sie diesen stechenden Schmerz im Herzen. Ihre Augen werden feucht.
»Schwester«, ruft die zehnjährige Mimi, die in der Tür steht, und als Salamah mit einem Nicken reagiert, ist Mimi bereits neben ihr. Das kleine Mädchen stellt keine Fragen, sondern schaut die ältere Schwester nur bestürzt an.
»Mimi«, flüstert Salamah wehmütig.

Das kleine Mädchen nickt. »Deine Augen sind rot, du weinst ja!«
Salamah bleibt stumm sitzen. Plötzlich wallen die Gefühle so heftig in ihr auf, daß sie ihr Schwesterchen fest in die Arme schließt. Wieder schießen ihr Tränen in die Augen. Schwach erwidert Mimi ihre Umarmung, und so verharren die beiden für einige Augenblicke. Schließlich findet Salamah die Kraft, einige Worte zu sprechen.
»Mimi«, flüstert sie, »du mußt dem Allmächtigen im Himmel danken. Du, ich, Patimah und Hasan ... wir alle müssen ihm danken. Dafür, daß wir hier sind, Mimi – im sicheren Schutz der Stadt. Das verstehst du, nicht wahr?«
Mimi schweigt, denn sie versteht es nicht.
»Dort draußen im tiefsten Dschungel, Mimi, ziehen Tausende von Soldaten, die Hunger leiden, über hohe Gipfel und durch tiefe Schluchten. Zu ihnen gehören auch unsere Brüder Canimin und Kartiman. Sie leiden viel größeren Hunger als wir, und ihre Not übersteigt unsere um ein Vielfaches. Bepackt mit schweren Waffen, marschieren sie ohne große Ruhepausen bergauf und bergab, und immer wieder fechten sie Scharmützel mit dem Feind aus. Viele werden von feindlichen Kugeln getötet, viele durch Granatsplitter oder Kanonen verstümmelt. Jeden Augenblick müssen sie darauf gefaßt sein, ihr Blut vergießen oder ihre Gliedmaßen opfern zu müssen. Auch Canimin und Kartiman müssen darauf gefaßt sein. Doch wir befinden uns in Sicherheit. Wir müssen nicht bergauf und bergab marschieren, und wir brauchen weder unser Blut zu vergießen noch unsere Gliedmaßen herzugeben. Ja, hier sind wir sicher, Kleines.«
»Schwester ...«
»Du kannst dich hier morgens waschen und bekommst abgekochtes Wasser zu trinken, aber die in den Bergen und Wäldern kämpfen, mein Kleines, werden vielleicht just in dem Augenblick, in dem du abgekochtes Wasser trinkst, erschossen und hauchen ihr Leben aus, oder sie werden getroffen und für alle Zeiten verstümmelt.«
Ihre Stimme wird leise und mitfühlend, als sie die letzten Worte wiederholt: »Für alle Zeiten verstümmelt.«

Sie schweigt und lockert ihre Umarmung. Nach einer Weile spricht sie nachdenklich weiter: »Und wenn ein Partisanensoldat sein Leben auf dem Schlachtfeld läßt, kommen keine Familienangehörigen, um ihm die letzte Ehre zu erweisen. Vielleicht haben sich diese sogar längst zum Feind bekannt und in die holländische Armee eingliedern lassen. Manchmal kümmert sich niemand um die Gefallenen, so daß deren Leichen auf freiem Feld verwesen oder im Unterholz von wilden Tieren zerrissen und aufgefressen werden. Die Scharmützel brechen so überraschend los, daß die Partisanen auf dem Weg zur Toilette umkehren und zu den Waffen greifen müssen. Während du sicher am Brunnen badest, reißt ihnen dort draußen vielleicht gerade eine Haubitze den Fuß oder Arm weg. Und mitten unter diesen Partisanensoldaten befinden sich auch unsere Brüder Kartiman und Canimin. Hoffentlich sind die beiden wohlauf, hoffentlich werden sie nicht verwundet oder getötet. Wir wollen dafür beten, daß uns allen Glück beschieden ist – auch dir, Hasan, Patimah, Mutter und Sa'aman. Dafür, daß alles wieder gut wird. Und auch für die Kameraden unserer Brüder wollen wir beten, auf daß ihnen in ihrem Kampf Glück beschieden ist.«
»Ja, Schwester.«
»Du kannst dich glücklich schätzen, Mimi, daß du klein bist und noch nicht über die schwierigen Dinge im Leben eines Menschen und in der Existenz einer Nation nachdenken mußt. Später wirst du das alles besser verstehen.«
Sie löst ihre Umarmung.
»Später wirst du selbst erkennen, welches Elend es doch auf dieser Welt gibt. Deshalb …« Mitten im Satz bricht sie ab und widmet sich schweigend ihren Gedanken. Schließlich lenkt sie ihre Ausführungen in eine andere Richtung.
»Hier in der Stadt befindest du dich in Sicherheit, Mimi, und deshalb darfst du nicht murren, wenn wir nur Reis zu essen haben, aber nichts dazu, kein Fleisch und kein Gemüse, und wenn wir auf nicht absehbare Zeit nichts anderes zu trinken haben als Wasser und bitteren Tee. Du mußt dankbar sein, Mimi.«
Wieder schweigt sie eine Weile, bevor sie in deutlich tieferem

Tonfall weiterspricht: »Ja, Allmächtiger, wir sind dankbar für Deine Barmherzigkeit.«
Sie schaut ihre Schwester an und sagt: »Sprich es mir nach, Mimi!«
Und Mimi spricht ihr nach: »Ja, Allmächtiger, wir sind dankbar für Deine Barmherzigkeit.«
»Was hast du jetzt vor, Mimi?«
»Muß ich denn heute nicht einkaufen gehen?«
Salamah erwidert nichts, rutscht in eine veränderte Sitzhaltung und verharrt regungslos. Sie registriert Mimi nicht mehr, sondern starrt nur trübsinnig in die gelben Flammen, die fast heruntergebrannt sind.
»Schwester?«
»Vielleicht kommt Mas Darsono heute nachmittag vorbei. Ohne seine Hilfe hätten wir in den vergangenen drei Monaten nichts zu essen gehabt, Mimi. Er hat uns mit einem beträchtlichen Teil seiner Einkünfte unterstützt. Mutter weiß nichts davon, und sie braucht es auch nicht zu erfahren.« Und verzweifelt seufzt sie: »Wenn Mas Darsono uns in diesen drei Monaten nicht geholfen hätte ... ich weiß nicht, wie es uns ergangen wäre. Ich weiß es wirklich nicht.«
»Mas Darsono ist ein guter Mensch«, sagt Mimi mit ihrer hellen Kinderstimme.
»Er will dein Schwager werden, Mimi, und deshalb tut er das, was Sa'aman, Canimin oder Kartiman tun würden«, erläutert Salamah. »Weil er ein guter Mensch ist und auch uns für gute Menschen hält, ist er bereit, uns zu helfen. Er hilft uns, weil er dein Schwager werden möchte, weil Canimin und Kartiman in den Kampf gezogen sind und weil die Militärpolizei Sa'aman festgenommen hat und wir in diesen drei Monaten keine Nachricht von ihm erhalten haben.«
Und ablenkend sagt sie: »Sei also dankbar, wenn wir wenigstens Reis zu essen haben. Verstehst du jetzt, was ich meine?«
»Ja, Schwester.«
»Du bist ein artiges Kind.«
»Schwester, braucht Mas Darsono sein Geld denn nicht selbst?«
Salamah verharrt schweigend, um schließlich bedächtig zu er-

läutern: »Sicher braucht er es selbst. Ein verständiges Kind bist du also auch. Weißt du, jedes Kind wächst heran und ist eines Tages erwachsen, und wenn ein Mensch erwachsen ist, gründet er einen eigenen Haushalt. Und um einen eigenen Haushalt zu gründen, Mimi, benötigt der Mensch Geld. Alle Menschen benötigen Geld. Und Mas Darsono müßte das Geld, mit dem er uns unterstützt, eigentlich sparen, denn er ist bereits erwachsen, Mimi, und er muß sich eine Frau suchen und viele Dinge anschaffen, die man für einen Haushalt braucht – Tische, Stühle, Schränke, ein Bett, Küchengeräte und noch vieles mehr.«
Sie verstummt und schaut ihrer kleinen Schwester aufmerksam in die Augen.
»Und warum überläßt er uns dann sein Geld?«
»Tja, Mimi ... die Güte eines Menschen beweist sich unter anderem darin, daß er Geld, das er im Augenblick nicht für sich selbst benötigt, anderen zur Verfügung stellt, die keines haben, aber dringend welches brauchen.«
Sie streichelt ihrer Schwester über das Haar und fügt versonnen hinzu: »Und wenn wohlhabende Menschen unglücklich sind und andauernd von Unruhe geplagt werden, dann ist das nur deshalb so, weil sie ein derartiges Verhalten nicht kennen.«
Wieder lenkt sie ihre Ausführungen in eine andere Richtung. »Eigentlich hätte Patimah in weniger als vier Monaten ihren Mittelschulabschluß machen sollen, doch leider lassen die Umstände das nicht zu. Die Arme. Sie ist immer so pflichtbewußt zum Unterricht gegangen! Viel pflichtbewußter als du und Hasan, die ihr noch nicht einmal die Grundschule abgeschlossen habt.« Dann fragt sie verwundert: »He, wo ist Hasan?«
»Er wollte draußen spielen.«
»Das soll er getrost tun. Und Mutter? Sie hat die ganze Nacht nicht geschlafen. Ist sie schon aufgestanden?«
»Mutter hat nicht geschlafen?« fragt Mimi verwundert. »Als Hasan und ich aufgestanden sind, war sie weg.«
»Weg? So früh am Morgen?«
»Ja.«
»Und sie ist noch nicht zurück?«
»Nein, Schwester«, erwidert Mimi kopfschüttelnd.

»Unsere arme Mutter. Sie wird von Tag zu Tag konfuser. Wenn sie schon über eine Stunde weg ist, hat es keinen Sinn, sie zu suchen. Hoffentlich kommt sie bald zurück. Mimi, ich befürchte, daß sich Mutter bloß dem Gelächter und den Schmähungen der Leute aussetzen wird, wenn sie nun die ganze Stadt zu durchstreifen beginnt, um Aman zu finden. Wenn sie das tut, dann weiß ich keinen Rat mehr. Ich weiß schon jetzt nicht mehr, was ich tun soll.«
Sie schweigt und läßt niedergeschlagen den Kopf sinken.
»Ich versuche ihr schon die ganze Zeit klarzumachen, daß Aman von der Militärpolizei festgenommen worden ist und frühestens dann zurückkommen wird, wenn man ihm den Prozeß gemacht hat, doch offenbar übersteigt das ihren Verstand. Außerdem begreife ich nicht, warum sie sich ausschließlich Sorgen um Aman macht? Nie denkt sie an Canimin und Kartiman.«
Wieder schweigt sie eine ganze Weile. Dann murmelt sie, als stehe ihr Bruder leibhaftig vor ihr: »Sa'aman, wenn sich Mutters Zustand noch verschlimmert, weiß ich keinen Rat mehr. Wenn sie doch nur wieder gesund wäre!«
»Schwester«, haucht Mimi, »ich muß schon den ganzen Morgen an Kartiman denken.«
»Du auch? Dann denkt er vielleicht gerade an uns. Der Arme. Er ist schon bald vier Jahre weg und hat bestimmt große Sehnsucht nach Zuhause. Hoffentlich ist ihm kein Unheil widerfahren!«
»Hoffentlich ist er wohlauf!« bekräftigt Mimi.
»Du solltest dich jetzt etwas hinter deine Bücher setzen und lernen. Wer weiß, vielleicht kannst du im nächsten Schuljahr wieder zum Unterricht gehen.«
»Dann gehen wir heute nicht einkaufen?«
»Lerne lieber ein bißchen.«
»Aber ich habe kein Schreibpapier mehr.«
»Dann lies etwas. Schreiben ist nicht nötig.«
»Also gehen wir nicht einkaufen?«
Salamah beantwortet die Frage nicht, sondern kniet sich stumm vor den Dreifuß, um Brennholz nachzuschieben. Und Mimi nickt verstehend. Flott läuft sie aus der Küche und läßt die Schwester mit ihren Sorgen allein.

Salamah setzt sich wieder auf die Küchenbank und flüstert vor sich hin: »Du bist es, Mutter, die meine Kleider verschwinden läßt. Ich weiß sehr wohl, daß du von deinen Kindern nur Aman liebst, und ich bin mir sicher, daß du die Kleider deiner anderen Kinder heimlich mitnimmst und verkaufst. Von dem Erlös kaufst du Zwiebeln, Essig und Pfefferschoten, um für Aman eingelegtes Gemüse zu machen. Aman hat dein eingelegtes Gemüse immer mit Vorliebe gegessen. Und ich habe entdeckt, Mutter, daß du die eingekauften Sachen unter der Schlafbank versteckst. Welch ein Jammer! Denn Aman wird so bald nicht nach Hause kommen, und die Sachen müssen verderben. Aber das ist dir vollkommen gleichgültig! Du erinnerst dich noch nicht einmal an die versteckten Sachen! Und deine Kinder müssen am Ende nackt herumlaufen!«

Sie seufzt schwer und führt ihr Selbstgespräch weiter: »Doch es sei, wie es ist. Nimm getrost auch noch die letzte Kebaya, die mir geblieben ist, wenn dir das Befriedigung verschafft. Ach, wie dumm du doch handelst! Und wahrscheinlich denkst du auch noch, daß Aman sich darüber freuen würde!«

Sie schürzt die Lippen. »Hoffentlich wirst du wieder gesund, Mutter«, fleht sie schließlich.

Es ist still in der Küche. Nur von draußen dringt das Brummen und Dröhnen ausländischer Maschinen herein, die sich in Form, Gestalt und Nutzen unterscheiden. Es sind die gleichen alten Maschinen wie gestern ... Maschinen, denen menschliche Schicksale unbekannt sind und die sich wie irrsinnig drehen. Man hört Automobile hin und herfahren – auch bloß Maschinen, jedoch solche im Status beweglicher Götter, die von Menschen geschaffen wurden und Gegenstand ihrer höchsten Verherrlichung sind. Und draußen im Partisanengebiet kämpfen Tausende Soldaten ebenfalls mit Maschinen, die für sie den Stellenwert von Göttern haben, für ihre jeweilige Überzeugung, während hier in der Stadt Überfluß und Mangel dicht nebeneinander existieren. Es ist eine Welt mit fröhlichen Liedern und traurigen Weisen, sie ist wie ein altjavanisches Epos mit getrennten Handlungssträngen.

Solchen Gedanken hängt Salamah in der Küche nach. Das Feuer

züngelt ruhig und ausdauernd am Boden des Reiskessels, und die junge Frau sitzt regungslos auf der Küchenbank und hält den Blick starr in die gelb, rot und rußig lodernde Flamme gerichtet. Für Augenblicke sieht sie Sa'amans Bild vor Augen, das jedoch rasch wieder zerfließt. An seine Stelle tritt Korporal Canimin und verschwindet ebenfalls sofort wieder. Dann nimmt Soldat Kartiman Konturen an und behauptet den Platz in ihren Gedanken für eine beträchtliche Zeit. Doch sie weiß nicht, warum. Plötzlich konzentriert sich alle Liebe ihres Herzens auf ihren drittältesten Bruder. Auch jetzt weiß sie nicht, warum. Ihr ist, als höre sie Kartiman mit seiner hohen, harten Stimme So weit schon bin ich gesegelt singen, ein ambonesisches Lied, das er sehr liebte.

Leise, als begleite sie den Gesang des vor ihr stehenden Soldaten Kartiman, beginnt sie das Lied vor sich hin zu summen. Kartimans unsaubere Singstimme erscheint ihr jetzt rein und wunderschön. Sie schließt das Lied mit einem tiefen Seufzer ab, und ihre Erinnerungen schweifen zurück in die Vergangenheit.

Es war Abend. Eine Lampe erhellte das Vorderzimmer mit elektrischem Licht. Ordentlich standen Tisch und Stühle beieinander. Dann hatte jemand an die Tür geklopft. Sie hatte geöffnet. Kartiman war eingetreten. Schweißtropfen glänzten auf seiner dunklen Haut. Seine wulstigen Lippen waren trocken, und sein Kraushaar hing wirr durcheinander. Allen guten Manieren zuwider hatte er mit dem Fuß einen Stuhl zu sich herangezogen und sich wie ein Sack daraufplumpsen lassen. Seine Augen waren zugefallen. Salamah war an seine Seite getreten und hatte gefragt: »Bist du müde?«

»Wasser«, hatte er schroff gefordert. Und sie hatte Wasser geholt. Kartiman stürzte das Getränk in einem Zug hinunter.

»Du bist müde«, hatte Salamah wiederholt, »nicht wahr, Kartiman?«

Und sie hatte bemerkt, daß sich seine trüben Augen plötzlich röteten. Er wölbte die Brauen, bis seine Stirn Falten warf, und starrte sie wild mit diesen geröteten, weit aufgerissenen Augen an. Doch er brachte kein einziges Wort heraus.

»Noch ein Glas Wasser, Bruder?« hatte sie eifrig gefragt.
Die Verkrampfung im Gesicht des jungen Mannes war gewichen, und knapp und trocken war seine Stimme erklungen: »Ketupat!«
Und sie hatte geantwortet: »Sie sind fertig, Bruder. Es hat aber nur für hundertachtzig Stück gereicht.«
Ein Anflug von Unwillen war über sein Gesicht gehuscht. Und er hatte sie angeschnauzt: »Das sind zuwenig!«
»Ja, zuwenig. Neun Stück haben die Kinder gegessen.«
»Bist du taub? Sagte ich nicht zweihundert?«
»Ich bin nicht taub. Ich habe sehr wohl gehört, daß du zweihundert sagtest.«
»Ich bin nicht taub«, hatte er seine Schwester verächtlich nachgeäfft. »Wenn du nicht taub bist, wieso sind es dann zuwenig geworden?«
»Weil nicht genug Reis da war, Bruder.«
»Weil nicht genug Reis da war«, hatte er sie erneut geringschätzig nachgeäfft. Dann kochte schiere Wut in seiner Stimme über: »Dumme Kuh! Einfältige Ziege! Eine Idiotin bist du!«
Er hatte verächtlich aufgelacht und dann hinzugefügt: »Wozu gebrauchst du eigentlich dein Hirn?«
Salamah hatte genickt und eingeschüchtert geschwiegen.
»Du bist blöde. Hättest du das, was zuwenig war, nicht auffüllen können?«
Und Salamah hatte nicht den Mut aufgebracht, eine Antwort zu geben.
»Stumm bist du auch noch, he? Hast du die Sprache verloren?«
Sie hatte noch immer nicht geantwortet.
Plötzlich schien die ohnehin dunkle Haut des jungen Mannes noch dunkler zu werden, bläulich-schwarz wirkte sie. Mit einem Satz sprang er auf und schlug ihr links und rechts gegen die Wangen, daß es nur so schallte. Sie taumelte zurück und spürte einen salzigen Geschmack auf der Zunge. Als sie ausspuckte, war ihrem Speichel Blut untergemischt. Tränen rollten ihre Wangen herab, doch zu schluchzen wagte sie nicht.
Aber Kartiman war mit seiner Strafmaßnahme noch nicht zufrieden gewesen. Er hatte gefaucht wie eine Katze: »Ich glaube

wirklich, daß du blöde bist. Dumme Kuh! Einfältige Ziege! Hast du nicht mitbekommen, daß jede Familie in dieser Gasse zweihundert Ketupat bereitstellen soll? Na? Hast du es nicht mitbekommen? Oder beginnst du etwa, für die Gegenseite zu spionieren? Willst du unseren geplanten Angriff auf den Flugplatz sabotieren? Na? Kannst du dir nicht an den eigenen Fingern abzählen, daß zweihundert Ketupat nicht gerade viel sind für fünfzig Männer, die drei Tage und drei Nächte für die Aktion benötigen? Einfältige Ziege! Du bist wirklich das letzte …!«

Salamah seufzt bekümmert, und ihre Erinnerungen verschwimmen. Dann flüstert sie: »Ich verzeihe dir alle Fehler, mein Bruder. Du bist ein grober Klotz, ein ungeschliffener Mensch … aber auch ein freigebiger.«
Sie steht auf und nimmt den Reiskessel von der Plattform des Dreifußes. Im gleichen Augenblick erscheint Mimi mit einem aufgeschlagenen Buch in der Hand.
»Schwester«, sagt sie.
»Na, Mimi, schon wieder etwas, was du nicht verstehst?«
Mimi nickt.
»Ist die Lektion denn so schwierig?«
»Ich verstehe überhaupt nichts. Ich habe es mehrmals gelesen und angestrengt nachgedacht, aber ich komme einfach nicht dahinter.«
»Mit welchem Fach beschäftigst du dich denn?«
Mimi zeigt ihr Buch und sagt: »Physik.«
»He, du lernst voraus. Das ist keine Lektion für dich, sondern für Schüler der sechsten oder siebten Klasse. Du bist erst in der fünften. Aber gut: Was verstehst du nicht?«
»Das hier«, sagt Mimi und deutet mit dem Zeigefinger auf die Seitenmitte. »Schau her: Warum leitet Kupfer elektrischen Strom schneller als Eisen?«
»Weil Eisen einen größeren Widerstand als Kupfer hat.«
»Und warum ist das so?« läßt Mimi nicht locker.
»Warum das so ist? Ich glaube … tja, das ist ein Gesetz. Ein Gesetz, das die Natur höchstpersönlich aufgestellt hat. Der Mensch kann diese Tatsache nur feststellen, sie aber nicht defini-

tiv begreifen. He, ist das eine Lektion für den Grundschulunterricht, Mimi?«
»Ich habe ein Buch von Patimah genommen.«
»Du brauchst dich noch nicht mit Lehrbüchern der Mittelschule zu beschäftigen.«
»Aber ich mag Physik.« Sie denkt so angestrengt nach, daß Falten auf ihre kindliche Stirn treten. Dann sagt sie: »Ich verstehe deine Erklärung noch immer nicht.«
»Ich sagte doch, daß es ein Naturgesetz ist.«
Mimi schüttelt den Kopf und erwidert. »Aber ich möchte die Ursache wissen.«
»Der Mensch kann nicht die Ursache aller Dinge kennen. Vielleicht sind die Atome von Eisen stärker und dichter als die von Kupfer. Vielleicht ist das der Grund, aber ich weiß es nicht genau. Doch eines ist wahr, Mimi: Man kann nicht von allem die Ursache kennen.«
»Und das heißt?«
»Das heißt, daß du manches einfach glauben mußt. Schau, du weißt, daß zwei mal zwei gleich vier ist, aber verstehst du, warum das so ist? Ganz sicher kennst du die Ursache nicht. Du weißt nur, daß es so ist. Und ich glaube, daß kein Mensch auf der ganzen Welt die Ursache kennt. Der Mensch muß manches einfach glauben.«
Ein Lichtschein des Verstehens huscht über Mimis Gesicht. »Oh«, sagt sie zufrieden.
»Ja«, sagt Salamah erleichtert. »Ich glaube, daß kein Mensch auf der ganzen Welt die Ursache kennt, und das gilt auch für unzählige andere Dinge außerhalb der Physik oder Mathematik. Wahrscheinlich sogar für alles. Die Kraft des menschlichen Verstandes und Denkvermögens ist sehr begrenzt, und deshalb muß der Mensch an manches einfach nur glauben. Genügt das?«
»Ja, Schwester. Jetzt habe ich es begriffen, und jetzt weiß ich auch, warum ich manchmal etwas nicht verstehe, obwohl ich es immer wieder lese.«
Sie schweigt einige Augenblicke. Dann sagt sie: »Ich habe aber noch eine Frage. Ich kann eine Rechenaufgabe nicht lösen.«

»Im Rechnen bist du schon immer etwas schwach gewesen, Mimi.«
»Hör zu. Wenn auf einem Meter Boden sechs Maispflanzen gepflanzt werden können und das Feld einen Kilometer breit und siebenhundertfünfzig Meter lang ist und von einem Kanal von genau vierzig Meter Breite der Länge nach durchflossen wird, wie viele Maispflanzen können dann auf diesem Feld gepflanzt werden?«
»Du gehst zu schnell voran, Mimi. Das ist auch keine Aufgabe für eine Schülerin der fünften Klasse. Hast du denn die anderen Lektionen schon alle gelernt?«
Und Mimi erwidert schüchtern: »Ja, Schwester.«
»Heute abend helfe ich dir bei dieser Aufgabe. Oder besser noch fragst du Patimah.«

»Schwester«, ruft eine Stimme durch die Küchentür. Die beiden Mädchen drehen sich um und sehen Hasan in der Tür erscheinen. Im Gesicht des Jungen spiegeln sich Verstörtheit, Sorge und Angst. Schweigend nähert er sich seinen beiden Geschwistern.
Hinter ihm erscheint die Gestalt eines Altwarenhändlers im Türrahmen. Er hat seine Tragestange geschultert, an deren Enden jeweils ein Korb baumelt. Nachdem er die Körbe abgesetzt hat, späht er von der Schwelle her in sämtliche Winkel der Küche. Sein Gesicht ist zorngerötet, und seine fahrigen Bewegungen verraten höchste Aufgebrachtheit.
»Gehört der Junge hierhin?« fragt er den Mädchen zugewendet, während er stechend mit dem Zeigefinger auf Hasan deutet. Hasan weicht vor dem ausgestreckten Finger zurück und verkriecht sich hinter der Ecke der Küchenbank.
»Salamah«, beichtet er von dort. »Ich habe etwas angestellt. Aber nicht absichtlich, ich schwör's.«
»Komm herein, Pak«, fordert Salamah den Fremden auf. »Zu verkaufen haben wir allerdings nichts.«
Der Altwarenhändler blickt äußerst mürrisch drein.
»Ich habe auch nicht vor, euch etwas abzukaufen«, sagt er schroff und läßt den Blick zu dem Korb wandern, in dem ein Wecker mit zersprungenem Glas liegt.

»So komm doch herein«, wiederholt Salamah. »Welches Anliegen führt dich her?«
Der Altwarenhändler, ein Mann mittleren Alters in schwarzer Kleidung aus chinesischer Seide, trifft keine Anstalten, hereinzukommen. Sein zorniger Blick wandert durch die Küche, gleitet über Salamah und Mimi hinweg und bleibt an Hasan hängen.
»Der Junge da«, sagt er, »muß mir einen Schaden ersetzen.«
Die beiden Mädchen schauen Hasan an, der sich vor Angst ganz klein macht.
»Ja, Schwester«, gibt er mit dünner Stimme zu, »es ist meine Schuld, aber ich hab's nicht absichtlich getan.«
»Was hast du denn getan, Hasan?« will Salamah wissen.
»Seinen Wecker kaputtgemacht, und jetzt verlangt er Schadenersatz.«
Salamah versucht, ihren Schreck zu verbergen. »Schadenersatz?« stößt sie hervor.
»Natürlich muß der Schaden ersetzt werden«, sagt der Altwarenhändler herausfordernd. »Vorhin funktionierte das Ding noch tadellos. Alle drei Zeiger liefen rund, das Abdeckglas war heil und das Räderwerk in Ordnung.«
»Wieviel habe ich zu zahlen?«
»Fünfzehn Rupiah.«
Die Geschwister schauen einander stumm an.
»Und keinen Sen weniger«, bekräftigt der Mann. »Ich habe genügend Zeugen. Ist das dein Sohn?«
»Nicht mein Sohn – mein Bruder.«
»Also dein Bruder. Aber wie auch immer, irgend jemand muß mir den Schaden in Höhe von fünfzehn Rupiah ersetzen. Wer, ist mir gleichgültig. Beschädigte Ware muß ersetzt werden. Und zwar auf der Stelle.«
»Pak«, sagt Salamah, »wir werden unsere Schulden begleichen. Komm herein und sieh dich um, ob irgend etwas hier einen Wert für dich hat. Bitte komm herein, Pak.«
Mit schweren Schritten und sichtlichem Triumph über seinen Sieg betritt der mit gebrauchten Gegenständen handelnde Krämer die Küche. Sein Blick folgt Salamahs Hand, die in die Richtung des Vorderzimmers weist.

»Das ist alles, was wir haben«, sagt Salamah im Tonfall eines Händlers, der seine Waren feilbietet. Schau dir getrost alles an, Pak: Eine große Schlafbank, ein schmales Bänkchen und diese schiefe Küchenbank hier.« Sie deutet auf die Bank, neben der sie steht. »Und dann gehören uns auch noch der Tisch, der Stuhl und jene Öllampe dort.«

»Oh, für derartige Dinge habe ich keine Verwendung«, sagt der Mann mittleren Alters enttäuscht, während sein Blick noch immer aufmerksam in sämtliche Winkel des Raumes gleitet.

»Das ist alles, was wir besitzen.«

»Aber Kleidungsstücke habt ihr doch wohl?«

»Kleidungsstücke?« Salamah schaut ihre Kebaya an. »Nur die wir am Leib tragen. Aber wenn du darauf bestehst, werden wir sie hergeben. Geld haben wir keines. Wir haben nur das, was du hier vor dir siehst.«

Der Zorn, der das Gesicht des Mannes verdüstert, beginnt sich zu verziehen. Sein Blick wandert zwischen den drei Geschwistern hin und her und bleibt schließlich wieder an Hasan hängen.

»Wer ist der Familienälteste?« fragt er sodann.

»Unser Vater, aber der ist in den unruhigen Zeiten nach der japanischen Kapitulation und der indonesischen Unabhängigkeitserklärung spurlos verschwunden.«

»Verschwunden?«

Jetzt ist der Zorn des Mannes endgültig verraucht. In sanftem Tonfall fragt er: »Aber es ist doch wohl jemand an seine Stelle gerückt?«

»Unsere Mutter, aber die verliert zunehmend den Verstand.«

»Was? Tatsächlich?«

Salamah nickt.

»Und ihren Platz hat niemand eingenommen?«

»Doch, unser Bruder Sa'aman. Aber vor drei Monaten ist er von der Militärpolizei festgenommen worden und bis heute nicht zurückgekehrt.«

In dem Gesicht, in dem soeben noch Zorn aufgeflackert und wieder verraucht war, macht sich nun Mitleid breit.

»Von der Militärpolizei festgenommen«, wiederholt er leise.

»Also muß es einen Zusammenhang mit dem Kampf um die Unabhängigkeit geben. Und habt ihr vielleicht noch andere Geschwister?«

»Canimin, doch er ist nicht bei uns. Er ist Korporal bei den Partisanen und jetzt irgendwo dort draußen.«

»Korporal bei den Partisanen«, murmelt der Mann bestürzt, »ich selbst komme gerade erst aus dem Partisanengebiet zurück. Und gibt es vielleicht noch jemanden?«

»Kartiman. Aber auch er ist bei den Partisanen. Als einfacher Soldat.«

»Auch bei den Partisanen. Dann ist hier also kein Mann im Haus?«

»Nur der hier«, erwidert Salamah und deutet auf Hasan. »Mein kleiner Bruder, sonst niemand.«

»Hmm, und auf wessen Schultern lastet die Verantwortung für eure Familie?«

»Auf meinen, Pak.«

»Dann gibt es also niemanden, der mir den Wecker ersetzen könnte?«

»Du kannst mitnehmen, was du willst, bis hin zum Wert deines Weckers.«

Ruhe macht sich in der Küche breit und wird von keiner menschlichen Stimme gestört. Auch der mit gebrauchten Gegenständen handelnde Krämer bleibt stumm und hängt seinen Gedanken nach. Langsam setzt er sich zu Hasan auf die Küchenbank. Sein Kopf sinkt unter der Last seiner Gedanken nach vorn. Erst nach einer Weile sagt er sehr leise: »Mädchen, bist du verheiratet?«

»Nein, noch nicht. In diesen Zeiten ist das sehr schwierig, Pak. Und meine Brüder stehen an der Front und kämpfen.«

»Und woher nimmst du das Geld, um einzukaufen?«

»Woher? Ich verkaufe das, was noch da ist, und monatlich hilft uns mein Verlobter mit fünfundvierzig Rupiah aus.«

»Nur fünfundvierzig Rupiah im Monat, für euch alle zusammen?«

Wieder schweigt er nachdenklich.

»Wenn das so ist …«, noch einmal verharrt er schweigend, »…

dann gehört es sich nicht, daß ich Schadenersatz für den Wecker fordere. Kaputt ist kaputt, belassen wir es dabei.«
Die vier Menschen in der Küche schweigen erneut. Eine gewisse Beklemmung liegt über dem Raum. Das Feuer im Dreifuß schwelt nur noch. Schließlich ist es wieder der Fremde, der das Schweigen bricht: »Ist dein Verlobter auch bei den Partisanen?«
»Nein, Pak«, erwidert Salamah. »Er arbeitet hier in Jakarta, am Fischmarkt.«
Der Altwarenhändler erwidert nichts. Der starre Ausdruck, der in seine Augen tritt, erweckt den Anschein, daß er an eine weit zurückliegende, bessere Zeit zurückdenkt. Plötzlich knöpft er sein Hemd auf und nestelt an einem breiten Lederriemen herum, den er sich um die Hüfte geschnürt hat und in den zwei große Taschen eingearbeitet sind. Aus einer dieser Taschen fingert er einen Geldschein – zehn Rupiah. Für Augenblicke streift sein Blick das Buch, das Mimi in der Hand hält. Dann legt er den Geldschein mit einer sehr langsamen Bewegung neben sich auf die Küchenbank. Alle Augenpaare heften sich auf den Schein.
»Vielleicht hilft diese kleine Summe dir und deinen Geschwistern ein wenig weiter. Vielleicht könnt ihr sie verwenden, um Reis einzukaufen. Es war unangemessen, daß ich Schadenersatz von einer Familie gefordert habe, deren männliche Mitglieder sich ausnahmslos den Partisanen angeschlossen haben, um für die Freiheit unseres Volkes zu kämpfen.«
Als Salamah das Geschenk zurückweisen will, schneidet er ihr das Wort ab und sagt: »Ich habe selbst schweres Leid erdulden müssen und erkenne deshalb dessen Antlitz auf deinem Gesicht. Und dein Gesicht sagt mir auch, daß du nicht den einfachsten Weg wählst und leichtfertig Geschenke annimmst. Ja, das brauchst du mir nicht zu sagen. Doch es ist keine Schmach, wenn du diesen geringen Geldbetrag annimmst, Mädchen. Bitte nimm das Geld an, auch wenn es nur wenig ist. Betrachte es als Gabe deines Vaters, der in jenen wirren Zeiten verschwunden ist. Ich habe heute morgen sehr üppig gefrühstückt, mehr als genug. Wirklich, Mädchen. Und außerdem gehört das Geld nicht zu meinem Anlagekapital, sondern ist Reingewinn aus Verkäufen.«

»Pak«, entgegnet Salamah, während sie sich hinsetzt, »deine Stimme klingt so traurig.«

»Nur deshalb, weil euer Leid mich an mein eigenes Leid erinnert, dessen Narben noch frisch sind. Wenn ihr wollt, erzähle ich euch davon. Aber nimm zuerst das Geld an.«

Salamah wehrt störrisch ab.

»Heute morgen habe ich aus dem Verkauf eines großen Spiegels schon fünfzehn Rupiah Gewinn erzielt, und danach habe ich gut gefrühstückt. Ich habe keine Kinder. Auch keinen Haushalt und keine Frau. Keinen Menschen habe ich hier in Jakarta. Ich stehe ganz allein da. Noch vor wenigen Monaten lebte ich in Glück und Zufriedenheit. Was hätte mir auch zu meinem Glück gefehlt? Aber die guten Zeiten sind vorbei und werden niemals wiederkehren.«

Ein langer Seufzer entringt sich seiner Brust.

»Meine vier Söhne haben als Partisanen gekämpft. Doch nur der Allmächtige bestimmt über das Schicksal seiner Geschöpfe – sie sind tot, Opfer dieses Krieges.«

Er schweigt.

»Aber dann hast du viel größeres Leid erdulden müssen als wir«, entgegnet Salamah, »denn wir leben immerhin noch als Familie zusammen unter einem Dach, wenngleich ...«

»Einer fiel beim Sturm auf Madiun. Ich bekam eine briefliche Mitteilung vom Verteidigungsministerium. Und die anderen drei, die einem Spähtrupp angehörten, kamen nicht weit von Kuningan entfernt ums Leben. Ich wohnte in Kuningan. Nicht direkt im Zentrum, sondern etwas außerhalb; in einem kleinen Dorf, wo ich ein eigenes Haus besaß. Ein stolzes Haus, verglichen mit den Häusern rundum. Ja, ich war der reichste Mann im Dorf, hatte ein großes Naßreisfeld und nicht weniger als dreißig Rinder und Wasserbüffel. Doch alles, was ich mein eigen nannte, ist ein Opfer von Flammen geworden. Darüber empfinde ich keine Traurigkeit – nein, nicht die geringste. Doch ich habe bis zum heutigen Tage nicht verwunden, daß ich meine Kinder verlieren mußte, und darüber werde ich nie hinwegkommen. Und auch nicht darüber, daß jene drei keine letzte Ruhestätte gefunden haben. Niemand weiß, was aus ihren sterblichen Überresten geworden ist. Ich hoffe und bete mit euch, daß die Militärpolizei euren Bruder möglichst bald wieder freiläßt und daß der Allmächtige die anderen, die bei den Partisanen sind, beschütze.«

»Dafür danken wir dir«, erwidert Salamah.

»Meine drei Söhne sind einem Verrat zum Opfer gefallen. Sie waren unterwegs zu ihrem Heimatdorf, um uns Eltern zu besuchen. Auf halber Strecke haben sie ihr Nachtlager aufgeschlagen und wurden hinterhältig ermordet. Oh, Allmächtiger, der Du über das Schicksal Deiner Geschöpfe bestimmst und alleine die Ursache aller Dinge kennst!«

Er hält inne, um Atem zu schöpfen, und spricht mit schwermütiger Stimme weiter: »Und dann ist eine Terroristenbande über unser Dorf hergefallen. Ich kam nur deshalb mit dem Leben davon, weil ich in jener Nacht zufällig draußen im Schuppen auf meinem Naßreisfeld schlief. Meine Frau wurde getötet, mein Haus geplündert und niedergebrannt. Was die Bande zurückließ, ist Beute der Flammen geworden. Und seitdem war ich der ärmste Mann im Dorf.«

Er seufzt schwermütig und erzählt weiter: »Ja, nur mir war das Glück beschieden, mit dem Leben davonzukommen. Ehemals ein reicher Mann, bin ich nun ein Vagabund, der ziellos durch die Gegend streift. Ein Vagabund ohne festen Wohnsitz, Kinder. Ich wohne dort, wo ich gerade meine Füße hinsetze. In mein Dorf zurückkehren? Nein, das kann ich nicht! Und jetzt kennt ihr mein Leid. Ich weiß, was es heißt, menschliches Leid zu erdulden, denn ich habe es am eigenen Leib erfahren. Und deshalb kann ich euer Schicksal sehr gut nachvollziehen.«

Mit jedem Satz ist seine Stimme dunkler und leiser geworden. Jetzt sagt er zu Salamah: »Ich hoffe, daß sich dein Verlobter nicht auch noch den Partisanen anschließen will.«

»Nein, er arbeitet in einem Büro am Fischmarkt.«

»Großartig, wunderbar! Das ist sehr gut! Gut, daß sich nicht alle Männer eine Waffe umhängen. Waffen sind schlecht. Seht nur, was sie aus mir gemacht haben – dann wißt ihr, was sie anrichten können. Ich habe kein Geld, keinen Besitz, keine Familie und keine Kinder mehr. Doch wie alle Menschen werde auch ich von Tag zu Tag älter, und der Augenblick wird kommen, da der Allmächtige mich zu sich ruft.«

Er ist unfähig, weiterzusprechen. Schwermütig schaut er Salamah an. Sie senkt den Kopf, weil sie seinen traurigen Blick nicht erträgt.

»Und wenn es soweit ist ... ach, dann wird es wohl unter freiem Himmel geschehen. Ja, meine Leiche wird unter freiem Himmel gefunden werden, Kinder – wie die eines gefallenen Partisanensoldaten, der von seinen Kameraden nicht geborgen werden kann. Vielleicht liege ich eines Morgens tot vor einem Geschäft. Ich bin ganz allein auf der Welt. Es gibt niemanden, der ein letztes Gebet für mich spricht und die rituelle Waschung vornimmt. Ja, wahrscheinlich findet man mich irgendwann lang ausgestreckt vor einem Laden. Heute erfreue ich mich noch einer guten Gesundheit, aber wenn ich erst einmal zu ächzen und zu stöhnen beginne, wird alsbald der Tod seine Hand nach mir ausstrecken.«

Ohne daß es ihm bewußt wird, treten ihm Tränen in die Augen.

»Aber vielleicht meint das Schicksal es gut mit dir«, spricht Salamah ihm aufrichtigen Trost zu.

Der Mann bleibt gedankenverloren sitzen. Plötzlich beginnt er zu weinen, und ruckweise hebt und senkt sich bei jedem Schluchzer sein Kopf.

»Möchtest du etwas trinken?« fragt Mimi. Und Hasan rückt zu ihm hin und sagt sanft: »Pak, bitte verzeihe mir, daß ich deinen Wecker kaputtgemacht habe. Damit hat es angefangen, daß du an alles erinnert wurdest.«

Nachdem er sich ein wenig beruhigt hat, sagt der Altwarenhändler: »Und nun sehe ich, daß es Familien gibt, die auch im Leid das Vertrauen auf Glück nicht verlieren und durch ihr Zusammengehörigkeitsgefühl und die Liebe füreinander stark sind, aller Unbill des Schicksals zum Trotz ... der Vater in den wirren Zeiten verschwunden ... der älteste Bruder in den Fängen der Militärpolizei ... zwei andere Brüder bei den Partisanen ... die Mutter verliert den Verstand ... ja, Kinder, ihr seid prachtvolle Menschen. Ich bin noch niemals Menschen mit einem so edlen Charakter begegnet. Fürwahr.«

»Mögen deine Söhne eine angemessene Grabstätte gefunden haben.«
»Das gebe Allah«, seufzt der Mann und rezitiert dreimal aus der siebenunddreißigsten Sure des Koran. Dann sagt er: »Ihr seid noch jung, Kinder, und dürft euch glücklich schätzen, einander als Geschwister zu haben. Und du ...« – er schaut Hasan an – »... wirst später einmal ein zuverlässiger Kerl sein. Ja, sehr feine Menschen leben in diesem Haus.«
Sein Blick wandert zu Mimi, die noch immer das Buch umklammert hält: »Wenn du fleißig lernst, wirst du eine kluge Frau werden.«
Dann wendet er sich wieder Hasan zu: »Du wirst ein gescheiter Bursche sein. Hoffentlich wirst du Soldat, wie deine Brüder, die für die Gerechtigkeit kämpfen. Oder besser noch: Werde Präsident ... wie Sukarno!«
Abrupt verstummt er, murmelt einige unverständliche Wörter und sagt: »Ich bitte um Vergebung.«
»Wofür?« fragt Hasan.
»Daß ich es versäumte ...«, erwidert der Mann und schweigt im Bemühen, seine Verlegenheit zu verbergen. Dann erklärt er: »Dies hier ist nicht unser Gebiet. Kein Partisanengebiet. Hier herrschen die Holländer. Doch weit außerhalb der Stadt – dort, wo ich herkomme und republikanisch gesinnte Bergbewohner leben – ist es üblich, respektvoll um Vergebung zu bitten, bevor man den Namen des Präsidenten ausspricht.«
Ein Schauder der Ergriffenheit durchrieselt Salamahs Körper. Wieder muß sie an ihre beiden Brüder denken, die seit vier Jahren im Untergrund kämpfen, ohne einmal nach Hause gekommen zu sein. Der Gedanke an Kartiman läßt ihr Herz schneller pochen. Sie geht nicht weiter auf die Bemerkung des Mannes ein, sondern fragt: »Bist du schon mal einer Partisanenkolonne begegnet?«
»Aber natürlich! Etliche Gebiete sind doch fest in Partisanenhand, und es gibt sehr viele Soldaten. Hunderte. Tausende. Fast alle haben Pistolen und Gewehre. Tapfere Leute sind das! Ich habe einen Trupp in der Nähe von Cirebon aufgesucht. Wollt ihr wissen, warum? Um den Kommandanten meiner toten Söhne

zu sprechen. Ja, auch ich wollte mich den Partisanen anschließen. Das war das einzige, was mir in meinem Leben noch Sinn machte. Wer nichts besitzt, hat keine Erben. Doch der Kommandant und seine Leute sagten zu mir: Pak, du bist zu alt, um Soldat zu werden – und wahrscheinlich hatten sie recht. Jemand zeigte mir das Untergestell einer Mörserkanone und sagte: Ich glaube nicht, daß du noch die Kraft hast, um dieses Stück Eisen zwei Stunden im Laufschritt durch trockengelegte Naßreisfelder zu schleppen. Da habe ich meine Absicht aufgegeben, bin hinunter zur Küste gegangen und mit dem nächsten Segelschiff hierher nach Jakarta gefahren.«

»Vielleicht hast du Canimin kennengelernt? Einen Korporal Canimin?«

Der Altwarenhändler denkt kurz nach und schüttelt den Kopf.

»Und Kartiman? Einen Soldaten Kartiman?«

Wieder denkt der Altwarenhändler nach. »Nein«, sagt er schließlich. »Diese Namen sagen mir nichts. Ich bin auch nur zwei Tage im Quartier gewesen und habe nicht jeden einzelnen kennenlernen können. Es waren Tausende von Männern dort. Manche hatten schon graues Haar und waren doch noch sehr kräftig. Andere waren halbe Kinder. Drei Kanonen habe ich gesehen, und Lastkarren voller Kugeln. Aber einen Korporal Canimin oder Soldaten Kartiman habe ich nicht kennengelernt. Oder vielleicht doch, aber ohne ihre Namen zu erfahren.«

»Pak, mein Bruder Kartiman sieht wie ein typischer Ambonese aus: sehr dunkle Haut und Kraushaar.«

»Unter den Partisanen sind sehr viele junge Männer aus Ambon.«

Salamah schweigt und betet ein weiteres Mal für das Seelenheil ihrer Brüder.

»So«, sagt der Altwarenhändler, »ich glaube, es ist an der Zeit, zu gehen. Es ist schon später Vormittag, fast zehn Uhr.« Er schaut Salamah an. »Ich stehe ganz allein auf der Welt. Manchmal empfinde ich Einsamkeit und große Angst vor der Nacht und dem nächsten Tag, an dem ich vielleicht unter freiem Himmel sterben muß, ohne daß mir jemand ein letztes Gebet ins Ohr haucht. Die Familie ist mir entrissen worden. Mädchen, ich habe hier in diesem Haus eine entspannte und friedfertige familiäre Atmosphäre angetroffen. Ihr erduldet schweres Leid, ohne darüber eure edle Gesinnung zu vergessen. Ich werde für eure Brüder, die in den Kampf gezogen sind, beten, auf daß ihnen kein Unheil widerfahre, wo auch immer sie sich befinden. Nehmt das Geld an, es ist wenig genug. Wenn ich guten Profit erziele, werde ich wiederkommen. Meine Kinder waren Partisanen – wie eure Brüder.«

»Pak, wir bedanken uns für dein Geschenk. Kehre hier ein, wann immer du magst, aber ... du bist nicht verpflichtet, uns zu helfen. Wir sind stolz darauf, daß unsere Brüder Partisanen sind«, erwidert Salamah. Und in sehr ernstem Ton fügt sie hinzu: »Du solltest ein neues Leben beginnen.«

»Ein neues Leben? Ach, dafür fühle ich mich zu alt.«

»Du bist noch nicht zu alt. Du bist kräftig genug, um zu arbeiten, und wenn jemand kräftig arbeitet, kann man ihn nicht alt nennen. Außerdem brauchst du eine Frau, die für dich sorgt.«

Der Mann hebt den Kopf, schaut Salamah verblüfft an und ist gerührt, als er sieht, daß sich die Lippen des Mädchens zu einem Lächeln verziehen.

»Bei Allah«, sagt er, »du bist ein prachtvoller Mensch. Mein Herz ist plötzlich aufgeschlossen, mir ist ganz leicht zumute. Um ehrlich zu sein: Ich habe noch nie einen so prachtvollen Menschen wie dich getroffen. Vielleicht sollte ich deinen Rat befolgen. Nur der Allmächtige versteht, was für ein Glück es bedeutet, eine Tochter wie dich zu haben. Deine Stimme hat Frische in mein Herz gebracht. Schon lange habe ich keinen solchen inneren Frieden verspürt. Meine täglichen Einkünfte reichen für mich selbst mehr als aus. Doch auch wenn ich morgens um elf schon sechsundzwanzig Rupiah verdient hatte, nagten immer Irritation und Ungewißheit an meiner Lebensfreude. Ja, so ist es gewesen, seit ich in Jakarta bin. Ich danke dir. Mein Kind, immer wenn die Nacht hereinbrach, ist die Welt für mich zur Hölle geworden. Alles um mich herum wurde dunkel, und Angst befiel mich. Vor allem, wenn es zu nieseln begann und kalt wurde, glaubte ich zu spüren, wie die Hand des Todes meine Beine berührte. Dann stand ich auf und verließ meine Schlafstelle, um ziellos durch die Straßen und Gassen der Stadt zu streifen, wie eine schwarze Fledermaus auf der Sache nach überreifen Bananen.«

Er schweigt und sinnt über etwas nach. Dann sagt er: »Es kann nur gut sein, wenn ich deinen Rat befolge.«

Er steht auf, geht zur Tür und schultert die Tragestange mit den Körben.

»Ich werde wiederkommen«, sagt er zum Abschied. Dann ist er verschwunden.

Die Augenpaare der Geschwister heften sich auf den Geldschein. Dann sagt Salamah bestimmt: »Mimi, gehe sechs Schreibhefte kaufen, dazu Tinte, Bleistifte und Schreibfedern. Und bring eine Flasche Sojasauce mit. Und du, Hasan, paßt das nächste Mal besser auf!«

Im Haus der Partisanenfamilie kehrt wieder Ruhe ein. Es ist ein strahlend schöner Morgen.

Auf der Suche nach dem verlorenen Sohn

Ungefähr um fünf Uhr morgens hat Amilah das Haus verlassen. In der rechten Hand trägt sie die Kebaya ihrer Tochter Salamah, die sie soeben gestohlen hat. Jetzt ist sie draußen auf der Straße und strebt mit raschen Schritten dem Zentrum Jakartas entgegen. Doch ihr Gang ist nicht mehr so flink wie damals zu ihrer Jugendzeit, als man ihr den Ehrennamen »Zierde der Kompanie« gegeben hat.

Schaut! Ihre Lippen bewegen sich unablässig wie die eines Arabers, der in Kreisen einfacher Dorfbewohner durch Rezitieren von Koranversen Eindruck schinden will. Doch Amilah rezitiert keine Koranverse. Sie zetert und ergeht sich in wüsten Schimpfereien. Dann wieder sieht man sie vergnügt lächeln, doch nur um sich gleich anschließend in mitleiderregendem Tonfall zu bedauern.

»Vielleicht will er mich nur zum Narren halten«, murrt sie jetzt. »Wahrscheinlich ist Aman, mein Sohn, längst bei ihm in der Kaserne. Bestimmt will er mir alten Frau einen Schrecken einjagen. Wie verkommen! Wirklich verkommen!«

Sie beschleunigt ihre Schritte und lächelt vergnügt. Doch ihre Beine sind schwer. Schwer wie Blei. Plötzlich sind ihre Gesichtszüge von Unwillen überschattet, und wieder poltert sie los: »Dieser Mistkerl! Wenn er mich nun belügt? Was ist, wenn er mich belügt? Mich, Amilah? Ha, dann wird er mich kennenlernen. Die Amilah von früher, die Zierde der Kompanie.«

Hastig läuft sie weiter.

Es ist noch sehr früh am Morgen, doch die Zahl der in alle Richtungen fahrenden Automobile nimmt schon beständig zu. Noch einmal versucht sie, ihre Schritte zu beschleunigen, aber ihre Beine sind schwer und sie kommt nicht schneller voran als zuvor. Sie ist alt. Und sie hat kein Geld. Salamahs Kebaya ist noch nicht verkauft. Aman – nur Sa'aman, ihr Erstgeborener, ist ihr wichtig, nur um ihn kreist ihr Denken. Ihre Gedanken haben sich in den vergangenen drei Monaten, in denen er nicht heimgekommen ist, nur um ihn gedreht. Und sie weiß nicht, wo er sich befindet. Ihr alter Verstand kann einfach nicht begreifen, warum die Militärpolizei ihren Sohn mitgenommen hat und Aman nicht mehr nach Hause kommt und Geld bringt, wie es die Regel war.

»Er müßte schon dort sein«, flüstert sie. »Aman!« ruft sie seinen Namen so liebevoll, als stünde er leibhaftig vor ihr. »Wir verkaufen einfach dieses Kleidungsstück hier, ja?«

Kurz gleitet ihr Blick über Salamahs Kebaya. »Denn schließlich hast du es gekauft, es ist deines. Salamah hat es nur tragen dürfen. Und danach gehen wir zum Markt von Senen, ja? Dort kaufen wir Schalotten, Pfefferschoten und Essig. Du bist doch so verrückt auf eingelegtes Gemüse, nicht wahr? Ist es nicht so, Aman?«

Erschrocken hüpft sie zur Seite, weil die Hupe eines Automobils hinter ihr ertönt, und sofort sind alle Gedanken aus ihrem Kopf wie weggefegt. Selbst Amans Bild ist verschwunden. Sie schleudert dem Automobil, das sich vor ihren Augen entfernt, wütende Blicke hinterher und flucht verächtlich: »Dreckskerl! Verbrecher!«

Und als das Automobil hinter der nächsten Wegbiegung verschwunden ist, tritt ein Schatten auf ihr Gesicht. Je heller der Tag wird, desto düsterer wird ihre Miene. Ihre Wangen sind eingefallen, und die Wut, die ihr im Gesicht steht, preßt ihre verschrumpelten Hautfalten gegeneinander. Unbeirrt marschiert sie, doch nicht die Kraft ihres alten Körpers, sondern ihre Hirngespinste, Wunschträume und Hoffnungen treiben sie weiter. Schwer und schwach wie ihre Beine sind, setzt sie die Schritte automatisch.

Wieder nimmt sie ihre Selbstgespräche auf. Man hört sie verächtlich fluchen: »Mistkerl! Er belügt mich, dieser Sergeant. Er ist zu mir nach Hause gekommen und hat nur eine Botschaft

gebracht. Bloß eine Botschaft! Sonst nichts. Mistkerl! Kasernenschwein! Frau, sagte er, ich bringe eine Botschaft von meinem Freund Aman. Bloß eine Botschaft hat er gebracht! Aber keinen Menschen! Nicht Sa'aman! Kein Geld!«
In ihre Stimme tritt ein bedrohlicher Unterton: »Im Ernst, nimm dich in acht, du! Wenn du mich belügst, schlage ich dir den Schädel ein. Du wirst mich kennenlernen, Amilah, die Zierde der Kompanie. Ich bin die Zierde der Kompanie, die unzähligen jungen Männern den Kopf verdreht hat. Paß auf! Nicht mehr lange, und ich zwinge dich, vor mir im Staub zu kriechen und dich vor meinen Füßen niederzuwerfen. Ich kenne euch Männer! Du Mistkerl! Du Verbrecher! Hast du begriffen?«
Erneut verändert sich ihr Gesichtsausdruck. Blitzartig kommt ihr zu Bewußtsein, was ihre verschrumpelte Haut verrät: Sie ist alt geworden. Sie seufzt wehmütig: »Oh, mein Kind. Aman. Wo bist du? Ich suche dich schon so lange. Wo bist du?«
Ihr Zorn ist erloschen, und Schwermut trübt wieder ihre Augen. Ihre dürren Beine tragen sie Schritt um Schritt weiter. Sie ist nicht mehr die stolze, junge Frau von damals. Sie ist alt und krumm wie ein Fragezeichen ohne Punkt.

Jetzt hat sie die Hauptstraße erreicht. Die Stadt! Hier sind die Eisenbahntrasse und die Straßenbahnschienen. Über den Asphalt des breitesten Verkehrsweges rollen Automobile mit großen Reifen – schwarze, braune, weiße. Alle möglichen Farben haben sie. Hunderte Automobile sind es, die ein nicht enden wollendes Dröhnen und Brummen verbreiten. Oben am Himmel ziehen Jagdflugzeuge, Frachtmaschinen, Bomber und kleine Motorsegler ihre Schleifen, und entlang der Straße reihen sich große Werkstätten aneinander, in denen Maschinen kreischen. Die unterschiedlichsten Läden gibt es hier. Den Präsidentenpalast. Hunderte Polizisten. Hunderte Militärangehörige ohne bestimmten Auftrag. Und auch Militärpolizisten wie diejenigen, die ihren Sohn mitgenommen haben. Dort ist das Gefängnis, in dem Aufgegriffene und Verhaftete die niederländischen Gesetze und Rechtsvorschriften auswendig lernen müssen, dort das Lichtspieltheater, in das die Leute ihr überschüssiges oder geliehenes Geld bringen. Große Bankgebäude bieten dem Verkehr trotzig die Stirn. Und inmitten all dieser Formen und Farben und Bewegungen und Geräusche – ist sie, die alte Amilah, auf der Suche nach ihrem verlorenen Sohn, den die Militärpolizei vor drei Monaten festgenommen hat. Auf der Suche nach Aman, dem einzigen Schatz, den sie auf der Welt hat.

Die Sonne hat sich bereits einige Winkelgrade über die Erdoberfläche hinausgeschoben. Amilah verharrt einige Augenblicke an der Ecke des Marktes von Glodok und läßt den Blick in sämtliche Richtungen schweifen. Welche Fülle es hier gibt! Überall trifft ihr Blick auf Dinge, die sie gebrauchen könnte. Doch sie hat kein Geld. Salamahs Kleidungsstück ist noch immer nicht verkauft, und selbst wenn es verkauft wäre, könnte sie kein Geld für diese Waren erübrigen, denn schließlich will sie Aman, ihren verlorenen Sohn, mit einer möglichst großen Menge eingelegten Gemüses verwöhnen. Für andere Dinge bleibt da kein Geld übrig. Plötzlich empfindet sie tiefe Verdrossenheit auf alles um sich herum, auch auf die Straßenbahn, die an ihr vorbeigleitet. Sie kann nicht aufspringen und mitfahren, denn sie hat kein Geld.

Niemandem hier schenkt sie besondere Beachtung, und auch ihr wird nicht die geringste Beachtung zuteil. Ein typisches Merkmal der üblichen Betriebsamkeit einer Stadt. Die Stadt kennt Menschen und Menschlichkeit nicht. Die Stadt kennt nur Angelegenheiten und Dinge.

Amilah geht weiter. Ihre Schritte sind kürzer geworden. Nun schreitet sie an einer Reihe chinesischer Läden vorbei. Von Zeit zu Zeit zuckt sie zusammen, weil eine Straßenbahn vorbeifährt. Und dann hat sie ihr Ziel erreicht: die Kaserne am Ufer des Ciliwung, die ihr Sergeant Kasdan am frühen Morgen genannt hat. Sie bleibt stehen. Stundenlang ist sie unterwegs gewesen, doch nur zwei Schweißtröpfchen perlen auf ihrer Stirn.

Vor ihr türmt sich das Kasernentor aus überkreuz genagelten, mit Stacheldraht bewehrten Holzbalken in die Höhe. Ein Wachsoldat steht bewegungslos und würdevoll in seinem Affenkäfig. Was? Sie schert sich nicht um die Wache. Sa'aman ist schließlich wichtiger als alles andere auf dieser Welt. Zielstrebig schreitet sie auf das Tor zu.

Doch der Wachhabende läßt sie in Ausübung seiner Pflicht nicht passieren. »He, Großmütterchen«, schnauzt er.
Amilah bleibt vor dem Wärterhäuschen stehen und schaut den Wachsoldaten herausfordernd an. Schließlich flüstert sie leise: »Aman muß hier sein, Sa'aman, mein Sohn.«
Sie geht weiter. Sofort springt die Wache aus dem Affenkäfig heraus und versperrt Amilah, die Lee Enfield im Anschlag, den Weg.
»Hier darfst du nicht rein!« sagt er schroff.
»Warum? Sergeant Kasdan sagte, daß ich herkommen soll. Ich will Aman abholen. Er ist mein Sohn.«
»Das ist mir gleichgültig. Du kommst hier nicht rein.«
»Sergeant Kasdan sagte, daß er hier ist.«
»Ich sagte, daß du hier nicht reinkommst!« Dann flüstert er ihr in freundlichem, sehr geduldigem Ton zu: »Großmütterchen, drinnen ist gerade Appell, und da heißt es, aufpassen. Ein hochrangiger Major hält den Appell ab. Wenn du jetzt dort hineingehst, bekomme ich einen gehörigen Rüffel. Verstehst du, Großmütterchen?«
Doch Amilah ist nicht gewohnt, über die Belange anderer Leute nachzudenken. Schon liegt ihr ein Einwand auf den Lippen. »Aber ...«, murmelt sie.
»Es gibt kein Aber«, schneidet ihr der Wachsoldat das Wort ab und läßt eine bedeutende Nachricht durchsickern: »Hör mir gut zu, Großmütterchen: Gestern abend wurde beim Appell entdeckt, daß sich achtzehn Männer abgesetzt haben. Und sie haben Waffen und einen Lastwagen mitgehen lassen.«
Doch Amilah wird die Bedeutung der Nachricht nicht klar. »Aber Aman hat sich doch wohl nicht abgesetzt«, sagt sie unbestimmt.
»Das ist noch nicht bekannt. Erst in diesem Augenblick geht man beim Appell die Namen durch.«
Unvermittelt denkt Amilah an die Zeit zurück, in der sie als Korporal Paijans Frau in der Kaserne lebte. Mit schneidender Stimme sagt sie: »Korporal Paijan ist bei jedem Appell anwesend.«
»Korporal Paijan?« fragt der Wachsoldat. »In dieser Kaserne

gibt es keinen Korporal Paijan. Der Name ist hier unbekannt.«
Amilah schreckt sichtlich zusammen. Erst jetzt fällt ihr wieder ein, daß Korporal Paijan in den wirren Zeiten verschwunden ist. Von Wut gepackt schreit sie hysterisch: »Ich will hier rein!«
»Das geht nicht!«
»Ich will Sergeant Kasdan sehen. Und Aman, meinen Sohn Sa'aman.«
Nun verliert der Wachsoldat die Geduld. »Mach, daß du wegkommst!« schnauzt er.
Amilah weicht ängstlich zurück. Schweigend setzt sie sich am Straßenrand neben den Stacheldrahtzaun, der das Kasernengelände umschließt. Sie ist entrüstet und wird von ihren Gefühlen überrollt. Sie will sich rächen, sich bei Leutnant Gedergeder über die Rüpelhaftigkeit des Wachsoldaten beschweren. Oh, sie kann seinen Namen einfach nicht richtig aussprechen. Und ihre Gedanken verselbständigen sich und schweifen zurück in eine weit entfernte Zeit.
»Hallo, du süße Zierde der Kompanie«, hatte Leutnant Gedergeder gesagt, und noch bevor sie etwas erwidern konnte, hatte er sie geküßt. In ihrem ganzen Leben hatte kein Kuß sie in ähnlichem Maße erregt wie die Küsse jenes Leutnants mit der weißen Haut.
Wieder schreckt Amilah zusammen. Ihr wird bewußt, daß sie nicht mehr, wie früher, die Zierde der Kompanie ist, sondern eine alte Frau. Und daß Leutnant Gedergeder schon lange nicht mehr da ist. Vielleicht ist er längst von einem japanischen Samurai erschlagen worden. Kurz blinzelt sie hinauf zum hellen Morgenhimmel. Dann seufzt sie. Ja, es ist ihr jetzt klar, daß sie eine alte Frau ist, die keinen Anspruch mehr auf die Freuden des Lebens hat. In ihrer Erinnerung ziehen die unterschiedlichsten schönen Bilder auf, doch sie sind blaß und verschwommen, denn auch ihre Erinnerung ist alt geworden.
Der Wachhabende beobachtet Amilah aus seinem Affenkäfig heraus. »Nun gut«, sagt er, »warte dort. Wenn Kontrolle und Appell vorbei sind, kannst du hinein.«
Amilah hört ihn nicht. Ihr Blick ist starr auf den an ihr vorbeitreibenden Straßenverkehr gerichtet, ohne daß ihre Augen ihn

erfassen. Das einzige, was sie sieht, sind Bilder aus ihrer Vergangenheit. Ihre Gedanken sind bei Benni, dem einzigen Jungen auf der Welt, den sie wirklich aus ganzem Herzen geliebt hat und der ihr durch einen acehanischen Speer entrissen wurde. Schaut, jetzt bewegt sich der Mund der alten Frau wieder. Doch sie murmelt nicht Bennis Namen, bei dem ihre Gedanken sind, sondern …

»Aman, Sa'aman, mein Sohn«, stöhnt sie wie ein Mensch in höchster Todesnot. Dann murmelt sie im Flüsterton vor sich hin: »Ich bin alt, es wird keinen neuen Liebhaber mehr geben. Benni ist vor langer Zeit von einem Acehaner getötet worden. Und Leutnant Gedergeder wurde von den Japanern umgebracht.«

Ihr Flüstern wird leiser, bis sich ihre Lippen nur noch stumm bewegen. Die Sekunden verrinnen. Sie kommen und gehen. Eine halbe Stunde bleibt Amilah so sitzen. Es ist jetzt acht Uhr. Die Sonne beginnt, ihre Kraft über der Stadt Jakarta zu entfalten. Amilah steht auf und sucht Schutz im Schatten. Sie hat vollkommen vergessen, warum sie gekommen ist, denkt weder an Sa'aman noch an Sergeant Kasdan, der ihr befohlen hat, eine ihrer Töchter zur Kaserne zu schicken. Sie setzt sich in den Schatten des Bürogebäudes und versinkt in Träumereien. Ihre Gedanken schweifen zu den Kasernen, in denen sie gelebt hat, und schließlich gelangt sie zu ihrer schönsten Erinnerung.

Sie stand vor einem großen Spiegel in der Kaserne von Makassar. Im Spiegel sah sie Benni, den jungen Mann aus Menado, der noch kein Rangabzeichen hatte, sondern nur Soldat zweiter Klasse war. Doch sie tat, als bemerke sie ihn nicht, beugte sich nach vorn und nestelte am Verschluß ihrer Kebaya. Er ließ seine Schlitzaugen nicht von ihr, und ihre aufreizenden Bewegungen ließen ihn schier verrückt werden. Und der ersehnte Augenblick kam. Auf Zehenspitzen schlich Benni an sie heran. Immer noch tat sie, als sei sie mit ihrer Kebaya beschäftigt. Dann küßte Benni ihren Nacken. Angenehm überrascht fuhr sie zusammen. Nun verstellte sie sich nicht mehr. Im Spiegel sah sie, wie sein Gesicht feuerrot wurde, und tief in ihrem Herzen lebte etwas auf und loderte. Sie wußte nicht, was es war, doch tief in ihr ging etwas

Merkwürdiges vonstatten, und sie überließ sich diesem Gefühl. Kokett umarmte sie den jungen Mann. Es war das erste Mal, daß sie so etwas tat. Der junge Mann erwiderte ihre Umarmung. Und dann geschah, was zu Sa'amans Geburt führte.

Die alte Frau lächelt, und ein glückliches Strahlen hat sich auf ihr Gesicht gelegt.

»Benni«, spricht sie zu sich, »warum bist du gestern nicht gekommen?«

Doch plötzlich schreckt sie wieder zusammen. Mit wilden Blikken schaut sie sich um.

»Mistkerl!« schimpft sie. »Verbrecher! Kasernenschwein! Ich bin alt. Benni ist von einem Acehaner umgebracht worden.«

Der Wachsoldat kommt aus seinem Affenkäfig und nähert sich dem Zaun.

»Von wem sprichst du?« fragt er.

Amilahs Gedanken treiben bereits wieder fort, doch sie antwortet: »Benni.«

»Benni? Ich kenne Benni. Er ist jetzt in Sukabumi stationiert.«

Des Wachsoldaten Worte wecken Amilahs Aufmerksamkeit. Beinahe flehend fragt sie: »Wirklich? Benni mit den ausgeprägten Schlitzaugen?«

»Der Benni, den ich kenne, hat große runde Augen. Er ist Sundanese.«

Amilah ist für Augenblicke bei klarem Verstand. Sie schweigt. Jetzt fällt ihr Sa'aman wieder ein, und sie seufzt. Rasch lenkt sie ihre Gedanken zu dem großen Spiegel zurück, der Zeuge ihrer Liebe zu Benni geworden ist.

»Ich habe vergessen, wo der große Spiegel jetzt ist«, sagt sie im Selbstgespräch.

Als der Wachsoldat das hört, lächelt er mitleidig. Und als seine Ablösung kommt, geht er rasch weg, ohne sich noch einmal umzudrehen.

»Der große Spiegel«, beharrt Amilah. Dann explodiert ihre Stimme: »Hunde! Jetzt fällt es mir ein. Die Japaner haben ihn geklaut!«

»Was gibt es, Großmütterchen?« fragt der neue Wachhabende.

Amilah steht auf und geht zu ihm hinüber. Sie bleibt vor dem mit Stacheldraht bewehrten Tor stehen, und der neue Wachhabende lächelt über ihre Haltung, die ihn an ein Fragezeichen ohne Punkt erinnert. Amilah schweigt eine Weile und denkt angestrengt nach. Dann legt sich deutlich sichtbare Nervosität über ihre Gesichtszüge, und sie schreit: »Aman, Sa'aman, mein Sohn!«

»Sa'aman? Wer ist das?« fragt der Wachhabende.

»Er ist hier. Sergeant Kasdan hat gesagt, daß er hier ist.«

Wieder schweigt sie und denkt nach. »Nein, so hat er es nicht gesagt. Sergeant Kasdan hat gesagt, daß ich hierherkommen soll. In diese Kaserne, hat er gesagt. Früher habe ich selbst in dieser Kaserne gewohnt.«

Und der Wachsoldat versteht nicht, was Amilah überhaupt will.

»Los, was hast du hier zu suchen?« fragt er.

»Aman will ich abholen. Sa'aman, meinen Sohn.«

»Den Namen Aman gibt es hier nicht. Der Mann ist nicht hier. Auch einen Sa'aman gibt es nicht«, sagt der Wachhabende fast spöttisch.

Amilah reagiert unwirsch. Sie zieht die Augenbrauen hoch und speit ihren Ärger heraus: »Mistkerl! Kasernenschwein! Auch du willst mich wohl zum Narren halten?«

Die Beschimpfungen machen den Wachposten wütend. Derb schnauzt er: »Alte Töle! Sieh zu, daß du Land gewinnst.«

Sein Wutausbruch treibt Amilah weiter. Sie steht schon im Eingangstor. Hektisch springt der Wachsoldat aus seinem Affenkäfig und versperrt ihr den Weg, wobei seine Augen nervös zwischen ihr und dem Kasernenhof hin und her wandern.

Doch Amilah ist nun alles gleichgültig. Sie schiebt sich weiter und will hinein. Sie hat keine Angst vor dem Wachposten und seiner Lee Enfield.

»Ich will hinein«, kreischt sie, »ich will hinein.«

»Das geht nicht!«

»Ich will Aman herausholen, meinen Sohn Sa'aman! Ich will Sergeant Kasdan sehen!«

»Es gibt hier keinen Sa'aman«, schnauzt der Wachposten, »und auch keinen Sergeant Kasdan.«

»Er muß hier sein«, keift Amilah, »er muß hier sein. Er hat es selbst gesagt.«
Und der Wachhabende verliert die Geduld. Seine Augen röten und seine Miene versteinert sich. Es ist die Miene eines Soldaten, der keinen Spaß versteht.
»Wo ist dein Passierschein.«
»Ist Japan nicht geschlagen? Wozu braucht man noch einen Passierschein?«
»He, nimm den Mund nicht so voll!« Der Wachsoldat sperrt die geröteten Augen weit auf und wischt sich mit der Hand, mit der er soeben noch herumfuchtelte, den Schweiß von der Stirn. Und Amilah folgt seinem Beispiel und wischt sich ebenfalls den Schweiß ab, auch wenn es nur drei Tropfen sind ... weit weniger als damals, als Leutnant Gedergeder sie küßte.
»Ohne Passierschein kommst du hier nicht rein«, sagt der Wachsoldat.
»Nicht? Willst du, daß ich es Leutnant Gedergeder sage?«
»Ich habe keine Angst vor Vorgesetzten. Laß es Leutnant Zwieback, Leutnant Käse oder Captain Brot sein – ich habe keine Angst.« Er deutet mit dem Finger auf Amilah und schnauzt: »Hau ab!«
Doch Amilah hat allen Respekt verloren und zeigt keine Spur von Angst. Sie schiebt sich weiter voran und versucht, sich an dem Wachposten vorbeizudrängen, obwohl sie ihre ursprüngliche Absicht bereits wieder vergessen hat. Und jetzt ist der Wachsoldat gezwungen, sein Bajonett einzusetzen.
»Los, komm rein, wenn du dich traust«, sagt er drohend.
Er hat sich in unsägliche Wut gesteigert, und die Lee Enfield in seiner Hand beginnt zu zittern.
»Los, komm rein. Ich jage dir eine Kugel durch die Stirn, wenn du dich traust. Los, komm rein. Komm, komm, komm, komm!«
Erst jetzt begreift Amilah etwas. Sie weicht vor dem schwachen Druck des gegen ihren Bauch gerichteten Bajonetts zurück und geht enttäuscht nach draußen, wo sie sich wieder in den Schatten des Bürogebäudes kauert. Ihre Gedankenwelt ist vollkommen durcheinandergeraten. Bevor sie einen klaren Gedanken fassen kann, hat sie sich Salamahs Kleidungsstück um den Kopf

geschlungen, und erst nach einer ganzen Weile fällt ihr wieder ein, daß sie auf der Suche nach Aman ist.
Es ist jetzt ungefähr neun Uhr morgens. Das Automobil des hochrangigen Majors, der die Truppe kontrolliert und den Dringlichkeitsappell beaufsichtigt hat, kommt durch das Tor gefahren. Amilah reckt den Hals und späht in das Fahrzeuginnere.
»Das ist nicht Benni«, flüstert sie und hat den Grund ihres Kommens schon wieder vergessen. »Und auch nicht Leutnant Gedergeder. Auch nicht Sergeant Kasdan, der heute früh bei mir war. Auch nicht Korporal Paijan, mein Mann. Und auch nicht Aman, Sa'aman, mein Sohn.«
Sie läßt den Kopf auf die Brust sinken. In der Kaserne ist lebendige Geschäftigkeit ausgebrochen. Der Appell ist beendet. Amilah hört, wie sich der Wachsoldat mit einem anderen Mann unterhält, und irgendwie erinnert dessen Stimme sie an jemanden.
»Wer war das gerade?« hört sie die Stimme fragen.
»Eine Frau. Ein durchgedrehtes altes Weib, das unbedingt in die Kaserne wollte. Sie suche ihren Sohn, sagte sie, Aman.«
Als sie Amans Namen hört, schaut Amilah zum Wachposten auf, und vor dem Affenkäfig entdeckt sie den Mann, der sich als Sergeant Kasdan ausgegeben hat. Dann sieht sie den Sergeant auf sich zu schreiten. Sie steht auf.
»Herr Sergeant«, ruft sie erfreut und schrill. »Oh, ich warte schon lange hier. Wo ist Aman, wo ist Sa'aman, mein Sohn?«
»Aman? Mein Kamerad Aman ist nicht hier«, sagt der Mann, der sich als Sergeant Kasdan vorgestellt hat. Dann gibt er der alten Frau zu verstehen, daß sie mitkommen soll.
»Ich habe nie gesagt, daß Aman hier ist.«
»Du hast es gesagt«, äußert Amilah enttäuscht im Rücken des vorausgehenden Sergeanten. »Du hast gesagt, daß Aman in dieser Kaserne abgeholt werden kann. Du selbst hast das heute früh gesagt. Du bist heute früh in mein Haus gekommen, nicht wahr? Und du hast gesagt, daß Aman abgeholt werden kann.«
In aller Ruhe zündet sich der Mann, der sich Sergeant Kasdan nennt, eine Zigarette an. Dann schimpft er verdrießlich: »Ach,

jetzt ist mir alles klar. Keine Frau auf dieser Welt hat so wenig Geduld wie du. Ja, ja, ja. Jetzt weiß ich es genau. Hör mir zu: Ich bin in London gewesen. Ich war in Amerika, Australien und Spanien. Aber nirgends bin ich einer Frau begegnet, die so ungeduldig ist wie du.«

»Geduld? Mistkerl, der du bist! Befiehlst mir Geduld an, wie die anderen auch? Geduld, sagt er, Geduld! Alle sagen sie bloß: Geduld mußt du haben, Amilah, Geduld!«

Der Uniformierte, der sich Leutnant Kasdan nennt, lächelt. Er ist absolut Herr seiner Gefühle. Dann erläutert er: »Ich habe gesagt, daß Aman abgeholt werden kann, aber erst um zwei Uhr heute nachmittag. Habe ich heute morgen nicht genau das gesagt?«

Er schweigt, bleibt stehen und wartet auf eine Antwort, doch Amilah bleibt die Antwort schuldig. Er wirft einen flüchtigen Blick auf seine Armbanduhr.

»Es ist jetzt fünf Minuten nach neun. Heute früh sagte ich: Punkt zwei Uhr. Sagtest du nicht, du habest verstanden?«

Wieder schweigt er in Erwartung einer Antwort, doch auch jetzt erwidert Amilah nichts.

»Und was machst du? Kommst schon um fünf Minuten nach neun! Das ist nicht mein Fehler, sondern dein eigener.«

Durchdringend blickt er der alten Amilah, die jetzt an seiner Seite geht, in die Augen. Amilah senkt den Kopf. Die beiden schlendern nebeneinander her.

»Und ich habe außerdem gesagt«, nimmt der Mann den Faden wieder auf, »daß du nicht selbst kommen sollst, um Aman abzuholen. Salamah sollte kommen. Salamah ist noch nicht verheiratet und muß für keinen Mann sorgen, also hat sie im Haushalt nicht sehr viel zu tun. Und zudem habe ich gesagt, daß es nicht gut ist, wenn du dich in diese Angelegenheit einmischst. Du kannst den Mund nicht halten und läßt leicht etwas durchsickern. Und wir haben es hier mit einer Angelegenheit zu tun, die sehr gefährlich ist. Wenn die Militärpolizei Wind davon bekommt, werden auch wir verschwinden. Weißt du das? Und nicht zuletzt habe ich gesagt, daß ich nicht mehr helfen will, wenn du dich einmischst. Ich werde meine Bemühungen einstellen. Und so spricht auch mein Kamerad Aman.«

Amilah kann diesen weitschweifigen Ausführungen nicht folgen. Nervös sagt sie: »Aber Aman ist mein Sohn.«
Und der Mann, der sich Sergeant Kasdan nennt, lacht lauthals auf.
»Mistkerl!« beschimpft Amilah ihn. »Du lachst mich aus?«
Sofort verstummt das Gelächter des Mannes. Dann sagt er in entschuldigendem Tonfall: »Nein, gute Frau. Ich lache niemals einen anderen Menschen aus. Und niemand will bestreiten, daß Sa'aman tatsächlich dein Sohn ist. Er ist dein ureigener Sohn.«
Amilah lächelt glücklich und sagt in beinahe kindlichem Tonfall: »Ja, Sa'aman ist mein ureigener Sohn. Und ich bin seine Mutter.«
»Ja, und du bist seine Mutter.«
»Ja. Warum darf ich ihn nicht abholen, Herr Sergeant? Warum nicht?« fragt Amilah traurig.
»Niemand hat gesagt, daß er nicht abgeholt werden darf. Wirklich nicht. Er darf abgeholt werden. Aber es ist besser, wenn du ihn von Salamah abholen läßt. Er darf nicht von dir abgeholt werden.«
»Ich bin noch gut bei Kräften, Herr Sergeant. Ich kann noch zehn Kilo Reis schleppen. Du brauchst mir nicht zu helfen. Zeige mir bloß, wo er ist. Dann nehme ich ihn gleich selbst mit. Wirklich, Herr Sergeant. Zeige mir, wo er ist«, sagt sie gehetzt und energisch.
Der Mann, der sich Sergeant Kasdan nennt, wartet schweigend ab, bis Amilah wieder ruhiger wird. Da sie für den Augenblick zu Ende gesprochen hat, sagt er: »Gut, sehr gut. Wenn das so ist, werde ich meine Hilfe ab sofort einstellen. Du kehrst jetzt besser nach Hause zurück. Ich muß hinaus nach Tanjung.«
Bestürzt vernimmt Amilah seine Drohung. Sie läßt den Kopf hängen. Lange schweigt sie. Auch der Sergeant schweigt. Und Amilah fügt sich gesenkten Hauptes, so wie sich dereinst vor ihren Augen ein holländischer Offizier in den Willen eines ihn anschnauzenden japanischen Soldaten fügte. Sie fügt sich endgültig und vorbehaltlos. Sie wagt es nicht, den Kopf zu heben. Eine Straßenbahn rumpelt vorbei, doch immer noch wagt sie nicht aufzuschauen.

»Und nun?« fragt der Sergeant süß.
»Aman, Sa'aman, mein Sohn. Gib ihn mir zurück.«
»Natürlich. Ich werde ihn dir zurückgeben. Aber du mußt ihn von Salamah abholen lassen, du darfst ihn nicht selbst holen. Und ich habe gesagt, um zwei Uhr. Punkt zwei Uhr.«
Er deutet in Richtung Unterstadt und sagt: »Geh jetzt nach Hause. Ich werde an der Endhaltestelle der Straßenbahn auf Salamah warten. Genau hier.«
Die beiden sind an der Endhaltestelle angekommen.
»Und wenn sie nicht kommt«, betont der Sergeant noch einmal, »werde ich mich nicht weiter um die Sache kümmern. Denke gut daran. Hier hast du Geld. Nimm die nächste Straßenbahn nach Jatinegara und geh von dort nach Hause. Und laß dir ja nichts anderes einfallen.«
Schweigend nimmt Amilah den Geldbetrag in Höhe eines Ringgit entgegen.
»Es ist noch nicht zwei Uhr. Und ich habe noch kein Auge zugetan«, sagt der Mann, der sich Sergeant Kasdan nennt. Nach diesen Worten schreitet er schnell in Richtung Fischmarkt davon. Amilah bleibt allein zurück. Sie stöhnt und flüstert: »Und ich behaupte, daß er mich zum Narren halten will. Ein richtiges Kasernenschwein. Ein richtiges, sage ich.«
Und wieder legt sich der gewohnte schwermütige Ausdruck über ihre Gesichtszüge. »Aman, Sa'aman … mein Sohn. Warum darfst du nicht nach Hause kommen? Warum darf ich dich nicht selbst abholen? Du bist doch mein ureigener Sohn. Ich selbst habe dich in Kotaraja zur Welt gebracht. Niemand anderes als ich. Wirklich, ich schwöre es. Warum muß Salamah dich abholen? Warum Salamah?« Nun wird ihre Stimme weinerlich und dünn wie die einer wirklich steinalten Frau: »Mein Sohn! Mein Sohn! Ich selbst habe dich zur Welt gebracht. Man hat dich mir einfach weggenommen. Ich darf nicht wissen und niemand will mir zeigen, wo du bist. Aman, mein Aman, wo bist du?«
Sie beginnt herzzerreißend zu schluchzen, doch ihre Augen bleiben trocken. Keine einzige Träne rollt ihre Wangen herab. Sie ist ganz die alte Amilah – hart wie Stein.
Ein kränklich aussehender Junge, der offensichtlich noch im

Vorschulalter ist, tritt an sie heran. Er hat eine Arzneiflasche in der Hand. Sein Gesicht ist bleich und seine Bewegungen wirken müde.
»Warum weinst du?« fragt er mitleidig.
»Kind, warum fragst du?«
»Weil ich Pfadfinder bin und den Leuten helfen muß.«
Amilah reibt sich die Augen.
»Es geht um meinen Sohn«, sagt sie mit anklagendem Unterton, »um meinen Sohn Sa'aman.«
»Was ist mit ihm?«
»Er ist verschwunden. Seit drei Monaten schon.«
»Verschwunden?« ruft der Junge, der sich als Pfadfinder ausgibt, bestürzt. Seine Augen funkeln angesichts der aufregenden Auskunft.
»Wo hast du ihn zum letzten Mal gesehen?«
»Zu Hause. Die Militärpolizei hat ihn mitgenommen, und bis heute ist er nicht zurückgekommen.«
»Die Militärpolizei? Oh, dann weiß ich Bescheid.«
Sofort ist Amilahs Schluchzen erstorben. Ihre Augen leuchten hoffnungsvoll.
»Weißt du wirklich Bescheid?« fragt sie.
»Ja, ich weiß, warum sein Aufenthaltsort unbekannt ist. Wer von der Militärpolizei mitgenommen wird, bleibt verschwunden. Aber ich hoffe mit dir, daß er doch noch zurückkommt.«
»Woher weißt du das?«
»Woher? Mein Vater ist auch von der Militärpolizei abgeholt worden und bis heute nicht zurückgekehrt. Meine Mutter sagt, daß er nicht zurückkommen wird«, erläutert der Junge. »Und ich bin schon lange krank. Oft weine ich, weil ich mich danach sehne, daß er heimkommt ... aber er kommt einfach nicht. Mutter sagt, daß Vater uns nicht wiedersehen darf.«
Amilah kümmert sich nicht um seine Erläuterungen. Sie bedrängt den Jungen und fragt: »Ist es schon lange her, daß man ihn festnahm?«
Der Junge nickt und sagt müde: »Vor Linggarjati. Diesen Monat ist es drei Jahre her.«
»Drei Jahre?«

Dann schreit Amilah los: »Drei Jahre? Du Mistkerl!«
Sie droht dem Kind mit der geballten Faust. Der Junge bekommt es mit der Angst zu tun und läuft schnell weg. Erst in sicherem Abstand bleibt er stehen und dreht sich zu Amilah um. Sein Gesicht ist um noch eine Spur bleicher geworden. Als er sieht, daß ihm die alte Frau nicht nachsetzt, sinkt er zu Boden und beginnt zu husten.
»Ratte!« wettert Amilah. »Auch der versucht, mir Lügen aufzutischen. Alles Schwindler! Schurken! Eidechsen- und Rattenpack! Schweinebande! Lügenbolde! Überall trifft man heutzutage nur Schwindler! Aber Amilah läßt sich nicht täuschen!«
Mit einem Ruck reißt sie sich Salamahs Kleidungsstück vom Kopf. Dann steigt sie in die soeben vorgefahrene Straßenbahn, die von hier zurück in die Unterstadt fährt. Am Markt von Senen steigt sie aus und verkauft das Kleidungsstück – die vorletzte Kebaya, die Salamah geblieben war. Für sechs Rupiah. Von dem Geld kauft sie Schalotten und Pfefferschoten. Es tut ihr im Herzen weh, daß es nicht für eine Flasche Essig reicht. Zu Hause versteckt sie die Sachen unter der Schlafbank, weil die Kinder sie nicht finden sollen.

Dann schickt sie Salamah in die Stadt. Und als ihre Tochter kurz nach zwölf Uhr unterwegs in Richtung Endhaltestelle der Straßenbahn ist, bestätigt im Militärgericht ein Hammerschlag auf die Bank das Todesurteil für Sa'aman bin Paijan.
Mit kalkweißem Gesicht und trockenen Lippen verläßt der junge Mann im Geleit von Militärpolizisten das Gerichtsgebäude. Seine Handgelenke sind mit einer Eisenkette gefesselt. In einem Wagen mit vergitterten Fenstern wird er zurück in das Gefängnis gebracht, an dem die alten Füße seiner Mutter am Vormittag zweimal vorbeigeschlurft sind.

Bekenntnisse

Geräumig kann man die Zelle wahrlich nicht nennen – sie ist gerade einmal groß genug für eine Person. Die Mauern aus Eisenbeton sind dick, kalt und verdreckt. Der Teer, der einmal die unteren Mauerhälften schwärzte, ist schmutzig-grau geworden, während die früher in strahlendem Weiß gekalkten oberen Hälften hoffnungslos vergilbt sind. In den Mauerecken zeichnen sich als schwarze Flecken die Nester von Wanzen ab. Die Wände sind mit den Blutflecken erschlagener Insekten übersät, und wenn oben der Wind ungehindert durch das schmale, mit Gittern versehene Fenster pfeift, geraten die dicken, schwarz verfilzten Spinnweben, die sich unter der Decke von einer Seite zur anderen spannen, ins Schlingern.

Im Fenster selbst, durch das Luft aus der freien Natur hereinströmt, vibrieren durchsichtige Spinnweben, denn diese werden von ihren Erbauern fortlaufend gepflegt. Wenn die Abenddämmerung hereinbricht, durchstreifen sie ihre Netze und flicken die Stellen zusammen, die durch Wind, Moskitos oder Fliegen beschädigt worden sind.

Auf der aus Beton gegossenen Pritsche hat sich ein junger Mann ausgestreckt. Er liegt bewegungslos auf dem Rücken, als sei er tot. Bekleidet ist er bloß mit einem dünnen Unterhemd und einer kurzen Hose. Die Kleidungsstücke starren vor Dreck, sie dürften die schmutzigsten der Welt sein. Und der Mensch, der dort ausgestreckt liegt, ist Aman – Sa'aman bin Paijan, Amilahs Sohn. Seine Augen sind geschlossen.

Am Kopfende der Pritsche steht eine ungefähr fünfzig Zentimeter hohe Tonne in der Ecke, auf die mit weißer Farbe die Zahl neunundneunzig gepinselt ist. Auch auf dem Deckel der Tonne, der jetzt verschlossen ist, prangt die Zahl neunundneunzig. Es ist das Klosett. Neben dieser schwarzen Blechtonne steht ein viereckiger Behälter, in dem früher Margarine war. Heute enthält er die Tagesration Wasser, die man dem Häftling zum Trinken und für die Reinigung nach dem Stuhlgang bringt. Und neben dem Behälter stehen übereinandergestapelt zwei ehemalige Sardinenbüchsen – seine Teller.

Das ist alles, was es in dieser Zelle gibt, und es wird allmorgendlich um sieben Uhr vom Schließpersonal oder sogar vom Direktor persönlich sorgfältig inspiziert. Es gibt hier nur eines, was bislang allen Kontrollen entgangen ist: eine Hausgrille, die in einer Nische der Pritsche nistet. Das kleine Tier ist Sa'amans engster Freund. Er weiß, daß es niemals Verrat an ihm üben wird. Nur Menschen üben Verrat. Sobald die Sonne zwei bis drei Stunden lang am östlichen Horizont heraufgeklettert ist, beginnen die beiden befreundeten Geschöpfe, sich miteinander zu beschäftigen. Wenn Sa'aman das Tier mit einem Reiskorn lockt, krabbelt es an seinem Bein hoch und geht auf seinem Oberschenkel spazieren, und dann erzählt er ihm lang und breit von der Sehnsucht nach seiner Familie, die er bislang mit aller Menschlichkeit und Liebe seines Herzens umsorgt hat. Sa'aman ist von der Gesellschaft der Menschen isoliert, sein einziger Freund ist die Hausgrille.

Seine Zelle befindet sich in einem der größten Gefängnisse Jakartas, und wie in allen Gefängnissen der Welt sind auch hier die unterschiedlichsten Elemente versammelt. Junge Kriminelle, die Menschen wegen zehn Rupiah kaltblütig ermordet haben. Kleptomanen, die für nur einen Rupiah in anderer Leute Taschen gegriffen haben. Aufrichtige und falsche Freiheitskämpfer. Einheimische und ausländische Schmuggler in einer Nationalitätenpalette von Amerika bis China sowie übelste Subjekte, denen keine Staatsangehörigkeit der Welt eingeräumt wird. Soldaten, die die Waffen gegen die eigenen Kameraden gerichtet haben. Männer, die ihre eigenen Töchter und kleine Kinder vergewaltigten. Aber so sind Gefängnisse nun einmal.

Die acht bis neun Zellen neben Amans Verlies heißen im Gefängnisjargon Tigerzellen. Die Bezeichnung ist keiner offiziellen

Namensgebung entsprungen, sondern – nachdem sie einmal gefallen war – weitergetragen und zu einer Art halboffiziellem Namen geworden.
Sa'aman, Amilahs Sohn, gehört zu denen, die als Tiger gelten. Alle, die bislang eine Tigerzelle bewohnten, waren kurze Zeit später tot. Die Verderbtheit der schlimmsten Übeltäter schmilzt dahin, wenn man sie an den Tigerzellen vorbeiführt, und die Gefängnisinsassen pflegen kurz zu nicken, wenn sie hier vorbei müssen. Die beklemmende Atmosphäre, die über dem Trakt liegt, zwingt ihnen diese Ehrbezeugung ab. Auch die Menschen in den Tigerzellen sitzen aus den unterschiedlichsten Gründen ein – wegen ihrer aktiven Teilnahme am Unabhängigkeitskampf oder wegen anderer bestialischer Vergehen.
Drei Monate sitzt Sa'aman nun schon hinter Gittern und hat sich in dieser Zeit keine zwei Stunden im Licht der Sonne aufhalten dürfen. Sein großer, aufrechter Körper ist gebeugt, und die ehemals strammen, kräftigen Waden – immerhin die Waden eines Becakfahrers – sind schlaff geworden. Ja, sein kräftiger Körper ist ausgezehrt und hager. Seine Wangen sind eingefallen und das Haar hängt ihm in verfilzten Strähnen ins Gesicht.
Soeben hat der Richter sein Urteil gefällt – die Todesstrafe. Doch Sa'aman weiß nicht, wie viele Kugeln man ihm in die Brust jagen wird. Vielleicht zwölf. Oder sechs? Vielleicht auch nur eine einzige. Er weiß es nicht. Er weiß nur eines genau: Er muß sterben. Es ist aus mit ihm. Er wird getötet und muß sich in dieses Schicksal fügen. Er darf in seinem Heimatland nicht leben.
Sa'aman bin Paijan liegt bewegungslos. Sein Essen, das unten neben dem Wasserbehälter steht, hat er nicht angerührt. Hunderte Dinge schwirren ihm durch den Kopf. Je länger er liegt, desto tiefer kriecht die Kälte der Betonpritsche durch die Kleider in die Knochen. Doch innerlich glüht er vor Hitze. Hin und wieder legt er sich den Arm stützend in den Rücken, aber das hilft nicht viel.
Immer wieder muß er an seine Familie denken. An Amilah, seine Mutter. An Salamah, seine älteste Schwester, die nun erwachsen ist und der er sein Einverständnis gegeben hat, den

Zeitpunkt ihrer Heirat selbst zu bestimmen. An seine zweitälteste Schwester Patimah, die die Mittelschule noch nicht abgeschlossen hat und auf die er so große Hoffnungen setzt. An Mimi. An Hasan und dessen Wunschtraum, General zu werden. Sie alle benötigen eine führende Hand. Das weiß er genau. Doch ihm ist es verwehrt, ihre führende Hand zu sein. Er muß sterben. Er muß sich töten lassen. Und bei diesem Gedanken liegt Wehmut in seinem Gesicht.
Doch zwischendurch empfindet er Ausgeglichenheit und Ruhe, die jene düsteren Gedanken verdrängen. In diesen Augenblikken sind alle Enttäuschungen, die er im Leben erfahren hat, vergessen. Dann strahlt er übers ganze Gesicht und blickt die Welt mit herausfordernden Augen an – die gesamte Welt. Er denkt: Ich bin glücklich, daß ich mich im Leben für das eingesetzt habe, an das ich glaube. Und er hat nicht die geringste Angst vor den Folgen seiner Taten.
Wenn seine Gedanken ihn zu weit forttragen, steht er rasch auf, schöpft Wasser für die rituelle Waschung und betet. Und manchmal hockt er sich danach vor die Nische unten, um nach seiner Freundin, der Hausgrille, zu sehen.

Schaut! Er erhebt sich und bleibt mit hängenden Schultern sitzen. Sein Mund bewegt sich. Dann ist seine Stimme zu hören.
»Ich darf mich nicht verrückt machen«, spricht er sich Mut zu. Er steht auf und beginnt, auf und ab zu laufen. Hin und wieder stampft er mit dem Fuß so kräftig auf den Boden, daß es in der Zelle widerhallt.
»Die Todesstrafe«, sagt er herausfordernd. Sein Mund verzieht sich zu einem Lächeln, das nur Hohn und Spott für die Welt und ihre Bewohner übrig hat.
»Also gut! Eine Kugel? Pah!« Er lächelt erneut. »Die Kugel ist der Lohn für den Kampf. Sei's drum. Ich darf nur eines nicht vergessen: Aman bleibt Aman … und wenn die Welt aus den Angeln fällt, Sa'aman bin Paijan läßt sich die Dinge nicht aus der Hand nehmen.«
Er schweigt und lächelt zufrieden.
»Erschießt mich getrost!« sagt er. »Ich habe noch einen kleinen

Bruder, der General werden möchte. Ach, die Zukunft bringt noch viele Möglichkeiten.«

Erneut stampft er kräftig auf den Fußboden. Dann geht er zur Tür, einer Doppeltür: Eisenstäbe auf seiner Seite, dahinter eine massive Holztür. Er stößt ein schmales Fensterchen in der Holztür auf, späht nach draußen und atmet die hereinströmende Frischluft ein.

»He, Kamerad!« ruft eine Stimme aus der Zelle nebenan. »Liegt das Urteil vor?«

»Ja, alles entschieden«, erwidert Sa'aman.

»Freispruch?«

»Ja, Freispruch … vom Leben.«

Die Stimme des Mannes in der Nachbarzelle beginnt zu beben. »Was sagst du? Was? Ich hab's nicht genau verstanden? Sagtest du, Freispruch vom Leben?«

»Genau, Freispruch vom Leben. Todesstrafe. Verstehst du?«

Die beim ersten Zuruf noch feste Stimme wird unsicher, zögerlich und tief: »Todes…strafe? Bei Allah! Höre ich richtig?«

Sa'aman erwidert nichts. Seine Miene verdüstert sich. Sein Gesicht sinkt gegen die kalten Eisenstäbe. Einige Augenblicke herrscht Stille. Dann ertönt gegenüber ein klackendes Geräusch. In den Fensterspalt der dortigen Zelle schiebt sich ein breites, bleiches Gesicht: »Was, Junge? Todesstrafe?«

»Ja«, erwidert Sa'aman heiser.

»Bei Allah!« stöhnt der Mann. »Schon wieder! Sie stecken die Menschen zu Hunderten ins Gefängnis und prügeln sie halb tot. Oh, Allah, wann machst Du diesen schrecklichen Zeiten ein Ende? Wann endlich? Und wenn sie die Wehrlosen halb tot geprügelt haben, verurteilen sie sie zum Tode. Und sie jubeln und jauchzen, wenn die Leichen vor ihnen im Staub liegen.« Und nach einer Pause fügt er hinzu: »Schon wieder ein Todesurteil. Oh, Allah, hast Du denn nicht mehr die Kraft, das Schicksal Deiner Schöpfung zu lenken?« Er stöhnt verzweifelt. »Und morgen oder übermorgen werden sie auch mich zum Exekutionspfahl führen und dort auf Sandsäcke stellen, und die Kugeln aus ihren Gewehren werden mir die linke Brusthälfte zerfetzen. Oh, Allah! Laß Gnade walten! Gnade! Auch wenn meine Sünden groß sind!«

»He, Kamerad«, ruft Sa'aman hinüber, »was fürchtest du denn? Etwa den Tod? Pah, unser Leben hat doch nichts zu bedeuten. Wirklich nicht. Und auch unser Tod hat nichts zu bedeuten. Los, hoch das Kinn. Wirf dich in die Brust. Das ist erst der Anfang, verstehst du? Ein erster Augenblick im Kampf unserer Nation. Weißt du das? Und ich werde in diesem Anfangsstadium sterben. Ich bin bereit, in der ersten Runde zu sterben. Warum hast du Angst? Warum? Laß uns dem Tod ins Auge blicken, laß uns sterben!«

In der Stimme des Mannes in der Zelle gegenüber schwingt Respekt mit: »Junge, du solltest besser versuchen, noch ein paar Lebensjahre herauszuschinden. Ich denke, daß dir noch die Möglichkeit bleibt …«

»… um Gnade zu winseln?« führt Sa'aman den Satz mit weit aufgesperrten Augen zu Ende.

»Ja, ein Gnadengesuch einzureichen.«

»Ich glaube, du bist verrückt. Ich denke nicht daran.«

»Du bist noch sehr jung.«

Sa'aman erwidert nichts.

Nun ertönt wieder die Stimme aus der Nachbarzelle: »Ja, du solltest ein Gnadengesuch einreichen.«

»Nein.«

»Denn wenn die Strafe auf lebenslänglich herabgestuft wird …«

»Nein.«

»… kannst du nach einer Gelegenheit suchen …«

»Nein.«

»… zu entwischen.«

»Vielen Dank.«

»Und dich den Partisanen anzuschließen«, fügt der Mann in der gegenüberliegenden Zelle hinzu.

»Nein«, sagt Sa'aman nachdrücklich. »Die Beweislage ist klar und deutlich. Es stimmt, was sie mir vorwerfen, und ich habe ein ausführliches Geständnis abgelegt. Ich habe mindestens sechsundfünfzig Armeeangehörige umgebracht. Es ist wahrscheinlich besser, wenn mein Leben an diesem Punkt endet. Ja, so ist es wohl. Kameraden, ich habe nicht um dieses Leben gebeten, und deshalb frage ich auch nicht nach meinem Tod. Ich habe genug Sünde auf mich geladen. Und was besonders schwer wiegt: zu denen, die ich getötet habe, gehört ...«

Er schweigt.

»Wer?« drängt der Mann in der Nachbarzelle.

»... gehört auch ...«

Sa'aman führt den Satz nicht zu Ende. Seine Stimme wird schwermütig: »Doch lassen wir das. Es genügt. Es genügt. Ich habe keine Angst vor den Folgen meiner Taten. Ich bin bereit zu sterben, sei es am Strang, durch eine Kugel oder auf dem Schafott. Es ist mir egal. Ich habe keine Angst davor.«

Alle drei schweigen, und in der Luft hängen nur die üblichen Gefängnisgeräusche: Gesprächsfetzen über Politik, ordinäres Geschwätz, Gebete, ein Lied, Beschimpfungen, Gelächter.

Nach einer Weile sagt Sa'aman: »Ich will keine weiteren Übeltaten begehen.« Seine Stimme klingt traurig. »Es reicht jetzt, es reicht. Ich habe auf dieser Welt keine Menschlichkeit bewiesen, bestenfalls ein wenig in meiner Familie, doch auch dort nicht genug.« Wieder schweigt er. Als er weiterspricht, überlagert unüberhörbarer Schwermut seine Stimme: »Wenn ich jetzt sterben muß, so ist das mein Schicksal. Laßt mich getrost jung sterben, mit nur vierundzwanzig Jahren. Nächstes Jahr wäre ich fünfundzwanzig geworden. Doch warum sollte ich den Tod fürchten? Ich habe fast ein Vierteljahrhundert auf dieser Welt gelebt. Es sei, wie es ist. Bestimmt geschieht es nach dem Willen des Allmächtigen. Doch eines weiß ich ganz sicher: Ich habe alle meine Schandtaten einzig und allein für die Sache unseres Kampfes begangen. Ich kann nicht sagen, ob ich einen großen oder kleinen Beitrag geleistet habe, doch ich habe fast einen ganzen Zug Soldaten aus dem Weg geräumt. Ich habe mich mit Leib und Seele unserem Kampf verschrieben.«

Von nebenan und gegenüber kommt keine Antwort.

»Und wenn ich tot bin, werden höchstens zehn Menschen um mich trauern. Stellt euch vor, nur zehn Menschen unter Hunderten von Millionen, die auf dieser Erde leben. Welchen Wert hat mein Leben? Keinen. Überhaupt keinen.«

Jetzt wird seine Stimme leise und traurig: »Niemand auf dieser Welt hat meine Geburt herbeigesehnt – ich glaube, selbst meine

Eltern nicht. Und wenn doch jemand weint, wenn mein Körper in ein paar Tagen vor dem Exekutionspfahl zusammensackt, dann wohl nur für einen kurzen Augenblick. Nein, meine Brüder oder Freunde, es macht mir nichts aus, diese Strafe erhalten zu haben und anzutreten. Wirklich nicht, ihr könnt es mir glauben. Laßt mich getrost sterben, gleichgültig ob jetzt oder morgen oder übermorgen.«

Und seine Stimme wird noch trauriger. Beinahe gepreßt sagt er: »Nein, es macht mir nichts aus. Wenn nur meinen aufrichtigen und edelmütigen Freunden und Gesinnungsbrüdern, die Beschützer und Vorkämpfer all derjenigen sind, die sinnloses Leid zu ertragen haben, nichts Böses widerfährt. Ihnen möge Glück beschieden sein, ihnen und jedem Fußbreit Erde, den sie betreten. Doch ich? Ich bin nur ein Staubkorn. Nur eine Fliege, die ihre Lebenszeit lebt, sich zu gegebener Zeit zum Ausruhen niedersetzt und stirbt, wenn ihre Stunde gekommen ist. Für mich ist nun alles vorbei. Vielleicht jagt mein Vaterland mich zu früh fort und verschließt mir zu voreilig die Tür. Doch es sei. Es ist nicht mein Wille, sondern der meines Vaterlandes. Nein, es macht mir nichts aus, zu sterben, und sei es auf der Stelle.«

Er schaut zur Decke hinauf, die von keiner Glühbirne erhellt wird, und läßt dann den Kopf widerstandslos auf die Brust sinken.

Nach einer Pause sagt er schicksalsergeben: »Ich habe einen Gott und einen Glauben. Ich habe ein Leben und ein Ziel. Ansonsten habe ich nichts. Wirklich, ich besitze nichts. Warum also sollte ich dem Tod zitternd gegenübertreten. Warum? Oh, ich verstehe jetzt, daß nur die Reichen dazu verflucht sind, Angst vor dem Tod zu haben. Ja, die Reichen, die keinen Gott und keinen Glauben, kein Leben und kein Ziel haben, sondern nur Vermögen horten.«

Er schweigt erneut eine Weile und sagt schließlich mit kühler Stimme: »Aber ich bin kein reicher Mann. Ich hatte auch nie den Wunsch, reich zu werden. Ich bin nur einer unter Millionen Menschen auf dieser Welt, die zu leiden haben und deren Geburt niemand gewünscht hat. Ja, auch ich habe gelitten und kenne das sinnlose Leid, von dem ich spreche.«

Wieder schweigt er. Ruhig gleitet sein Blick hinüber zum Fensterspalt in der gegenüberliegenden Zellentür. Von dort ist ein Hüsteln zu vernehmen. Und als Sa'amans Blick in seine eigene Zelle zurück und über das Klosett wandert, rührt sich der Schatten des Todes in seinen leer gewordenen Augen. Doch seine Ruhe ist nicht gestört. Aus den Nachbarzellen ist kein Laut zu hören. Wieder überlagern die üblichen Gefängnisgeräusche die Szene.

Schließlich ergreift Sa'aman erneut das Wort: »Das soll keine Politik sein, Kameraden. Nein. Auch keine Agitation und keine Aufstachelung. Ich spreche über meine eigene Erfahrungswelt. Ihr könnt es glauben, oder nicht. Aber ihr sollt wissen, daß ich bis zur ersten Polizeiaktion Beamter im Ministerium für Volkswohlfahrt war. Und was glaubt ihr, habe ich nach jener üblen Aktion getan? Ich habe gekündigt und bin Becakfahrer geworden.«

Nebenan und gegenüber wird verwundert gerufen: »Becakfahrer?«

»Sagte ich es nicht laut und deutlich? Ich habe das Geld für den Lebensunterhalt meiner Familie fortan als Becakfahrer verdient. Ehrlich.«

»Erst Beamter im Ministerium, und dann Becakfahrer«, stammelt der Mann gegenüber noch einmal.

»Und warum?« fragt der Häftling in der Nachbarzelle.

»Warum? Ja, warum wohl? Weil ich meine Kraft nicht dafür hergeben wollte, anderen Menschen sinnloses Leid aufzuerlegen. Deshalb habe ich fortan nur noch als Becakfahrer gearbeitet. Ihr müßtest das eigentlich verstehen, nicht wahr? Ich habe meinen Schweiß auf allen großen Straßen Jakartas vergossen. Aber es hat mir nie leid getan.«

Wieder bleibt es ruhig. Sa'aman streckt sich, legt das Körpergewicht auf den anderen Fuß und beugt sich ein wenig vor. Er späht hinaus und blickt in das breite, bleiche Gesicht seines Gegenübers.

»Du solltest besser ein Gnadengesuch einreichen.«

»Ach was, Gnadengesuch. Ich sagte doch, daß es mir nichts ausmacht. Laß nur.«

»Vielleicht kann ich, wenn der Allmächtige meine Gebete erhört und ich freigelassen werde …«
Die Stimme des Mannes in der gegenüberliegenden Zelle gerät ins Stocken, so als warte er auf die Beseitigung eines Zweifels.
»… Junge, vielleicht kann ich dir dann einen Gefallen tun?«
Sa'aman erwidert nichts.
»Vielleicht hast du irgend etwas mitzuteilen?«
Sa'aman seufzt und schüttelt schwach den Kopf. Dann fragt er: »Etwas mitzuteilen?«
»Vielleicht eine Botschaft für deine Freunde?«
»Was meinst du mit Botschaft?«
»Was auch immer. Vielleicht willst du irgend jemandem etwas ausrichten?«
»Ja, ich hoffe, daß sie dich freilassen, damit du zu deiner Familie zurückkehren kannst. Hoffentlich klagen sie dich keines schweren Verbrechens an. Und …«, erwidert Sa'aman mit einem Unterton, aus dem sich unschwer heraushören läßt, daß er nicht an diese Möglichkeit glaubt, »… wenn du wirklich bereit bist, eine Botschaft von mir zu überbringen, dann grüße einfach alle meine mir bekannten und unbekannten Freunde. Grüße alle Becakfahrer, die Jakartas Straßen mit ihrem Schweiß beträufeln. Begreife, Kamerad, daß die Arbeit der Becakfahrer eine Hilfe für die Menschen ist. Mit der Kraft ihrer Beine durchpflügen sie das gesamte Stadtgebiet. Das verstehst du, nicht wahr? Wenn du eine Becak nimmst, stehst du in der Schuld des Fahrers. Das gebietet die Menschlichkeit nun einmal. Und deshalb, deine Bereitschaft vorausgesetzt, sage ihnen meine Grüße. Ihnen allen. Ob du sie nun gerade bei einer Pause antriffst oder ob du mit ihnen in Kemayoran, Tanah Abang, Tanah Nyonya, Tanah Tinggi, Jatinegara, Kota, Priok, Cikini oder Menteng unterwegs bist. Und grüße auch alle, die ich kennenlernen durfte, während sie ihre Menschlichkeit unter Beweis stellten. Sage ihnen, daß Sa'aman bin Paijan, dessen Mutter in den Augen ihrer Mitmenschen schwachsinnig ist, am Exekutionspfahl zusammengesackt ist, im Kugelhagel der Holländer. Hast du zugehört?«
»Ja.«
»Grüße sie von einem Mann, der sich nur aus Zwang für

Grausamkeit, Gewalttätigkeit und Mord entschieden und über fünfzig Menschen umgebracht hat. Grüße sie von einem Mann, der seine Freiheit gab, damit andere in Freiheit leben können. Hast du zugehört?«
»Ja.«
»Gut. Wenn ich eine Botschaft habe, dann diese.«
»Ich will sie gerne überbringen.«
Sa'aman lächelt bitter. Als er den Kopf zur Seite dreht und auf die Pritsche schaut, blitzt in seinen Augen Spott für seinen Gesprächspartner und die gesamte Welt auf. Und er sagt sich: Drei Monate sind keine lange Zeit, doch ich weiß trotzdem schon, was es mit Gefängnisversprechungen auf sich hat.
Wieder verzieht sich sein Mund, diesmal zu einem beißenden Lächeln. Dann zischt er verächtlich: »Menschen!« Und als die Unterhaltung eigentlich schon beendet ist, hört man die Stimme aus der Nachbarzelle sagen: »Wäre es nicht doch besser, in die Berufung zu gehen?«
»Sei still, es reicht jetzt«, erwidert Sa'aman. »Wenn sie das Urteil herabstufen, muß ich vielleicht ein Leben lang in Cilacap Ananas schneiden oder in Blambangan Steine zu kleinen Kieseln klopfen. Und was dann? Ich müßte fliehen. Und was würde passieren? Um mich zu schützen, müßte ich neue Schandtaten begehen. Nein, das will ich nicht. Es ist genug. Ich will keine Sünden mehr auf mich laden.«
»Aber was spricht gegen den Versuch, dem Tod von der Schippe zu springen?« beharrt der andere.
»Nichts. Aber ich will es nicht anders.«
»Du bist noch jung, erst vierundzwanzig. Auch ich habe zahlreiche Morde auf dem Gewissen, doch ich will um mein Leben kämpfen.«
»Genau das will ich nicht mehr.«
»Das ist fast schon Selbstmord.«
»Wenn zwischen Seele und Leib eines Menschen Widersprüche bestehen, weil er Dinge getan hat, die mit seinem Gewissen und seinen Idealen unvereinbar sind, dann ist das ein Zeichen dafür, daß der Leib getötet werden muß, damit die Seele Frieden findet und die Lauterkeit der Ideale wiederhergestellt wird.«

Sa'aman unterbricht seine Rede, räuspert sich und fügt hinzu: »Und wenn man selbst nicht die Kraft hat, den Leib zu töten, dann müssen es eben andere tun.«
»Auch ich habe gemordet, doch ich bin ganz anderer Meinung«, widerspricht der andere.
»Auch du hast gemordet?«
»Ja, aber ich bin kein Freiheitskämpfer. Ich habe aus anderen Motiven gemordet. Nein, ich bin kein Freiheitskämpfer.« Er keucht. »In meinem Herzen findest du keinen Edelmut, und in meinen Adern fließt das Blut eines durchtriebenen Verbrechers. Aber ich bin noch jung und hänge am Leben. Bei Allah!«
»So ist das also. Du hast Verbrechen begangen, weil deine Ideale verbrecherischer Natur sind. Um Nutzen zu ziehen, hast du Verbrechen begangen. Du bist ein wahrer Krimineller. Und ein Feigling obendrein«, hält Sa'aman ihm geradeheraus vor.
»Ein Krimineller bin ich wohl. Aber ein Feigling?« Einen Augenblick bleibt es still. Dann fügt der andere hinzu: »Ja, vielleicht bin ich auch ein Feigling.«
»Aus welchem Grund hast du gemordet?«
»Es begann damit, daß ich mich in Ramalah verliebte, doch ich lebte in bitterster Armut und ihre Familie verlangte ein horrendes Brautgeld. In den wirren Zeiten damals fiel es nicht so auf, wenn man ein paar reiche Männer umbrachte und ausraubte. Und so habe ich Ramalah heiraten können.«
Die Stimme verstummt und ein langer Seufzer hallt durch den Gang, bevor der Mann weiterspricht.
»Und seitdem bin ich nicht mehr vom Weg des Verbrechens abgekommen.«
»Weiß deine Frau davon?« fragt Sa'aman.
»Bei Allah, nein! Und hoffentlich erfährt sie es auch niemals. Ich liebe sie. Wirklich und wahrhaftig. Möge ihr niemals etwas über meine Verbrechen zu Ohren kommen. Ich fürchte, es würde ihr das Herz brechen.«
»Du bist ein Feigling«, hält Sa'aman ihm noch einmal vor.
»Ja, und jetzt sitze ich hier hinter Schloß und Riegel. Erst vier Jahre sind wir verheiratet. Vier Jahre, das ist nicht lange. Und jetzt sitze ich hier fest.«

Er spricht den letzten Satz wieder und wieder. Dann sagt er betrübt: »Und weißt du, was mir zu Ohren gekommen ist? Ramalah, meine geliebte Ramalah, für die ich zum Schwerverbrecher geworden bin, treibt es hinter meinem Rücken mit einem Soldaten der niederländischen Armee. Aber ich bin noch nicht tot. Ich lebe noch. Und wie wunderbar dieses Leben doch ist! Oh, ich sinne auf Rache! Es wird mir eine Freude sein, Vergeltung zu üben! Das wird es!«
»So hast du denn die Hoffnung zu leben noch gar nicht aufgegeben? Bedenke, daß du in einer Tigerzelle bist.«
»Ja! Ja! Ja! Ja! Ich bin in einer Tigerzelle. Aber noch lebe ich!«
Er stöhnt, und als er weiterspricht, klingt Sehnsucht nach etwas, das in unerreichbarer Ferne liegt, aus seiner Stimme: »Über mir schwebt das Todesurteil. Aber noch lebe ich.« Dann schwillt seine Stimme an, und er fügt leidenschaftlich hinzu: »Ich will leben! Ich muß leben! Sie dürfen mich nicht töten! Nein! Oh, ich bin noch keine dreißig!«
»Und wenn sie dich doch erschießen?«
»Auch wenn sie mich erschießen«, erwidert er in einem Tonfall, aus dem alles Feuer verschwunden ist, »muß ich Rache üben. Dann eben als herumspukender Geist, als Satan der Rache.«
Jetzt ist deutlich zu erkennen, daß Sa'aman der Beichte seines Zellennachbarn eher gelangweilt zuhört. Um Aufmerksamkeit vorzuheucheln, sagt er leise: »Ja.«
»Junge«, spricht der andere weiter, »mein Verlangen, endlich hier rauszukommen, kennt keine Grenzen. Ich will zurück zu meiner Frau, auch wenn sie sich mit einem anderen eingelassen hat. Das ist nun mal so, und dafür werde ich mich schon zu rächen wissen. Ich will frei sein und zu meinem Kind gehen können, das jetzt zweiundneunzig Tage alt ist. Ich bin sicher, daß es mein Kraushaar hat, und bestimmt sind seine Wangen so mollig, wie meine im Babyalter gewesen sind. Oder habe ich etwa kein Recht darauf? Das habe ich doch, Junge, nicht wahr?«
Sa'aman erwidert nichts. Und in der Nachbarzelle schüttet der andere weiter sein Herz aus: »Dieses Verlangen ist übermächtig, ich kann nicht dagegen ankämpfen. Und wenn es in mir aufkeimt, ... Allah, oh Allah ..., verliere ich fast die Beherrschung.

Es umnachtet mir den Verstand, um mich herum wird es dunkel, und ich empfinde Haß gegen mich selbst. Und dann kommen mir Selbstmordgedanken. Manchmal bin ich nahe daran, mir die Pulsadern durchzubeißen, damit dieses mit Verbrechen besudelte Blut aus meinem Körper rinnen kann. Aber dann … mir ist mein Leben so kostbar. Um es leben zu können, habe ich andere Leben vernichtet.«
Seine Stimme wird weich und verzagt: »Ich habe nicht den Mut, mich umzubringen. Nein, den habe ich nicht. Ich habe das Leben erst so kurze Zeit genossen. Nein, ich will noch nicht sterben.«
Sa'aman lacht höhnisch.
»Du machst dich über mich lustig, nicht wahr?«
»Nein, ich respektiere deine Auffassung.«
»Ich danke dir. Oh, meine Gedanken sind immerzu bei Ramalah, und ich sehne mich danach, mein Kind in die Arme zu schließen – es hat seinen Vater noch nicht gesehen.«
Wieder verstummt die Stimme des anderen, doch nach einer Weile schreit er wie ein Wahnsinniger: »Lastet ein Fluch des Allmächtigen auf mir? Junge, hat der Allmächtige mich verflucht?«
Sa'aman antwortet nicht. Schweigend lauscht er nach der Stimme, die in der Nachbarzelle jammert.
»Warum ist mir kein Glück beschieden? Warum nicht? Warum hat der Herr diese Welt und ihre Kreaturen erschaffen? Doch nicht, um sie zu quälen? Warum bin ich so arm geboren, warum habe ich immer Not leiden müssen? Noch nicht einmal eine Tablette gegen Kopfschmerzen hätte ich mir damals kaufen können.«
»Beruhige dich, Kamerad«, sagt Sa'aman belehrend. »Du mußt wissen, daß der Allmächtige Qual und Not als Folge ihrer Sünden auf die Menschheit geladen hat.«
»Ja, das weiß ich. Aber warum leben andere Menschen in Glück und Frieden? Andere lernen ein Mädchen kennen und können heiraten, ohne sich dafür zum Verbrecher zu machen. Sie haben gesunde Kinder, die sie tagsüber stolz herumtragen. Sie haben Zeit, am Sonntag den Botanischen Garten in Bogor zu besuchen.

Doch warum ist mir das nicht vergönnt? Warum nicht, Junge? Auch mir steht das zu. Auch mir, sage ich! Und wenn es mir verwehrt bleibt, dann bereitet es mir Genugtuung, das Glück der anderen zu zerstören. Ich habe das Glück einen kurzen Augenblick genießen dürfen, doch warum wird es mir nach nur vier Jahren wieder weggenommen? Andere leben bis ins hohe Alter, bis zum Tod in Glück und Frieden. Es gibt Familien, denen das Glück über Generationen hinweg hold ist. Und ich? Was ist mit mir, Junge? Ein unbestimmtes Gefühl sagt mir …«
Er schweigt. Lange.
Und Sa'aman hakt nach: »Was?«
»… daß ich am Exekutionspfahl erschossen werde.«
»Du willst dein Schicksal nicht hinnehmen, nicht wahr?«
»Nein.«
»Dann solltest du nicht zuviel darüber nachdenken.«
»Das muß ich aber. Die Gedanken kommen ganz von selbst.«
Sa'aman lacht geringschätzig: »Wenn das so ist, hast du noch weniger Ehrgefühl, als du glaubst. Du solltest versuchen zu schlafen und keine Gefühle in dir aufwallen zu lassen. Und du solltest begreifen, daß noch lange nicht Glück ist, was du für Glück hältst.«
Die Stimme nebenan bleibt stumm. Es tritt Stille ein, die nur durch einen tiefen Seufzer der Hoffnungslosigkeit zerrissen wird. Nun sind einzig und allein wieder die üblichen Gefängnisgeräusche zu hören, die durch die Luft getragen werden. Schließlich wird Sa'amans Aufmerksamkeit von dem Mann mit dem breiten, bleichen Gesicht in der gegenüberliegenden Zelle in Anspruch genommen.
»Kamerad«, sagt er, »ich spüre Größe in deinen Worten und deinem Verhalten, und meine Gefühle täuschen mich nie. Deshalb kann ich nicht glauben, daß du als gewöhnlicher Becakfahrer zufrieden gewesen bist.«
Sa'aman antwortet mit einem leeren, nichtssagenden Lachen.
»Auch ich will meine Schlechtigkeit nicht verschweigen. Laß mich von meinen Missetaten erzählen.«
»Bist du denn kein Freiheitskämpfer? fragt Sa'aman verbittert.
»Ach, genug der Scheinheiligkeit. Alles, was ich dir bisher

erzählte, ist gelogen. Hmm. Wahrscheinlich bin ich der verfluchteste Mensch der Welt. Ein elender Schuft bin ich. Ehrlich. Alle Schlechtigkeit der Welt kommt in meiner Brust zusammen ...«

»Und aus welchem Grund verfluchst du dich?« schneidet Sa'aman ihm das Wort ab.

»Aus welchem Grund? Weil ich es nicht anders verdiene.«

»Weil er es nicht anders verdient«, sagt Sa'aman gestelzt.

»Ja, so ist es, Kamerad. Ich weiß nicht, warum aus mir ein schlechter Mensch geworden ist. Das war keinesfalls vorgezeichnet. Ich habe eine angemessene Erziehung und Ausbildung genossen, denn meine Eltern verdienten gut. Warum nur bin ich so geworden? Schule und Elternhaus haben mir das Rüstzeug für ein ehrenhaftes Leben gegeben. In der japanischen Besatzungszeit war ich Beamter im mittleren Dienst, genau wie du. Später war ich Peta-Offizier. Und dann, in jener verfluchten Zeit, war ich im Binnenland als Polizeioffizier bei der indonesischen Armee. Und dann, ja, dann ...« Er zögert.

»Ich sehe, daß du etwas bereust«, sagt Sa'aman leise.

»Und dann bin ich zum Verräter geworden. Oh ...« Die Stimme des anderen erstirbt.

»Da bist du nicht der einzige.«

»Natürlich nicht«, sagt der andere langsam. »Viele sind zu Verrätern geworden, und ich bin einer von ihnen. Ich gehöre zu denen, die ihre Kameraden in den sicheren Tod geschickt haben. Wie konnte ich das bloß tun?«

»Vielleicht, weil der Mensch sehr leicht eine falsche Wahl trifft.«

»Warum habe ich die falsche Wahl getroffen und andere nicht? Warum du nicht? Und warum mußte ausgerechnet ich zum Verräter werden? Erst hier ist mir bewußt geworden, was ich getan habe. Und weißt du warum? Weil sie mich festgenommen haben. Weil die Holländer meinen Verrat an den eigenen Kameraden jetzt nicht mehr benötigen.«

»Ja, aber du schaffst es noch, Reue zu zeigen, und das ist ein sicheres Zeichen dafür, daß das Gute in dir noch nicht erloschen ist.«

In die Stimme des anderen mischt sich ein spöttisches, selbstironisches Lachen, als er sagt: »Es ist mir jetzt klar und bewußt, daß ich mein Fähnlein immer nach dem Wind gedreht und alle hehren Ziele aus den Augen verloren habe.«

»Aber du bist doch klug, Kamerad.«

»Ich sagte schon, daß ich eine angemessene Ausbildung hatte.«

»Und dennoch hast du deine Ziele aus den Augen verloren?«

»Ja«, antwortet der andere. »ganz offensichtlich ist der Teufel in mich gefahren und hat von mir Besitz ergriffen. Wahrscheinlich bin ich der sündigste Mensch auf dieser Welt. Mir ist jetzt klar, daß ich selbst ein leibhaftiger Teufel bin. Auch du hast Schuld auf dich geladen, Kamerad, aber du hast es für die Freiheit deiner Mitmenschen getan. Du hast dich für das Wohl anderer versündigt und deine eigene Freiheit geopfert. Und du warst dir nicht zu schade, eine demütigende und harte Arbeit zu verrichten. Doch ich? Ich?«

Plötzlich verstummt er. Ein anderes Geräusch ist zu hören: Das Fenster in der gegenüberliegenden Zellentür wird zugeschoben. Sa'aman atmet tief durch, reckt sich und setzt den rechten Fuß auf den unteren Querbalken des Eisengitters.

Langsam flüstert er: »Möge er seinen Seelenfrieden wiederfinden.«

Dann murrt er drauflos: »Hier erst begreife ich, welch kostbares Gut die Freiheit ist. Allmächtiger, erst jetzt weiß ich einzuschätzen, welchen herausragenden Wert jede einzelne Sekunde hat, die der Mensch in Freiheit lebt. Warum hauchst du mir diese Erleuchtung erst jetzt ein? Und warum läßt du zu, daß die Menschen, die dort draußen in Freiheit leben, ihre wertvollen, wunderbaren Sekunden vergeuden und ungenutzt verrinnen lassen? Warum nur, warum?«

Er schweigt. Gegenüber wird das Fenster wieder aufgeschoben. Ein Hüsteln ist zu hören, und dann erhebt der andere wieder die Stimme: »Kamerad, soeben überlege ich mir, daß eine gute Erziehung und Schulausbildung im Grunde noch nicht viel zu bedeuten haben.« Die Stimme wird leiser: »Ich bin ein Schweinehund. Erziehung und Ausbildung sind offenbar keine Garantie, daß ein Mensch nicht zu einem Schweinehund wird. Weißt du, Kamerad, wie viele Menschen durch meine Unternehmungen, Denunzierungen und Fingerzeige zum Exekutionspfahl

geführt und erschossen worden sind? Und was hinzukommt: Es geschah hier, Kamerad, in diesem Gefängnis. Hier habe ich ehrenhafte Menschen angezeigt, und zwar die Freiheitskämpfer, die zu Spionagezwecken in die Nefis eingeschleust wurden. Jetzt weißt du es. Na, bin ich ein Schweinehund? Oh, wenn andere Häftlinge mich fragen ...« Seine Stimme erstirbt zu einem Flüstern: »... warum ich hier bin, sage ich, daß ich Militärmaterial gestohlen und an die Partisanen weitergeleitet hätte, und die Sache sei aufgeflogen. Wenn ich jemals etwas anderes gesagt hätte ...« Jetzt wird seine Stimme hektisch: »... wäre mir das ganze Gefängnis auf den Fersen. Ja, wenn bekannt wäre, daß ich als Spion der Nefis zugearbeitet habe, würden sie mich bei der erstbesten Gelegenheit packen, mit Kot beschmeißen und lynchen.«
»Und sie täten es mit Recht«, stimmt Sa'aman zu.
»Weißt du, was ich manchmal denke? Daß die Menschheit wegen Adams und Evas Sünde so ist und daß die Erbsünde auf meinen eigenen Schultern lastet. Das ist die Hölle für mich. Wie gerne wäre ich frei von allen Sünden! Oh, wie gerne wäre ich ein sündenfreier Mensch, wie damals als unschuldiges Baby. Wer könnte mir meine Sünden vergeben? Wer, Kamerad, wer?«
Sa'aman antwortet lediglich mit einem tiefen Atemzug. Er hört den anderen verzweifelt stöhnen und sagen: »Ich weiß, daß du für mein Bekenntnis nur Spott übrig hast.«
Sa'aman schüttelt den Kopf.
»Du verhöhnst mich«, hält der andere ihm vor, »aber es macht mir nichts aus, weil ich es nicht anders verdient habe.«
Er schweigt und saugt die Luft deutlich hörbar in die Lungen.
»Kamerad«, fährt er fort, »es mögen jetzt ungefähr dreieinhalb Monate verstrichen sein, seit ich den letzten Mann denunziert habe. Herr, ich flehe dich an: Führe mich niemals wieder in Versuchung, denn ich will so etwas nie wieder tun. Und jetzt habe ich hier im Gefängnis diesen jungen Freiheitskämpfer kennengelernt, der sein Todesurteil mit einem Lächeln quittiert, das mir wie ein Samuraischwert unter die Haut fährt.«
»Tatsächlich?«
»Mir ist nicht bekannt, in welches Gefängnis sie den Mann

geworfen haben – und er weiß natürlich nicht, daß ich derjenige war, der ihn verraten hat.«

Sa'amans Interesse beginnt zu wachsen. »Wie heißt er?« erkundigt er sich.

»Ich erinnere mich nicht mehr genau. Katamsi. Ja, Katamsi, wenn ich mich nicht täusche«, erwidert der andere nervös.

Jetzt ist Sa'amans Interesse endgültig geweckt. »Katamsi?« wiederholt er gedehnt.

»Ja, wenn mich nicht alles täuscht. Aber das ist noch das Unwichtigste. Viel wichtiger ist die Frage, warum aus mir so ein erbärmlicher Schuft geworden ist. Warum müssen Menschen, die sich dem Kampf für die Freiheit ihres Vaterlandes verschreiben, Verrätern wie mir zum Opfer fallen? Warum?«

Er schweigt betreten.

»Warum ist aus mir kein ehrenhafter Mensch geworden, wie aus dir? Warum? Ich habe eine angemessene Erziehung und Ausbildung genossen und nicht wie du als einfacher Becakfahrer arbeiten müssen.« Mit gesenkter Stimme erkundigt er sich: »Und welche Ausbildung hast du erhalten?«

»Ich bin ein uneheliches Soldatenkind, das seinen Vater nicht kennt. Meine Eltern haben mich nicht erzogen, sondern waren nur ein schlechtes Vorbild.«

»Oh, wie ungewöhnlich! Und deine Schulbildung?«

»Holländische Mittelschule, Nachmittagsunterricht.«

»Bei Allah, holländische Mittelschule und dann nur Becakfahrer?

»Was gibt es dagegen zu sagen? Ich bin Becakfahrer geworden, um nicht zum Verräter zu werden, und Demut habe ich bei meiner Arbeit niemals empfunden.«

»Und deine Eltern haben nichts zu deiner Erziehung beigetragen?«

»Nein.«

»Aber was hast du getan, um zu werden, wie du bist?«

»Ich habe mich selbst erzogen.«

»Oh«, seufzt der andere, »dazu war ich erbärmlicher Lump nicht fähig. Ich bin vom Teufel besessen. In mir sitzt die Hölle.«

»Du lebst noch«, spendet Aman Trost.

»Ja, ich lebe noch. Doch wie klein ist meine Hoffnung auf Freiheit.«

»Du lebst noch und bist nicht zum Tode verurteilt. Also kannst du dich noch bessern, nicht wahr?«

»Ich habe zuviel Schuld auf mich geladen«, stöhnt der andere. »Selbst zehn oder zwanzig Jahre reichen nicht, um mich davon reinzuwaschen.«

»Du bist ein Feigling und scheust die Mühe, dich zu bessern.«

»Ein Feigling«, wiederholt der andere seufzend, »vielleicht stimmt auch das.« Seinen Worten folgt ein gekünsteltes Hüsteln. Sa'aman wendet sich ab, um sich wieder auf die Pritsche zu legen, doch seine Absicht wird vereitelt.

»Kamerad!« ruft der andere.

Sa'aman stapft zurück zur Tür und erwidert: »Ja?«

Doch der andere bleibt stumm.

»Was ist?« drängt Sa'aman.

»Du bist bereit, dein Leben herzugeben … was das für ein Unterschied ist! Mir ging es immer nur um den eigenen Vorteil.«

»Eines Tages wirst du dich in einen guten Menschen verwandelt haben«, sagt Sa'aman aufmunternd.

»Zu einem guten Menschen!« echot der andere. »Und was soll ich tun, wenn sich deine Voraussage bestätigt?«

»Um Vergebung bitten. Auch diejenigen, die durch deinen Verrat ums Leben kamen.«

»Oh, du meinst, man könnte mir vergeben?«

»Warum denn nicht?« entgegnet Sa'aman.

»Nein, unmöglich! Weißt du was: Gerade die Erinnerung an den letzten, den ich verriet, läßt mich schaudern. Ich kannte ihn als aufrechten Burschen, der seinen Lebensunterhalt auf ehrliche Art und Weise verdiente. Aber ich wußte auch, daß er ein überzeugter Freiheitskämpfer war. Ss war mir vollkommen klar, daß man ihn aufgrund seiner Aktivitäten zum Tode verurteilen würde. Mit eigenen Augen sah ich ihn eine Handgranate werfen. Und ich konnte Beweise liefern.«

»Beweise? Wofür?« fragt Sa'aman gespannt.

»Für den Anschlag auf einen Konvoi, der sich Richtung Cianjur bewegte. Am Stadtrand von Jakarta hat er die Granate geworfen. Und es war bestimmt nicht seine erste. Doch ertappt habe ich ihn nur einmal.«

»Vielleicht hieß er doch nicht Katamsi«, sagt Sa'aman bitter.

»Doch, Katamsi, da bin ich mir sicher«, erwidert der andere nachdrücklich.

»Katamsi, sagst du? Nicht etwa Kosasih?«

»Kosasih!« ruft der andere und schweigt betroffen. Er seufzt. Schließlich sagt er mit erstickter Stimme: »Ich habe es wirklich vergessen. Aber es könnte stimmen. Kosasih. Kosasih – ein kleiner, schmächtiger Bursche.«

»Ja«, sagt Sa'aman, »er war klein und schmächtig.«

»Du hast ihn gekannt?«

»Er stand unter meinem Befehl.«

»Bei Allah, dem Allmächtigen im Himmel«, stößt der andere entsetzt hervor, »dann bist du … Sa'aman bin Paijan?«

Sa'aman geht nicht auf die Frage ein. Er schleudert dem anderen Blicke voller Abscheu entgegen und schnaubt: »Jetzt wird mir alles klar. Du hast Kosasih den Henkern ausgeliefert. Du hast ihn an den Exekutionspfahl gebracht.«

Die Zähne des anderen beginnen zu klappern wie bei einem Malariaanfall.

»Kosasih«, wiederholt Sa'aman mit Nachdruck. Traurig und leise fügt er hinzu: »Und mit ihm auch mich.«

Langgezogen wie das Heulen eines Wolfes, kommt als Antwort nur ein Wimmern zurück: »Gnade, Gnaaaadeee.« Dann hört man den Mann stoßweise atmen, und danach ist es still. Das Wimmern ist erstorben. Die üblichen Gefängnisgeräusche ebenfalls. Kein Laut ist zu hören. Jetzt setzt das Wimmern wieder ein – durchdringender als zuvor. Zweimal. Dreimal. Dann hört man einen Körper zu Boden stürzen. Und dann schallt die Stimme eines Wahnsinnigen herüber: »Satan! Schurke! Teufel! Sei verflucht! Ich bin ein Schuft! Ein Schweinehund! In mir ist die Hölle! Die Hölle!«

Sa'amans Brust entringt sich ein tiefer Seufzer, und langsam weicht er von der Tür zurück. Doch sofort rückt er wieder nach vorn, denn der Mann aus der Nachbarzelle ruft ihn.

»Was ist mit ihm?«

»Er hat den Verstand verloren.«
»Der Bedauernswerte.«
»Ja, der Bedauernswerte.«
»Hoffentlich geht mir das nicht auch so.«
»Er bereut seine Sünden«, sagt Sa'aman.

Für eine Weile herrscht Stille. Dann durchflutet eine Welle der Unruhe den Trakt, die erst allmählich wieder abklingt, bis sich die Gefängnisgeräusche auf das gewohnte Maß einpendeln.
»Junge«, sagt der Mann in der Nachbarzelle, »ich bin sehr froh, in meinem Leben einem Becakfahrer mit holländischem Mittelschulabschluß begegnet zu sein, auch wenn es im Gefängnis war und mit dem nahen Tod vor Augen. Sie haben deine Standhaftigkeit nicht brechen können. Durch dich habe ich jetzt hier im Gefängnis zu mir selbst gefunden – ich, ein Wegelagerer, Räuber und Mörder. Es stimmt wohl, daß allein Erziehung und Ausbildung das Gute im Menschen nicht garantieren können. Du bist Becakfahrer geworden, weil du dich für das Gute entschieden hast. Vielleicht hätte auch ich zum Guten gefunden, wenn ich mir eine einfache Arbeit gesucht hätte; als Seemann zum Beispiel.«
»Ja.«
»Du hast einen festen Halt und eine genau umrissene Zielsetzung. Und deshalb bist du bereit, dich zu opfern.«
»Ja«, erwidert Sa'aman müde.
»Mir ist jetzt klar, daß es besser ist, zu sterben, als zu leben wie bisher.«
»Ja.«
Die Stimme des anderen wird traurig: »Da ich andere Menschen getötet habe, muß ich es auch hinnehmen, daß man mich tötet.«
»Hört, hört!«
»Junge, wir sind beide Gesetzesbrecher. Doch jetzt ist mir klar, daß es auch unter Gesetzesbrechern solche und solche gibt.«
»Sieh an! Ja«, sagt Sa'aman erschöpft.
»Ich bin Gesetzesbrecher aus Dummheit.«
»Ja.«
»Und Leute deines Schlages sind Gesetzesbrecher aus Edelmut.«

»Ach, es reicht jetzt«, erwidert Sa'aman matt.
»Du willst meine Anerkennung nicht entgegennehmen?« fragt der andere enttäuscht.
»Kamerad«, entgegnet Sa'aman abgespannt, »man wird mich erschießen. Ich habe große Schuld auf mich geladen, indem ich über fünfzig Menschen tötete und ihren Familien entriß. Ich fühle mich für meine Taten und Sünden verantwortlich und gebe mein Schicksal in die Hände des Allmächtigen. Solange ich noch lebe und atme, will ich die Zeit nutzen, mich ihm anzuvertrauen.«
»Ja, Junge«, erwidert der andere ehrfürchtig.
»Also sei jetzt still. Ich will beten.«
»Ich danke dir.«
Und Sa'aman wendet sich ab und geht zu seiner aus Beton gegossenen Pritsche. Die üblichen Gefängnisgeräusche hängen in der Luft. Plötzlich tönt ein lauter Ruf durch den Gang: »Kameraden in allen Zellen, schweigt! Hört gut zu und schweigt dann: Heute ist einer von uns zum Tode verurteilt worden! Er will jetzt beten! Also schweigt! Schweigt!«
Und als der Ruf verstummt ist, verstummen rundum auch alle anderen Geräusche. Es ist still. Viel zu still für ein Gefängnis mit über fünftausend Insassen. Still wie der Tod.
Ruhig beugt sich Sa'aman hinab, greift nach einer der beiden übereinandergestapelten Sardinenbüchsen und schöpft bedächtig Wasser für die rituelle Waschung aus dem Blechbehälter. Dann wendet er sich gen Mekka, führt die Handflächen hinter die Ohren und beginnt zu beten.
Und während er betet, nähert sich das Geräusch schwerer Militärstiefel den Tigerzellen. Vor seiner Zellentür verstummt es, und hinter dem Fensterspalt erscheinen das schmale Gesicht und die spitze Nase eines Weißen. Das Abzeichen an seiner Dienstmütze zeigt einen gelben Löwen. Der Mann wirft einen flüchtigen Blick in die Zelle. Dann hallen seine Schritte erneut durch den Gang – nicht mehr schwer wie zuvor, sondern sehr behutsam gesetzt.

Die Todesnachricht

Kurz vor fünf Uhr nachmittags haben Fabrikarbeiter, Beamte und Angestellte von Privatunternehmen für heute die Arbeit ruhen lassen und sind nach Hause gegangen. So auch Patimah. Zu Hause sinkt sie auf die Schlafbank, um ein wenig auszuruhen. Auf dem Heimweg hatte sie kein anderes Herzensanliegen, als ihrer älteren Schwester sogleich von den Geschehnissen dieses Tages zu berichten – sind es doch die aufregendsten ihres bisherigen Lebens gewesen. Doch Salamah ist nicht zu Hause.

Patimah hat die Arbeitsstelle in der Druckerei des Chinesen bekommen. Und jetzt, als sie heimkommt, ist es ruhig im Haus. Ihre Mutter liegt auf dem Bänkchen und schläft. Nur von Mimi ist sie kurz begrüßt worden, bevor das kleine Mädchen nach draußen verschwand, um Wasser zu schöpfen.

Und so hat sich Patimah ausgestreckt und hängt in Gedanken ihren neuen Erfahrungen nach. Auf ihrem Gesicht zeichnet sich kindliche Freude ab, und ihre Augen glänzen, obwohl sie sehr aufgewühlt ist.

Jetzt hört sie, wie draußen jemand ein Fahrrad gegen die Hüttenwand lehnt, wobei leise eine Klingel ins Schwingen gerät. Sie steht auf und geht auf die Tür zu, in deren Rahmen Salamahs Verlobter Mas Darsono erscheint. Und sofort ruft ihm das Mädchen mitteilungsfreudig entgegen: »Mas, ich habe Arbeit gefunden.«

Mas Darsono tritt ein. In der Hand trägt er eine dunkelbraune Aktentasche. »Du?« fragt er geistesabwesend. Dann blickt er auf und sagt: »Was für ein Glück! Dann hast du also endlich gelernt, daß – allem Respekt zum Trotz – der Wille deiner Mutter nicht der Weisheit letzter Schluß ist?«

Beide setzen sich in sehr geringem Abstand auf die Schlafbank. Und Patimah sagt: »Mutter scheint soeben eingeschlafen zu sein. Ach, sie hat in den vergangenen drei Monaten kaum ein Auge zugetan. Heute morgen lief sie in aller Frühe aus dem Haus, und ich dachte schon, sie käme niemals wieder. Salamah sagt, daß Mutters Krankheit schlimmer wird. Heute früh hat sie andauernd von einem Sergeant Kasdan gefaselt. Dauernd schrie sie, daß der Kerl sie anlügen würde. Niemand von uns kennt einen Sergeant Kasdan.«

Sie schweigt. Dann fährt sie zögerlich fort: »Natürlich habe ich Respekt vor Mutters Willen. Aber was soll aus uns werden, wenn niemand Einkünfte erzielt und Mutter uns verbietet, Arbeit zu suchen?«

»Was hat sie gesagt, als du zur Arbeit gegangen bist?«

»Sie weiß es noch gar nicht. Aber wenn sie es erfährt, wird sie mich bestimmt in übelster Weise beschimpfen.«

»Und Salamah? Hat sie auch Arbeit gefunden?«

»Sie wollte arbeiten und Geld verdienen. Für uns alle; vorbehaltlos. Aber da die Umstände es nun einmal nicht anders zulassen, hat sie diesen Auftrag an mich übertragen. Und ich war bereit und habe Arbeit gefunden!«

»Oh, so ist das also.«

»Ja! Und weißt du was, Mas? Ich bin so froh!«

»Natürlich, natürlich. Ich freue mich mit dir.«

»Danke, Mas. Unsere Freundin Hadijah hat mich heute morgen mitgenommen. Du kennst sie noch nicht, Mas. Sie ist sehr nett und ein guter Mensch. Sie leitet die Falz- und Etikettierungsabteilung in der Druckerei eines Chinesen, und dort ist zufällig eine Stelle freigeworden. Aber ihr Chef will mich nicht in ihrer Abteilung arbeiten lassen, sondern hat für mich eine neue Stelle in seinem Büro eingerichtet«, erzählt Patimah glücklich.

»Welch ein Glück. Aber ich hoffe, daß du darüber deine Schulausbildung nicht vergißt.«

»Nein, Mas, ganz bestimmt nicht. Ich will auf jeden Fall die Mittelschule abschließen, um nach Sa'amans Freilassung eine weiterführende Schule besuchen zu können. Was hältst du davon?«

»Hoffentlich geht dein Wunsch in Erfüllung«, erwidert Mas Darsono hohl. Dann steigt seine Stimme um eine Tonlage: »Wo ist Salamah? Ich habe sie noch gar nicht gesehen?«

»Salamah? Ich weiß es nicht. Offenbar weiß es niemand so genau. Mimi sagte, daß sie weggegangen ist, hat aber keine Ahnung, wohin? Sie weiß nur, daß sie von Mutter in die Stadt geschickt wurde.«

»In die Stadt? Wozu?«

»Mimi zufolge hat Mutter gesagt, Salamah müsse in die Stadt, um Aman abzuholen.«

»Was? Sie soll Aman in der Stadt abholen?« Er schaut Patimah mit großen Augen an, die unter seinem Blick den Kopf senkt.

»Ja«, erwidert sie leise.

»Das ist absurd!«

Patimah stutzt und schaut Mas Darsono mit verwunderten Augen an.

»Absurd?« fragt sie. »Wieso?«

Mas Darsono schüttelt den Kopf. Und Patimah sagt mit kindlicher Stimme: »Du weißt doch, daß wir Mutters Anweisungen folgen.«

»Ja. Aber du und Salamah wißt doch, wie es um ihren Gemütszustand bestellt ist.«

»Um ihren Gemütszustand!« wiederholt Patimah bestürzt. Dann sagt sie: »Ja, natürlich. Alle wissen es. Doch trotzdem sind wir immer bemüht, ihr alles recht zu machen.«

»Oh, alles hat seine Grenzen, meine Liebe«, erwidert Mas Darsono. Er schaut seine zukünftige Schwägerin bedrückt an. »Das weißt du doch selbst.« Und mit hellerer Stimme erkundigt er sich: »Wahrscheinlich hast du heute noch nicht in die Abendzeitung geschaut?«

Mit einem Seufzer sagt Patimah: »Nein.«

»Das solltest du hin und wieder tun. Manchmal ist es ganz nützlich, in die Zeitung zu schauen.«

»Sicher. Aber ich bin heute zum ersten Mal zur Arbeit gegangen und habe noch kein Geld, um Zeitungen mit nach Hause zu bringen. Das weißt du doch selbst, nicht wahr?«

Wieder schüttelt Mas Darsono den Kopf. Er läßt den Blick durch den armseligen Raum schweifen: Lehmfußboden; nur ein Stuhl; ein schäbiger Tisch, auf dem eine Lampe steht; und drüben in der Ecke das schmale Bänkchen, auf dem jetzt Amilah liegt und schläft.

»Gut. Aus der Zeitung hast du es also nicht erfahren. Aber vielleicht ist jemand gekommen, um eine Nachricht zu überbringen?«

»Eine, die Aman betrifft?« fragt Patimah begierig, und sogleich blitzt in ihren Augen allerhöchste menschliche Hoffnung auf.

»Ja. Eine Nachricht, die Aman betrifft.«

»Es ist niemand hier gewesen«, verneint das Mädchen mit angedeutetem Kopfschütteln. »Jedenfalls hat Mimi nichts gesagt.«

»Aber vielleicht ... ist jemand von der Militärpolizei hier gewesen?« forscht Mas Darsono weiter.

»Von der Militärpolizei? Wollen sie etwa schon wieder jemanden abholen? Doch nicht Salamah, Mas?«

»Nein, ich will wissen, ob die Militärpolizei jemanden geschickt hat, der eine Nachricht brachte, die Aman betrifft.«

»Nein. Sonst hätte Mimi es doch sofort gesagt.«

»Dann ist wohl jemand unterwegs«, sagt Mas Darsono betrübt. »Oder war vielleicht ein Soldat hier?«

»Mimi hat nichts gesagt«, erwidert Patimah. »Mas, warum setzt du so eine ernste Miene auf. Was ist los? Warum soll die Militärpolizei hier gewesen sein? Auf wen von uns hat sie es jetzt abgesehen?«

Mas Darsono atmet tief durch, seufzt betroffen und sagt: »Du solltest Mimi erst noch einmal befragen.«

Patimah geht hinaus.

Mas Darsono schüttelt ungläubig den Kopf, seine Miene verzerrt sich und in seinem flackernden Blick blitzt Fassungslosigkeit auf. Nervös scharrt er mit dem Fuß über den Lehmboden.

»Unglaublich!« stammelt er vor sich hin. Wieder schüttelt er den Kopf. Dann flüstert er betreten: »Es darf einfach nicht wahr sein!« Und den Blick hinauf zu den Dachziegeln gerichtet, fügt er hinzu: »Wir verstehen die Zusammenhänge nicht. So etwas widerfährt uns allen zum ersten Mal.«

Er schreitet zur Tür, um kurz nach seinem Fahrrad zu schauen, kommt zurück und setzt sich wieder auf seinen Platz.
»Das hätte ich mir nicht träumen lassen«, murmelt er, »nein, nicht im entferntesten. Der stille Sa'aman war im Untergrund aktiv.« Er atmet schwer. »Und sie haben ihn geschnappt. Armer Kerl! Ich weiß zwar nicht, wie sie es machen, aber es gelingt ihnen jedesmal, die Hintermänner von Anschlägen zu entlarven. Die Todesstrafe! Immer verhängen sie die Todesstrafe! Und jetzt ist die Reihe an Aman!«
Er schweigt und schüttelt erneut den Kopf. Patimah kommt zurück und nimmt wieder neben ihrem künftigen Schwager Platz.
»Es ist niemand hier gewesen, Mas«, sagt sie.
»Niemand!« wiederholt Mas Darsono und seufzt: »Keine Nachricht, das ist unglaublich. Die Verantwortlichen schicken noch nicht einmal eine Nachricht. Wie kann es so etwas geben?«
Er hüstelt.
»Wir beten jeden Abend für Amans Wohlergehen.«
»Du bist ein frommes Mädchen, Patimah.«
»Damit ihm nichts Böses widerfährt.«
»Ja.«
»Und wir glauben fest daran, daß ihm nichts geschieht.«
»Ja.«
»Warum bist du nicht so fröhlich wie sonst, Mas? Es hat den Anschein, daß du dich heute ganz besonders um Aman sorgst?«
Wieder schüttelt der junge Mann den Kopf. »Warum?« wiederholt er. Dann läßt er den Kopf sinken und sagt mit am Boden klebenden Augen: »Ach, die ganze Stadt weiß es schon. Ganz Indonesien weiß es. Vielleicht ist die Neuigkeit sogar schon ins Ausland gelangt. Doch hier, in seiner eigenen Familie, liegt nicht die knappeste Nachricht vor. Wäre ich nicht selbst dabei, ich würde es nicht glauben können. Wie kann das wahr sein?«
Patimah schaut den jungen Mann verständnislos an.
»Eine Nachricht?« fragt sie.
»Eine Nachricht«, erwidert Mas Darsono.
»Was für eine Nachricht? Eine, die Aman betrifft?«
»Ja.«

»Kennst du die Nachricht?«
»Ja«, entgegnet Mas Darsono frostig.
»Und warum teilst du sie mir nicht mit?«
Mas Darsono gibt keine Antwort. Jetzt beginnt Patimah, ungeduldig zu werden und rüttelt heftig die Schultern ihres zukünftigen Schwagers.
»Was ist mit Aman? Wie geht es ihm?« fragt Patimah hektisch.
»Wie es ihm geht?« wiederholt Mas Darsono mechanisch. »Hmm. Tja, das kann ich dir auch nicht sagen. Ich habe bei allen möglichen Dienststellen um Auskunft gebeten, doch überall hörte ich nur: Warte ab, warte ab! Als ich diese einzige und brandneue Nachricht der Zeitung entnahm, lag von offizieller Seite noch immer keine Auskunft vor. Und so ist es auch jetzt noch. Aber es sei, wir können nichts daran ändern …«
»Mas, ich begreife nicht.«
»Ich weiß, Patimah«, sagt Mas Darsono sanft. »Hör mir zu.« Seine Stimme wird bedrückt und dunkel. »Wenn sich ein Mann dem Kampf verschreibt – dem Kampf für sein Vaterland, Patimah –, dann legt er einen Eid ab. Er schließt sozusagen einen Vertrag mit seinem Vaterland.«
Er schweigt eine Weile und ringt mühsam nach Worten. Dann sagt er: »Und wer sich dem Kampf verschrieben hat, ist vorbehaltlos bereit …«
»Ich verstehe nicht«, klagt Patimah.
»… der ist vorbehaltlos bereit, sich mit Leib und Seele für seine Sache zu opfern. Jeder von ihnen ist dazu bereit – gleichgültig, ob es sich um einen nahen Freund von dir handelt, einen entfernten Verwandten, deinen Lehrer oder deinen Bruder Aman. Sie kämpfen aus freiem Willen und mit aufgeschlossenem Herzen. Mit Mut und Überzeugung. Du bist noch jung, Patimah. Auch Salamah ist noch jung. Und Mimi und Hasan erst recht. Du hast noch viele Geschwister, und bald werde auch ich zu deiner Familie gehören.«
»Mas, ich begreife noch immer nicht, was du mir sagen willst.«
»Schau: Wenn wir zu zehnt oder elft oder zwölft sind, dann müssen wir bereit sein, einen von uns – vielleicht auch zwei oder drei – in den Kampf ziehen zu lassen.«

Er schweigt und schaut der künftigen Schwägerin, die ihm aufmerksam zuhört, mitfühlend ins Gesicht.

»Wir müssen sie loslassen, auch wenn so mancher in den Kampf zieht, um nicht mehr zurückzukehren. Du bist alt genug, um zu verstehen, daß ihre Familien weniger Anrecht auf sie haben als der Boden und das Volk, für die sie kämpfen. Du wirst verstehen, was ich meine.«

»Ja, das haben mir Aman, Salamah und auch Hadijah schon gesagt.«

»Dann verstehst du es also. Ihr habt in der Mittelschule doch bestimmt schon über die Revolutionsgeschichte gesprochen, nicht wahr?« Sein Blick gleitet prüfend über ihr Gesicht.

»Ja«, antwortet Patimah mechanisch.

»Und Menschen, die für die Befreiung von Vaterland und Nation aus der Knechtschaft kämpfen, sind größere Heilige als Menschen, die ihr Leben lang keine Sünde begehen oder mit einem dick wie eine Trommel um ihren Kopf geschlungenen Turban von der Hadsch zurückkehren. Sie sind größere Heilige als Menschen, die Beten zum einzigen Inhalt ihres Lebens machen. Denn diese suchen das Paradies nur für sich selbst, während jene vielen Millionen Menschen ihrer Nation ein Paradies erschließen wollen.«

Patimah lauscht seinen Worten ehrfürchtig wie ein Moscheeschüler den Ausführungen des Geistlichen über die Bedrohungen der Hölle. Ihre Augen wandern zwischen ihrem künftigen Schwager und dem Lehmfußboden hin und her. »Ja«, sagt sie.

»Und Sa'aman gehört zu den Tausenden junger Menschen, die sich dem Kampf verschrieben haben. Er ist einer von denen, die geschworen haben, sich mit Leib und Seele für ihr Volk und Vaterland zu opfern. Sa'aman ist dazu bereit.«

Patimah schluckt. Sie schüttelt ungläubig den Kopf. Vor Entsetzen stellen sich ihre Körperhaare hoch. Und sie sagt gehetzt: »Ich verstehe. Ich weiß, was du sagen willst.«

Sie verstummt abrupt, springt auf und schaut Mas Darsono mit tränenverhangenem Blick in die Augen. Sie atmet stoßweise.

»Setz dich hin, Patimah. Komm, setz dich hin«, sagt Mas Darsono beherrscht.

»Ich verstehe, was du sagen willst«, keucht Patimah verzweifelt. »Aman ...«
»Ja«, sagt Mas Darsono leise.
Jetzt durchläuft ein Zittern Patimahs Körper. Ihr Atem beginnt zu fliegen. Ihre Lippen beben und die der Arbeit müden Gliedmaße versteifen sich und verkrampfen. Sie ringt nach Luft. Ihre Brust hebt und senkt sich, die Schultern zucken. Immer noch ringt sie nach Luft. Dann brüllt sie in ihrem Schmerz: »Maaamaaa!«
Die beiden schrillen Silben schrecken Amilah aus dem Schlaf. Patimah läuft auf ihre Mutter zu und fällt ihr um den Hals.
»Maaamaaa!« brüllt sie noch einmal.
Amilah murrt einige unverständliche Worte und schnauzt grob: »Hau ab, du Wanze!«
Patimah kann nicht sprechen. Sie kann nicht weinen und nicht schluchzen, denn etwas schnürt ihr die Brust zusammen. Sie bringt nur mit erstickter Stimme heraus: »Maaamaaa!«
Amilahs verständnisloser Blick wandert von Patimah zu Mas Darsono. Der öffnet unter diesem Blick unwillkürlich den Mund: »Frau«, ringt er sich mühsam ab, »ich bringe eine Nachricht.«
»Bestimmt geht's um Aman«, sagt sie überzeugt.
»Ja, es geht um Aman.«
»Ich hab's mitgekriegt«, sagt Amilah geringschätzig und wendet sich Patimah zu, die sich nach wie vor an sie klammert. »Was soll das?« schnauzt sie. Dann wandert ihr Blick zurück zu ihrem künftigen Schwiegersohn: »Wann kommt er nach Hause? Im Laufe des Nachmittags? Heute Abend? Morgen? Jetzt sofort?«
»Wann er kommt?« erwidert der junge Mann nervös. »Ich glaube, er wird nicht mehr nach Hause kommen.«
»Ha?« speit es aus Amilah heraus. Sofort wird ihr Gesicht feuerrot. Auch ihre Augen röten sich. Sie packt Patimahs Kopf und versucht, sie von sich wegzuschieben. Einmal. Zweimal. Dreimal. Doch ihre Tochter klammert sich fest an sie.
»Hau endlich ab, du Wanze!« schnauzt sie noch einmal.
Und Patimah fügt sich, geht und wirft sich bäuchlings auf die Schlafbank. Erst jetzt beginnt sie zu heulen.

Amilah baut sich nahe vor ihrem künftigen Schwiegersohn auf und fragt: »Ist Salamah schon zurück?«
»Nein.«
»Sie ist ein Flittchen.«
Als seine Auserwählte mit einem solchen Schimpfwort beleidigt wird, rötet sich Mas Darsonos Gesicht.
»Und Aman?« fragt Amilah, die Mas Darsonos Worte schon wieder vergessen hat.
»Sa'aman wird nicht mehr nach Hause kommen.«
»Ha?« entfährt es Amilah wie kurz zuvor.
Sie stützt ihre knochige linke Hand in die Hüfte und sticht mit dem rechten Zeigefinger nach Mas Darsono: »Willst auch du dich mit mir anlegen? Hier? In meinem Haus? Willst deine Späßchen mit mir treiben? Mir Lügen auftischen? Du? Antworte!«
Mas Darsono erwidert nichts. Er geht hinüber zu Patimah und versucht sie zu trösten: »Nicht weinen, Mädchen, nicht weinen. Du hast noch deine Mutter. Du hast noch Salamah und deine jüngeren Geschwister. Und ich bin auch noch da. Beruhige dich. Du darfst nicht traurig sein. Im Gegenteil, du mußt stolz sein, weil auch deine Familie einen Sohn für den Kampf um die Freiheit unserer Nation geopfert hat.
Mit vom Wasserschöpfen nassem Kleidchen kommt Mimi hereingelaufen. »Mas, was ist passiert?« fragt sie ahnungslos.
»Sei still, Mimi«, sagt Mas Darsono und wendet sich sogleich wieder Patimah zu: »Kopf hoch, Mädchen. Du mußt allem, was dir widerfährt, tapfer ins Auge sehen.«
Jetzt kommt auch Hasan herein. Erschrocken bleibt er an der Tür stehen, sieht Patimah weinen, Mas Darsono sie trösten, Mimi ratlos herumstehen und seine Mutter mit in die Hüften gestützten Armen auf und ab laufen. Als plötzlich mehrere Nachbarn auftauchen, begreift er noch weniger, was los ist. Jetzt muß er mit ansehen, wie seine Mutter auf Mas Darsono zustürzt und ihn grimmig anschnauzt: »Was ist mit meinem Sohn Aman? Was ist mit ihm?« Sanfter fügt sie hinzu: »Wann kommt er nach Hause, Mas? Jetzt sofort?«
»Frau«, sagt Mas Darsono verlegen, »ich glaube, daß Sa'aman

nicht mehr zurückkommt. Der Kampf um die Freiheit fordert Tribut. Er wird nicht zurückkehren, nie mehr.«
»Verfluchter Schurke!« bellt Amilah, ohne wirklich zu begreifen. »Satan! Hau ab von hier! Los, heb deinen Arsch! Aman ist mein Sohn! Nur einen Moment noch, dann kommt er nach Hause! Ich habe Salamah in die Stadt geschickt, um ihn zu holen. Zur Kaserne am Ufer des Ciliwung. Mein Sohn Aman kommt gleich nach Hause, ganz bestimmt.«
»Beruhige dich«, sagt Mas Darsono beschwichtigend, »und höre mir erst einmal zu. Setz dich hin.«
Die Nachbarn stimmen ihm zu und rufen: »Beruhige dich, Amilah. Setz dich hin. Hör gut zu, was dein künftiger Schwiegersohn zu berichten hat.«
Und jetzt setzt sich Amilah hin. Die Nachbarn kauern sich auf den Boden.
»Ich weiß«, zetert Amilah, »daß Aman nach Hause kommt. Alle treiben nur ihr Spiel mit mir. Auch Sergeant Kasdan. Und Salamah. Mimi. Hasan. Mas Darsono. Die Eisenbahn. Und die Straßenbahn. Selbst Korporal Paijan, mein Mann. Und Benni. Kartiman und Canimin. Leutnant Gedergeder. Ihr alle!«
Mit spitzem Finger deutet sie auf die Schar der Nachbarn. Dann wird ihre Stimme sanft und liebevoll: »Nur Aman nicht. Aman muß nach Hause kommen. Er muß!«
»Sei ruhig, Amilah, halte dich zurück. Höre erst die Nachricht, die Mas Darsono bringt.«
Auch Mas Darsono nimmt Platz. Er zieht eine zusammengefaltete Zeitung aus seiner Aktentasche und sagt mit weicher Stimme: »Ich hoffe, du bist bereit, zu hören.«
Niemand im Raum unterbricht ihn. Und so fährt er fort: »Als ich vorhin aus dem Büro kam und in die Zeitung schaute, las ich … die Nachricht, … daß …«
Er kann nicht weitersprechen, sondern muß zuerst einmal tief durchatmen. Dann fährt er mit stockender Stimme fort: »Eine schreckliche Nachricht. Sie betrifft Aman.«
»Lies vor«, ermutigen ihn die Nachbarn.
Mas Darsono blättert die Zeitung auf. Hasan rückt nahe an ihn heran. Patimah unterdrückt ihr Geschluchze und lauscht.

»Dann lese ich jetzt«, sagt Mas Darsono unruhig. »Hört zu: Wieder ... ein ... Todesurteil.«
Beklommen hebt er den Kopf und schaut in die ihm zugewandten Gesichter. Dann senkt er den Blick wieder in die Zeitung und liest weiter vor: »Jakarta, den achtundzwanzigsten Januar neunzehnhundertneunundvierzig.« Ein weiteres Mal hebt er den Kopf und schaut in die Runde. Dann sagt er: »Das ist heute.«
»Los, lies endlich vor!«
»Unser Stadtreporter berichtet: Vor dreieinhalb Monaten wurden in Jakarta und Umgebung die ersten Mitglieder einer Terroristenorganisation ...« Als er diesmal aufschaut, wandert sein Blick zu Amilah, und er erklärt: »Eine Terroristenorganisation ist eine Gruppierung, die Furcht und Schrecken unter der Bevölkerung verbreitet.« Dann liest er weiter: »... namens XX606 entlarvt. Im Zuge der Ermittlungen wurden insgesamt achtundsiebzig Personen verhaftet, darunter der Kopf der Bande. Nachdem sie angesichts der Beweislage ihre Verbrechen eingestanden haben, sind heute die Urteile gegen sie gesprochen worden. Die Todesstrafe wurde verhängt gegen ...«
Schweigend schaut er von Gesicht zu Gesicht. Dann liest er mit hohler Stimme: »... gegen Sa'aman bin Paijan ...«
»Verbrecherpack!« schimpft Amilah wütend.
»... und Kosasih bin Harjawinata.«
Für einen Augenblick liegt Stille über dem Raum, bis Patimah aufheult und verzweifelt mit den Fäusten gegen die Bank schlägt. Auch Mimi und Hasan beginnen zu weinen. Und die Nachbarn lassen die Köpfe hängen.
»Teufelsbande!« schnaubt Amilah zornverblendet und springt auf. Sie packt sich an die Brust und schreit wüst herum: »Das behauptet die Zeitung? Zeitungen lügen! Alle wollen bloß ihr Spiel mit mir treiben! Alle! Alles Lügner! Selbst die Zeitungen ... nur List und Betrug! Zeitungen sind Schurken! Ist euch das klar?«
Sie deutet mit den Zeigefingern gegen ihre schon lange erschlafften Brüste: »Wißt ihr, wer das ist? Das ist Amilah! Die Zierde der Kompanie!«

»Bei Allah«, sagt ein Nachbar, »der arme Aman. Armer Kerl. Warum gerade er, der doch so ein guter Mensch ist? Was wirft man ihm vor? Er gehört zu den Besten, Mas.«
Und ein anderer Nachbar fragt Amilah: »Warum empörst du dich gegen die Zeitung?«
»Die Zeitung?« keift Amilah herausfordernd. »Wer macht die Zeitung? Sag's! Spuck's aus, wenn du dich traust! Sag mir, wer sie macht! Wer wagt es, den Namen meines Sohnes Sa'aman bin Paijan zu nennen? Wer wagt es, meinen Sohn zum Tode zu verurteilen? Aman ist mein Sohn und nicht der einer anderen! Auch nicht der Sohn der Zeitung!«
Mas Darsono kümmert sich nicht um ihr Gezeter und liest weiter: »Jeweils neunzehn Jahre Haft für Halid bin Jendil und Sumantri bin Jayengsentiko. Fünfundzwanzig Jahre für Arsidi bin Mukmin. Fünf Jahre für Sibin bin Halidin. Zwei Jahre für den Jüngsten der Bande, den achtzehnjährigen Suhaimi bin Karjan. Sieben junge Frauen und einige andere wurden freigesprochen.«
Er schweigt. Wieder herrscht Stille. Amilah starrt die Tür an, wie sie es nun schon drei Monate tut. Ihr ausgezehrter Leib krümmt sich wie ein altes Pferd. Und Mas Darsono liest vor: »Der vierundzwanzigjährige Sa'aman bin Paijan, Sohn eines KNIL-Korporals namens Paijan bin Suto, wurde als Kopf der im Untergrund tätigen Organisation entlarvt, die er unmittelbar nach der ersten Polizeiaktion gründete. Er tarnte sich fortan als Becakfahrer und rekrutierte auch seine Bandenmitglieder zum überwiegenden Teil aus den Reihen der Becakfahrer. Zuvor war er als Beamter im mittleren Dienst für die republikanische Verwaltung tätig und galt als aktiver Mitarbeiter.
Den Ermittlungen zufolge hat er über fünfzig Menschen umgebracht. Außerdem war er an zahlreichen Plünderungen von Lagerschuppen, Brandstiftungen, Anschlägen mit Handgranaten und ähnlichen Gewalttaten beteiligt, die in der jüngsten Vergangenheit die Zeitungen Jakartas füllten.«
Mas Darsono macht eine Pause, schöpft Atem und seufzt. Dann liest er: »In diesem Zusammenhang muß erwähnt werden, daß Sa'aman bin Paijan in den wirren Jahren der Nachkriegszeit

seinen eigenen Vater, Korporal Paijan bin Suto, ermordet hat. Merkwürdigerweise konnten keine Waffen bei ihm sichergestellt werden. Mit der Zerschlagung dieser Organisation ist auch dem blanken Terror ein Ende gesetzt, der die Einwohner Jakartas in jüngster Vergangenheit in Angst und Schrecken versetzte.«

Patimah, Mimi und Hasan, die sich bislang beherrscht haben, lassen nun ihren Tränen freien Lauf. Von überall im Raum hallt Amans Name zu ihnen herüber. Nun kommen noch mehr Nachbarn hinzu. Giok, der Chinese von nebenan, trifft zusammen mit Hadijah ein, und man sieht sogar Gesichter aus der entfernteren Nachbarschaft. Die kleine Hütte in der Zone der Freiheit ist voller Menschen und Stimmen, und Kummer und Traurigkeit machen sich in jedem Winkel und Herzen breit.

Plötzlich springt Amilah auf und kreischt: »Wer hat die Zeitung gemacht? Wer? Sagt es mir! Los, sagt es! Wie heißen die Leute? Ich will sie umbringen! Ich will sie kaltmachen! Sie sollen mich kennenlernen, mich, die Zierde der Kompanie! Ich schlitze ihnen die Bäuche auf und reiße alles raus, die Mägen und die Därme voller Kot! Sagt mir, wie sie heißen!«

Sie läuft Richtung Tür und klagt mit flehentlicher Stimme hinaus in die Welt: »Aman, Sa'aman, wo bist du?« Dann ist sie verschwunden. Ihr flehentliches Rufen entfernt sich und wird schwächer. »Aman, Sa'aman, wo bist du? Aman, mein Sohn! Aman!« Und dann hat sich die Stimme in der Ferne verloren.

»Was sollen wir tun?« fragt ein Nachbar.

»Ich werde für's erste hierbleiben«, sagt Mas Darsono. »Und es ist wohl besser, wenn ihr jetzt alle nach Hause geht. Wir können ja doch nichts für Aman tun.«

»Armer Aman«, seufzt der Nachbar, »er ist so ein guter Mensch.«

»Ja, das ist er. Aber geht jetzt bitte.«

Einer nach dem anderen verlassen die Nachbarn das Haus mit den Wänden aus Bambusgeflecht. Schließlich ist bloß noch der Chinese Giok da. Er klopft Mas Darsono auf die Schulter und sagt: »Aman ist wirklich ein guter Mensch. Ich empfinde große Wertschätzung für ihn. Und ich kenne ihn schon lange.«

Er schaut Mas Darsono aufmerksam an und fährt im Tonfall

eines Geschichtenerzählers fort: »Die Welt ist überall in Unordnung geraten, und die Unordnung hier ist nur ein Bruchteil der Unordnung der Welt. Als Amans Freund will ich betonen, daß ich ihm Respekt zolle, weil er für die Freiheit seines Vaterlandes gekämpft hat. Ich bin der einzige Überlebende meiner Familie, alle anderen sind bei den Partisanenaktivitäten in der Provinz Shandong ums Leben gekommen. Ja, immer wieder muß der Mensch in der kurzen Zeit, die ihm beschieden ist, für sein Vaterland aufopfern, was er liebt.«

Er schweigt und mustert Mas Darsono erneut aufmerksam. Dann fügt er hinzu: »Wenn ihr etwas braucht, will ich euch gerne aushelfen. Ihr kennt ja mein Geschäft hinten am Ende der Gasse.«

»Vielen Dank.«

»Wirklich, wenn ihr etwas braucht ...« Er nickt kurz, dreht sich um und verschwindet. Mas Darsono, Patimah, Mimi und Hasan sind allein. Nachdem die ersten Tränen getrocknet sind, klammern sich die drei Kinder schutzsuchend an Mas Darsono.

»Aman ist ein Held«, sagt Mas Darsono versonnen.

»Mas«, fällt Hasan ihm ins Wort.

»Erst jetzt weiß ich, daß er im Untergrund aktiv war«, fügt Mas Darsono unverändert versonnen hinzu. Dann schaut er die drei an und sagt mit fester Stimme: »Es ist schwer, einen lieben Menschen für das Vaterland zu opfern, aber ihr müßt euren Bruder loslassen. Laßt ihn los! Doch ... vielleicht kann ich noch etwas gegen die Vollstreckung des Todesurteils unternehmen. Vielleicht ...«

Er schweigt und denkt so angestrengt nach, daß seine Stirn Falten wirft. Schließlich sagt er: »Laßt mich vorläufig hierbleiben. Natürlich nur, wenn Salamah einverstanden ist. Es ist kein Mann im Haus, und eure Mutter ist nicht recht bei Verstand.«

»Ja, bleib hier, Mas«, bringt Hasan unter Schluchzen heraus.

»Ja, ich bleibe.«

»Mas«, fragt Hasan, »wann wird Aman von den Holländern totgeschossen?«

»Ich weiß es nicht, mein Junge. Ich habe nicht die geringste Ahnung.«

»Sie haben ihn noch nicht totgeschossen, nicht wahr?«
»Nein, noch nicht.«
»Wann wird er totgeschossen?«
»Ich weiß es nicht. Wirklich nicht.«
»Aber du bist schon groß. Du mußt es wissen.«
»Ich weiß es wirklich nicht, Hasan.«
»Bestimmt können wir ihn befreien, Mas Darsono, nicht wahr?«
Mas Darsono schweigt. Er wagt nicht, zu antworten.
»Traust du dich nicht, Mas?«
»Den Mut hätte ich schon, Hasan. Genau wie du. Aber wir sind nur zu zweit. Wir haben keine Waffen. Keine Armee und keine Soldaten, die uns helfen.«
»Ich will es aber«, schreit Hasan. »Ich will Aman befreien.«
»Aber Hasan«, sagt Mas Darsono geduldig, »du bist noch klein. Du hast keine Waffe und könntest auch gar nicht damit umgehen. Du hast keine Armee.«
»Ich will aber, ich will!« schreit Hasan erneut. »Die Holländer dürfen Aman nicht totschießen! Sie dürfen das nicht!« Und er bricht wieder in Tränen aus.
»Wir können nichts dagegen tun«, sagt Mas Darsono resigniert.
Als sie die Tränen ihres Bruders sieht, beginnt auch Mimi wieder zu weinen. Schluchzend fragt sie: »Tut es weh, wenn man totgeschossen wird, Mas?«
Mas Darsono schaut sie an und streichelt ihre Wange, aber er beantwortet die Frage nicht. Auch seine Augen sind gerötet.
»Warum muß Aman totgeschossen werden?« fragt Mimi noch einmal. Als ihr tränenverhangener Blick die Augen ihres künftigen Schwagers findet, spricht aus ihm größte kindliche Hoffnung. Mas Darsono weicht ihrem Blick aus und starrt ins Leere.
»Sie dürfen das nicht!« schreit Hasan gellend auf. »Sie dürfen Aman nicht totschießen.«
»Still, Hasan!« sagt Mas Darsono nervös. »Du darfst nicht so laut schreien. Es wimmelt hier von Spionen.«
»Wer spioniert denn?« drängt Hasan unter Schluchzen. »Auch Indonesier?«
»Ja, auch Indonesier, Hasan. Und auch ein Chinese, Araber, Holländer oder Indoeuropäer kann ein Spion sein.«

»Wenn ich groß bin«, sagt Hasan entschlossen und in fauchendem Ton, »werde ich Partisan wie Kartiman und Canimin, und dann schieße ich alle Spione über den Haufen. Egal, ob die Holländer mich dafür totschießen.«

»Nicht so laut, Hasan! Die Spione sind überall!« zügelt Mas Darsono ihn besorgt.

»Spione, oh, Spione! Wie schrecklich!« sagt Patimah weinerlich.

»Ich schieße sie über den Haufen!« schwört Hasan. »Ganz bestimmt tue ich das!«

»Nein, Hasan. Man darf das Recht nicht in die eigenen Hände nehmen. Es wird eine vernünftige Rechtsprechung geben, wenn die Republik siegt.«

»Pah, die Rechtsprechung ist mir egal! Ich selbst will es ihnen heimzahlen. Oh, hoffentlich werde ich schnell groß. Wenn ich groß bin, kann ich machen, was ich will, und dann schieße ich alle Spione, die Aman ins Unglück gestürzt haben, über den Haufen.«

»Es dauert nicht mehr lange, bis du groß bist«, sagt Mas Darsono beschwichtigend.

»Oh, warum bin ich erst acht? Weißt du was, Mas, heute abend gehen wir Aman herausholen. Ja, Mas? Hast du den Mut?«

Wieder schweift Mas Darsonos Blick ins Leere. Patimahs Tränen sind versiegt. Und sie fragt: »Mas, ist es wahr, daß Aman Vater getötet hat?«

Der junge Mann schweigt einen Moment, bevor er verzagt erwidert: »Nein.«

»Aber warum berichtet das die Zeitung?«

»Weil es eine Teufelszeitung ist. Die Allgemeinheit soll Aman verabscheuen.«

»Armer Aman. Wenn die Allgemeinheit ihn verabscheut …«

»… wird sie sich nicht darüber aufregen, daß er von den Holländern erschossen wird«, führt Mas Darsono den Satz zu Ende.

»So funktioniert das? Oh, wie niederträchtig! Wie gemein!«

»Ja.«

»Oh, Aman!« ruft Patimah.

Und Mimi und Hasan beginnen wieder zu weinen.

Mas Darsono schaut die Geschwister schweigend an. Ihre Tränen und Schluchzer geben ihm das Gefühl ohnmächtiger Einsamkeit. Als er zur Tür starrt, ist sein Blick verschwommen. Er empfindet Sehnsucht nach einer Zeit ohne Tränen, und seine Gedanken schweifen weit zurück in die Vergangenheit. Sehr weit. Und seine Lippen beben, als er kaum hörbar vor sich hin flüstert: »Ich schäme mich vor mir selbst. Ja. Es behagte mir bisher, ein kleiner, bedeutungsloser Beamter zu sein, der jeden Monat zufrieden sein Gehalt einstreicht, der nach der Arbeit ruhig zu Hause sitzt, um ein wenig Zeitung zu lesen, der zu regelmäßigen Zeiten ißt und schläft und der nur nach einem Ideal strebt: zu heiraten. Ein bedeutungsloser Beamter, der zur festgesetzten Zeit ins Büro marschiert, um nichtige Arbeiten zu verrichten, während seine Altersgenossen vorbehaltlos für ihr Vaterland eintreten, und sei es um den Preis, am Exekutionspfahl von Holländern erschossen zu werden.«
Er schüttelt den Kopf.
»Doch ich habe geschworen, niemals Soldat zu werden. Ich will keine Waffe erheben. Ich will meine Hände nicht mit Blut besudeln, selbst wenn es das Blut eines Menschen wäre, der mir nach dem Leben trachtet. Nein, ich will das nicht. Und doch schäme ich mich – vor mir selbst, vor Aman und vor seinen Geschwistern.«
Er schaut den Jüngsten an und sagt sanft: »Nicht weinen, Hasan! Schau, ich weine doch auch nicht.« Und nahezu unhörbar fügt er hinzu: »Wie sehr sie ihren Bruder lieben. Wäre doch auch mir jemals solche Liebe entgegengebracht worden!«
Und plötzlich rollen auch ihm die Tränen herab. Und Hasan sagt unter Schluchzen: »Doch, du weinst auch.«
Mas Darsono steht auf und geht zur Tür, doch er geht nicht hinaus, sondern kehrt um und geht mit langsamen Schritten zu Amilahs schmalem Bänkchen, auf dem er Platz nimmt und lange gedankenverloren sitzenbleibt. Gesenkten Hauptes stiert er seine Schuhe an. Als er wieder kaum hörbar zu flüstern beginnt, beben seine Lippen aufs Neue: »Er ist ein so besonnener Mensch. Doch wie ausgeprägt sein Enthusiasmus auch sein mag, eines begreife ich nicht: Er war fähig, alle seine Feinfühlig-

keit abzustreifen und skrupellos den eigenen Vater zu töten. Das begreife ich wirklich nicht.«
Er steht wieder auf, geht hinüber zu Hasan und sagt liebevoll: »Du sagtest doch, daß du Partisanensoldat werden willst. Warum weinst du dann? Ich darf weinen, denn ich bin kein Soldat und will auch nie einer werden. Aber ein Soldat weint nicht, denn Tränen sind ihm ein zu kostbares Gut. Ein Soldat weint nicht über Kameraden, die auf dem Schlachtfeld fallen oder verwundet werden. Nein, Hasan! Ein Soldat weint nur über jeden Klumpen vaterländischen Bodens, den ihm der Feind entreißt.«
»Mas«, erwidert Hasan, dessen Tränen jetzt allmählich versiegen, »Aman ist so ein guter Mensch. Ich muß einfach um ihn weinen.«
»Nein, Hasan.« Da Mas Darsono nicht weitersprechen kann, schlendert er langsam zu dem Bänkchen zurück und setzt sich hin. Wieder läuft ihm eine Träne übers Gesicht. Rasch wischt er sie mit einem Taschentuch fort. Als er seine Fassung wiedergefunden hat, sagt er zu Hasan: »Weine nicht um ihn, denn auch er wird angesichts seiner Strafe nicht weinen.«
»Aber ich bin noch kein Soldat«, schluchzt Hasan, »und Aman ist immer so gut zu mir gewesen.«
»Mas«, mischt Patimah sich ein, »Aman soll also wirklich erschossen werden ...?«
»Ja. Aber vielleicht kann ich noch etwas tun.«
»Du willst etwas unternehmen?«
»Ja.«
»Wann?«
»Es ist noch früh genug, Patimah. Ich werde die holländischen Autoritäten aufsuchen und ein Gnadengesuch einreichen.«
»Die Holländer um Gnade anbetteln?« schreit Patimah entsetzt. »Du willst vor seinen Mördern um Gnade winseln?«
»Patimah«, erklärt Mas Darsono, »ein Menschenleben ist wertvoller als alles andere, nicht wahr? Deshalb müssen wir alle Möglichkeiten ausschöpfen, um Aman zu retten.«
»Aber das ist entwürdigend!« ruft Patimah, der schon wieder die Tränen aus den Augen schießen.

»Es ist entwürdigend, ja. Äußerst entwürdigend. Aber was sollen wir tun? Es ist die einzige Möglichkeit, die uns bleibt.«
»Oh, wie entwürdigend!« ruft Patimah. »Wir sollen vor Mördern um Gnade betteln?«
Nervös schiebt Mas Darsono seinen Mund nahe an Patimahs Ohr und flüstert ängstlich: »Nicht so laut, die Spione sind überall!«
»Verfluchte Spione«, schreit Patimah so laut sie kann. »Oh, ein Spion, der hungrig und nicht fähig war, auf andere Weise etwas zu essen aufzutreiben, hat meinen Bruder an die Holländer verkauft – ein Verräter. Ein Verräter! Armer Aman. Die Zeitung schreibt gemeine Sachen über dich, damit die Leute dich verabscheuen und akzeptieren, daß man dich erschießen will. Die Holländer wollen dich ermorden. Ein Spion hat dich verraten und verkauft. Und du hast dich immer vorbehaltlos für alle eingesetzt. Für uns, deine Familie. Für den Staat. Für das Vaterland. Für das Volk. Es ist niederträchtig, schändlich und gemein! Oh, wie gemein!«
»Ja, das ist es«, sagt Mas Darsono. »Doch lasse mich jetzt ein schriftliches Gnadengesuch an den höchsten Vertreter der Krone aufsetzen.«
»Das ist entwürdigend! Entwürdigend!« schreit Patimah und hat Mühe, die Selbstbeherrschung zu wahren.
»Ja, es ist entwürdigend. Aber wir haben keine andere Wahl. Wir müssen uns an den obersten Vertreter der Anklage am Militärgericht wenden.«
»Der oberste Vertreter der Anklage am Militärgericht ...«
»Schon gut, Patimah. Dann legen wir dort keinen Widerspruch ein. Aber ...« Er zögert, um seiner Aufregung Herr zu werden. Schließlich sagt er: »... wir richten ein schriftliches Gnadengesuch an die Königin der Niederlande.«
»Das ist noch entwürdigender!« schreit Patimah mit der ganzen Kraft ihrer Lungen.
»So läßt du es also nicht zu?«
»Nein! Niemals!« erwidert Patimah resolut.
Mas Darsono weiß nichts mehr zu sagen. Wieder rollen Tränen über die Wangen der drei Geschwister, denen das Schicksal

nicht gewogen ist. Hasan weint am heftigsten. Mas Darsono schaut mit verschwommenem Blick zur Tür. Erst als nach geraumer Zeit die Tränenströme dünner fließen, wendet er sich an Mimi: »Und du läßt es auch nicht zu?«
Mimi schüttelt den Kopf und erwidert fest: »Nein!«
»Und du, Hasan?«
»Ich will Aman befreien«, beharrt das Kind schluchzend. »Wenn niemand mitkommt, gehe ich eben alleine. Ich will ihn da rausholen.«
»Aber du bist noch klein, Hasan.«
»Ich bin schon bald groß.«
Mas Darsono schaut Patimah an, die älteste von drei Geschwistern im Kindesalter, und fragt auslotend: »Würde Salamah es vielleicht zulassen?«
»Nein! Auch sie würde es nicht zulassen!« Patimah beginnt sich zu beruhigen. »Keinesfalls!« bekräftigt sie. Dann stockt sie. Doch schließlich sagt sie mit klarer und fester Stimme: »So muß das Todesurteil also vollzogen werden. Soll es geschehen. Wir müssen unseren geliebten Bruder loslassen.« Wieder stockt sie. Dann fährt sie fort: »Wir haben immer noch Hasan, der die Familienlinie weiterführen kann. Und wir werden es hinnehmen, daß die Holländer Aman erschießen.«
Mas Darsono wird nachdenklich. Das Weinen der drei Minderjährigen rührt ihm an Gefühl und Verstand. Er versucht, einen klaren Gedanken zu fassen. Doch das einzige, was er vor Augen sieht, sind Soldaten der Partisanenarmee. Hunderte, Tausende, Zehntausende – alle gestählt in einem bitteren Kampf, den sie aus freiem Willen führen. Er versucht, sich Korporal Canimin und Soldat Kartiman, seine beiden künftigen Schwäger, vorzustellen. Doch es gelingt ihm nicht, denn er hat sie ja nie kennengelernt.
Und als er es Patimah erzählt, erläutert sie: »Canimin und Kartiman sind nur noch Brüder in unserer Erinnerung und unseren Erzählungen. Wir haben kein Anrecht mehr auf sie. Nein. Ihr Vaterland und Volk haben ein Anrecht auf sie. Nicht wir.«
Mas Darsono ist sichtlich bestürzt. Seine Gedanken treiben davon, und der Kopf sackt ihm so tief auf die Brust, daß es den Anschein hat, er könne ihn nie wieder heben. Und als er

schließlich leise zu sprechen beginnt, bietet er seine Dienste an: »Wenn das so ist, dann laßt mich derjenige sein, der an Amans Stelle rückt. Ich gelobe, euch den Bruder zu ersetzen. Wollt ihr das? Ihr alle?«

Die drei antworten nicht, obwohl sie zu weinen aufgehört haben. Mas Darsono wird unruhig. Langsam und müde hebt er den Kopf, schaut die drei abwechselnd an und sagt bescheiden: »Auch wenn mein Gehalt niedrig ist ...« Er bricht mitten im Satz ab und läßt den Kopf wieder hängen.

»Ich habe selbst Arbeit gefunden«, sagt Patimah, so als wolle sie Mas Darsonos Angebot ausschlagen.

»Wenn wir gemeinsam durch gute und schlechte Zeiten gehen wollen«, spricht Mas Darsono wie im Traum weiter, »dann brauchst du nicht zu arbeiten. Du mußt fleißig lernen und zur Schule gehen, damit du später das Lehrerseminar oder eine andere Fachschule besuchen kannst.«

Patimah widerspricht ihm nicht, und auch Mimi und Hasan lauschen aufmerksam seinen Worten.

»Und das gilt auch für dich, Mimi. Du willst doch wieder zur Schule gehen, oder nicht?«

Mimi schaut Mas Darsono fest an und nickt wie jemand, dem eine große Wohltat erwiesen wird. Dann erwidert sie artig: »Sehr gerne will ich das.«

Jetzt schiebt sich Mas Darsono nahe an Hasans Ohr und flüstert hinein: »Und du gehst auch wieder zur Schule.« Dann stellt er sich erhobenen Hauptes vor die drei jungen Geschwister und sagt: »So laßt mich denn für uns alle den Lebensunterhalt verdienen. Wir werden hier zusammen leben, und ihr drei geht weiter zur Schule, wie Aman es gewünscht hat. Und wenn ihr fleißig lernt, werdet auch ihr eines Tages für euer Vaterland kämpfen können.«

»Und du nicht, Mas?« fragt Hasan.

»Was, nicht?«

»Du kämpfst nicht?«

»Doch, Hasan. Aber auf meine Weise. Im Augenblick ist es besser für uns alle, wenn ich arbeiten gehe. Wenn du ausgebildet bist und in den Kampf ziehst, werde ich mitkommen.«

Es wird still im Raum. Für einen Augenblick huscht ein Glanz über Hasans Augen. Mimi und Patimah schweigen, weil sie in den Worten ihres künftigen Schwagers eine geheimnisvolle, wundersame Kraft spüren.
Es ist sechs Uhr abends. Im Raum beginnt es dunkel zu werden, doch niemand zündet die Lampe an. Die Tränen der drei Geschwister sind getrocknet, ihr erster Kummer ist zurückgedrängt. Sie haben sich in das Schicksal gefügt, daß ihr ältester Bruder von den Holländern erschossen werden muß. In ihren Herzen keimen neue Hoffnungen für die Zukunft auf, und im Augenblick gibt es keinen Grund, zu weinen.
»Willst du das wirklich tun?« fragt Patimah prüfend.
»Wenn ihr die Todesstrafe für euren Bruder hinnehmt, kann ich meinen Dienst, in die Verantwortung für seine Geschwister zu treten, daran nicht messen.«
Gesenkten Hauptes schauen die vier den Lehmfußboden an, während die Dunkelheit sich rasch herabsenkt.
»Warum Salamah wohl noch nicht zurück ist?«
Es kommt keine Antwort, denn niemand weiß es.
Und im gleichen Augenblick wird Salamah, die künftige Frau Mas Darsonos, von dem Mann, der sich Sergeant Kasdan nennt, nach Bogor gebracht, um dort von ihm vergewaltigt zu werden.
»Mutter ist auch noch nicht zurück«, steigert Hasan die Ungewißheit.
Die Unterhaltung erstirbt. Amilah sitzt jetzt vor dem Stacheldrahtzaun des Gefängnisses und wartet darauf, daß Aman herauskommt.
Die Abenddämmerung ist vorbei. Im Haus mit den Wänden aus Bambusgeflecht ist es stockfinster. Salamah kommt nicht nach Hause. Amilah kommt nicht. Auch Korporal Canimin und Soldat Kartiman kommen nicht. Nur die Nacht kommt – eine widerwärtige Nacht. Eine Nacht, wie Menschen sie nicht herbeisehnen. Amilahs Stuhl, der einzige im Haus, bleibt leer. Gefüllt sind nur die Herzen und Gedanken von vier jungen Menschen, die wegen unterschiedlicher Dinge keine Ruhe finden.
Es wird Nacht.

Und doch verabscheue ich dich nicht

In der Viertelstunde, die Sa'aman im Gebet verbringt, erscheint das Gesicht des Weißen, der die Mütze mit dem gelben Löwen trägt, fünfmal im Fensterspalt der Zellentür. Immer noch liegt tiefe Stille über dem Gefängnistrakt. Die Stimmen von gegenüber und nebenan sind verstummt.

Als Sa'aman sich vom Gebet erhoben hat, lugt der Mann wieder in seine Zelle. Dann hört man ihn auf holländisch sagen: »Nu.«

Sa'aman sitzt auf der Pritsche und harrt der Dinge, die da kommen. Er verzieht keine Miene, sein Gesicht verrät keine Gemütsregung. Draußen rasseln eiserne Schlüssel, dann wird die Tür geöffnet. Sa'aman beobachtet es gedankenlos.

Jetzt steht die Holztür sperrangelweit auf. Dann wird auch das Eisengitter aufgesperrt. Vor Amans Augen ist der Weg nach draußen merkwürdig frei. Doch dann füllt sich der freie Weg mit dem Körper dessen, der ihm die Freiheit verwehrt. Und hinter diesem Weißen betritt ein Leibwächter die Zelle.

»So, Verbrecher!«

Sa'aman rührt sich nicht von der Stelle.

»So, Direktor!« erwidert er gleichgültig.

»Zum Tode verurteilt!« schnauzt der Direktor zynisch, als verschaffe ihm dieses Urteil Genugtuung. Dann fügt er hinzu: »Wir schnappen euch Biester, einen nach dem anderen. He, denkst du etwa, wir Holländer wären blöde und ließen uns von euch so einfach an der Nase herumführen?« Er lacht höhnisch.

»Und jetzt ist die Reihe an das Biest Sa'aman gekommen«, erwidert der Gefangene ungerührt.

»Sei verflucht!« verwünscht der Direktor ihn rüde. »Wenn du Schuft nichts auf dem Kerbholz hättest, wartete auf dich auch nicht der Tod durch Erschießen. Und jetzt zeigst du Reue, ha!« Wieder lacht er zynisch und beißend. »Aber Reue hat noch niemandem genützt.«

»Reue?«

»Ja, du bereust deine Taten jetzt doch, nicht wahr? Ich weiß das. Du brauchst es nicht zu leugnen. Du hast nicht mehr lange zu leben. Deine verbleibende Lebenszeit wird in Stunden gezählt. Du bereust alles, nicht wahr? Ach, ich weiß es doch. Aber Reue nützt nie etwas.«

Jetzt schaut Sa'aman dem Direktor stechend in die Augen: »Reue?« wiederholt er spöttisch.

Und der Direktor spürt den Spott, der in der Stimme seines Gefangenen mitschwingt. Sein soeben noch süß lächelnder Mund wird hart, und er sagt bissig: »Wanzen wie dich muß man so schnell wie möglich zertreten.«

»Und wann willst du meinen achtjährigen Bruder töten? Ich würde gerne zusehen, wenn du dich mit seinem Blut besudelst.«

Unverzüglich ändert sich die Haltung des Direktors.

»Dein Sarkasmus geht zu weit«, sagt er gedehnt. »Und eigentlich bin ich nur gekommen, um nachzusehen, was vorhin diese Unruhe verursacht hat.«

»Ich kann mir gut vorstellen, wie du ein unschuldiges Kind tötest.«

Der Direktor verliert die Beherrschung. Sein von Natur aus rötliches Gesicht wird fast so rot wie ein Hahnenkamm. »Schurke«, schimpft er, »gottverfluchter Schurke!«

Bislang hat er in der Tür gestanden, doch jetzt schreitet er auf seinen Gefangenen zu. Er zieht die Pistole aus der Gurttasche und drückt Sa'aman den Lauf der Waffe gegen die Brust. Der Zeigefinger seiner dicht behaarten Hand spannt sich um den Abzug. »Du wagst es, mich zu verspotten? Mich? Den Gefängnisdirektor?«

Sa'aman lächelt unbeeindruckt und sagt: »Es verstößt gegen die Vorschriften, wenn sich ein Gefängnisdirektor mit einem Gefangenen anlegt.«

»Ich kann hier machen, was ich will. Ist das klar? Ich kann dich

auf der Stelle erschießen, wenn mir der Sinn danach steht, und ich kann es begründen, wie ich gerade Lust habe.«
Und wieder lächelt Sa'aman unbeeindruckt. Er steht auf. Der Direktor weicht vor seinem Gefangenen zurück und bringt seine Pistole in Anschlag. Auch der mit einer Lee Enfield bewaffnete Leibwächter weicht einen Schritt zurück.
»Wenn du mich zum Kampf herausfordern willst, dann komm! Los, komm her!«
Nervös schiebt sich der Direktor näher zu seinem Leibwächter.
»Du bist ganz schön dreist«, sagt er.
»Vielleicht habe ich zum letzten Mal die Gelegenheit dazu«, erwidert Sa'aman barsch.
Der Direktor weicht noch einen Schritt zurück und steht schon auf der Türschwelle. Und mit ihm weicht auch sein Leibwächter zurück.
»Hast du keine Angst vor meiner Pistole?« fragt der Direktor drohend.
Sa'aman beginnt lauthals zu lachen. Dann sagt er: »Es wäre mir ein Leichtes, sie dir wegzunehmen.«
»Du bist ein richtiger Lump«, sagt der Direktor schwach und weicht weiter zurück.
»Ein Lump, das stimmt. Und zwar ein Lump, den deine Gesetze nicht schützen. Du hingegen bist ein Lump unter dem Schutzschirm der königlichen Gesetzgebung.«
Der Direktor ist sichtlich verwirrt. Bedächtig mustert er Sa'aman vom Scheitel bis zur Sohle.
»Setz dich bitte wieder hin«, sagt er plötzlich freundlich. Er steckt die Pistole in die Gurttasche, schnallt den Gurt ab und reicht ihn dem Leibwächter. Dann sagt er zu dem Mann: »Du kannst gehen.«
Und der Leibwächter verschwindet aus der Türöffnung.
Sa'aman setzt sich auf die Betonpritsche, und der Direktor nimmt an seiner Seite Platz.
»Ja«, beginnt er leise, »es ist völlig richtig, was du sagst. Eigentlich bin auch ich ein Lump. Und zwar ein Lump, den die königlichen Gesetze beschützen. Wo hast du diese großen Worte aufgeschnappt?«

Sa'aman schüttelt den Kopf und lächelt nachsichtig.
»Ich weiß, daß du dein wahres Ich zu verbergen suchst«, fährt der Direktor des Kolonialgefängnisses fort, »und ich verstehe nicht, warum du dich auf so gefährliche Dinge eingelassen hast. Jetzt droht dir der Tod.«
Sa'aman lacht belustigt.
»Du bist Becakfahrer, nicht wahr?«
»Ja. Aber du darfst nicht vergessen, daß ich zuvor Beamter im mittleren Dienst war«, rückt Sa'aman die Dinge ins richtige Licht.
»Oh, ja?«
Sa'aman reagiert nicht auf den Ausruf der Verwunderung. Und sein Gesprächspartner sagt beinahe unterwürfig: »Ich bin seit drei Jahren Direktor dieses Gefängnisses, doch einem so couragierten Mann wie dir bin ich noch nicht begegnet. Du hast Mut. Ich sehe jetzt einmal über deine Verbrechen hinweg und sage: Du bist couragiert und mutig. Und damit nicht genug: Deine Courage und dein Mut sind mit Intelligenz und Verstand gekoppelt.«
Er legt seine Mütze, an der das Abzeichen mit dem gelben Löwen prangt, auf die Pritsche und fährt vertraulich fort: »Wir wollen jetzt einmal als Freunde miteinander sprechen, als Mitmenschen. Ich bin überzeugt, du wirst das nicht ablehnen. Und da du mich einen Lump zu nennen wagst, den die königlichen Gesetze schützen, bin ich mir sicher, daß du dieses Abzeichen hier haßt.« Und suggestiv fragt er: »Du willst doch mit mir sprechen?«
»Natürlich«, erwidert Sa'aman offen, »warum sollte ich es ablehnen?«
»Gut. Dann sollst du wissen, daß du mich auf privater Ebene sehr beeindruckst.«
Sa'aman lacht hohl, ohne sich abweisend oder zustimmend zu äußern.
»Offenbar bist du nicht nur couragiert und mutig, sondern auch zuverlässig und edelmütig. Ich sehe keine Falschheit in deinen Augen. Nicht die Spur davon!« Er nickt bedächtig und wechselt das Thema: »Ich empfinde Respekt vor dem Kampf, den du und

dein Volk führen. Ich lüge nicht. Im Grunde habe ich große Hochachtung vor euch. In meinen Adern fließt kein reines holländisches Blut. Ich bin Indoeuropäer, oder um euren Ausdruck zu benutzen: Ich gehöre zu den Hausmädchenkindern. Ja, ich erinnere mich genau, daß dieser Spottname zwei Monate nach der Kapitulation Japans aufkam und damals in ganz Jakarta an den Wänden zu lesen war. Damals wurde mir klar, daß meine Mutter nur das Hausmädchen meines Vaters war, und ich begann, über die Vergangenheit nachzudenken. Und tatsächlich hatte ich mich bis dahin immer auf die Seite meines Vaters geschlagen. Von Kindesbeinen an. Du wirst schon wissen, warum.«

Er schweigt und schaut Sa'aman, der bewegungslos auf seinem Platz sitzt, aufmerksam an.

»Weil der Mensch die Veranlagung hat, das auszuwählen, was ihm nützt und höheres Ansehen verschafft«, erklärt der Direktor. »Und genau das habe auch ich getan. Ich denke, du stimmst mir zu, daß es so ist.«

»Ja«, erwidert Sa'aman nickend, »Das habe ich schon sehr früh begriffen.«

»Danke.«

Jetzt sagt Sa'aman ernst: »Du kannst mir nichts vormachen. Und warum sollte das auch noch jemand tun?« Er schaut den Direktor herausfordernd an.

»Nein«, entgegnet der, »ich mache dir nichts vor. Ich erzähle dir bloß, was mich bedrückt. Dabei verstehe ich selbst nicht, warum ich jemandem, den ich gerade erst kennenlerne, so sehr vertraue. Vielleicht tue ich es, weil ich deine Courage, dein Gottvertrauen und deine Einstellung bewundere – und alles andere, was dir Charisma verleiht.«

Er schweigt und schöpft tief Atem, bevor er in sanftem Ton weiterspricht: »Schau, ich habe im Leben viele gute Menschen kennengelernt. Auch viele schlechte. Und ich habe erkannt, daß diejenigen einander als gut bezeichnen, die nicht den Mut haben, sich hervorzutun, während die anderen, die diesen Mut haben, schnell in den Ruf der Schlechtigkeit geraten.«

Wieder schweigt er und schluckt. Dann sagt er: »Und als Mann im fortgeschrittenen Alter begegne ich nun hier einem Menschen, der dem Augenblick, in dem sein Todesurteil vollstreckt wird, ruhig und couragiert entgegensieht. Ja, selbst in einer so fatalen Lage gibst du deine Persönlichkeit nicht auf. Oh, in den Dutzenden meiner Jahre als Gefängnisbeamter habe ich alle Sorten von Verbrechern kennengelernt. Aber irgend etwas sträubt sich in mir, dich Verbrecher zu nennen. Für einen Verbrecher bist du zu freundlich und besonnen. In deinen Adern fließt Blut aus Menado, nicht wahr?

»Was? Ach, das weiß ich nicht«, erwidert Sa'aman, »da müßtest du meine Mutter fragen.«

»Deine Mutter? Warum klingt deine Stimme plötzlich so belegt? Doch, ich spüre, daß ich recht habe.« Er schweigt und denkt nach. Dann fährt er fort: »Deine Worte erinnern mich an ein Drama von Strindberg.«

»Strindberg? Ich kenne keinen Strindberg. Ich bin nicht gebildet.«

»Du willst bloß dein wahres Ich verbergen.«

Beide schweigen. In diesem Augenblick ist vergessen, was sie trennt: Daß auf den einen die Vollstreckung eines Todesurteils wartet, während der andere den Auftrag hat, ihn nicht entkommen zu lassen, damit dieses Todesurteil vollstreckt werden kann. Vergessen ist auch, daß sie für unterschiedliche Überzeugungen eintreten. Nur eines empfinden beide: Menschlichkeit.

»Ja«, ergreift der Direktor schließlich wieder das Wort, »sprechen wir also über etwas anderes, wenn dir dieses Thema nicht behagt. Magst du zuhören, wenn ich etwas von mir selbst erzähle?«

Um Aufmerksamkeit heischend, schaut er Sa'aman an. Der nickt verständnisvoll.

»Schau, ich bin bloß Indoeuropäer. Aber das sagte ich ja schon. Manchmal denke ich, daß ich für die Seite des Vaters arbeite, um die Mutter kleinzuhalten. Ja, ich arbeite meinem Vater zu, damit meine Mutter niemals einen höheren Status als den eines Hausmädchens erhält.«

»In der Tat, so ist es«, bestätigt Sa'aman.

»Doch es bleibt mir nichts anderes übrig. Das müßte dir einleuchten. Ich muß schließlich von etwas leben. Meine Familie muß essen. Und deshalb habe ich mich für die Seite meines Vaters entschieden und bin zum Mitläufer geworden.«

»Mitläufer sind für mich die schändlichsten Verbrecher.«

»Ich glaube, so schändlich bin ich nicht – gemessen an den anderen jedenfalls«, verteidigt der Direktor seine Ehre. »Obwohl ich gelegentlich unmoralisch gehandelt haben mag. Doch gemessen an den anderen fällt das nicht ins Gewicht.«

Sa'aman lacht kurz und höhnisch auf. »Mitläufer kleben an ihrem Schicksal fest«, sagt er dann und lacht erneut. Diesmal sind seine Zähne zu sehen – gelbe Zähne, die seit seiner Festnahme nicht mehr geputzt worden sind. Das Lachen läßt sein Gesicht häßlich erscheinen. Dann klagt er an: »Du handelst unmoralisch und schändlich, um deinen individuellen Vorteil zu verteidigen.«

Nach diesen Worten beginnt er meckernd zu lachen – fast wie ein Irrer. Der Direktor senkt den Kopf.

Sa'aman hört zu lachen auf und sagt: »Alle Unmoral und Schändlichkeiten gehen von denen aus, die nur ihren individuellen Vorteil und persönlichen Wohlstand im Sinn haben. Du hast nicht erlebt, wie eine Familie vernichtet wird, weil sie die Freiheit des Vaterlandes verteidigen will. Vernichtet wie eine Bambusstaude im Feuer. Du hast nicht gesehen, wie steinalte Männer Waffen schultern, um ihr Vaterland zu verteidigen, oder wie siebenjährige Kinder Granaten auf einen englischen Konvoi schmeißen, weil diese Feinde ihre Eltern lebendig verbrannt haben. Ich aber habe es mit eigenen Augen gesehen, neunzehnhundertfünfundvierzig hier in Jakarta. Und gerade du ...«, er lacht verächtlich, bevor er den Satz spöttisch zu Ende führt, »... führst das Wohl deiner Familie als Grund für deine Wahl an!«

Er bricht in schallendes Gelächter aus. Der Direktor läßt den Kopf noch tiefer auf die Brust sinken. Sein Gesicht wirkt müde, seine Lippen werden blau. Und Sa'aman, der sich immer wieder mit einem Auflachen unterbricht, fährt fort: »Du hast deine Wahl getroffen, um bis ans Lebensende genug zu essen zu haben, um die angenehmen Seiten des Lebens zu genießen, um deine Kinder unbesorgt zu hegen und um deine Frau sorglos herzen zu können.«

Nun lacht er nicht mehr, sondern spricht in gleich bleibendem Tonfall weiter: »Du hast diese Wahl getroffen, um nach Lust und Laune über die Straßen schlendern zu können. Oh, werter Gefängnisdirektor, alle Menschen wünschen sich solche Sorglosigkeit und Freiheit. Alle. Nicht nur du.«
Dem Direktor ist deutlich anzusehen, daß er fieberhaft nachdenkt. Er hat den Kopf in die Hände gestützt und die Augen wie ein Mensch, der in der Kirche betet, halb geschlossen.
»Das ist die Wahrheit«, sagt Sa'aman schließlich.
Der Direktor hält sich die Faust vor den Mund, räuspert sich laut hörbar, schöpft tief Atem und stöhnt: »Irgend etwas sagt mir, daß du recht hast, und wenn es so ist, dann handele ich menschenverachtend. Doch wenn ich menschenverachtend gehandelt habe, dann ohne es selbst zu erkennen. Ich verstehe nun, daß der Mensch den Wert seines Handelns nicht selbst beurteilen kann ... das können nur diejenigen, die Zeuge seines Handelns sind.«
Er schweigt und grübelt eine Weile vor sich hin. Dann fährt er müde fort: »Ja, jetzt ist mir klar, daß nicht alle, hinter denen ich die Tür verriegeln lasse, durchtriebene Verbrecher sind. Viele haben sich mit Leib und Seele dem Kampf für die Freiheit ihres Vaterlandes verschrieben und sind bereit, für ihr Ideal zu sterben. Ja, das erkenne ich jetzt. Doch bisher habe ich euch immer als meine persönlichen Feinde betrachtet. Als Feinde meines Glücks und meiner Familie. Als Feinde meiner Vorteile: gute Stellung, Gehalt und Annehmlichkeiten.«
»Und letztendlich handelst du nur aus diesem Grund menschenverachtend.«
»Ja«, stimmt der Direktor zu.
»Wirklich sonderbar. Du zerstörst in deinem Berufsleben also das Glück anderer Familien, damit du dein eigenes genießen kannst«, sagt Sa'aman dreist.
Der Direktor ist bestürzt. Er streift seinen Gefangenen mit einem kurzen Seitenblick, bevor er abgespannt und hohl erwidert: »Ja.«
»Dann muß ich sagen, daß sich deine Arbeit in nichts vom Treiben eines elenden Strauchdiebes unterscheidet, der auf ein-

samen Waldwegen kleinen Händlern auflauert und sie ausraubt«, sagt Sa'aman um eine Spur dreister.
»Ja«, nimmt der Direktor die Beleidigung mit unverhohlener Zustimmung hin, und in seinem Gesicht zeichnet sich mit zunehmender Deutlichkeit die Zerrissenheit seiner Seele ab. Dann schaut er sich angeekelt in der Zelle um – nicht ohne auch Ekel vor seinem bisherigen Verhalten dem Gefangenen gegenüber zu empfinden. Schließlich sagt er wie jemand, der um Vergebung bittet: »Eine Tonne als Klosett. Wasserbehälter aus Blech.« Sein Blick wandert vom Wasserbehälter zur Tür. »Eine Tür mit Eisengitter. Eine Pritsche aus Beton.« Seine Hand streicht über den nackten Beton. Dann sagt er: »Wie kalt!«
Sa'aman beobachtet die Fassungslosigkeit des Direktors aufmerksam. Dieser läßt den Blick die Wände entlang schweifen und sagt: »Dicke, kalte Wände. Kalt wie Eis sind sie. Ein Platz, um an Beriberi zu erkranken.« Er seufzt. »Das ist die Hölle auf Erden. Und ich bin derjenige, der dich in dieses Loch einschließen läßt. Die Hölle auf Erden! Und ich? Ich habe ein großes, weiches Bett, während es hier nur diese kalte Betonpritsche gibt. Noch nicht einmal eine Unterlage hast du. Vielleicht hältst du mir gerade deshalb Menschenverachtung und Schändlichkeit vor und sagst, daß ich anderen das Glück raube. Wahrscheinlich hältst du mich für ein Biest, das keine Menschlichkeit kennt.«
Er schaut Sa'aman um Verzeihung heischend an, doch der schenkt seinem Blick keine Beachtung, sondern schweigt nur.
»Keine Decke«, fährt der Direktor fort, »und keine Unterlage. Kein Moskitonetz. Und kein Sonnenstrahl kommt hier herein. Aber …«, seine Stimme wird höher: »… du bist hier nicht krank gewesen, nicht wahr?«
»Ich war in diesen drei Monaten nicht krank«, erwidert Sa'aman, »doch ich habe mich zunehmend schwächer gefühlt. Drei Monate kein Sonnenstrahl und keine Vitamine – versuche dir das einmal vorzustellen! Willst du etwa bestreiten, daß so etwas menschenverachtend ist?«
»Nein, ich kann deine Empfindungen nachvollziehen. Aber ich habe mich immer nur strikt an die Vorschriften gehalten«, erwidert der Direktor. Sein Tonfall verrät Bedauern, und in

seinen nächsten Worten schwingt keine Erwartung auf eine Antwort mit: »Zu Mittag eine Ration roten Reis der schlechtesten Qualität, Tag für Tag, und niemals eine Abwechslung. Salzfisch. Breiige Kangkungblätter. Im Prinzip hätte ich bei meinen Vorgesetzten um Abwechslung der Verköstigung nachsuchen können, doch ich habe es nie getan.«
Plötzlich fragt Sa'aman verwundert: »Warum schüttest du ausgerechnet einem Gefangenen dein Herz aus?«
»Warum? Das weiß ich selbst nicht. Deine unerschrockene Haltung beeindruckt mich. Ja, offenbar beeindruckt mich alles an dir. Das ist ein Schwachpunkt. Wirklich. Aber das weißt du selbst.« Er senkt die Stimme und fragt in eindringlichem, auslotendem Tonfall: »Was hieltest du davon, wenn ich mich auf die Seite der Partisanen schlagen würde?«
»Es steht mir nicht zu, über solche Gedanken zu befinden.«
»Willst du von hier … fliehen?«
Sa'aman schüttelt den Kopf.
»Keine Angst, es kann nicht schiefgehen! Ich komme mit!« flüstert der Direktor.
Wieder schüttelt Sa'aman den Kopf. Ein bitteres Lächeln umspielt seine Lippen: »Nein, nein, danke!«
»Willst du mein Angebot wirklich nicht annehmen?«
Sa'aman lacht entschieden: »Nein.«
»Es ist sehr schade, daß du nicht willst. Vielleicht vertraust du mir nicht? Aber es ist eine sehr gute Gelegenheit, die ich dir aus ehrlichem Herzen anbiete. Also: Willst du wirklich nicht?«
»Was treibt dich, mir das anzubieten?«
»Auch ich möchte fliehen.«
»Bist du denn nicht freiwillig Gefängnisdirektor geworden?«
»Doch, aber inzwischen hat sich meine Einstellung geändert.«
»Und wenn du geflohen bist … wohin willst du dann gehen?«
»Ich habe einen jüngeren Bruder, und ich weiß, daß er sich den Partisanen angeschlossen hat. Viele Indoeuropäer haben sich den Partisanen angeschlossen. Deshalb ist es nicht verkehrt, wenn auch ich es tue.«
Sa'aman lacht schallend auf. »Dein Platz ist nicht bei den Partisanen«, schneidet er dem anderen das Wort ab. »Das sage

ich dir unverblümt. Du bist nicht für den Kampf geboren. Du hast überhaupt kein Recht, zu kämpfen. Du hast nur ein Recht auf deine Kinder und deine Frau.«

Wieder schweigt der Direktor und gerät erneut ins Grübeln. Und wie immer, wenn er nachdenkt, senkt er die Augenlider. Wiederholt schüttelt er den Kopf. Dann hebt er den Blick und sagt seufzend: »Schade. Vielleicht ergibt sich später einmal eine Möglichkeit. Aber es muß geschehen, bevor es zu spät ist.« Er schaut Sa'aman an und fragt mit fester Stimme: »Gibt es vielleicht noch etwas, was dir Kummer bereitet?«

Sa'aman lächelt versonnen: »Natürlich, meine jüngeren Geschwister müssen weiter zur Schule gehen, und manchmal mache ich mir Sorgen, ob sie das noch tun können.«

»Wie viele Geschwister hast du, die noch zur Schule gehen müssen?« erkundigt sich der Direktor neugierig.

»Drei. Die Älteste steht kurz vor dem Abschluß der Mittelschule. Die beiden anderen sind noch im Grundschulalter.«

Wieder gerät der Gefängnisdirektor ins Grübeln. Dann sagt er: »Vielleicht hast du nichts dagegen, wenn ich als Freund helfe, ihre Schulkosten zu bestreiten?«

»Da mußt du sie selbst fragen.«

Und der Direktor sagt enttäuscht: »Du schlägst alle Angebote eines Mannes aus, der sich dein Freund nennt. Aber ich weiß warum: Weil ich das Abzeichen mit dem Löwen trage.« Er wirft einen Seitenblick auf die Mütze, die neben ihm auf der Pritsche liegt, und sagt: »Aber es ist doch ein Leichtes, den Löwen zu entfernen – er ist nur angeheftet. Du willst nicht zugestehen, daß auch ich Menschlichkeit besitze. Es wäre mir keine Last, deinen Geschwistern die Schule zu finanzieren, denn man zahlt mir ein hohes Gehalt. Und außerdem haben ich und mein jüngerer Bruder, der im Partisanengebiet ist, in dieser Woche einen Onkel beerbt – einen Kautschuk- und Kokosplantagenbesitzer aus Borneo. Doch damit nicht genug: Zum Erbe gehören auch eine Automobilwerkstatt und ein Unternehmen, dessen Angestellte im Urwald Gold waschen.«

Doch Sa'aman erwidert: »Du solltest besser an deine eigenen Kinder denken.«

Und der Direktor schweigt erneut. Er grübelt lange und angestrengt und sagt schließlich: »Alle Angebote weist du zurück. Dabei sind es umsichtige und ehrenhafte Angebote. Weißt du, wie ich mich im Augenblik fühle?«
Er schaut Sa'aman erwartungsvoll an. Sa'aman schüttelt den Kopf.
»Hmm. Im Augenblick fühle ich mich ganz allein auf der Welt. Offenbar wiederholt sich in meiner Person das, was ein anderer Gefängnisdirektor vor zweitausendvierhundert Jahren erleben mußte. Sicher weißt du, von wem ich spreche.« Er schaut Sa'aman an, als wolle er dessen Bildung taxieren. »Von dem Gefängnisdirektor, der sich um Sokrates zu kümmern hatte. Sokrates war der edelste Gefangene, der je sein Gefängnis betreten hatte.«
Sa'aman lächelt unbestimmt.
»Ich weiß, daß du mehr als ich darüber weißt. Ja, ich gehöre zu den Menschen vom Schlage eines Anytus, doch ich versuche, wie Crito zu sein, der Sokrates die Freiheit anbot. Doch Sokrates schlug das Angebot aus. Ja, die Geschichte wiederholt sich.«
Sa'aman schenkt seinen Worten keine Beachtung. Sein Blick schweift hinüber zur Tür, durch die der Weg in die heiß ersehnte Freiheit führt. Doch er unterdrückt sein Verlangen. Er schreckt erst aus seinen Gedanken hoch, als der Direktor vorwurfsvoll sagt: »Du willst so etwas also nicht hören?«
Er bedenkt ihn mit einem knappen Blick und erwidert: »Doch, natürlich.«
Trotzdem lenkt der Direktor das Gespräch in eine andere Richtung. Wie zu sich selbst sagt er: »Eigentlich kann sich glücklich schätzen, wer dem selbstgewählten Tod tapfer ins Auge zu blicken vermag. Du gehörst zu den Glücklichen, und auf mich trifft das Gegenteil zu. Ich empfinde nach diesem Gespräch, das ich mit dir führte, Bedrückung. Weil … weil ich nicht den Mut habe, mich einer größeren Verantwortung zu stellen als du.«
Und schon wieder gibt er dem Gespräch eine andere Richtung, indem er fragt: »Bist du verheiratet?«
Sa'aman schüttelt bedächtig den Kopf: »Nein.«
»Verlobt?«

»Früher einmal, ja. Doch als ich Becakfahrer wurde, hat meine Verlobte mich verlassen.«
»Ich sehe, daß du alles aufgeopfert hast. Selbst die Liebe und ein günstiges Schicksal. Aber eines kann ich dir sagen: Ohne Liebe ist ein junger Mann ein leerer Mensch.« Er schnalzt genüßlich mit der Zunge. »Ah, Liebe und Leidenschaft.« Wieder verstummt er und beginnt zu grübeln. Er schlägt das rechte Bein über das linke. Dann sagt er: »Ich würde deinen Geschwistern gerne helfen, damit sie weiter zur Schule gehen können. Darf ich euch helfen?«
»Helfen?« fragt Sa'aman leer. »Nein.«
»Vielleicht hast du Appetit auf Nudeln oder gebratenen Reis?«
Er schreckt zusammen, verstummt und lauscht aufmerksam in den Raum. Langsam steht er auf, geht zur Tür und späht nach draußen. Dann poltert er unwirsch los: »He, wer hat dir Anweisung erteilt, herzukommen?«
Von draußen ist eine Stimme zu hören: »Kontrollgang, Herr Direktor!«
Der Direktor schaut auf die Armbanduhr und sagt: »Es ist erst drei Uhr! Es gibt keine Vorschrift, um drei Uhr auf Kontrollgang zu gehen, jedenfalls nicht ohne besondere Anweisung!«
»Jawohl, Herr Direktor!«
»Weg mit dir!«
Man hört jemanden in schweren Militärstiefeln weggehen. Erst als sich die Schritte in der Ferne verlieren, nimmt der Direktor wieder neben seinem Gefangenen Platz.
»Das geht mir allmählich zu weit. Weißt du, wer das war? Ein Soldat vom Wachbataillon, der der Nefis zuarbeitet. Bah, mich packt der Ekel, wenn ich ihn bloß sehe. Allen spioniert er nach, sowohl dem Personal als auch den Häftlingen. Er preßt den Häftlingen ihre letzten Kleidungsstücke ab und entschädigt sie bloß mit ein paar Zigaretten. Bah, ein ekelhafter Kerl!«
»Dann gibt es also auch hier im Gefängnis Spione?«
»Gerade hier! Merk dir das!«
Sa'aman nickt, erwidert jedoch nichts.
»Aber das soll deren Angelegenheit sein«, murrt der Direktor, bevor seine Stimme freundlicher wird: »Also, je länger ich

darüber nachdenke, desto weniger verstehe ich es. Du opferst alles auf – dein Leben, deine Liebe, die Ausbildung deiner Geschwister …« Dann fügt er rasch hinzu: »Willst du wirklich nichts anderes zu essen?«
Sa'aman schüttelt desinteressiert den Kopf.
»Vor dem Gefängnis gibt es Stände, die Sate, Soto, Rawon, Gulai und Gado-Gado anbieten.«
»Vielen Dank.«
»Oder vielleicht willst du rauchen?« mutmaßt der Direktor, während er eine noch zur Hälfte gefüllte Schachtel Zigaretten aus der Tasche fingert.
»Sa'amans Augen leuchten auf, als er die Zigaretten sieht, doch nur für einen Augenblick. In sentimentalem Tonfall erwidert er: »Hättest du mir gestern eine angeboten, hätte ich sie gerne genommen. Doch jetzt: Danke.«
Die Packung verschwindet wieder in der Tasche, als der Direktor fragt: »Aber vielleicht willst du Briefe schreiben oder Notizen zu Papier bringen?«
Wieder huscht ein Glanz durch Sa'amans Augen. »Ein edelmütiges Angebot, das ich gerne annehme. Vielen Dank dafür.«
»Ich werde dir nachher Stift und Papier bringen lassen.«
»Jetzt habe aber ich eine Frage.«
»Ja?«
»Hat meine Familie irgendwann in diesen drei Monaten Kenntnis davon erhalten, wo ich mich befinde?«
»Was?« fragt der Direktor bestürzt. »Du hast keinen Kontakt zu deiner Familie aufnehmen können?«
Sa'aman antwortet mit einem dreimaligen schwachen Kopfschütteln.
»Das tut mir leid. Ich habe nichts davon gewußt. Aber ist denn niemand von deiner Familie hergekommen?«
»Hergekommen?« fragt Sa'aman mit verbittertem Lachen und fügt hinzu: »Ich habe im Augenblick zum ersten Mal die Chance, diese Frage zu stellen.«
»Hat man dir denn nie etwas geschickt?«
Nur ein Kopfschütteln gibt ihm Auskunft.
»Keinen Brief?«

Es folgt ein weiteres Kopfschütteln.
»Wenn das stimmt, handelt es sich um eine grobe Nachlässigkeit. Doch es ist nicht die Gefängnisleitung, die sich um diese Dinge zu kümmern hat.«
»Ich verstehe.«
Der Direktor wird seiner Bestürzung nicht Herr. Als wolle er sich für die Regierung und das gesamte Volk seines Vaters entschuldigen, sagt er: »Wenn das so ist, mußt du viele Briefe schreiben. Ich will sie persönlich überbringen. Du brauchst dir keine Sorgen zu machen. Ich werde gehen und das Haus deiner Familie suchen, bis ich es gefunden habe. Ich will dich nicht zum Narren halten, glaube mir. Ich werde es wirklich tun. Wenn deine Briefe fertig sind, will ich sie sofort überbringen.«
Sa'aman nickt verständig und sagt: »Danke.«
»Vielleicht kann ich noch in anderer Weise behilflich sein?« bietet der Direktor aufrichtig seine Dienste an.
»Nur in einer Weise vielleicht – wenn du mir zuhören willst: Es wäre mir eine Beruhigung, wenn mein Leichnam von einem republikanischen Moscheebeamten gewaschen würde.«
»Was?« fragt der Direktor erschrocken und fährt mit sich überschlagender Stimme fort: »Ausgerechnet das? Oh, du mußt entschuldigen, aber das ist eine Regierungsangelegenheit, auf die ich nicht den geringsten Einfluß habe. Ich denke, daß so etwas nicht mit der holländischen Politik zu vereinbaren ist ... ja, ich weiß genau, daß man es nicht gestatten wird!«
»Schade«, sagt Sa'aman traurig.
»Ja, sehr schade«, pflichtet der Direktor bei. Er schweigt betreten und fragt schließlich etwas verlegen »Etwas anderes vielleicht?«
»Ich soll also dein Angebot aufgreifen?«
»Wenn du es willst.«
»Gut: Wenn es geht, will ich schon morgen erschossen werden.«
Wieder reagiert der Gefängnisdirektor erschrocken. Ein Stoßseufzer entringt sich seiner Brust, und er sagt deutlich hörbar: »Oh, Maria!« Sein Blick hängt geraume Zeit im Winkel unterhalb der Zellendecke fest, und als dieser Blick wieder herabsinkt und sich auf Sa'amans Nase richtet, sagt der Direktor: »Willst du dein Leben nicht noch einen halben Monat auskosten?«

Sa'aman hat als Antwort nur ein Lächeln übrig, das Spott über die gesamte Welt und ihre Bewohner ausgießt.

»Oh«, stöhnt der Direktor und schweigt. Aufmerksam sucht er Sa'amans Gesicht ob, als wolle er erkunden, ob sein Gefangener noch bei klarem Verstand ist. Dann sagt er mahnend: »Du hast noch verschiedene Möglichkeiten.«

»Danke, aber ich werde keine Überlebensmöglichkeiten wahrnehmen.«

»So willst du also kein Gnadengesuch einreichen?«

»Nein.«

»Und auch nicht in die Berufung gehen?«

»Nein.«

Wieder prüft der Direktor aufmerksam die Miene seines Gefangenen. Seine hellen Augen gleiten suchend über dessen Gesicht. Dann sagt er ungläubig: »Weißt du eigentlich, was du sagst?«

»Ich bin ein erwachsener Mensch, nach Jahren und nach Verstand.«

»Und du hast genau über alles nachgedacht?«

»Natürlich!«

»Und du wirst den Wunsch, einen Antrag auf vorzeitige Exekution zu stellen, nicht ändern?«

»Nein.«

»Dann muß ich diesen Antrag also bearbeiten?«

»Wenn du dazu bereit bist.«

Der Gefängnisdirektor atmet schwer. Seine Stimme zittert, als er sich noch einmal rückversichert: »Und du bist wirklich nicht von diesem Wunsch abzubringen?«

»Nein.«

»Überlege es dir noch einmal reiflich.«

»Das habe ich.«

»Du mußt noch einmal genau darüber nachdenken. Ich bitte dich darum! Der oberste Vertreter der Anklage am Militärgericht ist derzeit allmächtig. Sein Handzeichen bedeutet unwiderruflich den Tod. Daran mußt du denken.« Dann murmelt er im Selbstgespräch: »Wenn er es wünscht, muß ich mich darum kümmern und sein Anliegen all diesen hohen Herren, die in ihren Stühlen hocken, ohne etwas zu tun zu haben, vortragen –

einem nach dem anderen. Nur wenn sie die Zustimmung verweigern, habe ich die Möglichkeit, den Ablauf der Geschehnisse noch aufzuhalten.« Zu Sa'aman sagt er laut: »Es kann vier bis fünf Stunden dauern, bis ich mit der Entscheidung über deinen Antrag zurückkomme.«

»Danke.«

»Aber einen republikanischen Moscheebeamten werden sie dir nicht bewilligen. Das ist mit der holländischen Politik unvereinbar.«

Sa'aman schaut den Direktor schweigend an.

»Welchen Sinn hat denn eine vorgezogene Exekution?«

Sa'aman schweigt beharrlich, und der Direktor wagt nicht, auf eine Antwort zu drängen.

»Vielleicht kann ich dir meine Hilfe in anderer Weise anbieten?«

»Nein. Schicke mir nur, wie eben erbeten, Stift und Papier.«

»Ja, natürlich, ich werde es nicht vergessen. Noch etwas anderes vielleicht? Etwas zu trinken?«

»Wenn du die Großzügigkeit besitzt: Wasser, gewöhnliches Leitungswasser.«

»Zitrussaft oder Limonade?«

»Kaltes Wasser«, sagt Sa'aman müde.

»Nur das?«

»Nur das.«

Der Gefängnisdirektor steht auf, geht langsam zur Tür und schreit draußen vor der Zelle: »Wache! Wache!« Dann verharrt er schweigend. Von den üblichen Gefängnisgeräuschen ist nichts zu hören. Es herrscht Totenstille. Schließlich ist von fern das Rasseln von Schlüsseln zu hören, das sogleich von Schritten in Militärstiefeln übertönt wird. Und als die Geräusche vor der Zellentür verstummen, sagt der Direktor: »Bringe Briefpapier, Tinte, eine Schreibfeder und Wasser – Leitungswasser.«

Und eine andere Stimme erwidert draußen: »Jawohl, Herr Direktor!«

»Und vergiß die Briefumschläge nicht!«

»Jawohl!«

Dann sind wieder Schritte von Militärstiefeln zu hören, die mit der Entfernung leiser werden.

Der Direktor setzt sich wieder zu seinem Gefangenen auf die Betonpritsche.
»Offenbar kannst du nur wenig über deine Empfindungen sprechen. Hoffentlich fällt es dir leichter, deine Gefühle und Gedanken durch die Schreibfeder herausfließen zu lassen.«
Sa'aman hört ihm nicht zu. Die Schritte der Militärstiefel haben sich in der Ferne verloren. Plötzlich bietet der Direktor erneut seine Dienste an: »Vielleicht willst du deine Geschwister noch einmal sehen?«
Bei diesen Worten verfinstert sich Sa'amans Miene. Er schweigt nachdenklich. Dann flüstert er wehmütig: »Oh, Allah. Möge ihr Leben auf dieser Welt nicht unnütz sein. Bei all Deiner Weisheit und Güte: Lasse sie zu Menschen werden, die ihren Mitmenschen gute Dienste leisten. Mögen sie zu aufrechten und intelligenten Menschen werden. Doch wenn sie Schlechtes tun, dann lasse sie dumm wie Wasserbüffel werden. So möge es sein!«
Langsam streicht er sich mit den Händen über die Wangen. Dann schaut er dem Direktor in die Augen und sagt fest: »Nein. Ich will sie nicht sehen. Ich vertraue darauf, daß ihr Leben nicht unnütz ist.«
»Es ist dein Wille«, bekräftigt der Direktor. »Doch vielleicht willst du deine Mutter sehen?«
Sa'aman schüttelt den Kopf.
»Deinen Vater vielleicht?«
Sofort weicht die Farbe aus Sa'amans ohnehin bleichem Gesicht. Gehetzt sagt er: »Nein, nein! Mein Vater ist tot. Getötet durch meine eigene Hand.«
»Was?« ruft der Direktor bestürzt. Seine Augen weiten und seine Gliedmaßen verkrampfen sich. Er springt auf und faßt seinen Gefangenen fest ins Auge. »Ein Vater ist durch die Hand eines Sohnes getötet worden, der als Mensch gut und edelmütig ist?«
Die Frage vertreibt auch die letzte Farbe aus Sa'amans Gesicht.
»Wie ist es möglich, daß jemand, der von Grund auf gut, zurückhaltend, unerschrocken und mutig ist, und der mit aller Liebe, zu der er fähig ist, für seine Geschwister sorgt, den eigenen Vater tötet?«

»Die Revolution hat es so gewollt, denn sie wählt ihre Opfer selbst aus.«
»Selbst wenn es so ist – wie konntest du es über dich bringen, den eigenen Vater zu töten?«
»Ja«, sagt Sa'aman abgespannt, »so weit geht nun einmal die Revolution. Ich habe meine Menschlichkeit geopfert, und jetzt gebe ich auch Seele und Leib her. Es ist dies eine Notwendigkeit, die ich mir aufgebürdet habe. Ich habe mich für Grausamkeit und Mord entschieden, damit andere in dieser Welt, die wir durchschreiten, eine solche Entscheidung nicht treffen müssen … und damit ihnen ein menschenwürdiges Leben in Freiheit nicht verwehrt bleibt.«
Beide schweigen. In Sa'aman bin Paijans Augenwinkeln glitzern Tränen, und der Direktor beobachtet stehend, wie sie seine Wangen herunterrollen.
»Ich weiß«, sagt er schließlich, »daß du Reue empfindest.«
»Ja, jetzt empfinde ich Reue«, sagt Sa'aman emotional, »weil … ich ein Mensch bin.«
»Aber Reue hat noch niemandem genützt.«
»Glücklich ist der Mensch, der seine Sünden bereuen kann«, sagt Sa'aman mit fester werdender Stimme, während er sich die Tränen wegwischt. »Ich habe zu große Sünde auf mich geladen, nicht wahr?«
»Ja, das hast du. Doch du empfindest Reue.«
»Ja, ich empfinde sie aufrichtig.«
Und mit Betonung auf jeder einzelnen Silbe sagt der Direktor: »Den eigenen Vater zu töten ist grausam!«
»Mein Vaterland wird diese Tat nicht bedauern.«
Der Wachhabende kommt zurück, bringt die gewünschten Dinge und legt sie auf die Betonpritsche. Der Direktor schiebt sie nahe zu Sa'aman hinüber: »Hier sind ein Heft, Tinte, eine Schreibfeder und kaltes Wasser.« Dann schaut er den Wachhabenden an und sagt: »Schraube hier in dieser Zelle eine Glühbirne ein.«
Sa'aman greift nach dem Glas mit dem kalten Wasser und trinkt es in einem Zug leer – bis auf den letzten Tropfen.
»Noch mehr Wasser?« fragt der Direktor.

Sa'aman schüttelt den Kopf und wischt sich mit dem rechten Handrücken die Schweißperlen von der Stirn. Dann läßt er den Kopf sinken und blickt auf den Fußboden.
»Was hat dich dazu getrieben, deinen Vater zu töten?« fragt der Direktor vorsichtig.
»Was mich dazu getrieben hat? Er war KNIL-Korporal, und KNIL ist mein Feind.«
Der Direktor nickt verständnisvoll und sagt: »Ja, jetzt begreife ich, warum alles so kommen mußte.« Und nach einer Pause stillen Nachdenkens fügt er hinzu: »Das Opfer ist zu groß.«
»Zu groß«, wiederholt Sa'aman mit leiser Stimme.
Wieder schweigen beide, und jeder ist mit seinen eigenen Problemen befaßt. Tief in Gedanken versunken, beginnt der Direktor, in der engen Zelle auf und ab zu spazieren. Sa'aman starrt noch immer auf den Boden. Alle Augenblicke sieht er die braun glänzenden Schuhe des anderen passieren.
»Schreibe möglichst viel«, sagt der nach einer Weile. »Ich werde gleich zu den relevanten Herren gehen, um ihnen dein Gesuch vorzutragen.« Er schweigt. Als er das Wort wieder ergreift, klingt seine Stimme viel höher: »Wenn nun deine Familie ein Gnadengesuch einreichen würde?«
Sa'aman schüttelt nur leicht den Kopf.
»Fünfzehn Tage sind es wert, gelebt zu werden.«
»Was meinst du damit?« fragt Sa'aman.
Der Direktor bleibt vor seinem Gefangenen stehen und sagt: »Daß seit diesem Monat die Regelung besteht, Todesurteile am fünfzehnten Tag nach der Urteilsverkündung zu vollstrecken.«
»Hhhh«, zischt Sa'aman verbittert. »Auf den Tod warten zu müssen, ist eine Qual, die man dem Menschen nicht auferlegen darf.«
»Vielleicht hast du noch einen letzten Willen?«
»Daß du gehst. Jetzt sofort.«
»Ich danke dir für das Gespräch.«
Mit einer leichten Verbeugung bezeugt der Direktor Sa'aman seinen Respekt. Dann nimmt er seine Mütze von der Pritsche auf und geht mit militärischem Schritt zur Tür. Draußen bleibt er stehen und dreht sich noch einmal zu seinem Gefangenen

um. Freundlich sagt er: »Und doch verabscheue ich dich nicht.«
»Auch ich verabscheue dich nicht«, sagt Sa'aman aus der Zelle heraus.
»Ich habe großen Respekt vor dir.«
»Ich habe großen Respekt vor dir«, echot Sa'aman.
Der Wachhabende kommt mit einer Glühbirne herein und bringt sie an der Decke an. Als die Arbeit getan ist, verschließen er und der Direktor gemeinsam Eisengitter und Holztür. Dann gehen sie zusammen weg.
Von der Zelle aus sind ihre Schritte immer schwächer zu hören, bis sie sich irgendwo draußen verlieren. Und als sie sich verloren haben, kommen allmählich die üblichen Gefängnisgeräusche wieder auf.
Jetzt ist dem Gefangenen sehr deutlich tiefe Traurigkeit anzusehen. Träge rutscht er von der Pritsche auf den Boden und kniet lange. Schließlich sinkt sein Gesicht müde nach vorn auf die Pritsche. Und unaufhaltsam verstreicht die Zeit. Sekunden verwandeln sich in andere Sekunden und werden zu Minuten. Erst nach einer vollen Stunde bewegt Sa'aman sich träge. Er greift nach Heft und Federhalter und zieht den Korken aus der Tintenflasche. Dann beginnt er zu schreiben … unablässig.

Ratni

Sie ist noch sehr jung, die Frau des gefallenen Soldaten Kartiman, ein halbes Kind noch. Die wachen, pechschwarzen Augen und ihre ebenmäßigen, kleinen Zähne machen sie zu einem bildhübschen Mädchen – darüber sind sich alle einig. Vorhin hat sie vom Generalstab des Regiments die Nachricht vom Tod ihres Mannes erhalten, und sie war anwesend, als man den Leichnam zur Bestattung in die Hände der lokalen Bevölkerung gab. Jetzt hat sie Zeit, die Trauer eines elternlosen Kindes zu spüren, das den Ehemann verloren hat – und sie beginnt diese Zeit zu nutzen, um über ihr übles Schicksal nachzudenken.

Die dritte Stunde des Nachmittags ist erreicht. Mit dem gesamten Partisanenregiment befindet sich Ratni zu einer Verschnaufpause in einem abgelegenen Dorf, das inmitten von Kautschukplantagen liegt, die einem Grundbesitzer namens Arnold gehören.

Sie hat die hellgrüne, lange Hose und das ebenfalls hellgrüne Hemd, auf dem ein rotes Kreuz prangt, nicht gewechselt. Nicht einmal die Ledertasche mit dem Emblem des Roten Kreuzes hat sie vom Rücken gestreift. Auch der breite, hellgrüne Bambushut sitzt noch auf ihrem Kopf. Das offene Haar fällt ihr auf die Schultern herab.

Leise wie ein Mensch, der sich mit ganzer Seele mit einer bestimmten Sache befaßt, betritt sie das Zimmer, das man ihr zur Verfügung stellt. Ohne den Dingen, die sie noch am Körper trägt, Beachtung zu schenken, wirft sie sich der Länge nach auf eine der beiden Schlafmatten, die ein Viertel des Kachelfußbodens bedecken. Der runde Marmortisch in der Zimmerecke hinter der Tür, neben dem ein Bambusstuhl steht, präsentiert

sich im Stil einer dreißig Jahre zurückliegenden Mode. Weil er lange nicht geputzt worden ist, wirkt er speckig. Auf dem Tisch liegt ein kleiner Handspiegel städtischer Herkunft.
Hitze und Erschöpfung haben der jungen Frau den Schweiß ins Gesicht getrieben. Sie streift den Ranzen vom Rücken und legt ihn neben sich auf die Matte. Auch Hut und Schuhe zieht sie aus. Dann starrt sie stumm zu den Dachziegeln hinauf.
Zwei Minuten nach ihr betritt ihr Schwager, Korporal Canimin, den Raum. Ratni müht sich auf die Beine und bietet dem Schwager den Bambusstuhl an.
»Tja«, sagt Korporal Canimin wie im Selbstgespräch, »zu fallen ist das Äußerste, was ein Soldat geben kann.«
»Ja«, erwidert Ratni leise, »so denke ich auch. Aber es ist kein angemessenes Ende für einen Menschen.«
»Was?« erwidert Korporal Canimin bestürzt und schiebt den Oberkörper so heftig nach vorn, daß sein Stuhl verrutscht.
Ratni erwidert nichts. Bescheiden nimmt sie auf der Bodenmatte Platz, wo sie Tasche, Hut und Schuhe nimmt und auf die Kacheln stellt.
»Du sprichst wie Kartiman.«
Ratni schüttelt schwach den Kopf.
Der Soldat hat die Fassung zurückgewonnen und sagt: »Doch Ratni, du bist genau wie Kartiman.«
Und Ratni schaut ihn an. »Tatsächlich?« fragt sie mit heller Stimme.
»Ja. Du sagst immer so tiefsinnige Dinge. Vielleicht bist du …«
»Ich habe sehr viele Wayangerzählungen gelesen. Ja, das ist wohl der Grund, Canimin. Aber es ist doch nichts verkehrt daran?«
»Nein«, erwidert der Soldat.
Beide schweigen. Die Atmosphäre des Todes, die soeben ein wenig zurückgedrängt war, kehrt zurück. Von draußen dringt das Gelächter von Soldaten herein, die die Verschnaufpause genießen. Etwas weiter weg schnurrt ein Dynamo.
»Ratni«, sagt Canimin, »was willst du jetzt tun?«
Ratni gibt keine Antwort. Sie läßt den Kopf hängen. Mit einer weichen Bewegung wischt sie sich den Schweiß von der Stirn.

Dann seufzt sie schwer. Ihr rechter Zeigefinger streicht spielerisch über den Mattenrand.
Sie befinden sich in einem Zimmer des Hauses eines Dorfoberhauptes, ungefähr fünfunddreißig Kilometer südöstlich von Jakarta. Das Partisanenregiment ist erst am Nachmittag in diesem abgelegenen, von Kautschukplantagen des Grundbesitzers Arnold umschlossenen Dorf eingetroffen.
»Was willst du jetzt tun?« wiederholt Canimin seine Frage.
Ratni seufzt erneut. »Ich weiß es noch nicht«, sagt sie.
»Vielleicht hast du vor, nach Madiun zurückzukehren?«
Und wieder antwortet Ratni mit einem Seufzen. »Madiun«, sagt sie langgezogen und verstummt. Dann sagt sie im Flüsterton: »Ich denke, nicht. Ich glaube vielmehr, daß ich bis zum Lebensende nicht nach Madiun zurückkehren werde.«
»Bis zum Lebensende«, wiederholt Canimin.
»Ja, bis zum Lebensende.«
»Ich weiß, daß du fassungslos bist, Ratni.«
Ratni schenkt seinen Worten keine Beachtung, sondern sagt langsam: »Madiun! Wie weit das weg ist. Ich werde es nicht schaffen, dorthin zurückzukehren.« Dann fügt sie hinzu: »Und wozu sollte ich es auch tun?«
»Ratni, du hast die Fassung verloren.«
»Ich habe doch keine Familie dort. Keine Geschwister. Ich habe niemanden auf der ganzen Welt. Warum sollte ich nach Madiun zurückkehren?« Sie hebt den Kopf und schaut Korporal Canimin an. Dann sagt sie: »Du weißt doch, daß der Lehrer, der mich so gut behandelt hat, tot ist. Du hast doch mit eigenen Augen gesehen, wie er von den Kommunisten abgeschlachtet worden ist.«
»Ja.«
Ratnis Kopf sinkt wieder nach unten. »Dieser Lehrer war so ein guter Mensch.«
»Ich hatte nicht die Gelegenheit, mit deinem Ziehvater Bekanntschaft zu schließen. Doch möge seine Seele Frieden gefunden haben.«
»Hoffentlich ist es so.«
»Wir kamen zu spät, Ratni. Und wenn wir noch drei Minuten

später gekommen wären, wärst auch du diesen roten Teufeln zum Opfer gefallen. Ein Glück, daß wir dich retten konnten.«
Erneut schaut Ratni auf und sagt in liebevollem Ton: »Ich bin euch wirklich äußerst dankbar. Vor allem Kartiman. Wenn er nicht sofort geschossen hätte, oje!«
»Ja, Ratni.«
»Und jetzt ...« Sie schweigt und schaut ihren Schwager an. Korporal Canimin erwidert ihren Blick. »Und jetzt ist auch Kartiman gefallen. Ich fühle mich einmal mehr als Waisenkind. Mich plagen die gleichen Gefühle wie damals, als Vater, Mutter und meine Geschwister vom Bombardement der Aliierten auf Surabaya dahingerafft wurden.«
Sie unterbricht sich, um tief Atem zu schöpfen.
»Ich kenne deine Leidensgeschichte, Ratni.«
»Und jetzt ist auch Kartiman auf dem Schlachtfeld gefallen, und mir bleibt nicht die Gelegenheit, zu vergelten, was er für mich getan hat. Auch meinen Eltern habe ich nicht vergelten können, was sie Gutes für mich taten. Und dem Lehrer, der sein Leben gab, um meine Ehre zu retten, habe ich erst recht nichts vergelten können. Oh, wie grausam diese Welt doch ist! Vergebt mir, ihr alle! Noch bevor ich eure guten Taten erwidern konnte, habt ihr heimkehren müssen in das Reich, das vom Allmächtigen verwaltet wird.«
»Du bist ein guter und frommer Mensch, Ratni.«
»Ich denke, daß mein Leben jetzt keinen Sinn mehr hat.«
»Keinen Sinn mehr?« Korporal Canimin wiederholt die Worte seufzend. »Du bist noch jung. Sogar sehr jung. Und diese Welt ist für junge Menschen gemacht, Ratni«, fährt er aufmunternd fort.
»Aber, Canimin«, erwidert Ratni kraftlos, »wenn es doch niemanden mehr gibt, für den ich mit Wohlwollen und Ergebenheit da sein kann, dann hat mein Leben doch keinen Sinn mehr.«
»Wie selbstlos du doch bist!«
»Erbärmlich bin ich, Canimin, elend und erbärmlich. Und nur deshalb muß ich soviel Leid erdulden.«
Korporal Canimin hustet, da er keine Worte findet. Um die entstehende Leere zu füllen, greift er nach dem Spiegel auf dem

Tisch und schaut hinein. Er blickt in ein entstelltes Gesicht, das braun, schwarz und weiß von Flecken und Streifen übersät ist – Brandnarben, die eine Benzinbombe hinterlassen hat. Sofort huscht ein Schatten über sein Gesicht, als ekle er sich und schenke dem Spiegel in seiner Hand keinen Glauben. Rasch legt er ihn auf den Tisch zurück und widmet seine Aufmerksamkeit wieder der jungen Ratni, die auf der Matte sitzt. Seine angeekelte Miene verschwindet und macht einem hoffnungsvollen Leuchten seiner Augen Platz. Doch Ratni, die vor wenigen Wochen noch ein unschuldiges Mädchen war, ist sich nicht bewußt, was sich hinter den Blicken ihres Schwagers verbirgt.
»Wie leicht eine Frau doch zur Witwe wird!« seufzt Ratni jetzt tief. Korporal Canimin erwidert nichts, hält den Blick aber fest auf die junge Witwe gerichtet.
»Zur Witwe«, wiederholt Ratni wehmütig.
Erst jetzt sagt Canimin: »Ich spüre da etwas in deiner Stimme.«
Stumm hebt Ratni den Kopf und schaut zu ihrem Schwager hinüber.
»Du bist am Rande der Hoffnungslosigkeit«, sagt der Korporal.
Als sie dessen Blick begegnet, schlägt Ratni verschämt die Augen nieder. »Ich weiß es nicht«, sagt sie verlegen. »Am Rande der Hoffnungslosigkeit? Ja, vielleicht bin ich das.«
»Dir ist zuviel Leid widerfahren, Ratni«, sagt Canimin mitleidig.
»Ja, ich habe viel Leid erdulden müssen.«
Für Augenblicke herrscht Schweigen. Beide hängen ihren Gedanken nach. Und das Gelächter draußen ebbt noch immer nicht ab, ohne jedoch das gleichmäßige Schnurren des Dynamos überdecken zu können.
»Vor fast acht Jahren hat alles angefangen, als Holland vor Japan kapitulierte. Und wie sieht meine Zukunft aus?«
»Wie denn, Ratni?« fragt Canimin süß.
»Düster! Einfach nur düster!«
»Düster? Warum düster?«
»Weil ich so jung schon verwitwet bin.«
Canimin lächelt, und das Lächeln schwingt auch in seiner Stimme mit, als er sagt: »Du brauchst dich um nichts zu sorgen.«

»Es gibt viele Gründe, um Angst und Sorgen zu haben, Canimin. Schließlich weißt du selbst, daß ich eine Frau bin.«
Korporal Canimin lacht bitter und sagt. »Das ist kein Grund.«
»Da kannst du nicht mitreden. Du bist ein Mann, und ich bin sehr selten einem Mann begegnet, der nachempfinden kann, was eine Frau empfindet.«
»Hast du mit meinem Bruder denn kein glückliches Leben geführt?« fragt Canimin forschend, ohne eine Antwort zu erhalten. »Ratni, bitte vergib meinem Bruder alle Fehler, die er begangen haben mag. Wenn einen Soldaten der Tod ereilt, dann bleibt ihm keine Zeit, noch um Vergebung zu bitten, und er muß alle seine Fehler und Sünden mit in den Tod nehmen.«
Sie schenkt seinen Worten keine Beachtung, sondern sagt: »Nach allem, was ich bisher erlebt habe, weiß ich sehr genau, daß nur selten ein Mann nachempfinden kann, was eine Frau empfindet – erst recht, wenn diese Frau ganz allein auf der Welt steht.«
»Ich fühle mit dir«, erwidert Canimin gerührt.
»Wohin ich auch schaue, überall scheint diese Welt nur für euch Männer gemacht zu sein. Du hast gewiß noch nie nachempfunden, wie einsam wir Frauen uns in bestimmten Momenten fühlen – wie Geschöpfe des Herrn, die nur Anrecht auf stiefmütterliche Behandlung haben, selbst an der Seite des einzigen geliebten Menschen auf der Welt.«
Canimin räuspert sich.
»Ich habe vermutet, daß du es nicht glauben wirst«, sagt Ratni enttäuscht. Sie schweigt betreten und schluckt.
»Deine Stimme verrät Verbitterung, Ratni.«
»Ja. Habe ich keinen Grund, Verbitterung über die Welt zu empfinden?«
»Doch.«
»Das verstehst du also?«
»Aber du weinst nicht. Ich sehe dich keine Tränen vergießen.«
»Muß ich denn weinen?«
Canimin erwidert nichts, denn auch diesmal findet er keine Worte. Wieder nimmt er den Spiegel vom Tisch und schaut hinein. Als sein häßlich entstelltes Gesicht im Glas erscheint, legt er den Spiegel umgehend auf den Tisch zurück.

»Mir ist zuviel Leid widerfahren. Mehrmals bin ich nur knapp dem Tode entronnen. Vielleicht haben meine Augen deshalb keine Tränen mehr.«
»Ich kenne deine Geschichte, Ratni. Aber du darfst nicht den Mut verlieren und die Hoffnung aufgeben. Du bist noch sehr jung. Wie alt bist du, Ratni?«
»Achtzehn.«
»Mut- und Hoffnungslosigkeit darf man nur älteren Menschen zugestehen. Aber du bist jung. Und du bist gesund.«
Ruckartig hebt Ratni den Kopf. Ihre Augen versprühen Feuer, als sie herausfordernd in die ihres Schwagers schaut. Ihr Blick macht ihn verlegen, doch er weicht ihm nicht aus.
»Ich weiß, worauf du hinauswillst, Canimin!« sagt Ratni in schneidendem Tonfall. »Mein Ziehvater, der Lehrer, sagte: Die wichtigsten Vermögenswerte einer Frau sind Gesundheit, Jugend und Schönheit, und als Steigerung kann bloß noch Verstand hinzukommen. Ach, sag so etwas nicht noch einmal!«
Sie senkt den Kopf und schweigt. Wieder streicht ihr rechter Zeigefinger spielerisch über den Mattenrand.
Korporal Canimins Lippen verziehen sich zu einem gekünstelten Lächeln. Krampfhaft bemüht er sich, den Blick vom Spiegel fernzuhalten, der jedoch eine magische Anziehungskraft ausstrahlt. Und so schaut er doch wieder zögernd hinein. Im Glas erscheint sein Gesicht, das bei den Kämpfen in Madiun so entsetzlich entstellt worden ist. Bekümmert schüttelt er den Kopf. Seine Miene wird hart und abweisend. Er will sich nicht in sein Schicksal fügen. Bah, denkt er, du bist der häßlichste Mensch der Welt. Ich ekle mich vor deinem Gesicht. Warum bist du nicht von einer Kanonenkugel zerrissen worden? Dann wendet er sich Ratni zu und fragt leise: »Du mißtraust mir, nicht wahr?«
»Vielleicht. Ja, vielleicht tue ich das.«
»Das solltest du nicht tun, Ratni. Du weißt selbst, daß dir das Schicksal nicht übler mitgespielt hat als mir.«
Deutlich ist zu erkennen, daß Ratni versucht, ihr Mißtrauen von sich zu schieben. Sie schenkt ihrem Schwager freundliche Blicke.
»Oder bist du nicht meiner Meinung?«

»Nein.«
»Nein? Warum nicht?«
Ratni schüttelt verdrossen den Kopf und sagt: »Weil du keine Frau bist.«
»Nein, ich bin ein Mann. Doch wie kannst du so argumentieren? Schau, dir hat der Krieg den Ehemann entrissen; aber du bist noch jung. Mir hat der Krieg das Gesicht entrissen. Du wirst wieder Liebe und Zuneigung erhalten, und du wirst jemandem Liebe und Zuneigung schenken. Du bist noch jung. Aber ich? Mein Gesicht ist halb weggerissen. In allen Augen, die mich anschauen, blitzt unwillkürlich Ekel auf, und ohne daß es ihnen bewußt ist, demütigen mich die Leute, indem sie ihre Lippen zusammenkneifen. Ist das etwa keine Qual? Es ist die größte Qual, die es auf der Welt gibt, Ratni! Und diese Qual ist mir bis an mein Lebensende auferlegt. Aber was dich betrifft ... nein, nein!«
»Warum sagst du das?« fragt Ratni ein wenig verwundert, und ihre Worte bringen den Korporal zum Schweigen. Betrübt denkt er: Sie spürt, daß ich Eifersucht auf ihren gefallenen Mann empfinde. Er stampft mit dem Fuß auf den Boden, weil ihm seine ungebührlichen Gefühlsregungen leid tun. Dann denkt er: Warum empfinde ich Eifersucht? Für einen Augenblick findet er Gefallen daran, doch dann sagt er sich: Nein, ich muß mich besser benehmen. Ich muß mich als Mensch anständig betragen.
»Verletzen dich meine Worte, Ratni?«
»Du solltest begreifen, daß ich soeben einen Menschen verloren habe.«
Doch Korporal Canimin, der seiner Eifersucht nicht Herr wird, nimmt den Faden wieder auf: »Und dennoch sind mein Leid und deines nicht sehr verschieden. Mir ist die Qual, ein entstelltes Gesicht zu haben, bis ans Lebensende aufgebürdet. Ach, warum mußte mir das widerfahren? Warum? Sag mir doch, was mir mit diesem entstellten Gesicht noch bleibt? Welche Möglichkeiten habe ich denn noch? Schau, Ratni: Wenn du gerne an ein junges Mädchen – oder irgend jemanden, den du magst – herantreten würdest, und du wirst wegen eines entstellten Gesichtes nur spöttisch abgewiesen, was würdest du dann empfin-

den? So etwas widerfährt mir häufig. Wenn ich kleine Kinder anspreche, um ein wenig mit ihnen zu scherzen, laufen sie auf der Stelle erschrocken weg, und ich weiß, daß sie es nur deshalb tun, weil ... ich wie der leibhaftige Teufel aussehe. Immer wieder muß ich diese bittere Erfahrung machen. Und ich glaube, daß deine Verbitterung dieselbe wie meine ist.«
Jetzt schaut Ratni ihren Schwager offen an und schenkt seinen Ausführungen über die Verbitterung, die ihm sein Leben bereitet, Beachtung. Und sie sagt beherzt: »Wenn ich du wäre, würde ich keine Verbitterung empfinden.«
»Tatsächlich nicht?«
»Nein!«
Seine Eifersucht zerfließt, und er fragt: »Warum nicht?«
»Du mußt dankbar sein, daß du lebst. Weißt du denn nicht, daß sich die Größe eines Mannes nicht durch sein Äußeres oder sein Gesicht offenbart?«
»Nicht?«
»Nein. Sie offenbart sich durch seine Männlichkeit.«
»Woher hast du diese Weisheit?«
»Von meiner verstorbenen Mutter. Als ich klein war, hat Mutter mir immer von den Heldentaten Amir Hamzahs erzählt. Du mußt dem Schicksal dankbar sein, weil es wollte, daß du als Mann geboren wirst. Stattdessen nimmst du es übel.«
Korporal Canimin ist gebannt von Ratnis Worten, und aufmerksam hängt sein Blick an ihren Lippen. Ergeben sagt er: »Ja.«
»Wenn ich ein Mann wäre ...«, sagt Ratni mehr zu sich selbst, »... ach, was wäre ich froh. Ich könnte mit erhobener Waffe an der Front kämpfen und brauchte nicht zu fürchten, daß mein Mann in der vordersten Linie fällt und mich zurückläßt. Doch nun ist eingetreten, was ich immer befürchtet habe. Mein Mann ist gefallen und ich bin Witwe.« Sie schweigt, rutscht in eine andere Sitzhaltung und fährt fort: »Wenn ich ein Mann wäre, müßte ich nicht mit jedem Herzschlag zum Allmächtigen beten, daß er meinen Mann im Kampf beschützen möge, und ich könnte Harakiri begehen, wann immer ich wollte.«
Plötzlich sagt Korporal Canimin vorwurfsvoll: »Du hast alle Hoffnung aufgegeben.«

»Ja, das habe ich.«
»Das darfst du aber nicht.«
»Das mag sein. Und ich weiß auch, daß der Allmächtige die Welt für seine Geschöpfe zurechtgeformt hat. Aber der Mensch denkt nicht immer klar.«
»Du hast die Hoffnung aufgegeben«, wirft Canimin ihr nochmals vor.
Ratni läßt den Kopf hängen und schweigt.
Der Korporal lenkt das Gespräch zurück: »Ich weiß, daß dir meine Äußerungen Stiche versetzt haben, Ratni. Ich hoffe, du kannst mir verzeihen.«
»Natürlich kann ich meinem Schwager verzeihen.«
»Und ich hoffe auch, daß du alles verzeihen kannst, was Kartiman dir an Unrecht zugefügt haben mag.«
Schwermütig erwidert Ratni: »Auch ohne deine Bitte habe ich ihm alle Fehler schon lange verziehen – und zwar unabhängig davon, daß er gefallen ist.«
»Vielleicht ist er grob zu dir gewesen, Ratni, sei es mit Worten oder mit Schlägen. Ja, du wirst ihm sicher vergeben. Ich weiß, daß mein Bruder ein ungeschliffener Mensch war, und du weißt es auch. Aber er hatte ein gutes Herz. Ich habe ihn sehr gut gekannt – sowohl seine harte Schale als auch seinen weichen Kern. Ist er … grob zu dir gewesen?«
»Laß das nun ruhen, Canimin. Wir wollen darum beten, daß der Allmächtige ihn gnädig bei Sich aufnimmt.«
»So möge es sein.«
Ratni bedenkt Canimin mit einem leeren Blick. Und leer wie jemand, dem der Gesprächsstoff ausgeht, sagt sie: »Ich glaube, du hast deinen Bruder geliebt.«
»Ich empfinde Liebe für ihn, seit er tot ist.« Der Korporal erwidert zärtlich den Blick seiner jungen, schönen Schwägerin.
»Was hat er gesagt, bevor er …« Ratni führt den Satz nicht zu Ende. Ihr hübsches Gesicht nimmt einen ernsten Ausdruck an.
»Er hat viel gesagt, Ratni. Sehr viel. Er hätte gerne, eh … Sa'aman und die Geschwister noch einmal gesehen. Und er sagte auch: Ratni ist eine gute Frau … von weit her habe ich sie an diesen Platz gebracht … du mußt gut für sie sorgen.«

Er hält inne und späht nach einer Regung im Gesicht des schönen Mädchens, doch der ernste Ausdruck der jungen Witwe läßt nichts erkennen.

»Und außerdem hatte er Sehnsucht nach der Morgenröte. Eigentlich hatte er Sehnsucht nach allem. Insbesondere nach Ujung Krawang. Du kennst Ujung Krawang nicht. Wir schoben dort einmal Wache. Er hatte Sehnsucht nach dem silbernen Meer vor Ujung Krawang mit den zahllosen Fischerbooten, deren Segel rot im ersten Tageslicht leuchteten. Und auch nach seinem Tod hatte er Sehnsucht.«

Canimin schweigt. Ratni hat ihm sehr aufmerksam zugehört, und als ihr Schwager verstummt, hebt sie den Kopf, schaut ihn an und sagt: »Armer Kartiman.«

»Ja.«

Ratni seufzt tief.

»Der Arme«, sagt sie noch einmal.

»Ratni, jetzt hast du nur noch mich als Bruder – als Schwager, meine ich. Deshalb denke ich, das Recht zu haben, dich etwas zu fragen.«

Ratni nickt und sagt bereitwillig: »Ja.«

»Dann sage mir, Ratni, in welcher Weise ich dir jetzt helfen kann?«

»Helfen?« reagiert Ratni unangenehm berührt.

»Ja. Ich denke, daß du jetzt Hilfe benötigst.«

»Verzeih mir, Canimin, aber ich glaube, daß ich nicht auf deine Hilfe angewiesen bin.«

»Vielleicht ist etwas zu erledigen?«

»Mache dir nicht so viele Gedanken um mich.«

»Warum nicht?«

»Kümmere dich erst einmal um dich selbst.«

Korporal Canimin steht von seinem Stuhl auf und schaut seine Schwägerin scharf an. »Hochmütig bist du! Hochmütig!« sagt er enttäuscht. »Sagtest du vorhin nicht selbst, daß du ganz allein auf der Welt stehst? Niemand kann ganz allein auf dieser Welt bestehen. Zumindest einen Freund muß der Mensch haben.«

Wieder seufzt Ratni tief.

»Denke gründlich nach. Gründlich. Deine Worte sind verlet-

zend. Doch ich weiß warum: Du hast im Augenblick nur düstere Gedanken. Eines Tages wirst du Hilfe benötigen. Vergiß deshalb nicht, daß ein Menschen auf dieser Welt sich dir sehr nahe fühlt: ich, dein Schwager. Denke gründlich nach, Ratni. Gründlich. Wenn nicht jetzt, dann wirst du deinen Schwager vielleicht bald einmal brauchen.«
»Canimin, wenn du wirklich etwas für mich tun willst ...«, erwidert Ratni sanft und schenkt dem Korporal einen so liebenswürdigen Blick, daß dessen Augen vor Freude aufleuchten, »... wirklich und aufrichtig ..., dann sag so etwas nie wieder!«
Sofort ist das Leuchten in Canimins Augen verschwunden.
»Ach«, sagt er enttäuscht, »du bist noch immer dieselbe – ein Mensch, der sich nicht gerne helfen läßt.«
»Das ist der beste Weg, den ich als Mensch gehen kann.«
»Der beste Weg?«
»Ich stehe zu sehr in der Schuld anderer Menschen.«
»Ich verstehe.«
»Und ich werde diese Schuld nie begleichen können.«
Canimin schweigt und denkt nach. Dann sagt er: »Du bist ein guter Mensch, Ratni.«
Ratni atmet tief durch und läßt das Kompliment unbeantwortet im Raum stehen: »Wenn du dich nicht weiter um mich kümmerst, ist das die größte Hilfe, die du mir geben kannst.«
Erneut senkt sie den Kopf und umspielt mit der Hand den Mattenrand. Korporal Canimin nimmt wieder auf dem Stuhl Platz und schüttelt schwach und verständnislos den Kopf. »Ich verstehe dich nicht«, sagt er. Enttäuschung spiegelt sich in seiner Miene. »Ratni«, fährt er forschend fort, »ist vielleicht mein grauenvolles Aussehen der Grund deiner Zurückweisung?«
»Nein! Nein! Nein! Nein!« weist sie die Vermutung aufgeregt von sich.
»Doch, so wird es sein«, erwidert der Korporal zu Tode betrübt.
»Du denkst in die verkehrte Richtung.«
»Nimm es mir nicht übel. Mein entstelltes Gesicht ist in meinen Gedanken allgegenwärtig. Du kannst das nachvollziehen, nicht wahr?«
Doch Ratni gibt keine Antwort. Sie schweigt. Beide schweigen.

Undeutlich sind von draußen militärische Kommandos zu hören, die vom Summen eines Generators übertönt werden. Im Raum aber bleibt es totenstill. Die beiden jungen Menschen sind mit ihren jeweiligen Problemen befaßt.
Nach einer Weile steht Korporal Canimin auf, geht zu Ratni hinüber und setzt sich an ihre Seite.
»Meine liebe Schwägerin!« fleht er um ihre Aufmerksamkeit. »Dieses grauenvolle Aussehen verursacht mir überall nur Ungemach. Doch wie groß die Qual auch ist, die mir aufgebürdet wurde, ich habe mich mit ihr abgefunden, denn sie wiegt nur die Sünden auf, die ich an anderen Menschen begangen habe.« Er schweigt einige Augenblicke. Dann gewinnt die Eifersucht auf seinen toten Bruder wieder die Oberhand: »Ratni, ich habe in der Vergangenheit als Mensch gesündigt, und deshalb will ich mich in Zukunft auf Wohltaten konzentrieren. Ich möchte meine Hilfe den Menschen anbieten, die Hilfe benötigen. Und du, meine Schwägerin, lehnst meine Hilfe ab.«
Er schweigt und schaut Ratni vorsichtig an. In seinen Augen blitzt Leidenschaft auf. Die junge Witwe spielt gedankenverloren mit dem Mattenrand. Zwischendurch wischt sie sich mit dem Handrücken den Schweiß von der Schläfe. In ihrem Gesicht ist das Verlangen abzulesen, endlich alleine zu sein und über ihr Schicksal nachsinnen zu können.
»Ja«, fährt Canimin fort, »ich bin ungerecht zu deinem Mann gewesen. Ich habe ihn kleingehalten und niemals befördert. Doch nicht etwa wegen meines schlechten und verdorbenen Charakters, Ratni, sondern weil die anderen das Maul aufgerissen und gerufen hätten: Na klar, der eigene Bruder! Du mußt das verstehen, Ratni! Und ich gestehe ein, daß er in einem anderen Trupp als meinem längst einen Dienstgrad erworben hätte, der seinen Fähigkeiten angemessen gewesen wäre. Vielleicht hätte er es schon bis zum Leutnant gebracht. Ja, ich bin sehr ungerecht zu ihm gewesen. Und warum? Nur um meinen guten Ruf zu schützen. Und deshalb, Ratni, spüre ich jetzt das drängende Verlangen, meine Sünden wiedergutzumachen, indem ich mich ganz in deinen Dienst stelle. Glaubst du daran, daß ich meine Sünden tief bereue?«

»Ob ich daran glaube?« seufzt Ratni. »Welchen Sinn hat es, daran zu glauben, wenn ich noch nicht einmal an mich selbst glaube.«

Korporal Canimin seufzt und sagt liebevoll: »Du bist für mich nicht die Erstbeste.«

Doch Ratni schweigt.

»Wahrscheinlich sprichst du wegen meines grauenvollen Aussehens in dieser Weise zu mir. Nur wegen meines Aussehens. Natürlich! Ich weiß doch aus Erfahrung, daß mein entstelltes Gesicht mir den Weg zu menschlicher Liebe versperrt. Mein Leutnant höchstpersönlich sagte mir, daß ich es ohne weiteres zum Sergeant-Major hätte bringen können, wenn ich nicht so grauenvoll aussähe. Und dann hätte ich vielleicht schon längst eine mir treu ergebene Ehefrau und würde ein Kind auf dem Arm wiegen. Ratni! Doch wegen der Abscheulichkeit meines Gesichts muß ich alle Hoffnungen auf menschliches Glück aufgeben. Es gibt niemanden, der ... oh! Das ist die schlimmste Qual der Welt, meine Schwägerin!«

»Ja.«

»Mein Herz strömt über von Liebe, doch niemand will diese Liebe empfangen. Braucht das männliche Herz denn nicht als Gegenstück ein weibliches, und umgekehrt?«

Ratni lenkt das Gespräch in eine andere Richtung: »Die Entstellung ist ein Orden für den Kampf, den du führst.«

»Ja, ein Orden für den Kampf. Aber es ist nur ein halber Orden. Es mag dich befremden, Ratni, aber ich sehne mich unweigerlich nach dem Tod, wenn ich an mein Gesicht denke. Oh, ein robuster Mensch, der tot sein möchte! Sicher befremdet dich das.«

»Nein!«

»Dann bin ich wohl sehr dumm, wenn ich glaube, daß der Mensch nichts mehr liebt als sein eigenes Leben?«

Er schweigt.

»Eigentlich bist du es, der alle Hoffnung verloren hat.«

»Nein, vollkommen hoffnungslos bin ich noch nicht. Ich sehe noch einen Hoffnungsschimmer.«

»Wohl deshalb, weil du jetzt furchtlos kämpfen kannst. Du

kannst die Waffen erheben und bedingungslos bis an die Grenze deines Lebens herantreten. Doch ich habe im Leben jeglichen Halt verloren. Mein Leben bedeutet mir nichts mehr. Mein einziger Trost ist, verwundeten Soldaten helfen zu können. Unser Volk braucht Pflege. Jemandem Gutes tun zu können, gibt mir Ruhe und Zufriedenheit, und in solchen Momenten ist mein Gefühl der Verlassenheit vergessen.«

»Du bist mit Kartiman nicht glücklich gewesen«, bringt Canimin seine Eifersucht auf den gefallenen Bruder zum Ausdruck.

Ratni erwidert nichts.

»Aber du bist ihm immer ein guter Mensch gewesen. Das hat er selbst gesagt.«

»Hoffentlich werde ich das immer bleiben.«

Beide verharren schweigend. Dann fragt Canimin: »Und wo willst du hin, wenn der Unabhängigkeitskampf gewonnen ist, Ratni?«

»Wenn er gewonnen ist? Wenn irgendwann einmal der Krieg vorbei ist ...?« sagt Ratni staunend und schaut Canimin mit großen Augen an. Dann wiederholt sie langsam und ungläubig noch einmal: »Wenn irgendwann einmal der Krieg vorbei ist, Canimin?«

»Ja, wenn der Krieg vorbei ist.«

»Oh, darüber habe ich noch nie nachgedacht.«

»Es wird doch nicht immer so sein, wie es ist?«

»Vielleicht bleibe ich beim Roten Kreuz. Das wäre eine Möglichkeit, ja, aber ich weiß es noch nicht genau. Vielleicht bitte ich darum, nach Sumatra versetzt zu werden. Ja, sehr wahrscheinlich werde ich das tun. Aber ganz sicher weiß ich es noch nicht. Ich will nicht über meine Zukunft nachdenken.«

»Warum nicht?«

»Weil alles düster ist, stockdüster. Und weil ich ganz allein auf der Welt bin. Und weil ich nichts gelernt habe.«

»Aber du kannst eine gute Frau und Mutter sein.«

Wieder bleibt Ratni eine Antwort schuldig.

»Warum sagst du nichts, Ratni? Willst du nicht wieder heiraten? Willst du keinen guten Mann, der nie grob zu dir sein wird und dich aufrichtig verehrt?«

Jetzt röten sich Ratnis Augen. Auch ihre Nasenspitze rötet sich. Canimin rückt ein wenig näher an sie heran. Ratnis gerötete Augen werden feucht. Dann treten zwei helle Tränen heraus. Und Ratni läßt sie die Wangen herabrollen, ohne sie wegzuwischen.
»Du mußt bedenken, Ratni, daß du nur einmal jung bist, und selbst dieses eine Mal bist du es nicht lange. Die Jugend kann nicht zurückgeholt werden. Im Laufe der Zeit wird der Mensch alt und verliert an Kraft, und schließlich kann er sich gegen das, was auf ihn eindringt, nicht mehr wehren. Das mußt du bedenken.«
»Ich habe erst heute meinen Mann verloren«, erwidert das Mädchen.
Die Antwort erschreckt Canimin. Ihm ist deutlich anzusehen, daß er seine Ungeduld verflucht. Deshalb sagt er schnell: »Bitte entschuldige. Doch bedenke, daß auch ich jemanden verloren habe. Wir haben beide den gleichen Menschen verloren.«
Wieder schweigen beide. Korporal Canimin rutscht noch ein Stück näher an sie heran. Ratni sitzt mit gesenktem Kopf und starrt die Matte an, über deren Rand spielerisch ihr rechter Zeigefinger streicht. Doch sie spricht kein Wort.
Dann sagt der Korporal wie zu sich selbst: »Kartiman mag ein grober Klotz und ungeschliffener Kerl gewesen sein, doch ich weiß genau, daß er gutherzig, aufrichtig und großzügig war. Und bevor er starb, hat er mir anbefohlen, Mutter, Sa'aman und die anderen Geschwister zu grüßen.«
Ratni hebt den Kopf. Ihre Augen sind von Tränen gefüllt. Sie schaut Canimin aufmerksam an, doch der hat den Blick gesenkt und bemerkt es nicht.
»Kartiman hatte keine Angst, jung zu sterben. Und mit dem Tod vor Augen sagte er: Ratni ist ein guter Mensch. Ach, jener Moment ist in meine Seele eingebrannt! Und er fügte hinzu: Du mußt gut für Ratni sorgen, denn sie ist Vollwaise. Und nun, da ich dir Hilfe zugesagt habe, hast du sie ausgeschlagen.«
Jetzt schaut er Ratni in die Augen und sagt: »Er hat mir als letzten Willen den Auftrag gegeben, für dich zu sorgen, doch du bist nicht bereit, die dargebotene Hand zu ergreifen. Ich weiß nicht, was ich mehr für dich tun kann.«

Doch Ratni erwidert nichts, sondern weicht seinem Blick aus.
»Deine Ablehnung schneidet mir tief in die Seele.«
Ratni bringt das Gespräch geschickt in eine andere Richtung, indem sie gefühlvoll, wie nur eine Frau es kann, sagt: »Aufgedrängte Gutmütigkeit kann sehr leicht in Bösartigkeit umschlagen.«
Korporal Canimin gerät sichtbar aus dem Konzept. Blässe überzieht sein Gesicht, und nervös sagt er: »Ich habe keine verwerflichen Absichten verfolgt.«
»Das habe ich auch keinen Augenblick lang geglaubt.«
»Du bist wirklich ein guter Mensch.«
»Wollte Kartiman mir sonst nichts ausrichten lassen?«
Korporal Canimin schüttelt den Kopf.
»Armer Kartiman!« stöhnt Ratni. Und als sie langsam weiterspricht, nimmt ihre Stimme eine sehr dunkle Färbung an: »Dann ist dir wohl keine Zeit mehr geblieben, mir noch etwas auszurichten, Kartiman.«
»Ist dir in der Zeit eures Zusammenlebens vielleicht etwas an ihm aufgefallen, was du sonderbar fandest?« fragt Canimin.
»Oft hat er des Nachts wie im Fieberwahn geredet und sich selbst aus dem Schlaf gerissen. Aber mir ist nie klar geworden warum.«
»Was redete er denn?«
»Ich will tot sein, hörte ich ihn immer wieder stöhnen. Er hat so oft im Schlaf gesprochen. Hatte Kartiman eine große Schuld auf sich geladen, Canimin?«
»Tja, diese Frage ist nur schwer zu beantworten, denn es kommt auf die Sichtweise an, ob sich der Mensch schuldig macht oder nicht. Zu töten, heißt Schuld auf sich zu laden – doch ein Land stellt eine Armee auf, damit sie tötet. Genau diese Überlegung trifft auf Kartiman zu. Auf mich. Auf alle Soldaten.«
»Ich habe das Gefühl, daß Kartiman eine Schuld auf sich geladen hatte, die seine Seele nicht mehr zur Ruhe kommen ließ.«
Ratni blinzelt ihren Schwager mit fast wieder trockenen Augen an. Der Korporal fängt ihr Blinzeln mit einem verliebten Blick auf. Dann sagt er: »Ja. Kartiman hat Vatermord begangen.«
Und als er diese Worte ausgesprochen hat, huscht ein Licht-

schein über sein Gesicht, der erkennen läßt, daß eine drückende Last von ihm abgefallen ist.
»Oh …!« Ratni bringt kein Wort heraus.
Canimin verspürt Unruhe. Sein Blick wird hektisch und wandert von Ratni hinüber zur Tür, als erwarte er dort etwas. Dann sagt er gehetzt: »Der Kampf erhebt auf alles Anspruch, Ratni. Auf unseren Leib, auf unsere Seele, und auch auf unsere Lauterkeit. Wir müssen bereit sein, alles aufzuopfern.«
»Wie schrecklich!« erwidert Ratni stöhnend, als richte sie den Vorwurf gegen die Matte, über die sie sich herabbeugt. »Während ich noch um meine Eltern und Geschwister trauere, die im Bombenhagel der Aliierten ums Leben gekommen sind, tritt ein junger Mann in mein Leben, der seinen eigenen Vater getötet hat, und dieser Mörder wird zu meinem Retter und Ehemann. Oh, Allmächtiger, vergib ihm seine Schuld.«
»Ratni, lange bevor der Allmächtige das menschliche Leben schuf, war er sich darüber klar, was Seine Schöpfung tun wird. Deshalb wird er Kartiman ganz sicher vergeben.«
»Das sind leere Worte! Bloß leere Worte! Schuld bleibt immer und überall Schuld.«
»Der Allmächtige hat von vornherein alles gewußt. Und in diesem Wissen hat er nicht nur die guten, sondern auch die schlechten Menschen geschaffen.«
»Leere Worte, bloß leere Worte!« widerspricht Ratni erbost.
»Und wenn Kartiman tatsächlich Schuld auf sich geladen hat, dann hat er sie inzwischen durch sämtliche Opfer, die er in unserem Kampf erbracht hat, gesühnt.«
»Leere Worte, leeres Geschwätz!«
»Leeres Geschwätz, sagst du«, wiederholt Canimin.
»Man kann Schuld und Verdienste nicht gegeneinander aufrechnen. Was man sich zuschulden kommen ließ, ist nicht durch irgendein Verdienst abzutragen. Hörst du mir zu, Canimin?«
»Ja, Ratni, ich höre dir zu.«
»Warum hat er seinen Vater getötet?«
»Weil er in der holländischen Armee war.«
»Oh, wie grausam ist dieser Krieg. Und ich behandele und verarzte die Soldaten, die seine Grausamkeit trifft – doch nur

dafür, daß sie bald wieder in der vordersten Frontlinie stehen, um Feinde zu töten. Und sie werden abgelöst, rasten und stehen erneut in der vordersten Linie, um Feinde zu töten; bis sie eines Tages nicht mehr zurückkehren.«

»Bei Allah, du machst dir zu viele Gedanken, Ratni.«

Ratni seufzt gequält und denkt: Warum erfahre ich erst jetzt, daß er seinen eigenen Vater umgebracht hat?

»Wie bitter das Leben sein kann, Ratni.«

»Ja, wie bitter«, wiederholt Ratni. »So muß ich ausgerechnet an diesem Tag erfahren, daß ich neben einem Mörder geschlafen habe. Mein Mann war ein Mörder. Manchmal traf sich unser Atem und verschmolz zu einem einzigen. Doch wie bitter diese Erinnerungen jetzt sind!«

»Aber was du empfindest, Ratni, das empfinde ich auch. Auch mein Leben ist bitter. Kriege hat es in jedem Zeitalter gegeben, Ratni, und Kriege erheben auf alles Anspruch.«

Nach diesen Worten rutscht Korporal Canimin noch ein Stück näher an sie heran, so daß sich jetzt seine Haut an der ihren reibt.

»Oh, Canimin, ich begreife es immer weniger. Mein Mann hat mich viel zu früh verlassen – noch dazu, ohne daß ihm die Gelegenheit blieb, um Vergebung für seine Sünden zu bitten. Und nun hat er mir auch noch diese fürchterlichen Gedanken hinterlassen.«

Sie schweigt, und erneut werden ihre Augen wässrig.

»Du brauchst Hilfe, Ratni.«

»Nein«, erwidert Ratni. Sie trocknet ihre Tränen mit einem Taschentuch und rückt von Canimin weg.

»Du bist dickköpfig. Und hochmütig.«

Die hübsche Ratni weist den Vorwurf nicht zurück. Sie seufzt nur.

»Ich verstehe, Ratni. Weil du ein außergewöhnlich guter Mensch bist, willst du nicht leichtfertig die Hilfe anderer annehmen.«

Auch jetzt geht Ratni nicht auf seine Worte ein.

»Ratni, am besten legst du eine Ruhepause ein, um deine Gedanken zu ordnen. Du solltest erst einmal hierbleiben und nicht mit der Truppe weiterziehen.«

Korporal Canimin schweigt in Erwartung einer Antwort, doch Ratni bleibt immer noch stumm. Deshalb fährt er behutsam fort: »Ich muß mit der Truppe weiterziehen. Wenn du eine Weile ausruhen möchtest, werde ich dich später hier abholen. Das Beste für dich wäre, bei deinen Schwägerinnen in Jakarta zu wohnen. Ich bringe dich nach Hause. Was hältst du davon, Ratni?«

»Ich weiß nicht«, erwidert Ratni knapp. Dann fragt sie in höflichem Ton: »Darf ich jetzt alleine sein?«

»Natürlich, Ratni! Ich werde sofort gehen. Doch denke stets daran: Ich hoffe, du sagst mir, wenn du etwas brauchst. Vielleicht kann ich dir helfen.«

»Danke«, erwidert Ratni artig.

»Und sollte auch ich bei irgendeiner Aktion fallen, Ratni – heute abend, morgen oder wann auch immer –, dann wird meine letzte Hoffnung gewesen sein, daß du deinen verstorbenen Mann in guter Erinnerung behältst. Betrachte ihn nicht als schuldbeladenen Menschen. Er soll in deiner Erinnerung der gute Ehemann sein, der er gewesen ist. Nicht wahr?«

»Warum gibst du mir das mit auf den Weg?«

»Weil er mein Bruder war.«

Mit diesen Worten steht Canimin auf und geht zur Tür. Auch Ratni steht auf, um ihn bis zur Schwelle zu begleiten. Dort flüstert der Korporal: »Kannst du dir vorstellen, wie sehr ich mich nach einer Frau sehne?«

»Ich will mich nicht auf die Hilfe anderer verlassen, Canimin … auch nicht auf die meines Schwagers«, haucht das Mädchen.

»Hmm«, seufzt Canimin, ohne zu nicken. Dann geht er weg ohne sich noch einmal umzudrehen. Sein breiter, stämmiger Rücken verschwindet gebeugt hinter dem grünen Zaun.

Ratni dreht sich um und geht ins Zimmer zurück, wo sie erschöpft auf die Bambusmatte sinkt. Aus ihren geschlossenen Augen rollen langsam zwei Tränen auf ihre Wangen, die ebenso langsam auf die Matte hinabfallen.

»Er wird nicht zurückkehren«, jammert sie leise. »Nie mehr. Und auch sonst wird niemand zu mir zurückkehren.«

Immer größere Tränen rollen über ihre Wangen. Genau in die-

sem Augenblick hat sich über ihrem Mann, dem Soldaten Kartiman, der Erdboden geschlossen. Der vaterländische Boden, den er verteidigte, hat ihn aufgenommen. Er ruht in Frieden in der Umschlingung des Erdbodens, um selbst wieder zu Erde zu werden – wie es jedem Menschen beschieden ist.
Die Totenstille, die sich über den Raum gelegt hat, wird plötzlich von aufpeitschenden Schüssen zerrissen. Ratni springt auf, wirft sich die Rote-Kreuz-Tasche über die Schulter und rennt zur Tür, wo sie abrupt stehenbleibt, sich bäuchlings auf den Boden schmeißt und den Kopf einzieht. Wie aus heiterem Himmel wird das Haus und seine nähere Umgebung mit Maschinengewehrsalven bestrichen. Das Summen des Generators geht im Pfeifen der todbringenden Projektile unter.
»Stehe unseren Leuten bei!« betet sie inbrünstig. »Spitzel haben unseren Aufenthaltsort verraten!«
Sie kriecht ein wenig nach vorn, späht vorsichtig hinaus und zieht den Kopf unverzüglich wieder zurück. Der Feind ist da und nimmt die Umgebung noch heftiger unter Beschuß. Ringsherum durchschneiden Projektile, die nach Beute suchen, die Luft. Als Ratni ihr Ohr gegen die Bambuswand drückt und angestrengt lauscht, überzieht ein Schatten, der aus Sorge und Anspannung geboren ist, ihr hübsches Mädchengesicht. Vage dringt zwischen den aufpeitschenden Schüssen das Keuchen eines Menschen an ihr Ohr. Es kommt näher und wird lauter. Dann ist deutlich zu hören, daß draußen jemand mühsam seinen Körper über den Erdboden schleppt. Und kurz darauf kriecht ein Mann über die Türschwelle: Korporal Canimin.
»Ratni«, flüstert er in stoßweisem Atem.
Und Ratni nähert sich dem blutbesudelten, lang ausgestreckt am Boden liegenden Körper. Das Blut beginnt, den Fußboden rot zu färben.
»Canimin«, flüstert sie.
»Ich bin getroffen«, haucht er mühsam.
Ratni versucht, ihn zu versorgen.
»Laß nur, laß nur«, wehrt der Schwerverletzte ab. »Ich habe soeben eine … Lektion von dir erhalten … Ich brauche und … erbitte deine Hilfe nicht.«

»Ssst, sei ruhig!« sagt Ratni wie zu einem Kind, das ins Bett gebracht wird.

»Ich will sterben … wie mein Bruder … Ich habe … dieselbe Schuld … auf mich geladen.«

Ratni empfindet keine Abscheu vor seiner Beichte, sondern versorgt ihn unbeirrt weiter.

»Ich will nur noch … eine Botschaft hinterlassen.« Er schweigt und ringt nach Atem. »Rat—ni!«

Ratni versucht ihm fieberhaft zu helfen. Seine Stimme ist jetzt noch schwächer: »Ratni …, dein … Ohr.«

Ratni legt ihr Ohr an seinen Mund. Für Augenblicke ist kein Laut zu hören. Auch draußen ist es still. So totenstill wie im Grab. Urplötzlich aber peitschen die Maschinengewehrsalven noch ungestümer als zuvor auf, und etliche Kugeln durchschlagen die dünne Bambuswand.

»Canimin«, sagt Ratni.

Sie erhält keine Antwort.

»Canimin«, wiederholt sie.

Und auch jetzt erhält sie keine Antwort. Geduldig wartet Ratni darauf, daß ihr Schwager seine Botschaft verkündet. Sie wartet lange. Sehr lange. Doch kein Ton kommt über die Lippen des am Boden liegenden Mannes. Korporal Canimin ist tot.

Ratni richtet das Gesicht zum Himmel, der hinter dem Dach versteckt liegt. Kugeln zischen über ihren Kopf. Und vor ihr liegt der Leichnam ihres Schwagers, der seine letzte Botschaft nicht hinterlassen konnte. Plötzlich schaut sie mit panischen Blicken zur Tür, denn draußen ertönt das Geräusch laufender Stiefel, die knackend trockene Zweige zertreten und verdorrte Blätter knisternd aufwirbeln lassen. Mörser- und Tekkidantogeschütze knattern wild durcheinander. Immer mehr in Stiefeln rennende Füße sind zu hören. Dann erscheint über einem wuchtigen Körper ein zorniges, rotes Gesicht in der Tür. Wild blikkende Augen schweifen durch den Raum und bleiben an der jungen Frau hängen. Ein Schauder durchläuft Ratni, als der Fremde langsam sein Gewehr in Anschlag bringt. Sie hebt die Hände hoch über den Kopf. Draußen tobt eine wilde Schießerei.

Und unversehens sackt der Mann mit dem Gewehr im Anschlag zusammen und stürzt der Länge nach auf den Boden.
»Mammmmmiiiiii«, wimmert er.
Nur einen Meter von Ratni entfernt, hat der Krieg ein neues Opfer gefordert. Sie springt auf, um diesem neuen Opfer zu helfen, so gut sie kann. Ein Geschoß hat den Mann in den Rücken getroffen und ist zwei Zentimeter über der Scham wieder aus seinem Leib ausgetreten. Draußen greifen Brandgeräusche um sich, in die sich Schreie und Befehle mischen: Schießt! Ergebt euch!
Dann ertönt das Stottern einer Maschinenpistole.
»Banditen! Mörder! Seid verdammt!« flucht das frische Kriegsopfer.
Und Ratni versucht, den Verwundeten zu versorgen. Plötzlich mobilisiert der Holländer alle ihm verbliebene Kraft und rafft sich auf die Beine. Mit vernebeltem Blick schaut er Ratni an. Seine riesigen Hände krampfen sich zusammen und schießen wie eine Zange auf Ratnis Hals zu. Das Mädchen will schreien, doch das wird von den Pranken des Mannes unterbunden, deren Druck ihr die Kehle zuschnürt und den Atem nimmt. Ein heftiges Gerangel entsteht, weil der Todgeweihte töten und die Frau überleben will. Doch die hübsche Ratni ist mit ihren achtzehn Jahren nur eine schwache Frau, während ihr Gegner ein Hüne ist. Ihr Gesicht wird immer bleicher und dann bekommt sie endgültig keine Luft mehr. Als die riesigen Hände von ihrem Hals ablassen, ist er voller roter Würgemale. Das Leben entweicht aus dem Körper ihres Mörders. Schließlich sinkt der Holländer nach hinten. »Mammiii« haucht er schwach. Dann bewegt er sich nicht mehr. Sein Blut sickert auf den Fußboden. Auch er ist tot.

Nachricht aus dem Gefängnis

Die Geräusche der abendlichen Betriebsamkeit beginnen zu verebben. Die Nacht zieht herauf, doch sie ist noch jung. Es ist halb neun.. Ungestört von vier ziellos im Raum hängenden Augenpaaren, greift im Haus mit den Wänden aus Bambusgeflecht in der Zone der Freiheit Stille um sich. Auch die Stille im Herzen der dort sitzenden Menschen wird von nichts angetastet. Die von Mas Darsono überbrachte Todesnachricht hat alle Hoffnungen, die einst in dieser Familie blühten, verdrängt. Die Gedanken der drei Geschwister mühen sich um neue Hoffnungen, die einer neuen Grundlage bedürfen. Auf Sa'aman dürfen sie sich nicht mehr richten. Sa'aman muß sterben, sich von den Holländern erschießen lassen. In dieses Schicksal müssen sie sich fügen.

Als Symbol der Armut versieht die Öllampe still ihre Pflicht. Ein schwarzer Rauchfaden schlängelt sich über ihr in die Höhe und verliert sich. Ihr trüber Schein reicht in alle Winkel des Raumes und läßt die ausdruckslosen Gesichter, auf die sie ihr Licht wirft, noch ausdrucksloser wirken. Selbst die kärglichen Gegenstände im Raum wirken trübe.

Vier junge Menschen sitzen nebeneinander auf der großen Schlafbank: Mas Darsono, Patimah, Mimi und Hasan. Seit geraumer Zeit schweigen sie. Vage, ungehindert und frei dringen von irgendwoher Stimmen und Geräusche herein, und sie vernehmen sie, ohne sich dessen recht bewußt zu sein. Und es entzieht sich ihrem Wissen, wie in eben diesem stillen Augenblick Sa'aman bin Paijan in seiner Gefängniszelle sitzt – weniger als einen Kilometer von ihnen entfernt. Und während sie nun in Gedanken bei Sa'aman sind, ist Sa'aman in Gedanken bei ihnen.

Zwischen ihnen steht eine fremde Regierung mit einer schlau verhüllten Macht, die Menschen voneinander abgrenzt.
Ohne daß es an jemandes Bewußtsein dringt, ist von draußen das Geräusch eines heranfahrenden Jeeps zu hören – ein Geräusch, daß vor diesem Haus mit den Wänden aus Bambusgeflecht in der Zone der Freiheit erstirbt. Dann ertönen Schritte, die vor der geschlossenen Haustür innehalten.
»Hallo!« ruft draußen jemand.
Die vier Augenpaare, die bis gerade ziellos im Raum hingen, richten sich auf die Tür, doch vier Münder bewegen sich nicht und bleiben stumm. Dann schweifen die Blicke von der Tür weg. In allen Augen lassen sich Ängste und Sorgen erkennen. Nun schauen sich die vier jungen Menschen gegenseitig an.
»Hallo!« ruft draußen jemand fordernder als zuvor.
Wieder richten sich die Blicke der vier auf die Tür. Schwerfällig erhebt sich Mas Darsono, um aufzumachen, doch nach weniger als zwei Metern hält Patimah ihn am Hemd fest. Er bleibt stehen und schaut seine künftige Schwägerin mit hektischem Flackern in den Augen an. Aus dem Blick des Mädchens spricht Angst.
»Hallo!« ist von draußen wieder zu hören.
»Jetzt holen sie auch dich ab«, haucht Patimah mit bebender Stimme. Ihr Griff versteift sich.
Mas Darsono gibt keine Antwort, sondern schiebt ihre Hand zurück und geht weiter Richtung Tür. Jetzt läuft Mimi hinter ihm her und zieht ihn am Hemd. Wieder bleibt er stehen. Seine Augen drücken Nervosität und Angst aus, als er sich zu dem Mädchen umdreht. Dann heften sich seine Augen wieder auf die Tür.
»Ich will ihn …«, sagt er gedehnt, »… hereinlassen.«
»Man wird dich mitnehmen«, mahnt Patimah weinerlich.
»Hallo!« erklingt es von draußen energischer als zuvor.
»Wenn wir nicht öffnen«, sagt Mas Darsono nervös, »wird er die Tür eintreten. Ich lasse ihn besser herein.«
»Mas, tu es nicht!« beschwört Mimi ihn flüsternd.
Jetzt springt Hasan auf, versperrt Mas Darsono den Weg und hängt sich mit beiden Händen an dessen Arm. Die überraschende Last läßt Mas Darsono einen Augenblick verharren, doch beirren läßt er sich nicht.

»Hallo!« fordert die Stimme draußen wieder Einlaß.
Mas Darsono zwingt sich weiter Richtung Tür. Jetzt kreischt Hasan schrill: »Geh nicht! Willst du, daß sie auch dich mitnehmen?«
»Geh nicht!« ächzt Patimah.
»Geh nicht!« jammert Mimi.
»Ich gehe doch nicht weg«, erwidert Mas Darsono mit steigender Angst. »Ich will nur die Tür öffnen und hören, um was es geht. Ich werde nicht weggehen.«
»Sie nehmen dich mit! Sie nehmen dich mit! Geh nicht!« wimmert Hasan inbrünstig.
»Hallo!« hört man draußen wieder rufen.
Die beiden Mädchen beginnen zu schluchzen, Hasan lauthals zu heulen, und damit ist es vorbei mit der Stille der Nacht. Die vier jungen Menschen sind unfähig, einen weiteren Gedanken zu fassen. Sie empfinden nur noch quälende Angst.
»Hallo!« erschallt es draußen wieder, gefolgt von einem Klopfen gegen die Bambustür. Dann hört man den Besucher freundlich rufen: »Ich will niemanden mitnehmen.«
»Er lügt! Er lügt dich an, Mas Darsono!« ruft Hasan aufgeregt. »Ich habe seine Stiefel gehört. Er ist Militärpolizist. Er will dich mitnehmen. Er lügt. Du darfst ihm nicht glauben.«
Mas Darsono steht bewegungslos auf der Stelle. Seine angsterfüllten Augen hängen an der Tür, hinter der sich die Stimme verbirgt. Seine gesamte Haltung erweckt den Eindruck, als habe er alle Energie und jeglichen Mut verloren. Er bringt kein Wort heraus.
»Nein, ich bin kein Militärpolizist«, ruft der Mann von draußen herein.
»Er lügt, Mas Darsono, er lügt! Er ist Militärpolizist! Er will dich mitnehmen! Geh nicht hinaus! Geh nicht!«
»Ich bin wirklich kein Militärpolizist!«
»Wer bist du?« fragt Mas Darsono mit leicht bebender Stimme.
»Van Keerling«, erwidert der Mann draußen.
»Ein Holländer, Mas. Ein Holländer«, sagt Mimi stockend, während sie unwillkürlich einen Schritt zurückweicht.
»Ein Holländer«, stöhnt Mas Darsono.

»Einer der Holländer, die Sa'aman erschießen werden«, stößt Hasan schluchzend hervor. »Und dich wollen sie auch erschießen«, fügt er hinzu, bevor er seinen Tränen freien Lauf läßt. »Nicht!« fleht er. »Nicht! Geh nicht hinaus!«
Der Raum ist von Weinen und Jammern erfüllt, dem keine Stimme Einhalt gebietet, und erst, als es ein wenig ruhiger wird, hört man den Mann draußen rufen: »Ja, ich bin Holländer.«
»Hörst du, er ist Holländer!« keucht Mimi. »Holländer! Ein Holländer!«
»Ein Holländer!« haucht Patimah. »Die Holländer wollen Aman umbringen. Und auch dich. Geh nicht hinaus, Mas Darsono. Geh nicht. Laß ihn einfach stehen.«
»Ich will niemanden umbringen«, begehrt die Stimme unbeirrt Einlaß.
»Er lügt! Er ist ein Lügner!« jammert Hasan ängstlich.
»Holländer!« stöhnt Mas Darsono und spürt genau, welch drohende Gefahr dieses eine Wort enthält. Seine Augen hängen an der Tür fest. Er ist unfähig, einen Schritt in ihre Richtung zu setzen.
»Ich komme als Freund!« tönt die Stimme draußen.
»Den Holländer, der als Freund zu uns kommt, gibt es nicht«, stößt Patimah nervös hervor, während sie ihren Griff um Mas Darsonos Hemdzipfel verstärkt. Und beschwörend fügt sie hinzu: »Geh nicht hinaus, Mas. Er lügt dich an.«
»Wirklich, ich komme als Freund. Ich bin ein Freund eures Bruders Sa'aman. Und ich komme in seinem Auftrag«, drängt die Stimme draußen beharrlich weiter.
»Mit welchem Auftrag kommst du zu dieser späten Stunde?« fragt Mas Darsono.
»Ich bringe eine Nachricht. Einen Brief von Sa'aman.«
»Wirklich?« fragt Patimah mißtrauisch und unverändert ängstlich.
»Wirklich.«
»Er lügt«, schreit Hasan. »Er lügt!«
»Ich lüge nicht.«
»Patimah, Mimi, Hasan – laßt mich los. Ich will hören, was er zu sagen hat. Vielleicht bringt er tatsächlich einen Brief«, sagt Mas

Darsono um Vertrauen bittend, und sein Tonfall bewirkt, daß die drei Geschwister ihren Griff unwillkürlich lockern. Hasan hängt nicht mehr an seinem Arm, sondern steht neben ihm, ohne allerdings den Blick von seinem Gesicht zu lassen.
Ungehindert schreitet Mas Darsono zur Tür, dicht gefolgt von den drei Geschwistern, die noch immer einen Zipfel seines Hemdes halten. Als sie die Tür erreichen, straffen sich ihre Griffe unwillkürlich wieder, und als Mas Darsono den Riegel zurückschiebt, spürt er, daß Patimah von einem Angstschauer geschüttelt wird.
»Er lügt. Sei vorsichtig, Mas«, warnt Hasan flüsternd, doch Mas Darsono schenkt seinem Flüstern keine weitere Beachtung. Jetzt steht die Tür offen. Ein finsteres Rechteck tut sich vor ihnen auf. Dann tritt ein hochgewachsener Indoeuropäer aus der Finsternis herein. Sein Verhalten wirkt freundlich. Er trägt die Uniform des Militärs, und auf seinem Kopf sitzt eine Mütze, an der als Abzeichen das Bild eines Löwen prangt.
Als er eintritt, weichen Patimah, Mimi und Hasan zurück und verbergen sich hinter Mas Darsonos Rücken. Ihre Augenpaare mustern den abendlichen Gast aufmerksam. Hasan hat unter dem Eindruck der hochgewachsenen Gestalt zu weinen aufgehört. Auch Patimah und Mimi sind still.
Der Holländer tritt einen Schritt vor und verbeugt sich. Dann öffnen sich seine Lippen zum Gruß: »Guten Abend.«
»Guten Abend«, erwidert Mas Darsono.
»Guten Abend«, sagt Patimah, und auch Mimi und Hasan erwidern den Gruß. Ihre soeben noch überwältigende Angst vermindert sich, doch das Mißtrauen bleibt in den Herzen der vier jungen Menschen wach.
»Mit welchem Auftrag kommst du?« fragt Mas Darsono mit noch immer leicht bebender Stimme.
»Ich komme, um einen Brief zu überbringen.«
»Hat er mit Sa'aman zu tun?«
»Ja.«
»Schon seit drei Monaten warten wir auf eine offizielle Nachricht über unseren Bruder, den die Militärpolizei mitgenommen hat. Du bringst also endlich diesen Brief der Regierung?«

Im trüben Lichtschein der Öllampe ist zu erkennen, daß sich die Augen des Holländers vor Verwunderung weiten.
»Soll das heißen, daß ihr in diesen drei Monaten kein offizielles Schreiben von seiten der Regierung erhalten habt?«
»Wir haben nichts über Sa'aman erfahren, seit er vor drei Monaten mitgenommen wurde.«
»Dann wißt ihr vielleicht noch nicht einmal, wo er sich befindet?«
»Nein. Wir haben nicht die geringste Ahnung.«
Der Besucher läßt betreten den Kopf auf die Brust sinken, als wolle er sich für die Nachlässigkeit seiner Regierung entschuldigen. Doch er sagt nichts.
»Kommst du etwa nicht, um uns offiziell zu benachrichtigen?« fragt Mas Darsono gefaßt.
Der Indoeuropäer zuckt die Schultern: »Nein.«
»Nein? Also kommst du auch nicht im Auftrag der Regierung?«
»Ich bringe einen Brief von Sa'aman persönlich.«
»Von Sa'aman persönlich? Dann weißt du, wo er sich befindet?« fragt Mas Darsono wißbegierig.
Der Indoeuropäer hält die Antwort zurück. In den Augenblikken, die es still bleibt, wirft Hasan einen raschen Blick nach draußen. Es sind keine weiteren Militärangehörigen zu entdekken. Der Gast ist alleine gekommen.
»Er ist im Gefängnis Gang Tengah.«
»Gang Tengah?« ruft Mas Darsono bestürzt. Seine Angst ist verschwunden. Er faßt den Besucher scharf ins Auge und wiederholt: »Gang Tengah?« Und der Fremde läßt den Kopf sinken, weil er die ungeheure Nachlässigkeit empfindet, derer sich seine Regierung diesen Menschen gegenüber schuldig gemacht hat.
»Nur wenige hundert Meter entfernt von hier?«
Der Indoeuropäer bleibt gesenkten Hauptes stehen und erwidert nichts.
Patimah vergißt ihre Angst und tritt nach vorn. Sie hat erkannt, daß jener Staatsbedienstete unbewaffnet und ohne Eskorte gekommen ist. »Du kommst als Freund?« fragt sie.
Erst jetzt hebt der Indoeuropäer den Kopf und schaut dem knapp siebzehnjährigen Mädchen ins Gesicht. »Ja«, erwidert er freundlich.

»Und du bringst einen Brief unseres Bruders Sa'aman?«
»So ist es.«
»Wenn das so ist, dann komm herein.«
Die vier jungen Menschen treten zur Seite, um den späten Gast hereinzulassen. Mas Darsono geht hinter ihm her und rückt ihm den einzigen Bambusstuhl hin, den die Familie besitzt. Und der Gast nimmt Platz, ohne sich im Raum umzuschauen.
Jetzt hat auch Hasan die Furcht abgestreift, und seine kindliche Eigenschaft, alles genau erkunden zu müssen, läßt ihn nicht stumm bleiben. Mutig nähert er sich dem Gast und sagt: »Ich heiße Hasan.«
»Und ich heiße van Keerling.«
»Du willst Mas Darsono ehrlich nicht gefangennehmen?«
Der Gast lächelt zutraulich. Dann sagt er: »Nein. Sagte ich denn nicht bereits, daß ich als Freund komme?«
»Aber du warst an Amans Gefangennahme beteiligt?« läßt das Kind nicht locker und tritt zwei weitere Schritte näher.
»Nein, absolut nicht. Ich habe noch nie jemanden gefangengenommen.«
»Ehrlich nicht?« zweifelt Hasan.
»Ehrlich nicht.« Wieder setzt der Gast ein zutrauliches Lächeln auf, und nun hat er Hasans Vertrauen erworben. Das Kind rückt noch einen Schritt näher an ihn heran.
»Aber du bist Holländer, nicht wahr?«
»Nicht alle Holländer nehmen Menschen gefangen.«
»Gibt es denn auch gute Holländer?«
»Aber natürlich. Sind denn unter deinen Bekannten nicht auch schlechte Menschen? Und so ist es auch bei den Holländern: es gibt gute und schlechte.«
Und Hasan lächelt verstehend. Doch plötzlich ist er wieder argwöhnisch und sagt: »Aber du bist ein holländischer Soldat.«
»Ja, das bin ich. Aber ich habe deinen Bruder Sa'aman nicht gefangengenommen.«
»Welchen Beruf hast du denn?«
»Ich bin der Direktor des Gefängnisses Gang Tengah.«
Unwillkürlich weicht Hasan zurück. In seinen Augen blitzen Furcht, Abscheu und Mißtrauen auf. Während er zurückweicht,

bleibt sein Blick fest auf den Gast geheftet. Der Gefängnisdirektor ist über die Reaktion des Kindes sichtlich betroffen. Erst neben Mas Darsono, der sich auf die Schlafbank gesetzt hat, bleibt Hasan stehen und sucht starr am Arm des künftigen Schwagers Halt. Dann verbirgt er sein Gesicht in dessen Schoß.
»Ein Feind! Er ist ein Feind!« flüstert er. Dann legt sich Stille über den Raum. Plötzlich jammert Hasan mit schriller Stimme: »Mas, er ist ein Feind! Er hat Aman verurteilt! Er kommt nicht als Freund!«
Der Gefängnisdirektor sagt hastig: »Ich bin kein Feind. Ich bin ein Freund Sa'amans. Und deshalb bin ich auch ein Freund eurer Familie.«
»Lügner! Lügner!« ruft Hasan. Mas Darsonos Oberschenkel dämpft seine Stimme. »Er ist ein Feind, Mas! Wäre er ein Freund, würde er Aman aus dem Gefängnis entlassen.«
»Still! Sei ruhig!« beschwichtigt ihn Mas Darsono. Dann schaut er den Gast an und sagt: »Du bringst also keine Nachricht der Regierung?« Sein Blick wandert zurück zu Hasan. »Sei ruhig, Junge«, sagt er noch einmal.
»Nein, die bringe ich nicht.«
»Es ist verwunderlich, daß die Regierung es nicht für nötig befindet, die Familienangehörigen darüber zu informieren, wo Sa'aman gefangengehalten wird und welche Gründe es für seine Festnahme gibt – so wie es sich von Amts wegen gehört.«
Beschämt erwidert der Gefängnisdirektor: »Es entzog sich meiner Kenntnis, daß ihr nicht benachrichtigt wurdet, denn dafür ist die Regierung zuständig.«
»Es ist unglaublich! Wir haben erst heute nachmittag aus der Zeitung erfahren, daß Sa'aman zum Tode verurteilt wurde. Ist das wahr?«
Mühsam erwidert van Keerling: »Ja.«
»Warum müssen seine engsten Angehörigen es aus der Zeitung erfahren? Warum informiert uns die Regierung nicht über diese Entscheidung?«
»Ich weiß es nicht, denn es ist Zuständigkeitsbereich der Regierung.«
»Oh … wie seltsam. Wie seltsam.«

Jetzt erhebt Patimah die Stimme: »Wenn du wirklich ein Freund wärest, hättest du uns nicht erst jetzt, sondern schon viel früher eine Nachricht gebracht.«

»Sa'aman und ich haben erst heute vormittag Freundschaft geschlossen, Mädchen«, sagt der Gefängnisdirektor, um Vergebung heischend. »Und auch das eher zufällig. Es herrschte Unruhe unter den Gefangenen, und deshalb habe ich einen Kontrollgang unternommen, bei dem ich euren Bruder kennenlernte.«

Schweigend schaut er sich im Raum um. Dann fingert er zwei dicke Briefumschläge aus der Tasche und legt sie vorsichtig auf den Tisch. Bedächtig sagt er: »Häftlinge dürfen eigentlich nicht so ausführliche Briefe verschicken, doch in meiner Funktion als Gefängnisdirektor habe ich eine Ausnahmegenehmigung erteilt und ihn soviel schreiben lassen, wie er wollte. Und außerdem habe ich meine Dienste angeboten, seine Briefe persönlich zu überbringen.«

»Und das soll beweisen, daß du unser Freund bist?« fragt Hasan unvermindert argwöhnisch. Dabei hebt er den Kopf aus Mas Darsonos Schoß und schaut den Gast mit kindlichen Blicken an.

»Ja«, erwidert der Direktor verlegen.

»Nur das?« hakt Hasan anklagend nach.

»Ja.«

»Eine so geringfügige Tat?« läßt Hasan nicht locker – mit einer kindlichen Unbefangenheit, die fast schon an Frechheit grenzt. Der Direktor schweigt betroffen.

»Ich habe schon oft für andere Briefe ausgetragen! Und meinen guten Bruder Aman habt ihr zum Tode verurteilt!«

Van Keerling weicht einem Gespräch mit dem kleinen Jungen aus, schaut Mas Darsono an und sagt: »Darf ich deinen Namen erfahren?«

»Natürlich. Ich heiße Mas Darsono. Und dieses Mädchen hier ...« – er deutet auf Patimah – »... ist Sa'amans Schwester Patimah. Und dies ist seine Schwester Mimi. Der Jüngste hier, das ist Hasan.«

»Ich bin Karel van Keerling. Bist du auch ein Bruder Sa'amans?«

»Sein künftiger Schwager.«

»Und du wohnst hier?«
»Einstweilen ja.«
»Dann übergebe ich die beiden Briefe also an ...«
Mas Darsono steht auf, nähert sich dem Besucher und sagt höflich: »Am besten nehme ich sie in Empfang.«
Der Gefängnisdirektor schaut Patimah an, um sich ihrer Billigung zu vergewissern, und als sie nickt, liest er die Adressen vor, die auf den Umschlägen stehen: »Dieser ist für die Familie Amilahs ...« – er überreicht den Brief an Mas Darsono – »... und der hier ist für eine Frau namens Zainab.«
»Zainab?« wiederholt Mas Darsono und schaut Patimah fragend an. »Wer ist Zainab? Kennst du sie?«
»Zainab? Ja, natürlich kenne ich sie.«
Aus Mas Darsonos Blicken spricht die Bitte um Aufklärung.
»Amans Verlobte«, erläutert Patimah. »Seine ehemalige Verlobte, meine ich.«
»Dann bringe ich ihr den Brief wohl besser persönlich«, wägt der Direktor ab.
»Nein!« protestiert Patimah. »Zainab will heiraten, und es würde ihr nur Schwierigkeiten bereiten. Deshalb läßt du diesen Brief besser bei uns.«
Ohne lange darüber nachzudenken, händigt van Keerling auch den zweiten Brief aus. Dann sagt er: »Ich habe die Briefe nicht überprüft.« Niemand erwidert etwas. »Und ich habe sie auch nicht in die Hände des Geheimdienstes gegeben.« Wieder erfolgt keine Antwort. »Wenn die Agenten etwas davon erfahren, wandere auch ich ins Gefängnis.«
»Vielen Dank für deine Güte«, sagt Mas Darsono nun. Dann fragt er: »Weißt du vielleicht, ob Sa'aman den einen oder anderen Wunsch hat?«
Der Gefängnisdirektor runzelt das Kinn und schaut Mas Darsono fragend an.
»Vielleicht will er ein Gnadengesuch einreichen?«
Van Keerling beugt den Kopf. Dann erwidert er mit leiser Stimme: »Auch ich habe ihm das geraten.«
»Und was sagte er?«
»Er hat es abgelehnt. Rundweg abgelehnt.«

»Und kennst du den Grund, warum er es ablehnte?«
»Er sagte etwas, das ich nicht begreife: Er habe genügend Grausamkeiten erlebt. Er sagte außerdem, daß er unmöglich ein Gnadengesuch einreichen könne. Und daß er seine Strafe mit Freude antrete.«
»Aman!« ruft Patimah klagend.
Van Keerling schaut ihr in die Augen. »Genau das sagte er.«
Und Patimah schaut Mas Darsono beherzt an: »So habe ich es vermutet.«
Mas Darsono nickt zustimmend. »Auch ich hatte vor, ein Gnadengesuch für Sa'aman einzureichen«, sagt er, »doch seine Geschwister finden es entwürdigend, bei seinen Mördern um Gnade zu betteln. Und so habe ich nicht gewagt, es zu tun.«
Jetzt schaut der Direktor Patimah mit verwunderten Augen an und sagt: »Das habe ich noch nie erlebt.«
Für eine Weile bringt keiner ein Wort über die Lippen. Der Gefängnisdirektor starrt in die flackernde Flamme der Öllampe und sucht verzweifelt nach einem anderen Gesprächsstoff, während Mas Darsono, Patimah, Mimi und Hasan ihn nachdenklich anschauen. Plötzlich springt Hasan auf und fragt laut: »Seid ihr Holländer bloß hergekommen, um meinen Bruder zu töten?«
Van Keerling starrt immer noch die Flamme an. Doch als Hasan nicht weiterspricht, hebt er ruckartig den Kopf und schaut den Jungen lange an. Sein Blick läßt Nervosität erkennen. Er überlegt lange und sagt schließlich mit einem Kopfschütteln und brüchiger Stimme: »Ich weiß es nicht.«
»Du weißt es nicht? Bist du etwa kein Holländer?«
»Ich bin bloß Indoeuropäer«, erwidert van Keerling. Dann fügt er mit dunkler Stimme und sichtbar verwirrt hinzu: »Ich bin kein Holländer. Ich bin Indo, bloß ein Indo.«
»Aber du findest Vergnügen daran, daß Aman erschossen wird?« fragt Hasan.
Und der Direktor schweigt erneut und denkt lange nach. Er runzelt die Stirn. »Ich weiß es selbst nicht«, flüstert er schließlich ratlos. »Ich weiß es nicht! Wirklich nicht!«
Mas Darsono hat den kleinen Hasan aufmerksam beobachtet und ungehindert seine Fragen stellen lassen. Doch jetzt hat der

keine weiteren Fragen. Er setzt sich wieder auf die Schlafbank und versinkt in nachdenkliches Schweigen.
Plötzlich ergreift Patimah das Wort: »Wann wird Aman erschossen?«
Der Direktor schaut sie betroffen an und erkennt, mit welcher Angst sie auf die Antwort wartet, und dann wird deutlich, daß er selbst Angst vor der Antwort hat. Er schweigt. Mas Darsono schaut den mit seiner Angst ringenden Mann an. Für Augenblicke schließt er die Augen, so als wolle er dessen Gedanken erfassen. Dann wandert sein Blick wieder zu Patimah, die auch deutlich ihre Angst zeigt. Wieder kneift Mas Darsono die Augen zusammen. Er sagt nichts. Mimi und Hasan lauern ebenfalls auf die Antwort. Auch sie haben Angst.
»Wann?« fragt Patimah noch einmal.
»Wann?« erwidert der Direktor schwerfällig, als sei er um Jahre gealtert. »Muß ich diese Frage beantworten?« Wieder schweigt er. »Oh, da wartest du besser die Nachricht der Regierung ab.«
»Deine Regierung wird uns keine Nachricht schicken!«
Van Keerling bleibt stumm und denkt lange nach. Alle Augen hängen an ihm fest. Es ist still.
»Wann?« fragt Patimah ein weiteres Mal.
Van Keerling reibt sich mit den Händen über die Wangen, um auf diese Weise nach Kraft zu suchen. Dann bringt er gepreßt ein Wort über die Lippen: »Morgen.«
Er schweigt.
»Morgen?« wiederholen vier Münder gleichzeitig.
Wieder reibt sich der Direktor über die Wangen. »Ja, morgen«, sagt er, »auf seinen eigenen Antrag hin.«
Vier Münder bleiben sprachlos. Auch der Direktor weiß nichts zu sagen. Schließlich kann sich Patimah nicht länger beherrschen und weint ihren Schmerz heraus. Die Stimmung verdüstert sich zunehmend
»Aber wir sind noch nicht vorbereitet«, protestiert Mas Darsono. »Wir haben keine Vorbereitungen getroffen, um seinen Leichnam entgegenzunehmen. Wir haben ja nicht gewußt, wann und wo das Urteil vollzogen wird.« Er schweigt, und auf seinem Gesicht spiegelt sich sein Kummer wider. Dann fragt er:

»Also muß ich seinen Leichnam morgen im Gefängnis abholen?«
Sehr leise erwidert der Direktor: »Der Leichnam kann nicht so ohne weiteres abgeholt werden. Wenn er abgeholt werden soll, muß dafür bezahlt werden.«
»Schändlich!« schreit Patima.
Der Direktor weiß nichts zu entgegnen und schweigt schuldbewußt. Hasan läßt seinen Tränen freien Lauf. Auch Mimi beginnt zu heulen.
»Aman!« preßt Hasan zwischen seinen Schluchzern heraus. »Morgen wirst du von den Holländern erschossen, und wenn du tot bist, müssen wir für deinen Leichnam bezahlen!«
»Ich versehe nur meine Pflicht«, verteidigt sich der Direktor. »Ich verstehe diese Verordnung selbst nicht, doch ich bin nicht befugt, Einspruch gegen sie einzulegen.«
Wieder fließen die Tränen in Strömen, und sie gehen Mas Darsono so nahe, daß er aufsteht und zur Tür geht, um die frische Nachtluft zu atmen. Dann kommt er zurück und setzt sich wieder auf die Schlafbank. Der Direktor weicht seinem Blick aus.
»Wie hoch ist die Auslösesumme?« will Mas Darsono wissen.
»Zweihundert!«
»Oh!«
»Bei Allah!« klagt Patimah, »Sie töten meinen Bruder und rauben uns zusätzlich zweihundert Rupiah aus der Tasche. Ich glaube, es ist an der Zeit, daß Holland aus meinem Vaterland vertrieben wird.«
»Du solltest so etwas besser nicht sagen.«
»Was kümmert mich das? Es ist mir egal! Ich spreche es in meinem eigenen Haus und meinem eigenen Vaterland aus.«
»Aber das ist in diesen Zeiten gefährlich.«
»Das ist mir egal! Du kannst mich ja festnehmen, wenn du das willst!« erwidert Patimah trotzig.
»Ich bin euer Freund«, sagt der Gefängnisdirektor ernst, »und deshalb bin ich gekommen, um euch verschiedene Dinge zu erzählen. Ich möchte eure Familie sehr gerne unterstützen. Und was die Auslösesumme betrifft, macht euch keine Sorgen: Ich

werde sie zahlen. Allerdings muß Mas Darsono das Geld weitergeben, denn wenn ich es tue, bringe ich mich bloß in Gefahr. Die Familie, ja, die Familie muß es in die Hand nehmen.«
»Feigling!« schreit Hasan unter Tränen.
»He, Hasan, so etwas darfst du nicht sagen!« ermahnt ihn Mas Darsono nachdrücklich. »Los, du mußt dich bei Herrn van Keerling entschuldigen.«
Doch Hasan denkt nicht daran.
»Laß ihn«, sagt Karel van Keerling. Dann zückt er wortlos die Geldbörse und schaut die jungen Menschen der Reihe nach an. Schließlich sagt er: »Mas Darsono, hier habe ich die Auslösesumme, zweihundert Rupiah. Und für alles andere noch einmal zweihundert Rupiah. Ich hoffe, du nimmst die Unterstützung an.«
Für einen Moment ist kein Laut zu hören. Stille greift um sich, die jedoch von Patimahs gnadenloser Stimme gebrochen wird: »Unterstehe dich, dieses Geld auf unseren Tisch zu legen!«
Der Direktor schaut Patimah verständnislos an und fragt verwirrt: »Was soll das heißen?«
»Leg es nicht hin!« unterstreicht Patimah ihre Forderung.
»Es ist ein Zeichen meiner Freundschaft, Mädchen. Auch mich macht die Vollstreckung des Urteils sehr traurig.«
»Pah!« schreit Patimah dem Besucher verächtlich ins Gesicht. »Der Leichnam meines Bruders wird nicht mit holländischem Geld ausgelöst!«
»Aber das ist nicht das Geld eines Holländers, sondern es ist das Zeichen eines Freundes für die Freundschaft, die er euch entgegenbringt.«
»Du bist nicht unser Freund!« ruft Patimah unversöhnlich. »Nein! Nein! Nicht die Spur! Du bist unser Feind!«
»Ich bin kein Feind, Mädchen, ich bin ein Freund.«
»Ein Feind, sage ich! Du arbeitest für die Holländer, und die Holländer wollen unseren Bruder Sa'aman töten. Die Holländer werden ihn umbringen. Du bist ein Helfershelfer!«
Dem Gefängnisdirektor fehlen die Worte. Er schaut Mas Darsono um Unterstützung flehend an. Der sagt sehr langsam: »Ich habe hier keine Rechte. Erst seit heute wohne ich hier, um diesen

Kindern beizustehen. Wie du selbst siehst, gibt es hier keinen Erwachsenen. Und deshalb kann ich mit niemandem eine Entscheidung treffen.«
Der Direktor läßt den Kopf sinken und schaut auf die Geldbörse in seiner Hand, die er noch nicht auf den Tisch gelegt hat. Seine Augen zeigen deutlich seine Bestürzung, und er kann nicht verbergen, daß er nicht weiter weiß.
»Wirklich!« sagt er schließlich. »Ich bin ein Freund. Ich bin in der Absicht gekommen, Sa'amans Briefe zu überreichen und meine Hilfe anzubieten. Vielleicht kann ich euch weiterhelfen. Wirklich, Mädchen, das und nichts anderes will ich.«
Patimah schüttelt ungläubig den Kopf. Der Direktor mustert der Reihe nach die Gesichter der vier jungen Menschen, doch er entdeckt in ihnen nichts, was seine Hoffnungen nähren könnte. Und das Geld ist noch immer in der Börse verschlossen.
»Aber die Briefe nimmst du an, nicht wahr?«
»Natürlich! Denn schließlich sind sie von meinem Bruder, nicht von dir.«
»Aber sie erreichen dich durch meine Hand – genau wie dieses Geld dich durch meine Hand erreicht. Warum nimmst du es nicht an? Was unterscheidet das eine vom anderen?«
Mas Darsono blickt Patimah aufmerksam an und versucht die Spuren zu deuten, die sich in ihrer Miene abzeichnen. Sie ist ganz offenkundig um eine Antwort verlegen. Deshalb schweigt sie. Auch Mimi und Hasan schauen Patimah in Erwartung einer Antwort an. Doch Patimah bleibt diese Antwort schuldig.
»Wäre es nicht besser, wenn du es einfach annehmen würdest?« fragt der Gefängnisdirektor. Und seine Hand, die die Geldbörse umklammert hält, senkt sich näher an die Tischplatte heran.
»Nicht!« widersetzt sich Patimah erneut. »Deine Gründe sind mir gleichgültig«, sagt sie resolut, »und dieses Geld brauchst du gar nicht erst auf unseren Tisch zu legen.«
»Aber, Mädchen«, läßt van Keerling nicht locker, »ich möchte euch sehr gerne helfen.«
»Gibt es auf dieser Welt keine anderen Menschen, die deine Hilfe nötiger haben als wir?«
Jetzt sagt der Direktor bedächtig und mit überlegt gewählten

Worten: »Wenn du jemandem helfen möchtest, deinem Nachbarn zum Beispiel, der mit dem Fuß in eine Maschine geraten ist …« – er fixiert Patimah aufmerksam – »… und dieser Mensch schreit vor Schmerzen …« – jetzt sind sämtliche Augenpaare auf ihn gerichtet, und Hasan hört ihm besonders gespannt zu – »… doch er lehnt die Hilfe, die du ihm leisten willst, ab, obwohl er gleichzeitig vor Schmerzen brüllt … was würdest du dann empfinden, Mädchen?«

»Was ich empfinden würde? Oh, du willst mich in die Enge treiben. Du bist raffiniert. Aber wir benötigen keine Hilfe. Und wir wollen auch nicht in die Enge getrieben werden.«

»Aber was würdest du empfinden?« übergeht der Gefängnisdirektor ihre Äußerungen.

Patimah schweigt. Van Keerling spinnt mit weiteren überlegt gewählten Worten den Faden fort: »Offensichtlich plagt dich ein Konflikt zwischen Menschlichkeitsempfinden und Verstand.« Patimah erwidert noch immer nichts. »Aber so ist es mit den Menschen, Mädchen. Die guten werden immer von ihrem Streben nach Menschlichkeit geplagt, und daran ändert sich auch nichts durch eigenes Leid oder das Leid anderer, denen man helfen möchte. Und genau das dürfte es auf dieser Welt eigentlich nicht geben.«

Patimah ist von seinen Worten sichtlich beeindruckt, doch sie gibt es mit keinem Wort zu erkennen. Und der Direktor läßt seine rechte Hand ein weiteres Stück sinken, bis die Geldbörse schließlich auf der Tischplatte liegt.

In fast einlenkend wirkendem Tonfall sagt Patimah jetzt: »Wie auch immer – du solltest das Geld besser nicht dorthin legen.«

Ohne sich um ihre Äußerung zu kümmern, sagt van Keerling vertraulich: »Eigentlich gibt es da noch etwas anderes, über das ich mit euch sprechen möchte.«

»Aber das Geld …«

Der Direktor übergeht die Worte des jungen Mädchens und fährt unbeirrt fort: »Sa'aman sagte mir, das einzige, was ihn noch belaste, sei der Umstand, daß seine jüngeren Geschwister nicht mehr am Schulunterricht teilnehmen können. Stimmt das, Mädchen?«

Noch bevor Patimah etwas entgegnen kann, mischt sich Mas Darsono ins Gespräch ein. »So ist es. Patimah …« – er deutet mit dem Finger auf das junge Mädchen – »… möchte die Schule sehr gerne abschließen und die Lehrerschule oder eine andere weiterführende Schule besuchen. Doch im Augenblick hat sie den Schulbesuch gezwungenermaßen einstellen müssen. Und das gleiche gilt für Mimi.« Er deutet auf die beiden Kleinsten.

»Ich habe mit Sa'aman darüber gesprochen«, erwidert van Keerling freundlich, »und ich habe ihn gefragt: Was hältst du davon, wenn ich deine Geschwister unterstütze, damit sie weiter zur Schule gehen können?«

»Was hat er geantwortet?« fragt Mas Darsono begierig.

»Er antwortete: Diese Entscheidung muß ihnen selbst überlassen bleiben.« Und behutsam erkundigt sich der Gefängnisdirektor nun: »Darf ich erfahren, Mädchen, was du und deine Geschwister davon halten, eure Schulausbildung von mir finanzieren zu lassen?«

Niemand gibt eine Antwort.

Schließlich sagt Mas Darsono höflich: »Ich habe ihnen bereits versprochen, dafür zu sorgen, daß sie zur Schule gehen können.«

Der Gefängnisdirektor schaut Mas Darsono an und fragt zweifelnd: »Du?« Er schaut sich langsam um, und als sein Blick wieder an Mas Darsono hängenbleibt, ist darin deutlich abzulesen, daß van Keerling dessen Äußerung gegen die kärgliche Armut um sie herum abwägt.

»Wir sind arm«, sagt Mas Darsono begreifend, »doch wir geben unser Bestes.«

»Natürlich, natürlich!« erwidert van Keerling wenig überzeugt. »Doch was ist verkehrt daran, mein Angebot anzunehmen?«

Mit aller Entschiedenheit erwidert Patimah: »Nein!«

Der Gefängnisdirektor weiß nichts mehr zu sagen. Auf seinem Gesicht zeichnet sich Enttäuschung ab. Man hört ihn leise schlucken. Und in der Tür hängt schwarz und rechteckig die Finsternis der Nacht. Langsam steht der Besucher auf, und der Stuhl, von dem er sich erhebt, schwankt kaum merklich.

»Und dieses Geld hier?« fragt er, als er aufgestanden ist.

»Das steckst du wieder in deine Tasche«, sagt Patimah entschieden.
»Wenn du alle meine Angebote ablehnst, dann gehe ich jetzt wohl besser nach Hause.«
Er schreitet zur Tür. Die anderen sind aufgestanden, um den Besucher gebührend zu verabschieden. Van Keerling wendet sich noch einmal an Patimah und fragt schmeichelnd: »Möchtest du nicht Freundschaft mit mir schließen, Mädchen?«
Patimah gibt keine Antwort, sondern begleitet ihn wortlos zur Tür. Mas Darsono, Mimi und Hasan folgen. Für einen kurzen Moment ruht van Keerlings Blick auf der kleinen Mimi. Doch auch Mimi gibt keine Antwort. Und als sich van Keerlings Augen auf Hasan heften, schüttelt der Junge mit einer Gebärde, die sehr erwachsen wirkt, den Kopf. Der Blick des Gefängnisdirektors wandert weiter zu Mas Darsono. Der öffnet die Lippen und sagt höflich: »Wir alle danken dir vielmals für dein Wohlwollen.«
»Ja«, erwidert van Keerling leise. Er geht weiter. Die anderen folgen ihm bis vor die Tür. Dort dreht sich der Besucher noch einmal um und nickt ihnen zu. Mas Darsono, Patimah, Mimi und Hasan nicken zurück. Dann ist der Besucher in der Dunkelheit der Nacht verschwunden.
Die vier jungen Menschen, die in der Tür zurückbleiben, schauen einander an. Dann gehen sie langsam zurück zur Schlafbank, auf der sie – wie zuvor – nebeneinander Platz nehmen.
»Und er ist doch ein Holländer«, sagt Hasan bedeutungsvoll.
»Ja, ein Holländer«, bestätigt Patimah. »Und sicher auf der Suche nach neuen Opfern.« Sie schweigt einen Augenblick und beginnt dann zu beten: »Allmächtiger Herr, beschütze uns! Bitte beschütze uns! Lasse Mutter von ihrer Krankheit genesen, nimm die Seele unseres Bruders Aman bei dir auf und halte deine schützende Hand über unsere beiden Brüder, die im Kampf stehen!«
»Was hältst du davon, nun den Brief zu lesen, Patimah?« fragt Mas Darsono höflich und schaut das Mädchen, um Erlaubnis bittend, an. Und als Patimah nickt, geht er hinüber zum Tisch, nimmt auf dem Stuhl Platz und öffnet den Umschlag. Die Geschwister folgen und scharen sich um ihn.

»Laßt mich vorlesen«, sagt Mas Darsono.

Nun bleibt mir, meine Geschwister zu Hause, aus dem Gefängnis von der Liebe zu schreiben, die ich für euch empfinde. Ihr dürft euch nicht über die Nachricht wundern, daß ich seit Monaten im Gefängnis bin.
Meine Geschwister. Ich habe mich sehr bemüht, euch wissen zu lassen, wo ich mich befinde, doch es ist mir nicht gelungen. Es war unmöglich! Unmöglich, sage ich! Die Soldaten hier verlangen Bestechungsgelder, um heimlich Briefe nach draußen zu schmuggeln, doch diese Bestechungsgelder können wir überhaupt nicht bezahlen. Sie sind zu hoch, meine Geschwister. Und außerdem pflegen die Soldaten die Angehörigen von Gefangenen zu erpressen. Auch deshalb habe ich – notgedrungen – mein Verlangen gezügelt.
Es ist unglaublich, meine Geschwister, daß ich die ganze Zeit nicht weit von euch entfernt gewesen bin. Nur wenige hundert Meter entfernt. Sie wollen uns körperlich und seelisch vernichten – uns und unsere Familien. Aus diesem Grund habe ich hier im Gefängnis bislang keinen Fetzen Papier bekommen können. Ich bin mir sicher, daß ich Nachricht von zu Hause erhalten hätte, wenn irgend jemand von euch gewußt hätte, wo sie mich gefangenhalten, und ich bin überzeugt, daß ihr von der zuständigen Stelle – also von der Regierung, die mich hat festnehmen lassen – keine Nachricht über meinen Verbleib erhalten habt.
Aber das alles spielt keine Rolle. Ihr müßt nur wissen, meine Geschwister, daß dies alles von den hohen Herren in den oberen Etagen der Gesellschaft verursacht worden ist. Wir Kleinen sind nur ihr Spielzeug – ihre Figuren, die sie über ein Spielbrett schieben. Für uns, meine Geschwister, hat ihr Spiel Schmerzen und Tränen zur Folge, es ist ein Spiel, das wir am eigenen Leibe erfahren. Und deshalb, ihr Lieben, müßt ihr fleißig sein und viel lernen. Denn wenn ihr euch später einmal zu klugen Menschen entwickelt habt, könnt auch ihr Einlaß in die oberen Etagen der Gesellschaft finden. Und wenn ihr dort Einfluß gewonnen habt – behaltet es euer Leben lang gut, daß dies meine größte Hoffnung ist –, dann nutzt ihn, um die Macht derjenigen zu brechen, die diese nur dazu benutzen, andere Menschen zu quälen. Denn eine solche Handhabung von Macht ist Gift für den Frieden im Zusammenleben der Menschheit.

Ich bin überzeugt, daß ihr begreift, was ich meine.
Ich bin bei guter Gesundheit, meine Geschwister, und ich hoffe sehr, daß auch ihr das seid. Ihr dürft nun nicht weiter an mich denken – das ist die größte Bitte, die ich an euch habe. Es wird keinen Sinn haben, noch an mich zu denken. Ihr müßt euch immer vor Augen führen, daß ziellose Gedanken bloß die Gesundheit beeinträchtigen. Denkt an nützliche Dinge, denkt an Ziele. Bemüht euch mit euren Gedanken und eurer Energie darum, alle eure guten Ideale zu verwirklichen. Ihr selbst seid es, die von nun an eure Zukunft prägen müssen, nicht euer Bruder, der im Gefängnis sitzt. Ihr seid noch jung, meine Geschwister, und ein junges Alter ist ein kostbares Gut. Im Augenblick werdet ihr das nicht nachempfinden können, doch später, wenn ihr eure Jugendjahre für unnütze Dinge vergeudet haben solltet, alt und verschroben seid, dann werdet ihr den Wert eurer Jugend erkennen. Und deshalb: verwendet sie gut! Unter allen Umständen.
Und denkt nicht mehr an mich. Ich wünsche, daß ihr mich aus euren Gedanken und Erinnerungen verbannt – für immer und ewig. Das ist mein Wunsch.

»Aman«, seufzt Patimah. Und ohne daß es ihr bewußt ist, hat ihre Ergriffenheit einen Schleier über ihre Augen gezogen.
Mas Darsono hebt den Kopf. Auch seine Augen sind feucht. Doch rasch senkt er den Kopf wieder und liest weiter.

Also verbannt mich aus euren Erinnerungen. Restlos. Richtet den Blick auf eure Zukunft. Das ist wichtiger als alles andere. Ich hoffe, daß die Ausbildung, die ich euch geben durfte, nicht umsonst gewesen ist, auch wenn sie nicht das von mir gewünschte Ausmaß erreicht hat. Doch wichtig für euer Leben, meine Geschwister, ist nicht die Ausbildung, die ihr von anderen erhalten habt. Daran müßt ihr für immer denken. Viel wichtiger ist die Ausbildung, die ihr durch eure eigenen gesunden Gedanken erfahrt. Und auch deshalb müßt ihr fleißig und viel lernen. Es ist nicht schlimm, wenn ihr das im Augenblick noch nicht versteht – in fünf oder sieben Jahren werdet ihr es verstanden haben.
Meine Lieben. Ich habe nun meine Pflichten in dieser Welt abgeleistet. Ja, so denke und fühle ich, und deshalb empfinde ich Zufriedenheit.

Obwohl sie mich eingekerkert haben und mich einen schweren Gang gehen lassen werden, vermag ich allem mit Leichtigkeit im Herzen entgegenzusehen. Ihr dürft nicht glauben, daß mich die Zeit im Gefängnis zermürbt hat. Nein! Das hat sie nicht im geringsten! Ich fühle mich so wohl wie eh und je. Doch trotzdem dürft ihr nicht auf meine Heimkehr hoffen. Ich weiß, daß ihr die ganze Zeit darauf gewartet habt, daß ich nach Hause komme, doch das ist nun nicht mehr nötig, ihr Lieben. Wirklich, es hat keinen Sinn. Vielleicht kehre ich ja doch irgendwann zurück, doch es wird lange dauern – sehr lange. Vielleicht kann ich in zehn oder zwanzig Jahren zurückkommen, vielleicht schon in sechs oder sieben. Doch ich wünsche, daß ihr nicht mehr auf meine Rückkehr hofft. Es hat keinen Sinn, wie ich soeben schon schrieb. Doch obwohl es so ist, empfinde ich keine Traurigkeit, und deshalb dürft auch ihr keine Traurigkeit empfinden.

Meine Geschwister, es gibt auf dieser Welt sehr viele gute Menschen, und ihr könnt jeden guten Menschen zu eurem Bruder machen. Brüderlichkeit ist nicht auf die Menschen beschränkt, die dieselben Eltern haben. Nein, meine Lieben! Nein!

Und noch etwas wünsche ich mir von Herzen: daß ihr gut für unsere Mutter sorgt. Ich weiß, daß sie seit dem Fall Niederländisch-Indiens mehr und mehr den Verstand verliert. Ja, das habe ich beobachtet. Vielleicht verschlimmert meine derzeitige Lage ihren Zustand noch. Doch ich vertraue darauf, daß ihr euch vorbehaltlos um sie kümmert.

So, nun will ich der Reihe nach zu jedem von euch sprechen. Zunächst zu dir, Salamah!

Du bist nun erwachsen, stolze neunzehn Jahre alt. Mas Darsono ist genau der richtige Mann für dich. Ich habe dir ja bereits die Erlaubnis gegeben, zu heiraten, wann immer du es für richtig hältst. Doch leider, Salamah, kann ich bei deiner Hochzeit nicht anwesend, nicht der Brautführer sein, auch wenn der Hochzeitstag ein sehr bedeutender Tag im Leben des Menschen ist. Doch was soll man machen, wenn die Umstände es nicht zulassen. Ich kann nur dafür beten, daß du mit Mas Darsono ein langes und glückliches Leben führst.

Und tue einfach so, als sei ich bei deiner Hochzeit anwesend.

Mas Darsono hört zu lesen auf, wischt sich mit einer langsamen Bewegung über die Augen und zwinkert mit raschem Wimpern-

schlag. Sein Kopf sinkt vornüber, bis seine Stirn den Tisch berührt. Patimah, Mimi und Hasan sehen ihm schweigend zu. Mas Darsono seufzt tief. Dann ist es still.
Hasan zupft Patimah an der Hüfte und fragt leise: »Warum kommt Salamah nicht nach Hause?«
Mimi nimmt die Frage auf: »Sie ist schon seit heute morgen weg. Ja, warum ist sie noch nicht wieder hier?«
In Patimahs Augen sind deutlich ihre Sorgen abzulesen.
»Hat sie denn überhaupt gesagt, wo sie hingeht?« fragt sie Mimi.
»Mutter hat sie zur Bahnstation in die Stadt geschickt, um Aman abzuholen«, erwidert Mimi mit schwacher Stimme.
»Aber jetzt ist es schon finstere Nacht«, sagt Patimah düster. Ihre Augen sind auf Mas Darsono gerichtet, der in unveränderter Haltung am Tisch sitzt.
»Und auch Mutter ist noch nicht zu Hause«, sagt Hasan langgezogen. Und Patimah atmet tief durch und erwidert: »Ich verstehe das nicht. Wo sie wohl sein mag?«
Wieder schaut sie Mas Darsono an, der jetzt endlich den Kopf hebt. Als die Kinder seine geröteten Augen sehen, bleiben sie stumm. Niemand wagt es, auch nur ein Wort zu sagen.
Vage ist in der Ferne das Pfeifen des Zuges zu hören, der für die Nacht auf ein Abstellgleis im Bahnhof Jatinegara rollt. Dann herrscht wieder Stille. Ein letztes Mal schwingt sich draußen der Abendwind zu einer lauen Brise auf, die durch die Ritzen der Bambuswand dringt und die Flamme der Öllampe tanzen läßt, und einher mit deren Bewegungen geraten alle Schatten im Raum in Schwingung.
»Vielleicht kommen Mutter und Salamah erst morgen zurück«, sagt Hasan langsam, »und morgen wird Aman erschossen.« Plötzlich befällt ihn Angst vor seinen eigenen Worten, und abrupt verstummt er. Er drückt sich an Patimahs Körper und umschlingt ihre Taille. Dann flüstert er schluchzend: »Ich fürchte mich.«
»Du fürchtest dich, Hasan? Wovor?« fragt Patimah forschend.
»Vor morgen! Oh, morgen … wird Aman erschossen.«
Patimah schreckt sichtlich zusammen, doch sie erwidert nichts.

Mas Darsono hat das Gespräch verfolgt und besinnt sich. Der Schwermut schwindet aus seinen Augen. Er schaut auf den Brief und sagt wie in Trance: »Morgen wird Sa'amans Todesurteil vollzogen, und wir müssen seinen Leichnam auslösen.« Dann erstirbt seine Stimme zu einem kaum hörbaren Flüstern: »Wie nichtig sind meine Schwierigkeiten im Vergleich mit der Größe seines Opfers. Dann wischt er mit einer raschen Bewegung über seine Augen und fährt zu lesen fort.

Salamah, du wirst schon bald eine gute Ehefrau und Mutter sein. Das weiß ich durch dein Verhalten, deine Bemerkungen und deine aufrichtigen Überlegungen. Ja, du wirst eine gute Ehefrau und Mutter sein. Und Mas Darsono wird dir ein guter Ehemann und euren Kindern ein guter Vater sein. Es wäre schön, wenn du ihm etwas ausrichten würdest, später, wenn ihr verheiratet seid und zum ersten Mal in einem gemeinsamen Bett schlaft. Sage ihm, daß was gut, nicht unbedingt schon von Nutzen ist. Und junge Menschen müssen nicht nur gut, sondern auch nützlich sein. Das wirst du tun, Salamah, nicht wahr, meine Schwester?
Möget ihr mit vielen Kindern gesegnet werden! Und erziehe sie alle im Sinne der Menschlichkeit, Salamah! Die Mutter lebt dem Menschen die eigene Natur vor. Und deshalb mußt du denjenigen, die du gebären wirst, eine Natur vorleben, die sie Menschlichkeit lehrt.

Mas Darsono atmet lang und tief durch.
»Hat er an mich nicht geschrieben?« fragt Hasan. Sein künftiger Schwager blättert die Briefseiten durch und erwidert: »Selbstverständlich hat er auch an dich geschrieben, Hasan. Sa'aman würde doch seinen Bruder nicht vergessen. Er hat an euch alle geschrieben: an Patimah, an Mimi und auch an dich. Doch ich lese besser alles der Reihe nach vor.«

Salamah, soweit meine Ratschläge an dich. Ich denke, es genügt. Kümmere dich gut um Mutter und mache ihr nach Kräften Freude. Sage ihr einfach, daß ich sie später einmal wieder besuchen werde, in vierzig oder sechzig Jahren vielleicht. So lasse mich nun zu Patimah sprechen.

Als Mas Darsono den letzten Satz gelesen hat, rückt Patimah unwillkürlich näher an ihn heran. »Zu mir, Mas?« fragt sie leise. Und als sie keine Antwort erhält, lauscht sie gefügig.
»Hör zu«, sagt Mas Darsono, ohne den Kopf zu heben. Dann liest er weiter vor.

Meine liebe Patimah, du bist die intelligenteste von uns allen. Auf dich konzentrieren sich alle meine Hoffnungen, und du darfst sie keinesfalls enttäuschen. Wirklich, Patimah, du bist sehr intelligent. Das weiß ich ganz genau. Vergeude deine Intelligenz nicht für bedeutungslose Dinge. Praktiziere und verwende sie, um hehre Ideale zu verwirklichen. Lerne, soviel du kannst, aber vernachlässige darüber niemals deinen eigenen gesunden Menschenverstand.
Patimah, es gibt viele Menschen, die intelligent und gescheit sind. Doch Intelligenz und Klugheit werden leider nur allzu häufig verwendet, um niederträchtige Ziele zu erreichen. Das geschieht häufig, Patimah, und du darfst dich niemals solchen Menschen anschließen.
Viele, meine Schwester, werden nur deshalb Arzt oder Advokat, weil ihre Eltern die Ausbildung bezahlen können oder irgendeine andere Partei sie unterstützt. Eine solche Leistung verdient keine Bewunderung. Doch diejenigen, die es schaffen, mit viel Energie und aus eigener Kraft zum Arzt, Advokaten oder Ingenieur aufzusteigen, können gar nicht hoch genug gepriesen werden. Daran sind die wirklich Befähigten zu erkennen, beweisen sie doch, daß sie ihre Intelligenz, Kraft und Klugheit in der richtigen Weise anzuwenden verstehen. Und diesen Weg mußt du gehen. Du bist eine Frau! Doch zwischen Frauen und Männern gibt es keinen Unterschied, wenn es darum geht, Ideale zu verfechten und Dinge zu erreichen, die man im Leben für wesentlich hält. Strebe auf deine Ziele zu, meine Schwester.
Doch eines darfst du nie vergessen: akademische Titel sind kein Lebensziel. Nein, fürwahr nicht. Sie sind bloß schmückendes Beiwerk; Hilfsmittel wie ein Messer, ein Auto oder ein Spaten – wie Instrumente also, die es dem Menschen erleichtern, ein Zielvorhaben zu erreichen.
Und doch, meine Schwester, wenn du – ein Kind aus dem einfachen Volk, das in einer schäbigen Hütte lebt und heute nicht weiß, was es morgen zu essen hat – einen akademischen Titel erwirbst, dann ist das

etwas Gewaltiges! Ein Beweis, daß zwischen Reichen und Armen kein Unterschied als Mensch besteht! Ein Beweis, daß die Begriffe arm und reich nur am Geld gemessen werden!
Meine Schwester! Ich glaube nicht, daß du schon den Wunsch hast, zu heiraten. Eigentlich solltest du es auch noch nicht, denn dazu bist du noch zu jung. Du wirst erst siebzehn. Vergeude deine jugendliche Energie nicht dafür, dich in Leidenschaften zu verstricken. Das wäre gefährlich für dich und deinen weiteren Lebensweg. Liebe und Leidenschaft kommen von ganz alleine, wenn die Zeit reif dafür ist. Und sie kommen als König, wenn man auf sie vorbereitet ist, oder als Teufel, wenn sie einen unvorbereitet treffen.
Du mußt viele Kontakte pflegen, Schwesterchen. Und du mußt fleißig lernen. Wenn es niemanden gibt, der deine Ausbildung finanziert – und das wird der Fall sein –, dann mußt du arbeiten gehen. Doch nimm keine Arbeit an, die zu schwer für dich ist oder nicht im Einklang mit deinen Fähigkeiten steht. Wenn eine Arbeit zu schwer ist, wird dir keine Kraft bleiben, weiterzulernen.
Einen Ratschlag will ich dir noch geben: Du darfst niemals deine Ideale aus den Augen verlieren. Und Erfolg wünsche ich dir, meine Schwester. Erfolg. Ja, du wirst bestimmt Erfolg haben. Aber du darfst nie darauf versessen sein. Erfolg läßt sich nicht jagen, er ist oft nur eine Frage des Zufalls. Nur Geistesgestörte rennen dem Erfolg nach, nur vollkommen Verrückte.
So, meine Schwester, das wäre alles für den Augenblick. Wenn mir ein langes Leben vergönnt ist, werde ich dir weitere Ratschläge erteilen und dir vielleicht schon morgen oder übermorgen wieder schreiben. Ach ja, morgen wird man mich an einen anderen Ort verlegen. Ich weiß noch gar nicht, wohin. Vielleicht nach Nusa Kambangan, vielleicht auch nach Papua oder Banyuwangi. Ich weiß es nicht genau. Doch ich werde eine Nachricht schicken, sobald Klarheit über den Ort besteht.
Doch lasse mich jetzt zu Mimi sprechen.

Patimah tritt einen Schritt zurück und schiebt Mimi an die Stelle, an der sie eben noch selbst gestanden hat. Auf ihren Lippen zeichnen sich ein gerührtes Lächeln und Hoffnung auf eine strahlende Zukunft ab. Doch abrupt verschwinden Lächeln

und Hoffnung aus ihrem Gesicht, um einem Ausdruck tiefer Niedergeschlagenheit Platz zu machen.
»Soll morgen nicht Amans Todesurteil vollstreckt werden?« fragt sie verwirrt. Und Mas Darsono reagiert mit dem schwachen, aber bedeutungsschweren Nicken eines Diplomaten am runden Tisch. Doch es kommt kein Wort über seine Lippen.
»Jetzt du, Mimi«, sagt er schließlich knapp, bevor er weiterliest.

Mimi, es ist nicht viel, was ich dir zu sagen habe. Du mußt ein guter Mensch werden, Mimi. Es fällt dir nicht leicht, zu lernen, aber das macht nichts. Weißt du, daß ein noch so kluger Mensch überhaupt keinen Nutzen abwirft, wenn er nicht auch ein gutes Herz hat? Auf jeden Fall darfst du nie den Mut verlieren. Du mußt solange weiterlernen, bis du alles begriffen hast. Und wenn du Schwierigkeiten beim Lernen hast, dann frage einfach Patimah. Sie wird dir ganz bestimmt helfen.
Mimi, wenn Mutter böse auf dich ist, dann darfst du nicht einfach wegrennen, wie du es zu tun pflegst. Du mußt nahe bei ihr bleiben und darfst keine Widerworte geben – gleichgültig, ob sie recht hat oder nicht. So ist es nun einmal mit alt werdenden Menschen: Ob du etwas verkehrt oder alles richtig machst, immer drohen sie mit Schlägen. Laß sie einfach gewähren, Mimi, solange es sie zufriedenstellt. Wir können ihr keine andere Freude mehr bereiten, als ihren Wutausbrüchen Beachtung zu schenken. Bist nicht auch du froh, wenn Mutter froh ist? Du mußt ihr Freude bereiten, mein Schwesterchen, selbst wenn du dafür deine eigene Freude zurückstellen mußt.
Es ist wirklich nicht viel, was ich dir zu sagen habe. Darum lasse mich nun zu Hasan sprechen.

Hasan, wenn du mit deinen Freunden spielst, sei es zu Hause oder in der Schule, dann artet es immer in Streitereien aus, und das ist nicht richtig. Vor allem jetzt nicht, wo dein Bruder Aman weit weg ist und dir nicht mehr helfen kann. Wenn du dich für die falsche Partei eingesetzt hast, dann mußt du deine Fehler offen und geradeheraus eingestehen. Du darfst niemals versuchen, sie zu ummänteln und zu verbergen. Gestehe sie offen ein, wie es sich für einen künftigen General gehört. Fehler darf man nicht verteidigen, es wäre eine Sünde.

Du darfst dich nur dann streiten, wenn es darum geht, die Gerechtigkeit zu verteidigen. Sonst nicht.

Und am Nachmittag, Hasan, solltest du am Straßenrand Zigaretten verkaufen, denn auch du mußt zum Lebensunterhalt unserer Familie beitragen. Und du mußt lernen, für dich selbst zu sorgen. Auf diese Weise verminderst du die Bürde, die auf den Schultern deiner Geschwister lastet. Wenn du meinem Rat folgen möchtest, dann gehe zu Giok. Auch wenn er Chinese ist, so ist er doch ein Mensch – und zwar ein guter Mensch. Unter den Chinesen findet man viele gute und großzügige Menschen, Hasan. Du hast immer geringschätzig auf die Chinesen herabgeblickt, weil sie nichts anderes im Sinn haben, als Geld zu verdienen. Das darfst du nicht tun, Hasan. Es gibt sehr viele edelmütige Chinesen. Und deshalb gehe zu Giok und sage ihm, daß ich dir angeraten habe, von ihm einige Dutzend Rupiah zu leihen, um einen Zigarettenhandel auf die Beine zu stellen. Das wirst du tun, nicht wahr?

Wenn du wirklich General werden möchtest, dann darfst du keine Angst haben und niemals vor Schwierigkeiten, die sich vor dir auftun, zurückweichen. Du mußt sie überwinden und aus dem Weg räumen. Im Augenblick türmt sich eine Schwierigkeit vor dir auf. Setze dich über sie hinweg! Schöpfe neuen Mut, indem du am Rand der belebten Straßen Zigaretten verkaufst. Spare, was du verdienst, und verwende es, um die Schule zu bezahlen oder die notwendigsten Dinge anzuschaffen. Wenn du dazu in der Lage bist, wirst du es später auch zum General bringen können.

Viele Kinder verkaufen Zeitungen auf den Straßen, und nicht selten laufen sie hinter Automobilen her, um ihre Waren anzubieten. Sie tun es aus der Not heraus, Hasan. Es gibt keinen Unterschied zwischen ihnen und dir: Sie sind Kinder aus armen Familien, deren Eltern ihnen die Dinge, die sie benötigen, nicht kaufen können.

Hasan, noch einmal will ich dir ans Herz legen, dich nicht immer zu streiten. Es ist verkehrt, sich zu streiten. Du mußt wie ein Bruder zu deinen Freunden sein. Es ist nicht gut, sich Feinde zu machen. Was es zur Folge hat, kannst du an unserer eigenen Mutter sehen. Überall hat sie sich Feinde gemacht. Und nun? Sie hat keine Freunde. Sie hat niemanden, dem sie sich anvertrauen kann. Was bliebe ihr, wenn sie keine Kinder hätte? Vor allem in ihrem Alter?

Hasan, du darfst dir keine Hoffnungen darauf machen, daß dein Bruder Aman wieder nach Hause kommt. Es wäre sinnlos. Du mußt deinen Bruder Aman restlos aus deinen Gedanken und Hoffnungen verbannen. Und du mußt lernen, dein Leben lang zu lernen! Wenn du abends auf der Schlafbank liegst, dann mußt du dir sagen: Ich will mein Leben lang lernen. Diesen Satz mußt du wiederholen, bis du eingeschlafen bist. Wenn du dich daran hältst, wirst du dich zu einem klugen Menschen entwickeln. Im Augenblick bist du noch klein, Hasan. Doch wenn du unablässig lernst, wirst du schneller, als du denkst, erwachsen sein und General werden können. Dann kannst du auf einem braunen Pferd reiten und wirst eine schmucke, braune Uniform tragen. Und an deiner Hüfte werden ein Schwert und eine richtige Pistole hängen. Du wirst über Tausende Offiziere und Soldaten befehlen und Panzer, Kanonen und Flugzeuge zu Hunderten besitzen.

Doch wenn du nicht bereit bist, zu lernen, wirst du dich zu einem Dummkopf entwickeln und es nur zum Tagelöhner bringen, und du wirst bis an dein Lebensende Tagelöhner bleiben. Denn als Tagelöhner, Hasan, hat man kaum eine Chance auf gesellschaftlichen Aufstieg. Und auch als General darfst du nicht dumm sein, denn sonst wirst du Kriege verlieren, und man wird dich gefangennehmen und ins Gefängnis werfen. Und wäre das nicht traurig?

Später, wenn du ein großer General bist, werde ich zu dir kommen und vor dir salutieren. Wirklich!

Und außerdem mußt du fleißig Sport treiben, Hasan, denn davon wirst du groß und stark. Soldaten müssen groß und stark sein.

So, das wäre alles, Hasan. Jetzt möchte ich noch zu Mutter sprechen.

Mutter, ich bin bei guter Gesundheit, und ich bete dafür, daß auch du wohlbehalten und gesund bist. Ich befinde mich im Gefängnis Gang Tengah. Das ist nicht weit von zu Hause entfernt, nicht wahr? Doch ich wünsche nicht, daß du mich besuchen kommst, denn morgen, Mutter, wird man mich an einen anderen Ort verlegen. Doch wohin, das weiß ich nicht. Vielleicht schafft man mich nach Nusa Kambangan. Vielleicht auch nach Blambangan oder Cilacap oder auf eine Insel, deren Namen ich jetzt noch gar nicht kenne. Vielleicht schafft man mich weit fort, sehr weit, an einen Ort fernab von Land und Meer. Ich

wünsche, daß du nicht mehr über mich nachdenkst. Du hast noch genug andere Kinder, ich bin nicht dein einziges. Die Zeit wird kommen, da ich wieder bei dir bin. Doch jetzt leben wir im Krieg, und in diesem Krieg bin ich in die Hände meiner Feinde gefallen. Deshalb darfst du im Augenblick nicht auf meine Rückkehr hoffen.
Mutter, wenn du Geld brauchst, dann wisse, daß ich hundert oder zweihundert Rupiah bei meinem Freund, der in der Gasse Gang Banten wohnt, deponiert habe. Über dieses Geld darfst du verfügen, wenn du es dringend brauchst. Doch wenn du es nicht wirklich dringend benötigst, dann gib es an Salamah weiter, denn ich habe es zurückgelegt, um ihre Hochzeit zu bezahlen.

Mas Darsono hört für einen Augenblick zu lesen auf. Tiefe Ergriffenheit steht ihm im Gesicht. Er kämpft diese Ergriffenheit nieder und liest behutsam weiter.

Salamah ist erwachsen und sollte möglichst bald mit Mas Darsono verheiratet werden. Mas Darsono ist ein sehr guter Schwiegersohn für dich. Seine Bescheidenheit hat mich oft gerührt. Wenn die beiden verheiratet sind, dann belästige sie nicht mit nichtigen Dingen. Lasse sie einen Haushalt gründen, in dem sie sich sicher und glücklich fühlen, und in dem sie nach ihren eigenen Vorstellungen leben. Mische dich nicht ungebeten in ihre Angelegenheiten ein.
Mutter, bald werden sie dir Enkel schenken. Wie schön es doch ist, Enkel zu haben – nicht wahr, Mutter? Wer Enkel hat, kann beruhigt in ein anderes Leben ziehen. Hast du das früher nicht selbst gesagt?
So, Mutter, mir ist jetzt keine Zeit mehr beschieden.
Lebt wohl. Euch allen sage ich: Lebt wohl. Lebt wohl, ihr alle, die ich liebe. Wie schön ist diese Welt. Doch eine gute Gesinnung ist schöner als alles andere. Lebt wohl. Lebt wohl. Was sich trennt, wird sich begegnen, was sich begegnet, wird sich trennen. Lebt wohl. Lebt wohl. Wir werden uns zu einer anderen Zeit an einem anderen Ort wiedersehen. Wann und wo, das weiß ich nicht. Doch wir werden uns in Erinnerungen und in Gedanken begegnen.
Lebt wohl, ihr alle. Lebt wohl, ihr alle, die ich liebe. Eines Tages werden wir mit Sicherheit frei sein, und dann wird alles, was auf dem Schlachtfeld des Krieges und der Revolution verschwunden ist, in den

Erinnerungen der Menschen aufleben. Die von den Splittern und Metallspreißeln englischer und holländischer Granaten und Bomben zerrissen und von keiner Hand eingesammelt wurden, werden in den Erinnerungen eines dann freien Landes leben.
Freiheit! Freiheit! Lebt wohl! Bis wir uns wiedersehen.

Sa'aman
Im Gefängnis Gang Tengah, am Tag … im Monat … des Jahres neunzehnhundertneunundvierzig.«

Der letzte Satz ist verlesen. Mas Darsono faltet den Brief zusammen. Die um ihn Versammelten atmen schwer und schauen einander an. Und ohne Rücksicht zu nehmen, wird die Nacht beständig älter. Es ist einige Minuten nach elf Uhr, doch keiner der Menschen in diesem Raum weiß das. Denn Leid ist losgelöst von Zeit und Raum.
»Und der Brief an Zainab?« fragt Mas Darsono.
»Öffne ihn nur«, sagt Patimah. Plötzlich blitzt Zorn in ihren Augen auf. »Weißt du, Mas, daß sie nichts mehr von Sa'aman wissen wollte, als er nur noch als Becakfahrer arbeitete? Diese Verräterin! Oh, armer Aman! Welche Demütigungen hat er von der Frau, die er liebte, hinnehmen müssen!«
Mas Darsono hat ihr aufmerksam zugehört, doch er sagt nichts. Abwesend, als lasse ihn etwas Bestimmtes nicht los, hängt sein Blick an der künftigen Schwägerin, die ihre Anklage weiterführt: »Wenn sie Aman auf der Straße begegnete, hatte sie noch nicht einmal einen Gruß für ihn übrig. Sie tat einfach so, als kenne sie ihn nicht. Armer Aman. Wenn er sie grüßte, überging sie ihn wie einen Fremden.«
Sie läßt den Kopf sinken, und als sie weiterspricht, richtet sie ihre Worte an die abwesende Empfängerin: »Ich hätte dir ein solches Verhalten niemals zugetraut, Zainab. Und ich frage mich wirklich, wie Sa'aman an eine Frau wie dich geraten konnte.« Plötzlich ruft sie mit resoluter Stimme: »Nein!« Dann fährt sie in sanfterem Tonfall fort: »Auf gar keinen Fall wird Sa'amans Brief in die Hände dieser Verräterin geleitet, selbst wenn er sie immer noch lieben sollte! Wenn du darauf bestehst, werde ich ihr den

Inhalt mündlich mitteilen. Und zwar so, daß sie ihr Leben lang keine Ruhe mehr findet.«

»Aber es ist der Wille ...«

Patimah schaut Hasan an und sagt: »Du mußt jetzt ins Bett. Und du auch, Mimi. Ich werde mit Mas Darsono auf Salamah warten.«

Die beiden Kinder ziehen sich zurück und kriechen auf die Schlafbank. Erst als sie sich dort ausgestreckt haben, sagt Mas Darsono leise: »Es ist der Wille eines Todgeweihten.«

»Du solltest meinen Rat befolgen. Du würdest sie bloß ins Unglück stürzen, denn sie will einen Angehörigen der königlich-holländischen Marine heiraten. Ach, Aman! Wie konntest du an eine solche Person geraten?«

»Wer ist sie denn eigentlich?«

»Eine Sekretärin aus dem Wohlfahrtsministerium, wo Aman gearbeitet hat.«

»Der gute Aman.«

»Es ist besser, wenn ihr der Brief nicht ausgehändigt wird. Ich werde irgendwann zu ihr gehen und sagen: Zainab, du hast einen Brief von Aman erhalten, aber wir werden ihn dir nicht aushändigen.«

Mas Darsono atmet tief ein und bläst die Luft so laut wieder aus den Lungen, daß es im ganzen Raum zu hören ist. Danach ist es still. Plötzlich hört man draußen jemanden schreien. Mas Darsono und Patimah lauschen angestrengt. Hasan gleitet von der Schlafbank und kommt zu ihnen herübergelaufen.

»Ich habe Angst«, sagt er.

»Wovor fürchtest du dich denn, Hasan?« fragt Mas Darsono mitleidig.

Doch Hasan wagt nicht zu sagen, wovor er sich fürchtet. Er schweigt und preßt sich an Mas Darsonos Körper. Wieder dringt von draußen Geschrei herein, das sich dem Haus mit den Wänden aus Bambusgeflecht zunehmend nähert.

»Das ist Mutter«, sagt Patimah. »Die Arme. Es wird immer schlimmer mit ihr.« Schweigend lauscht sie nach den näherkommenden Schreien: »Aman! Sa'aman, mein Sohn! Du bist nicht da! Alles Lügner! Alles Betrüger! Ich werde euch die Schädel einschlägen! Paßt auf! Seid auf der Hut! Immer sagen sie nur, ich soll mich gedulden!«

»Ja, das ist eure Mutter«, sagt Mas Darsono betreten.

»Mas«, fragt Patimah auslotend, »gibt es denn keine Arznei, die sie heilen kann?«

Mas Darsono schenkt dem Mädchen einen liebevollen Blick und bleibt die Antwort schuldig.

»Du kennst keine?«

»Doch, aber ich möchte sie nicht nennen.«

»Dann kannst du wohl ertragen, daß es mit Mutter so weitergeht?«

»Die Arznei ist für Leute wie uns zu teuer.«

»Wie heißt sie? Los, sage ihren Namen!«

»Die einzige Arznei ist der Tod, Patimah.«

Patimah ist über diese Antwort bestürzt. Sie faßt ihren künftigen Schwager scharf ins Auge und stöhnt: »Oh!« Dann versagt ihr die Stimme.

Und draußen hört man Amilah unermüdlich jammern. Je näher sie kommt, desto deutlicher ist ihre heisere Stimme zu verstehen. Schauderhafte Drohungen, Verwünschungen und geschmacklose Flüche zerreißen die abendliche Stille.

»Wir lassen diesen Brief am besten ungelesen liegen, Patimah«, sagt Mas Darsono.

Patimah hat ihre Stimme noch nicht wiedergefunden.

»Bewahre ihn einfach auf, wenn du nicht möchtest, daß Zainab ihn liest.«

»Mutter«, sagt Hasan hohl.

»Es gehört sich nicht, die Briefe anderer Leute zu lesen. Vor allem nicht die eines ...« Er bricht mitten im Satz ab, schaut Hasan an und verzichtet darauf, den Gedanken zu Ende zu führen. Stattdessen sagt er: »Leg dich wieder schlafen, Hasan! Es gibt nichts, vor was du Angst haben mußt!«

Ohne etwas zu erwidern, schlurft Hasan fort in Richtung Schlafbank. Und als er sich hingelegt hat, hört man ihn leise weinen – es ist das Weinen eines Kindes, das den Schutzanker auf dieser Welt verloren hat. Mas Darsono und Patimah lauschen den leise an ihr Ohr dringenden, gepreßten Geräuschen. Patimah sagt langsam: »Mein Brüderchen!«

Sie läuft zur Schlafbank hinüber, wirft sich darauf und schlingt die Arme um den Jungen. Und auf dem einzigen Stuhl im Raum sitzt Mas Darsono, eine Träne im Auge. In diesem Augenblick fliegt die nicht wieder verriegelte Tür auf und Amilah stürzt herein.

»Rattenpack!« schimpft sie. Mit ihren vom Alter geschwächten Füßen kommt sie zum Tisch gelaufen und schlägt die Öllampe in Stücke. Die Flamme springt auf die Wand über und findet sofort Nahrung.

Und dann steht das ganze Haus in Flammen.

»Feuer!« gellt ein Schrei durch die Nacht.

Am Exekutionspfahl

Die Zelle, die zu dieser Stunde eigentlich dunkel sein müßte, ist bis in alle Winkel vom Licht einer Fünfzig-Watt-Birne erhellt. Seit der sechsten Stunde des gestrigen Abends hat sie ununterbrochen gebrannt. Bis jetzt, um vier Uhr morgens. Der Mann in der Zelle kennt die Uhrzeit, weil ein Wächter draußen vor dem Gefängnis stündlich den Klöppel einer Eisenglocke schlägt.
Kein Laut stört die Ruhe, die über dem Gefängnis liegt – ganz im Gegensatz zu sonst. Normalerweise sind um fünf Uhr morgens längst alle Zellen aufgesperrt, und die Häftlinge aus Unterwelt, Politik und Militär wetteifern um einige Schöpfkellen Waschwasser. Doch jetzt sind noch alle Zellentüren geschlossen. Es ist still, sehr still. Die Stille des Todes.
Noch nicht einmal der Gesang, mit dem Wachsoldaten nur allzu oft den Schlaf ihrer Gefangenen stören, ist zu hören. Eine Atmosphäre des Todes hat sich über das Gefängnis und alles, was sich darin befindet, gespannt. An diesem Morgen hat niemand eine Stimme – die Mutigen nicht, die Feiglinge nicht, und auch die nicht, denen alles gleichgültig ist. Alle, die wachen, beschäftigen sich mit den Problemen ihres Lebens, die ihrerseits die Probleme eines größeren Ganzen sind. Es ist still. Totenstill.
Anders als gewöhnlich ist auch kein Aufruf zum Morgengebet zu hören, der üblicherweise von denjenigen auf den Weg gebracht wird, für die vor dem Frühstück das Erhaschen einiger Schöpfkellen schmutzigen Waschwassers von Bedeutung ist. Und aus der Zelle des Mannes, der heute sein Leben lassen wird, ist kein aufmüpfiges Wort zu hören.
»Und wenn ich etwas bereue«, schreibt er auf ein Blatt Papier,

»dann nur eines: daß ich meinen eigenen Vater umgebracht habe – auch wenn es unumgänglich geschehen mußte.«

Er schreibt unaufhörlich. Nur wenn die Feder trocken geworden ist, gleitet sie für einen Augenblick nicht über das Papier. Doch mitunter hält er inne, um angestrengt nachzudenken, wobei seine jugendlichen Augenbrauen zu einem hohen Bogen gewölbt sind. Dann dauert es eine Weile, bis die Feder wieder über das Papier fließt. »Der Mensch lebt, um zu sterben«, zeichnet die Tinte auf die weiße Unterlage, »und ich will meinen Tod so ehrenvoll sterben, wie es mir möglich ist. Yuliati, Zainab Yuliati! Ich sehe noch dein Gesicht vor mir, als meine Becak bei einem Zusammenstoß mit einem zweirädrigen Pferdegespann umgeworfen wurde. Du wurdest bleich wie Kerzenwachs. Und dann hast du ein Versprechen geleistet. Ich erinnere mich noch genau an jedes Wort. Doch jetzt hast du dieses Versprechen in zweifacher Hinsicht gebrochen. Ein Versprechen, das ich dir nicht abverlangt hatte ...«

Die Schreibfeder stockt.

»He, was hat es für einen Sinn, derartige Bekenntnisbriefe zu verfassen?« protestiert Sa'aman gegen seine Hand, die begierig weiterschreiben will. Es gelingt ihm, sie für den Augenblick zurückzuhalten. Dann hört er unter sich ein leises Geräusch, das nur ein trainiertes Ohr erfassen kann: sein Kamerad kommt – die Hausgrille. Er legt die Schreibfeder auf seine Pritsche, die ihm als Pult dient, hockt sich vor die Nische unten und sagt zärtlich: »Kamerad, du willst dich wohl von mir verabschieden?« Er lächelt bitter. »Dafür danke ich dir.«

Und schon taucht die Hausgrille aus der Nische auf – ein ausgewachsenes Exemplar. Das Tier krabbelt auf Sa'amans Fuß, und Sa'aman setzt sich wieder hin. Dann hebt er seinen Kameraden mit bloßen Fingern hoch und setzt ihn sich auf die Wange – schließlich sind sie alte Vertraute.

»Hast du Hunger, Kamerad?« fragt er zärtlich. »Du bettelst um Reis? Aber es ist noch nicht sieben Uhr! Es ist noch früher Morgen. Man hat uns noch keinen Reis gebracht.« Er läßt den Blick in alle Winkel der Zelle schweifen. Dann fährt er fort: »Und es ist auch kein Reis von gestern übrig. Kein einziges

Korn, Kamerad. Du tust mir leid. Hoffentlich bekommst du nachher satt zu essen, wenn ein anderer Insasse in dieser Zelle wohnt.«
Er setzt die Hausgrille behutsam auf der Pritsche ab und greift wieder nach der Schreibfeder. Auf seiner Stirn zeichnen sich tiefe Falten ab – wie Wellentäler auf der Oberfläche der tosenden See. Und ohne Verstand oder Herz als Antriebsmotor fließt die Feder wie von alleine über das Papier. Es hat den Anschein, als würden die veilchenblauen Linien von der Hand eines in Trance befindlichen Mediums gezeichnet.
»Ich hatte es dir nicht abverlangt«, sagt der nächste Schriftzug, »und vielleicht hast du jenes Versprechen gegen deinen eigenen Willen geleistet. Na ja, kein Mensch auf dieser Welt kennt seinen eigenen Willen genau. Ich weiß, daß du in Kürze heiraten und dann zwischen Seidenkissen in einem warmen Bett mit Stahlrohrgestell schlafen wirst. Ja, das weiß ich. Ich hingegen schlafe jetzt in einer Zelle, die so kalt ist, daß einem das Blut gefriert. Du hast dich für ein warmes Bett entschieden – und für eine Welt, die sich in nichts von einem vollgerotzten Schlammpfuhl unterscheidet.«
Wieder hält seine Hand inne. Die Hausgrille turnt auf dem Papier herum, das er beschreibt. Sa'aman starrt auf die Blätter herab und saugt die frische Morgenluft in die Lungen. Seine Brust hebt sich.
Plötzlich erweckt er den Anschein, einen neuen Gedanken gefaßt zu haben. Er legt die Schreibfeder auf die Pritsche und beginnt, in der Zelle auf und ab zu laufen. Dann flüstert er: »Nun dauert es nicht mehr lange, bis ich vor dem Exekutionspfahl liege. Wie einfach ein Mensch doch aus dem Leben scheidet. Wie einfach es ist, einen Menschen aus dem Weg zu schaffen.«
In der äußersten Zellenecke bleibt er stehen, schlägt klatschend die Handflächen gegen die Wände und sagt gegen das kalte Mauerwerk: »Du darfst mich niemals vergessen. Du mußt den Menschen namens Sa'aman bin Paijan, der in zwei Stunden tot sein wird, immer im Gedächtnis behalten, denn schließlich hast du ihn für eine Weile beherbergt. Doch du bist stumm und wirst

es bleiben, bis du auseinanderfällst. Und dennoch sollst du wissen, daß ich dir für deine Erinnerung danke.«
Die Hausgrille auf der Pritsche zirpt, als rufe sie ihn. Er dreht sich um und schaut zu ihr hinüber. »Kamerad«, sagt er, »man hat noch keinen Reis gebracht. Ich kann dir nichts zu essen geben.« Er tritt an die Tür, schiebt vorsichtig das Fenster auf und hält lauschend das Ohr in die klaffende Öffnung. Es erfaßt nur Stille, die eine ganze Nacht nicht gebrochen worden ist. Er schiebt das Fenster wieder zu, kauert sich vor die Pritsche und beginnt erneut zu schreiben.
»Wenn ich tot bin«, zeichnet sich seine Handschrift auf das Papier, »werden sich bloß noch Kälte und Stille mit mir befassen.«
Wieder legt er die Schreibfeder zur Seite. Er fährt sich durch sein wirr durcheinanderstehendes Haar, springt auf und stampft mit dem linken Fuß auf den Boden, daß es in der Zelle widerhallt. Dann verharrt er bewegungslos und spitzt die Ohren. Draußen sind die Schritte eines Wachsoldaten zu hören. Er lauscht angestrengt und hört, wie ein Zellenfenster nach dem anderen geöffnet und wieder verschlossen wird. Vor seiner Zellentür verstummen die Geräusche. Dann hört er, daß das Fenster in der Tür ruckartig aufgeschoben wird. Er schaut in die Fensteröffnung und sieht das Gesicht eines Indonesiers.
»Kontrolle«, schnauzt der Wachsoldat. Dann schiebt er das Fenster wieder zu und geht weiter. Das Geräusch seiner Schritte erstirbt vor der gegenüberliegenden Zelle. Es ist deutlich zu hören, wie auch dort das Fenster aufgeschoben wird. Dann ertönt ein Aufschrei: »He, wo steckt der Kerl? Los, zeig dein breites Gesicht!«
Die Stimme des Wachsoldaten hallt im ganzen Trakt wider. Dann ist es totenstill. Eine Antwort bleibt aus.
Jetzt ist zu hören, daß drüben Schloß und Riegel kontrolliert werden. Dann hört man den Mann argwöhnisch sagen: »Alles richtig zugesperrt.«
Wieder ist es für Augenblicke ruhig. Dann dringt das Schimpfen des Wachsoldaten in Sa'amans Zelle: »Wenn du durchgebrannt bist, werde ich dich schnappen und dir das Fell vom Leib

ziehen! Behalte das gut! Ich bin nicht zum Spaß bei der holländischen Kompanie! Los, komm raus, du Drecksack! Zeig dein breites Gesicht!«
Wieder hallt die Stimme durch Trakt. Eine Antwort erfolgt nicht. Krachend wird drüben das Fenster zugeschoben, und dann ertönt das Geräusch laufender Stiefel, das im gesamten Gefängnis ein Echo hervorruft.
Sa'aman lauscht noch immer angestrengt nach draußen. Das Herz pocht ihm mächtig in der Brust, und sein Magen beginnt zu rebellieren. Mit flackerndem Blick beobachtet er das Zellenfenster, das aber geschlossen bleibt.
Drei Minuten später bleiben Personen mit schweren Militärstiefeln vor der Zelle gegenüber stehen. Schlüssel klirren gegeneinander. Jemand tritt drüben gegen die Tür und ruft fordernde Worte, ohne eine Antwort zu erhalten. Bis hierher ist spürbar, daß sich draußen Nervosität breit macht. Sa'aman reibt sich über die bebende Brust, doch er rührt sich nicht von der Stelle und lauscht angestrengt.
»He, wo ist der Kerl aus dieser Zelle? Los, zeig dein Gesicht im Lampenschein!« ruft ein Wächter aus heiserer Kehle. »Los! Wenn du dich nicht umgehend zeigst, knalle ich dich durch dieses Fenster ab!«
Es bleibt ruhig – im ganzen Trakt bleibt es ruhig.
Die Stimmen im Gang zwischen den Gefängniszellen werden leiser. »Schließ auf«, sagt jemand, »hier hast du die Schlüssel.«
Wieder tönt das Klirren von Schlüsseln herüber, die sich sodann in Schlössern drehen. Eine Tür wird quietschend aufgeschoben. Sa'aman lauscht angespannt, sein Herz pocht ungestüm. Jetzt beginnt sein Magen noch stärker zu rebellieren. Mit Macht will etwas aus ihm heraus. Doch noch gelingt es ihm, es zurückzuhalten.
»Wo steckt der Kerl?« ertönt es drüben wieder, jedoch weiter weg als zuvor. »Leuchte die Ecken aus! Wenn er sich versteckt, schlage ich ihm den Schädel ein! Schau unter der Pritsche nach! Vielleicht steckt er dort!«
»Da ist er nicht! Er ist geflüchtet!« erwidert eine andere Stimme unruhig.

»Wie kann er geflüchtet sein? Er ist doch eingesperrt gewesen! Schau einmal hier oben nach, ob irgendwo ein Loch ist! Ach was, hier kommt keine Ameise raus! Und ich selbst habe die Schlüssel die ganze Zeit bei mir getragen!«
»Er ist bestimmt geflüchtet!« sagt die unruhige Stimme noch einmal.
»Leuchte einmal dahin ...!«
Die Stimme reißt abrupt ab. Eine Taschenlampe fällt zu Boden. Dann stürmen, begleitet von gehetztem Atmen, schwere Militärstiefel zurück in den Gang. Sa'aman droht nun, die Kontrolle über seinen rebellierenden Magen zu verlieren. Hastig streift er die Hose nach unten und hockt sich über die Tonne, die als Klosett dient – gerade noch rechtzeitig, bevor sich seine Gedärme glucksend entleeren. Doch selbst dabei lauscht sein Ohr noch immer angestrengt nach den Geräuschen und Stimmen draußen.
»Ich werde dem Direktor Meldung erstatten«, hört man einen der beiden Männer draußen sagen.
»Nicht du! Laß mich das machen!« erwidert der andere, bevor sich seine Schritte rasch entfernen.
»Mistkerl!« schimpft der zurückbleibende Mann. »Mir so einen Schreck einzujagen! Gestern habe ich dich noch herumspazieren sehen, und jetzt baumelst du hier an der Decke. Mistkerl! Was habe ich mich erschrocken!«
»Der mit dem breiten Gesicht hat Selbstmord begangen«, flüstert Sa'aman. Die Revolte seines Magens ist überstanden. Er reinigt sich.
Dann schreibt er weiter an seinem letzten Brief: »Heute nacht hat sich der Häftling gegenüber, der kein Lebensziel mehr hatte, umgebracht. Er ist tief in den Sumpf menschenverachtender Handlungsweisen geraten und wurde letztendlich von seinen Sünden eingeholt, ohne daß er sich für sie verantworten wollte.«
Ein Lächeln deutet sich auf Sa'amans Lippen an. Er steht auf und spricht gegen die Tür: »Wir sündigen alle, Kamerad. Warum hast du Selbstmord begangen? Etwa weil du Angst hattest, nachher meinen Leichnam sehen zu müssen? Ja, genau deshalb hast du dich umgebracht. Hast du geglaubt, du bist der einzige

Sünder auf der Welt? Alle Dinge, die jemals von sündigen Menschen berührt worden sind oder noch berührt werden, sind von deren Sünden befleckt. Jeder Mensch sündigt.«
Jetzt kommt im Gang wieder Betriebsamkeit auf. Die Geräusche mehrerer Paare schwerer Militärstiefel überlagern und verlieren sich in der Zelle des Mannes mit dem breiten Gesicht. Schließlich erklingt die Stimme des Gefängnisdirektors: »Du da, rufe umgehend die Militärpolizei an und erstatte Bericht!«
Ein Paar Militärstiefel dröhnt durch den Gang davon.
»Verriegele die Zelle, bis die Militärpolizei hier ist«, ordnet der Gefängnisdirektor an. Dann hört man auch alle anderen Männer weggehen.
Sa'aman lauscht angespannt, doch die Betriebsamkeit draußen hat sich gelegt. Er atmet lang und tief ein – so lang und so tief wie niemals zuvor in seinem Leben. Dann schreibt er einige Zeilen, die mehr seiner Hand als seinen Überlegungen entfließen: »Yuliati, ich werde gleich tot sein. Doch du wirst noch tausend Jahre leben. Es ist gut so. Sowohl für dich als auch für mich. Und ich weiß, daß dich eine tiefe Reue lähmen wird, wenn du diese Zeilen eines Tages liest. Wirklich, Yuliati!
Du hast es ja nur wegen deinen Eltern getan. Und ich? Ich kann nichts mehr daran ändern. Meine Empfindungen beginnen bereits kalt zu werden. Es ist die Kälte, die sich gleich meiner bemächtigen wird. Und mein Gehirn? Ach, mein Gehirn will keinen Gedanken mehr fassen, und meine Gliedmaße wollen keine Bewegung mehr tun. Das ist der Tod, Yuliati.
Ich hoffe, daß der Tod eines Menschen so vonstatten geht wie das Sterben einer Pflanze, die vertrocknet und dann zerbröselt. Oder wie das Sterben eines Baumes, der mit ein wenig Glück noch Nutzen als Feuerholz abwirft.«
Er hört abrupt zu schreiben auf und räumt Feder und Papier säuberlich in die äußerste Ecke der Pritsche. Dann überfliegt er das Geschriebene noch einmal. Seine Stirn wirft Runzeln und seine Hände, die das Papier halten, verkrampfen. Nur einen Augenblick später zerreißt er das Schriftstück zu kleinen Fetzen, die er auf dem Fußboden verstreut.
»Das Werk eines Verrückten!« beschimpft er sich selbst. Und um

seine Mundwinkel spielt wieder der Spott, den er für die Welt und auch sich selbst übrig hat.
Die Hausgrille zirpt laut, doch jetzt ist keine Zeit mehr, um Aufmerksamkeit auf eine Hausgrille zu richten. In Sa'aman ist der Gedanke an den Tod übermächtig geworden und hat tiefe Falten auf sein Gesicht treten lassen. Seine Empfindungen purzeln übereinander und verballen sich.
Und plötzlich wird die Zellentür aufgestoßen, und die Stimme des Direktors ist zu hören: »Guten Morgen.«
Schwach erwidert Sa'aman den Gruß. Sein Magen droht wieder zu rebellieren, doch langsam schreitet er auf den in der Tür stehenden Direktor zu. Müde fragt er: »Ist es schon soweit?«
Der Direktor blickt prüfend auf die Papierfetzen, die über den Boden verstreut sind. Dann hebt er langsam den Kopf und schaut Sa'aman an.
»Ja«, sagt er respektvoll.
Er betritt die Zelle und fügt hinzu: »In ungefähr einer Viertelstunde wird man dich abholen.«
Für Augenblicke steht dem jungen Menschen Angst ins Gesicht geschrieben. Wehmütig sagt er: »Wie kurz mein Leben doch gewesen ist.«
Der Direktor nickt. Dann richten sich seine Augen wieder auf die ausgestreuten Papierfetzen. Und er fragt: »Darf ich dir in dieser Viertelstunde Gesellschaft leisten?«
Sa'aman nickt, doch eine Antwort gibt er nicht.
»Ich habe deine Briefe überbracht«, sagt der Direktor sehr langsam und mit kaum hörbarer Stimme. »Und ich glaube …« Er bricht mitten im Satz ab.
Sa'aman schaut ihn erwartungsvoll an. Als der Direktor nicht weiterspricht, ergreift er selbst das Wort: »Danke für dein Kommen und deine wohlwollende Haltung. Dann hast du also mit eigenen Augen gesehen, wie es um meine Familie bestellt ist – und so oder ähnlich ist es um die indonesische Durchschnittsfamilie bestellt.«
»Ja. Und ich habe zu der Überzeugung gefunden, daß deiner Familie geholfen werden muß.«
Sa'aman lächelt verächtlich. Müde sagt er: »Wenn du deine

Hilfe angeboten haben solltest … ich bin mir sicher, daß sie zurückgewiesen wurde.«
»Ja«, erwidert der Direktor kraftlos. »Doch vielleicht fällt es dir schwer, mit mir zu sprechen. Ich denke, daß du diese letzten Augenblicke für dich selbst benötigst. Deshalb will ich dich nur noch bitten, mir meine Fehler und Versäumnisse zu verzeihen, die ich willentlich oder unbeabsichtigt beging.«
Der Kopf sinkt ihm auf die Brust herab. Sa'aman gibt keine Antwort. Ein bitteres Lächeln umspielt seine Lippen. Die beiden Männer schweigen. Und während sie schweigen, verstreicht die gewährte Viertelstunde. Schwerfällig hebt Karel van Keerling die linke Hand und streift mit der Rechten den Hemdsärmel geringfügig nach oben. Unter dem Hemdsärmel erscheint eine Armbanduhr.
»Ist es schon soweit?« fragt Sa'aman.
Van Keerling steht bewegungslos auf der Stelle. Dann erwidert er freundlich: »Ja.« Und mit einer höflichen Handbewegung deutet er seinem Gefangenen an, aus der Zelle zu treten.
Plötzlich ist Sa'amans Gesicht um vieles bleicher als gewöhnlich. Er schlägt die Hände über seinen Magen, der rebellieren will, und zwingt sich aus der Zelle heraus. Und draußen vor dem Loch, in dem er drei Monate lang eingekerkert war, wartet das Erschießungskommando auf ihn. Langsam schreiten Sa'aman und van Keerling das Kommando, das im Gang Aufstellung in Zweierreihe genommen hat, ab. Der Direktor streckt dem Gefangenen eine Hand entgegen, aus der alle Kraft gewichen ist.
»Alles Gute auf deinem Weg«, haucht er verschwindend schwach.
»Alles Gute für euch, die ihr hierbleibt. Lebt alle wohl«, haucht Sa'aman noch schwächer – unhörbar schwach; nur seine Lippen haben sich bewegt.
Van Keerlings Kopf sinkt wieder nach unten. Jetzt wird Sa'aman von dem Kommando in die Mitte genommen, wie eine Braut. Dann wird er aus dem Gebäude eskortiert. Im Lichtschein der Lampen, die den Gang erhellen, ist deutlich zu erkennen, wie sein Gesicht hohlwangiger, zwischen Flaum und Haupthaar

dunkler, schmaler, ausgetrockneter und schaudernder wird. Seine Lippen werden spröde und trocken, sein Wimpernschlag ist gehetzt.
Der Direktor schreitet hinter dem Kommando her, und als es abbiegt, geht er hastig geradeaus weiter. Als er den offenen Gefängnishof erreicht, bleibt er stehen und schaut hinter dem davonziehenden Kommando her. Dann strebt er rasch zu seinem Büro. Dort angekommen, fingert er nach einem Taschentuch und wischt sich über die Augen.

Über dem Gefängnishof liegt tiefe Stille. Im Gegensatz zu anderen Tagen ist niemand hier – abgesehen von den Wächtern. Der Morgenwind wirkt kühl, als sei er sich bewußt, daß er eine Todeskunde hinaus in die Welt zu tragen hat. Als das Kommando das vordere Tor durchschreitet, rühren sich im Gefängnis die ersten Geräusche. Man hört Koranverse und Gebete für einen Kameraden, der den gleichen Kampf kämpfte und nun weit weggehen wird. Und in das Gemurmel mischen sich plötzlich laut und schneidend die Rufe der Krähen, die draußen vor dem Gefängnis einen Waringinbaum bevölkern. Doch das Erschießungskommando zieht unbeirrt weiter.
Das Kommando besteht aus blutjungen Angehörigen der Militärpolizei. In ihren Adern fließt reinrassiges Blut. Die meisten von ihnen wirken fürchterlich nervös und scheinen Angst vor der Pflicht zu haben, einen wehrlosen Menschen zu erschießen, der das widerspruchslos hinnimmt. Im trüben Morgenlicht ist deutlich zu erkennen, daß auch ihre Lippen zucken und trocken sind, und aus ihren blauen, braunen, grünen, hellen oder fahlen Augen funkeln unverkennbar die Angst und das Ekelgefühl, das sie aufgrund ihrer bevorstehenden Pflicht empfinden.
Der Platz, an dem die Erschießung vonstatten gehen wird, befindet sich hinter dem Gefängnisgebäude. Er wird von drahtbewehrten Mauern umzwängt, die sich vier Meter hoch auftürmen. In einer Ecke hat jemand mit Sand gefüllte Säcke übereinandergeworfen, in deren Mitte der Exekutionspfahl steht. Und genau dorthin wird Sa'aman geführt.
Mit bebender Stimme sagt der Befehlshaber des Erschießungs-

kommandos in indonesischer Sprache zu dem Todgeweihten: »Vergib uns, denn wir versehen nur unsere Pflicht. Wir folgen bloß einem Befehl und handeln, wie Angehörige des Militärs handeln müssen.«

Und Sa'aman erwidert knapp: »Ja.«

»Wir sind Menschen wie du. Doch das hier ist eine Pflicht.« Es gelingt ihm nicht, weiterzusprechen. Erst nach einem Luftholen sagt er: »Und du selbst hast deine Pflicht als aufrichtiger Sohn des indonesischen Volkes versehen.«

»Ja.«

Mit der Geste des Bediensteten einer Hotelrezeption deutet der Mann Sa'aman an, wohin er sich begeben soll. Und er sagt: »Bitte, du mußt dich jetzt hier auf die Sandsäcke stellen.«

Und Sa'aman steigt mit bleiernen Schritten nach oben. Der Befehlshaber stützt ihn. Sa'amans Fußsohlen spüren nicht, wie naß und kalt der Morgentau den Sand werden ließ. Doch er bemerkt etwas anderes: Sein Magen beginnt wieder zu rebellieren. Und gleichzeitig spürt er alle Aufregung von sich abfallen. Ruhig wendet er sich um und läßt den Blick über das unter ihm stehende Erschießungskommando schweifen. Dann richtet er die Augen zum Himmel und saugt dessen saphirblaue Farbe in sich auf.

Oh, dort oben ist sich der Himmel wie zur Zeit seiner Geburt nun auch zum Zeitpunkt seines Todes – prachtvoll und mächtig, wie in der entferntesten Vergangenheit und Zukunft.

Der Befehlshaber des Erschießungskommandos klettert hinter Sa'aman her. Mit höflichem Griff geleitet er ihn in Richtung des Exekutionspfahls. Und er sagt: »Entschuldigung, aber zu diesem Pfahl mußt du hin.«

Und dann lehnt sich Sa'aman mit dem Rücken gegen den Holzpfahl. Seine ausdrucksleeren Augen schweifen durch den Raum, der sich vor ihm auftut: taubefeuchteter Boden, ein vollkommen verängstigtes Mörderkommando, den Blick versperrende Mauern, ein endlos saphirblauer Himmel und rot im ersten Sonnenlicht die über die Hofmauern ragende oberste Dachziegelreihe des Gefängnisses.

»Könntest du bitte deine Arme hier nach hinten um den Pfahl

legen?« fragt der Befehlshaber, während er sich hinter Sa'aman stellt.
Sa'aman legt die Hände nach hinten um den Pfahl. Der Mann zieht eine Schnur aus Ananasfaser aus der Hosentasche. Als er sie um die willenlos nach hinten gerichteten Hände zurren will, schreckt er bestürzt zurück und sagt: »Oh, ich habe das Gefühl, daß es diesmal überhaupt nicht nötig ist.«
»Warum bist du so nervös?« fragt Sa'aman.
»Nervös? Ich? Ja, du hast recht. Wo ich doch auf einen Menschen schießen lassen muß, der sich nicht wehren kann. Auf einen Menschen, der Gefühle hat – und das Pflichtbewußtsein, für eine Familie zu sorgen. Wer weiß, ob du ein Kind im Säuglingsalter hinterläßt? Nein, so etwas ist kein Geschäft für einen Menschen! Wirklich nicht!«
»Du kannst einem leid tun.«
»Ich habe mich ausgiebig mit Theosophie befaßt. Und meine Regierung hat mich von einem weit entfernten Ort hierhergeschickt, um Menschen zu erschießen, die nicht die geringste Möglichkeit haben, sich zu schützen. Es heißt: Für Königin und Vaterland.«
Der Befehlshaber des Erschießungskommandos schweigt. Er trifft keine Anstalten, die nach hinten um den Pfahl geschlungenen Hände zusammenzubinden.
»Ja, für dein Vaterland und deine Königin wirst du in die Verpflichtung genommen, Menschen umzubringen.«
»Auch du hast für dein Vaterland Menschen umgebracht. Ist ein Vaterland denn ein so kostbares Gut, für das es sich zu morden lohnt?«
Sa'aman lächelt weise und erwidert: »Wie ich sehe, bist du nicht der einzige, der nervös ist. Das ganze Kommando ist nervös.«
»Ich habe meinen Kameraden sehr viel über Theosophie erzählt.«
»Ich glaube, du hättest Angst, selbst zu schießen«, sagt Sa'aman müde.
»Wir alle haben Angst, Verrat gegen die Menschlichkeit zu üben – obwohl es in diesen Zeiten zur Alltagspflicht geworden ist, Menschen zu töten. Und zwar so viele wie möglich. Für Königin und Vaterland.«

»Du bist derjenige, der den Befehl dazu erteilt.«
»Wir sind als arme Menschen auf dem Land aufgewachsen«, sagt der Befehlshaber bescheiden, »und du weißt doch selbst, daß die Armen immer und überall einem Willen zu folgen haben, der nicht ihr eigener ist. Wenn sie sich verweigern, gefährden sie das Wohl ihrer Familien. Und dies hier ist eine Pflicht …«
»… die den Menschen zum Tier macht«, führt Sa'aman den Satz zu Ende.
»Aber nicht alle Pflichten machen den Menschen zum Tier«, sagt der Befehlshaber. »Was ich in diesem Augenblick Pflicht nenne und gleich ausführen muß, ist etwas mir Aufgestülptes. Das Wort bezeichnet etwas, das meinem Pflichtverständnis als Mensch entgegensteht.«
Sa'aman richtet den Blick erneut gen Himmel, dessen Saphirblau zerflossen ist. Weiße Wolken sind aufgezogen.
»Nein, nicht alle Pflichten machen den Menschen zum Tier«, wiederholt der Befehlshaber überzeugt.
»Nein, nicht alle.«
»Bitte lehne dich jetzt aufrecht gegen den Pfahl. Deine Füße dürfen nicht gespreizt, sondern müssen geschlossen sein.«
Und Sa'aman rührt sich und folgt dieser Anweisung.
»Du mußt die Hände noch ein bißchen nach oben schieben!«
Sa'amans nach hinten um den Pfahl geschlungene Hände rutschen ein kurzes Stück höher. Jetzt bindet der Befehlshaber des Erschießungskommandos diese Hände mit der Schnur aus Ananasfasergeflecht zusammen. Sa'aman kann nun nicht mehr vom Exekutionspfahl weg, er ist an ihn festgezurrt. Plötzlich empfindet er eine gewaltige Leere und hat alles, was er jemals wußte, vergessen. Und er hat das Gefühl, das sich alles, was er noch sieht, verändert. Sein Magen rebelliert unbändig, doch er kämpft dagegen an.
»Ich denke, es ist nicht nötig, mich festzubinden«, regt er an.
»Davon bin ich überzeugt.«
»Hast du Angst, daß ich wegrenne?«
»Nein.«
»Und dennoch bindest du mich fest?«

»So will es die Vorschrift.«
»Warum werde ich festgebunden? Was soll diese Vorschrift?«
»Was sie soll? Dein Körper soll nicht auf die Säcke stürzen.«
Und jetzt sieht Sa'aman vor sich, wie er zu Boden stürzt. Wie kein Mensch bereit ist, ihn aufzufangen ... Wie er nicht mehr die Kraft hat, seinen Körper zu bewegen ... Wie es sein wird, wenn man ihn nicht mehr Mensch nennt ... Nein. Man wird ihn anders bezeichnen: Leichnam! Er schaudert.
»Was wäre schlimm daran, wenn mein Körper auf die Säcke stürzte?«
»Ich weiß es nicht. So ist nun einmal die Vorschrift.«
Ein weiteres Mal hebt Sa'aman langsam den Kopf, um zum Himmel zu blicken. Die weißen Wolken sind schon weitergezogen. Über ihm ist es wieder blau geworden. Dann wandert sein Blick zu den Steinmauern, die ihn umgeben, und weiter zu den Sandsäcken unter seinen Füßen. Kaum spürbar, rührt ihn eine sanfte Brise an. Plötzlich muß er an Hasan denken. Er weint.
»Entschuldigung, jetzt die Füße«, sagt der Befehlshaber.
Und Sa'aman drückt die Füße gegen den Exekutionspfahl. Dann kann er sie nicht mehr bewegen. Er spürt, wie sich die Schnur so fest um seine Haut strafft, daß sie die Blutzufuhr abzuschnüren droht.
»Entschuldigung, auch noch die Hüfte.«
Sa'aman drückt sich fest gegen den Pfahl, und nur Augenblicke später kann er sich überhaupt nicht mehr bewegen. Die Schnur schneidet ihm ins Fleisch. Es tut weh. Der Schmerz vertreibt seine Tränen.
»Fertig?« fragt Sa'aman energielos.
»Fertig.«
»Wann läßt du die Kugeln auf mich abfeuern?«
»Der Truppenarzt ist noch nicht da.«
»Der Truppenarzt? Was hat denn der hier zu suchen?«
»Er muß feststellen, ob du noch lebst oder schon tot bist.«
»Habt ihr Holländer wirklich solche Angst, daß ich mit dem Leben davonkommen könnte?«
»Ich nicht.«
Plötzlich überfällt Sa'aman eine unbeschreibliche Traurigkeit,

und er fühlt sich von seinem Herrn und Beschützer im Stich gelassen. Schwerfällig klagt er: »So werde ich denn aus meinem Vaterland fortgejagt?«

»Wir versehen nur unsere Pflicht«, bittet der Befehlshaber um Verständnis.

»Die Pflicht, die den Menschen zum Tier macht?«

»Ja.«

Sa'aman versucht nachzudenken, doch er kann keinen klaren Gedanken mehr fassen. Als Schattenbild nimmt vor seinem geistigen Auge der von ihm getötete Korporal Paijan Gestalt an. Dann sieht er sich neben seinen Brüdern Canimin und Kartiman an der Front. Dann bei seiner Mutter. Er seufzt. »Arme Mutter. Ich kann dir keine Hoffnung mehr auf eine Rückkehr machen.«

Nun sieht er Salamah vor sich, die wieder verschwindet und Patimah Platz macht. »Sieh zu, daß du dich zu einem bedeutenden Menschen entwickelst«, flüstert er. Und als der Befehlshaber vor ihm Aufstellung nimmt, fragt er: »Und ungefähr um wieviel Uhr wird der Truppenarzt kommen?«

»In ein paar Minuten, denke ich. Wenn er nicht noch in den Armen seiner Frau liegt.«

»Ich muß also auf einen letzten Kuß warten?«

Der Befehlshaber gibt keine Antwort, sondern schaut den Mann, der auf sein Kommando hin getötet werden wird, mit seinen hellen Augen an. Dann sagt er voller Hochachtung: »Du bist ein tapferer Mensch.«

»Wie kommst du darauf?«

»Weil du im Angesicht des Todes keine Furcht zeigst.«

»Tatsächlich nicht?«

»Ich habe diese verfluchte Pflicht schon dreimal erfüllt, und immer waren die Betroffenen schon ohnmächtig, bevor der Feuerbefehl gegeben wurde.«

»Da kommt ja der Truppenarzt endlich«, unterbricht Sa'aman.

Der Befehlshaber dreht sich um. Als er den Truppenarzt kommen sieht, zieht er ein Stück Schreibmaschinenpapier aus der Tasche, auf dessen Mitte ein grüner Kreis gezeichnet ist. Dieses Stück Papier heftet er an Sa'amans linke Brustseite. Dorthin, wo das Herz sitzt.

»Was hat dieses Stück Papier zu bedeuten?«
»Es ist das Ziel, auf das zu schießen ist.«
»Also links in die Brust werdet ihr schießen?«
»So lautet der Befehl.«
»Danke für den Hinweis.«
Die Männer schweigen. Und jetzt saugt Sa'aman alles, was er sieht und gleich verlassen wird, in sich auf: den dunkelgrünen Wipfel des Waringinbaumes, den hellblauen Himmel, die ihn umschließenden Mauern und die Sandsäcke unter seinen Füßen, auf denen er zum ersten und zum letzten Mal in seinem Leben steht. Alles brennt sich in seine Gedanken ein. Und von dort, wo sein Blick vom Mauerwerk versperrt wird, sieht er den Truppenarzt näherkommen.
»Wie heißt du?«
Sa'amans ganze Aufmerksamkeit richtet sich auf diese Frage.
»Sa'aman bin Paijan«, erwidert er knapp.
»Sa'aman bin Paijan«, echot der Befehlshaber des Erschießungskomitees. Und er murmelt still vor sich hin: »Diesen Namen werde ich mein Leben lang nicht vergessen. Sa'aman bin Paijan.«
Der Truppenarzt springt auf die Sandsäcke und schreitet geradewegs auf den Exekutionspfahl zu. Scharf und beißend faucht er: »Ein Untergrundkämpfer, was?«
Sa'aman hebt den Kopf und schaut ihn an, ohne etwas zu erwidern.
»Wie viele meiner Rasse hast du getötet?« hilft der Truppenarzt nach.
Jetzt verschärft sich Sa'amans Blick, und Mißmut huscht über sein Gesicht. Er schaut den Befehlshaber an und will wissen: »Muß ich eine solche Frage beantworten?«
Der Befehlshaber blickt betreten zu Boden und erwidert: »Wenn du es willst.«
»He, welcher Rasse gehörst du denn an?« zischt Sa'aman dem Truppenarzt spöttisch entgegen.
»Ich bin Holländer! Siehst du das nicht?«
»Und das mit so dunkler Haut?«
Der Truppenarzt betrachtet flüchtig seine Haut und muß sich

eingestehen, daß sie nicht gerade hell ist. Er ist beschämt und wütend. Hastig prüft er hinter Sa'amans Rücken nach, ob die Schnüre vorschriftsmäßig anliegen. Auch dem korrekten Sitz der Zielscheibe auf Sa'amans Herzen schenkt er Beachtung.
»Gut«, sagt er endlich und schaut den Befehlshaber des Erschießungskommandos an. »Es kann losgehen.«
Die beiden Uniformierten steigen von den Sandsäcken herab und lassen Sa'aman mit seinem Schicksal, seinen Erinnerungen an diese Welt, seinem jugendlichen Mut und seinen jungen Gedanken alleine. Sa'aman sieht, daß das Erschießungskommando Aufstellung bezogen hat. Auch die Spatzen, die entlang der Mauer herumhüpfen, sieht er – und den Truppenarzt, der auf die Armbanduhr blickt und ihm bürokratisch zuruft: »Willst du die Augen verbunden haben?«
Sa'aman schüttelt den Kopf. Einen Augenblick lang bleibt es still. Dann dringen von drüben aus den Gefängniszellen vage Geräusche an sein Ohr. Die Mitgefangenen rezitieren Koranverse, mit denen sie von ihm Abschied nehmen. Für Momente schließt er die Augen. Hunderte von Bildern schießen ihm durch den Kopf. Geschwind reißt er die Augen wieder auf.
»Hast du noch etwas zu sagen?« fragt der Truppenarzt.
Sa'aman nickt.
»Gut. Ich gebe dir noch eine Minute.«
Plötzlich umspielt wieder jenes Lächeln, das nur Spott für die Welt übrig hat, Sa'amans Lippen. Er kneift die Augen zusammen, als wolle er sich ein letztes Mal alles Schöne, das die Welt zu bieten hat, vergegenwärtigen. Doch alle Gedanken, Empfindungen, Erinnerungen, Ideale, Lüste, Begierden und Aufwallungen vermischen und verflechten sich in seinem Inneren zu einem schlotternden Trümmerhaufen. Und dann wird es über dem Gefängnis wieder totenstill: als letzte Ehrenbezeigung für einen Freiheitskämpfer, der auf halbem Wege fällt und den Ring in einer zu frühen Runde verlassen muß.
Jetzt sind Sa'amans Augen weit geöffnet. Aufmerksam läßt er den Blick über seine Mörder schweifen – die Angehörigen des Erschießungskommandos. Er bemerkt ihre Nervosität am Zittern der Gewehre in ihren Händen.

Ein erster Befehl ertönt. Das Erschießungskommando gerät in Bewegung. Dann ertönt ein zweiter Befehl. Das Kommando legt die Gewehre an. Und jetzt sind sämtliche Gewehrmündungen zitternd auf Sa'aman gerichtet. Der Truppenarzt schaut auf die Armbanduhr.

»Noch eine Minute«, schreit er links neben dem bereitstehenden Kommando.

Sa'aman versammelt allen Mut, alle Kraft und Energie, die ihm geblieben sind. Sein Gesicht rötet sich. Seine Augen stechen. Sein Hals versteift sich.

Und dann schreit er laut und langgezogen: »Allahu akbar!« Seine helle Stimme zerreißt die Stille des Morgens und reicht bis in die entferntesten Winkel des Gefängnisses. Und aus sämtlichen Zellen hallt der Ruf als donnernder Chor sich überlagender Stimmen zurück. Dann ist es für Augenblicke wieder totenstill. Und schließlich findet die Stimme auch draußen vor dem Gefängnis ein Echo.

Und in diesem Augenblick wird Sa'aman von tausend Zweifeln, Ängsten und Sorgen heimgesucht. In seinem Kopf rebelliert und drückt etwas.

»Sind die Lehren des Glaubens, zu dem ich mich bekenne, richtig?« fragt er sich bedrückt. Doch sein Mund ruft schon ein weiteres Mal mit aller Kraft, die seiner Stimme gegeben ist: »Allahu akbar!«

Und wie ein Echo folgt diesem Ruf wieder ein Chor sich überlagernder Stimmen. Draußen vor den Gefängnismauern scheinen nun noch mehr Stimmen seinen Ruf zu erwidern: die Stimmen aller Menschen, die jemals im Kampf für ihre Ideale gefallen sind. Und wieder rebelliert etwas in Sa'amans Kopf: Sind die Lehren meines Propheten richtig? Sind sie falsch? Richtig? Falsch? Richtig?

Doch schon wieder ruft sein Mund: »Allahu akbar!«

Und wie mächtiger Donner dröhnt ein Echo aus menschlichen Kehlen zurück. Das Erschießungskommando hält die Gewehrläufe noch immer auf Sa'aman gerichtet. Der Truppenarzt schaut das Opfer mit schräg geneigtem Kopf an, doch seine Aufmerksamkeit wird viel stärker von dem herüberschweben-

den Geräusch beansprucht. Gleiches gilt für den rechts vom Kommando stehenden Befehlshaber.
Jetzt versammelt Sa'aman alle restliche Energie. Sein Körper verkrampft. Sein ohnehin tiefgerötetes Gesicht wird noch dunkler. Die Halsschlagadern treten deutlich sichtbar hervor. Die Stirnadern auch. Dann ertönt sein Schrei: »Freiheit!!«
Und von überall her schallt es zurück: »Freiheit! Freiheit!«
Dann wird es still. Totenstille liegt über dem Platz, der als Schlachthof für einen Menschen dient. Und dann ertönt ein schneidender Befehl in holländischer Sprache. Schüsse peitschen durch die Luft, die im ganzen Gefängnisbereich widerhallen und weit draußen hinter den Mauern zu hören sind. Und fast gleichzeitig sackt Sa'amans Kopf nach vorn. Die Halsmuskulatur ist nicht mehr angespannt. Die grüne Skizze auf der linken Brustseite ist im Kugelhagel zerfetzt worden. Rotes Blut spritzt hindurch. Sa'amans Körper sackt schlaff in die Schnüre, die ihn halten. Der Exekutionspfahl gerät ein wenig ins Schwanken. Und unaufhaltsam fließt Blut nach unten, um die übereinander gestapelten Sandsäcke zu beflecken.
Wieder ertönt ein Befehl. Das Erschießungskommando setzt die Gewehre ab. Mit schnellen Schritten eilt der Truppenarzt zum Exekutionsort hinüber. Als er die Sandsäcke erreicht hat, springt er hinauf und tritt vor den Leichnam. Er prüft Sa'amans nach vorn überhängendes Gesicht. Mit geübter Hand tastet er Sa'amans rechte Brustseite ab. Dann geht er in die Knie, um die Augen des Hingerichteten zu prüfen. Und diese Augen schauen ihn trübe flackernd an. Er schaudert betroffen zurück, und seine Nackenhaare sträuben sich. Er steht auf und schüttelt ungläubig den Kopf. Dann zieht er eine Pistole aus der Westentasche und schießt Sa'aman in den Kopf. Es ist ein Gnadenschuß. Anschließend steckt er die Pistole wieder ins Futteral. Als ob nicht das geringste geschehen wäre, dreht er sich um und geht gleichgültig davon. Und auch das Erschießungskommando löst sich auf und verläßt den Platz.
Am Himmel entfaltet die Sonne nun ihre Kraft, und unter ihren Strahlen färbt sich das aus dem Schädel sickernde Blut rasch dunkelbraun. Der Leichnam bewegt sich nicht. In den Schnüren

hängt nicht der Sa'aman von früher. Nur ein Leichnam hängt dort. Jung sind die Erinnerungen daran, daß es einmal einen Menschen namens Sa'aman bin Paijan gab. Die Spatzen, die vor der Mauer herumhüpften und durch den Lärm der Schüsse verscheucht worden sind, kehren zurück. Einer von ihnen kommt vom Stacheldrahtzaun auf der Mauer herabgeflogen und setzt sich auf den Kopf des Leichnams. Dann fliegt er wieder weg. Und nicht lange danach kommt ein anderer geflogen und setzt sich auf eine herabhängende Schulter.

Über dem Gefängnis liegt Totenstille. Erst nach einer ganzen Weile ertönt aus einer Zelle ein murmelndes Gebet, das aufgenommen und weitergetragen wird – das Gebet eines zurückgelassenen Schicksalsgenossen. Und die Vögel hüpfen herum, um dann endlich wegzufliegen.

Amilah

Das Feuer breitet sich rasch aus. Die Flammen stürzen sich begierig auf alles Brennbare und greifen im Nu auf benachbarte Häuser über. Die Hütten mit den Wänden aus Bambusgeflecht in der Zone der Freiheit sind ihnen eine leichte Beute. Sie brennen lichterloh wie Feuerholz im Küchenofen. Ein rötlichgelber Lichtschein beleuchtet die Umgebung des Brandherdes noch Hunderte von Metern entfernt. Und überall flüchten Menschen, um sich in Sicherheit zu bringen. Mit ungläubigen Augen starren sie zurück und schauen im Schutz eines Baumes oder einer Hecke entsetzt zu, wie ihr Hab und Gut zum Opfer der Flammen wird.

Wer genau hinhört, vernimmt alle Augenblicke Amilahs schrille Stimme: »Die Welt ist verkommen! Sie muß brennen! Zu Asche verbrennen!« Und ihr Gezeter wechselt sich mit lautem Wehklagen ab: »Aman! Aman! Sa'aman, mein Sohn!«

Doch wie alle Stimmen um sie herum wird auch die ihre von tausend anderen Geräuschen verschluckt und von Flüchen aus Hunderten von Kehlen übertönt. Und die rötlich-gelben Flammen schießen immer höher zum klaren Nachthimmel empor. Die Feuerzungen stürzen sich hungrig auf immer neue Beute. Und überall rennen Menschen mit ängstlichen Gesichtern herum, um sich in Sicherheit zu bringen.

Hasan, Mimi, Patimah, Mas Darsono und Amilah haben einander inmitten der panischen Menschenmenge längst verloren. Und unter all den Menschen, die ihren gesamten Besitzstand und mit ihm ihre Hoffnungen verlieren, schleppen andere weg, was ihnen in dem Getümmel in die Hände fällt, um sich auf diese Weise zu bereichern.

»Mas! Mas Darsono!« hört man Hasan rufen. Doch seinem Ruf ergeht es nicht anders als den Rufen der übrigen: Er wird nicht beantwortet.
Alte Menschen hocken über den Bündeln, die sie noch mitnehmen konnten, und weinen stoßweise. Kleine Kinder heulen hemmungslos wie Dämonen im Wayangspiel. Hunde kläffen und jaulen den Himmel und das rötlich-gelbe Flammenmeer an. Katzen huschen weg, um neuen Besitzern zuzulaufen, und Ratten flitzen über die Füße der Leute in andere Schlupflöcher. Erwachsene Menschen schauen mit trüben Blicken hilflos zu, wie ihr Besitz zu Asche verbrennt, und in so manchem Auge blitzen Tränen auf.
Der Wind bläst kräftiger und läßt dichte Rauchwolken über den Boden rollen, die diejenigen umhüllen, die noch nicht weit genug vom Brandherd entfernt sind, um ihnen die Atemluft abzuschnüren. Die Menge teilt sich in aus sicherer Entfernung zuschauende und verzweifelt nach Atem ringende, um ihr Leben stolpernde Menschen. Geschrei aus Menschenkehlen vermischt sich mit dem Knistern der sich ungestüm ausbreitenden Flammen.
Der Brand tobt sich aus.
Nachdem das Feuer schon eine Viertelstunde ungehindert gewütet hat, treffen Einheiten der Feuerwehr ein. Je länger sie gegen den Brand ankämpfen, desto mehr dämmen sie ihn ein, und schließlich ist das Feuer gelöscht. Übrig bleiben glühendes Gestein, Asche, verkohltes Holz und Menschen, die Häuser und Besitz verloren haben.
Amilah sitzt unter einem großen Baum und schreit noch immer mit schneidender Stimme: »Die Welt ist verkommen! Sie muß brennen! Sie muß zu Asche werden!« Und dann beginnt sie wieder zu klagen: »Aman! Aman! Wo ist mein Sohn?«
Doch niemand schenkt ihr Beachtung, denn jeder ist mit eigenen Problemen befaßt. Der Chinese Giok steht fassungslos vor seinem nicht mehr existierenden Geschäft – mit dessen Vernichtung ist auch das Versprechen, das er Mas Darsono gegenüber ablegte, nichtig geworden.
Amilah steht von dem umgestürzten Stamm, auf dem sie Platz

genommen hatte, auf und schaut, was der Brand übriggelassen hat. Plötzlich reißt sie sich das Oberteil vom Leib und schüttelt es über dem Boden aus. Mit nackten Brüsten steht sie dort. Dann beginnt sie das Oberteil in schmale Streifen zu zerreißen, die sie wegschmeißt. Das gleiche macht sie mit dem Hüfttuch, das ein zerfetztes Schamtuch überdeckt.

Dann hüpft sie wie wild herum und meckert mit nicht still stehenden Lippen: »Verkommen! Alles ist verkommen! Überall nur Betrüger! Ich schlage euch die Schädel ein! Keine Angst, mein Junge! Dem Kerl von der Zeitung schlitze ich den Magen auf! Und diesem Sergeant Kasdan auch! Aman! Aman! Komm, wir wollen eingelegtes Gemüse essen! Keine Angst! Wer wagt es, meinen Sohn zum Tode zu verurteilen? Du da? Glaubt der Kerl etwa, daß Amilah, die Zierde der Kompanie, keine Macht mehr hätte? Ich habe immer noch Leutnant Gedergeder! Und Benni! Hab keine Angst, mein Junge! Los, komm nach Hause! Los!«

Noch einmal hüpft sie im Kreis herum, bevor sie auf ihren altersgeschwächten Beinen losrennt. Dann ist ihre gebückte Gestalt in der Dunkelheit des frühen Morgens verschwunden.

Entlang der in pechschwarzer Finsternis liegenden Straße sind unablässig ihr Grummeln, ihre gemeinen Drohungen und ihr inständiges Klagen zu hören. Endlich erreicht sie die beleuchtete Straße. Niemand ist zu sehen, denn es herrscht Krieg, und nächtliche Ausgangssperre ist angeordnet. Nur die zur Station zurückkehrenden Fahrzeuge der Feuerwehr rumpeln an ihr vorbei, und unter ihren Rädern wirbelt Straßenstaub hoch, der sich sogleich wieder auf dem Boden verteilt. Und die Nacht schreitet unablässig voran.

Amilahs Augen blitzen wild und verstört. Sie erweckt den Eindruck, allmählich am Ende ihrer Kraft zu sein. Ihr Haar steht wirr durcheinander, die Augen starren tief eingefallen aus ihren Höhlen. Ihr Mund blabbert ohne Unterbrechung unverständliches Zeug. Und alle Augenblicke schaut sie mißtrauisch nach links und nach rechts. Auf die gesamte Welt ist sie mißtrauisch.

Jetzt hat sie beinahe das Gefängnis Gang Tengah erreicht. Sie bleibt stehen. Argwöhnisch streift ihr Blick über die Gefängnis-

mauern und wird plötzlich von einem aufblendenden Scheinwerfer festgehalten.
»Wer da?« schnauzt hinter dem Scheinwerfer die kehlige Stimme eines Soldaten, der in einem dunklen Verschlag Wache schiebt. Als Amilahs Augen sich von dem Scheinwerfer losreißen, blitzt Wildheit in ihnen auf. In gebückter Haltung strebt sie auf die mit Stacheldraht bewehrte Mauer zu.
»Wer da?« schnauzt der Wachhabende noch einmal.
Sie bleibt stehen und schaut forschend zu dem dunklen Verschlag, der von oben nur schwach von einer Straßenlaterne beleuchtet wird. Ein keckerndes Lachen schallt ihr entgegen.
»Wie verkommen!« schimpft sie. »Er lacht mich aus!«
Sie geht weiter und bleibt erst am Tor zum Gefängnisvorhof stehen, als der mit einem englischen Gewehr bewaffnete Wachhabende aus seinem Verschlag springt und ihr mit einer Taschenlampe ins Gesicht leuchtet. Und erschrocken ruft der Mann, wie sein Islamlehrer es ihn auf der Moscheeschule gelehrt hat, auf arabisch Mohammed und Allah an, sie mögen den Satan bannen.
Doch Amilah ist kein Satan. Sie geht weiter und steht jetzt bereits im Vorhof. Dabei schreit sie gellend: »Die Welt ist verkommen! Sie muß brennen! Wo ist mein Sohn?«
Der Wachhabende läuft ihr nach und schimpft: »He, Störenfried! Ich dachte, der leibhaftige Teufel steht vor mir!«
»Ist mein Sohn hier?« fragt Amilah herrisch.
»Du wagst es, dich über die nächtliche Ausgangssperre hinwegzusetzen?«
»Ist mein Sohn hier?« fragt sie noch einmal.
»Was habe ich mit deinem Sohn zu tun? Hau ab!« schnauzt der Wachhabende grimmig und fügt hinzu: »Dafür kannst du erschossen werden, Weib!«
Doch Amilah ist jetzt alles egal. Sie hat nur noch einen im Sinn: Aman – Sa'aman bin Paijan. Mutig geht sie weiter. Der Wachhabende springt hinter ihr her und stößt ihr sein Bajonett gegen die Schulter. Sie schreit laut auf und stürzt zu Boden. Doch sie weigert sich, wegzugehen. Sie kratzt sich am ganzen Leib. Dann bearbeitet sie wie jemand, der nur noch Haß auf sich selbst und

die ganze Welt empfindet, mit ihren Fäusten den Erdboden. Und schließlich beginnt sie, hemmungslos zu weinen.
»Sie töten meinen Sohn«, klagt sie.
»Deinen Sohn?« fragt der Wachhabende uninteressiert. Doch sie kümmert sich nicht um sein Desinteresse, sondern klagt verzweifelt weiter: »Sie belügen mich! Sie sind Betrüger! Meinen Mann haben sie auch verschwinden lassen! Und die Japaner haben Leutnant Gedergeder umgebracht! Mein einziges Kind ist von der Militärpolizei abgeholt worden! Alles ist verkommen! Und ich suche meinen Sohn Tag und Nacht, und jetzt schlagen sie mich hier! Oh, mein Sohn! Die Welt ist verkommen! Sie muß brennen!«
»Du bist verrückt«, sagt der Wachhabende barsch.
»Ich bin nicht verrückt. Die Welt ist verrückt. Und du bist auch verrückt.«
Der Wachhabende versetzt ihrem Hintern einen Tritt. Amilah schreit vor Schmerzen auf: »Er tritt mich! Er tritt mich!« Ihre Schreie durchschneiden die Nacht. Der Wachhabende lacht sie meckernd aus. Dann fragt er barsch wie zuvor: »Soll ich dir noch ein paar Schläge versetzen?«
Amilah beginnt hysterisch zu schluchzen. Ihr Blick hat jegliche Wildheit verloren. Mit kaum wahrnehmbarer Stimme haucht sie: »Sie halten meinen Sohn gefangen. Sie haben ihn zum Tode verurteilt. Und niemand auf der ganzen Welt will uns helfen. Die Welt! Die Welt und ihre tausend Millionen Menschen! Alles nur Betrüger und Lügner!«
Ihr Weinen schwillt zu einem Zetern an. Der Wachhabende lacht.
»Du bist wirklich verrückt«, sagt er belustigt.
Sofort sind Amilahs trockene Tränen versiegt. »Die Welt ist verrückt«, widerspricht sie, »nicht ich. Ich bin nie verrückt. Du bist verrückt.«
Wieder lacht der Wachhabende. Dann fragt er: »Und wie heißt dein Sohn?«
»Aman! Sa'aman!«
Der Wachhabende verstummt kurz, doch schließlich lacht er erneut belustigt: »Ist sein voller Name Sa'aman bin Paijan?«

»Sa'aman ist mein Sohn. Paijan ist mein Mann. Ja, so heißt er. Ist er hier?«
»Ja, er ist hier.«
»Mein Sohn! Mein Sohn!« schluchzt Amilah. Sie müht sich auf die Beine und baut sich vor dem Wachhabenden auf. In ihren Augen blitzt Wildheit.
»Schön, schön. Morgen wird er erschossen. Keine Sorge! Morgen früh steht er vor dem Erschießungskommando.«
»Verbrecher! Schuft! Kasernenschwein! Du sollst derjenige sein, den man über den Haufen schießt!«
Sie versucht den Wachhabenden mit aller Kraft, die in ihrem gealterten Körper übriggeblieben ist, wegzuschieben, doch der stämmige Kerl weicht keinen Millimeter von der Stelle. Er lacht bloß belustigt. Dann sagt er spöttisch: »Alle Untergrundkämpfer müssen erschossen werden.«
Amilah erwidert nichts, sondern kauert sich wieder hin und fleht weinend die Welt um Gerechtigkeit an. Der Wachhabende, der allmählich die Lust verliert, sich noch länger mit der alten Frau zu befassen, beginnt auf und ab zu spazieren. Zu seiner Überraschung springt Amilah plötzlich auf und rennt auf das Gefängnistor zu.
»Mein Sohn! Mein Sohn!« schreit sie.
Ihre Stimme hallt von den Wänden wider. Der Wachhabende jagt hinter ihr her. Amilah hat jetzt das Guckloch im Gefängnistor erreicht und klammert sich an dessen Gitterstäben fest.
»Ich will meinen Sohn holen! Ich will ihn mitnehmen! Meinen Sohn!« schreit sie.
Als der Wachhabende kräftig an ihren Haaren zieht, fliegt ihr Kopf ruckartig zurück. Ihre Kräfte drohen zu schwinden. Ihre Umklammerung der Gitterstäbe löst sich. Dann sinkt sie zu Boden. Der Wachhabende zieht an ihrem Arm, doch sie gibt noch immer nicht auf und hält sich verzweifelt am Torrahmen fest. Jetzt reißt dem Wachhabenden der Geduldsfaden, und er bedenkt Amilah mit Fußtritten. Die alte Frau schreit auf. Dann brüllt sie: »Mein Sohn!«
Im Gerangel beginnt Amilahs Atem zu fliegen, doch immer noch klammert sie sich an den Gitterstäben fest.

»Hündin! Weg von hier!«
»Mein Sohn! Mein Sohn!« stöhnt Amilah verzweifelt.
Dem Wachhabenden wird es zu bunt. Er packt Amilahs Beine und zieht mit aller Kraft. Und als sie sich nicht mehr festhalten kann, schleift er die alte Frau wie den Kadaver eines Hundes hinter sich her. Wegen der zahlreichen spitzen Steine im Boden ist ihr Körper rasch blutüberströmt.
»Gnade, Herr! Gnade, mein Gebieter! Ich will doch nur meinen Sohn holen! Meinen ureigenen Sohn!« schluchzt Amilah. Und noch einmal: »Meinen Sohn!« Dann seufzt sie schwer.
»Wage es nicht noch einmal, den Vorhof zu betreten!« raunzt der Mann sie an. »Sei vorsichtig, oder ich schieße dich über den Haufen!«
»Aber mein Sohn ist dort drinnen!«
»Ja. Und morgen früh wird er erschossen.«
»Oh!« jammert Amilah. Dann schleudert der Mann sie in hohem Bogen an den Straßenrand. Sie kann nicht aufstehen. Ihr Schluchzen erstirbt zu einem leisen Weinen. Abgesehen davon ist die Nacht totenstill, und so ist ihr Leid weithin zu hören. Dann ertönt über dem Zaun, vor dem sie liegt, noch einmal das belustigte Lachen des Wachhabenden, der wieder in seinem Verschlag Stellung bezogen hat. Amilah kriecht auf allen vieren näher an den Zaun heran, müht sich auf und bleibt still am Straßenrand sitzen. In ihren Gedanken, Vorstellungen und Erinnerungen ist für nichts anderes als ihren Sohn Platz.
Und mit dem Voranschreiten der Nacht verrinnt die Lebenszeit der Menschen. Amilah sitzt bewegungslos. Auch die Sterne, die über den ganzen Himmel verstreut sind, bringen keinen Glanz in ihre trüben Augen. Fahl leuchtet hinter ihrem Rücken eine Straßenlaterne. Je länger sie dort sitzt, desto schwerer wird ihr Wimpernschlag – bis ihre Augen geschlossen bleiben. Sie ist eingeschlafen.
Und unmerklich wie in allen anderen Nächten, seit es Erde und Nächte im Universum gibt, dreht sich die Erde, bis am klaren Himmel schließlich blaßroter Nebel den hereinbrechenden Tag ankündigt. Langsam driftet der Nebel herab, und kühl kommt der Morgen. Ein weiterer Morgen, den Amilah nicht herbeige-

sehnt hat. Von hier und da wird das stolze und lebensbejahende Krähen von Hähnen herübergetragen. Das schrille Pfeifen der Züge auf den Abstellgleisen im Bahnhof Jatinegara durchschneidet die morgendliche Stille, und Automobile beginnen über die Hauptstraßen zu kriechen.

Amilah schreckt aus ihrem kurzen Schlaf hoch und müht sich umgehend auf die Beine. Als sie steht, hat es den Anschein, daß sie ihre fortgeflogenen Gedanken einzufangen versucht. Dann wandern ihre Augen mißtrauisch in alle Richtungen. Mit der Kuppe ihres Zeigefingers wischt sie sich den Dreck aus den Augen. Dann schreitet sie langsam in Richtung Hauptstraße. Nahebei läuten Kirchenglocken. Sie bleibt stehen und denkt über dieses Geräusch nach, doch es will ihr nicht in den Sinn kommen, was es bedeutet, und so schlägt sie sich gegen den Kopf, der die Arbeit verweigert.

»Ach, ich weiß«, murmelt sie, »die Glocken rufen Hurra. Wanzenpack. Alle rufen Hurra, alle.« Ihre ganze Aufmerksamkeit ist auf das Glockengeräusch gerichtet. Plötzlich springt sie hoch und schreit klagend: »Mein Sohn! Mein Sohn!« Dann beginnt sie zu laufen, doch nach wenigen Metern bleibt sie stehen. Mißtrauisch blickt sie sich um. Sie geht zurück und stellt sich schweigend vor den Wachhabenden, der am Eingang zum Vorhof steht. Sein verächtlicher Blick verrät, daß er sie als lästige Bettlerin betrachtet.

»He, unterstehe dich, näherzukommen!« weist er sie ab.

»Aman! Aman, mein Sohn!« keucht sie im Flüsterton.

»Ich sagte, du sollst nicht näherkommen! Hau ab, Alte! Scher dich weg!«

»Aber Aman ist mein Sohn!«

»Davon weiß ich nichts, und es interessiert mich auch nicht. Hau ab, Alte! Geh jetzt endlich!« gebietet der Wachhabende energisch.

Und seinem Befehl gehorchend, geht Amilah … an ihm vorbei. Er zieht sie zurück, doch Amilah will nicht aufgeben. Der Wachhabende verliert die Geduld, packt die alte Frau auf beide Arme und schmeißt sie hinaus auf die Straße Gang Tengah. Und

wieder kauert sich Amilah an den Straßenrand, wo sie bewegungslos hocken bleibt.
Eine Schußsalve ertönt. Amilah fährt hoch. Mit flackernden Augen sucht sie sämtliche Richtungen ab. Schließlich bleibt ihr Blick am Gefängnistor hängen. Für den Augenblick hat sie alle Energie verloren. Zwei volle Minuten lang steht sie dort wie ein Standbild. Dann geht sie auf den Wachhabenden zu, der sie soeben auf die Straße geschmissen hat.
»Aman! Mein Sohn Aman!« schreit sie gellend.
Und als sie vor den Wachhabenden hintritt, der sie mit weit aufgerissenen Augen anstarrt, hört sie einen Pistolenschuß. Sie bleibt wie angewurzelt stehen. Mit erhobenem Gewehr versperrt ihr der Mann den Weg. Doch Amilah ist jetzt alles gleichgültig.
»Dich soll man zum Tode verurteilen«, schreit sie dem Wachhabenden ins Gesicht. »Wer wagt es, meinen Sohn zu verurteilen? Wer?«
Der Mann weiß nicht recht, was er tun soll. Schon bleiben die ersten Passanten stehen, um die tobsüchtige Frau zu beobachten. Der ratlose Wachhabende schlägt die Alarmglocke. Amilah zwängt sich mit der Kraft eines Menschen, der endgültig den Verstand verloren hat, an ihm vorbei. Ihre geröteten Augen flackern wild und hektisch. Das Gefängnistor steht offen. Soldaten kommen heraus. Und im selben Augenblick stürmt Amilah auf das geöffnete Tor zu.
»Aman!« schreit sie erneut.
Mit schier übermenschlicher Kraft entwindet sie sich dem Zugriff der Soldaten und rennt in das Gefängnis hinein. Schon hat sie das Bürogebäude erreicht, hinter dem ein hoher Drahtzaun den Gefängnishof umschließt. »Wo ist mein Sohn?« schreit sie. »Wo ist mein Sohn, wo ist Sa'aman?«
Verzweifelt rüttelt sie mit unglaublicher Kraft am Tor zum Gelände hinter dem Drahtzaun. Karel van Keerling kommt aus seinem Büro und geht auf Amilah zu. Die verblüfften Soldaten schließen einen Kreis um die alte Frau.
Mit geröteten Augen, in denen deutlich sichtbar Mitleid steht, sieht der Gefängnisdirektor Amilahs Treiben zu.

»Gute Frau ...«, sagt er.
Amilah hört auf, am Tor zu rütteln, und wendet sich van Keerling zu.
»Mein Sohn«, sagt sie. »Er ist hier. Sa'aman.«
Die Soldaten blicken ihren Direktor an. Keiner von ihnen sagt etwas. Ihre Augen verraten, daß sie auf einen Befehl warten. Und der Direktor blickt Amilah an.
»Aus welchem Grund bist du hier?« erkundigt er sich freundlich.
Ihr Schreien und Zetern weicht einem Jammern und Wehklagen, als ihr flehentlicher Blick dem des Direktors begegnet. Im Gefängnis ist es ruhig geworden, weil der Chor von Stimmen, der Koranverse rezitierte, angesichts des Tumultes vor dem Bürogebäude verstummt ist.
»Na?« hakt der Direktor nach.
»Mein Sohn«, haucht Amilah.
»Dein Sohn? Was ist mit deinem Sohn, gute Frau?«
»Aman, mein Sohn Sa'aman«, stöhnt Amilah flehend.
Van Keerling wird blaß, blickt weg und schüttelt schwach den Kopf.
»Mein Sohn ist hier«, sagt Amilah beschwörend. »Und man hat ihn zum Tode verurteilt. Ich habe gehört, wie sie ihn soeben erschossen haben. Ja, mit meinen eigenen Ohren habe ich es gehört. Warum mußte mein Sohn erschossen werden? Einfach so? Ich bin doch seine Mutter. Seine leibliche Mutter. Warum hat man mir nichts davon gesagt? Sie haben ihn einfach verhaftet. Und ich habe gesehen, wie sie ihn getreten haben. Einfach mitgenommen haben sie ihn. Ohne ihn mir zurückzugeben. Niemand wollte mir sagen, wo er ist. Alle haben mich bloß getäuscht und belogen. Und immer haben sie gesagt: Geduld, Geduld, nur Geduld. Geduld – muß ich denn bis in alle Ewigkeit Geduld haben?«
Der Kreis von Menschen um sie herum hört dem Wehklagen der alten Frau schweigsam zu. Manche Soldaten schauen einander unschlüssig an.
»Bist du wirklich Sa'amans Mutter?« fragt van Keerling in freundschaftlichem Ton, während er Amilah einen warmen

Blick schenkt. Als sie nicht antwortet, fragt er noch einmal: »Bist du die Mutter von Sa'aman bin Paijan?«
»Sa'aman ist mein Sohn. Paijan ist mein Mann. Ja, mein Mann. Auch er ist verschwunden. Ich weiß nicht, wo er steckt.«
»Wo ist dein Haus, gute Frau?« fragt Karel van Keerling.
»Dort! Dort! Dort drüben!« erwidert Amilah und deutet in die Richtung, in der es gestern nacht brannte.
»Wo alles verbrannt ist?«
Amilah schweigt und versucht nachzudenken, doch ihr Erinnerungsvermögen funktioniert nicht. Schwach schüttelt sie den Kopf. Dann faucht sie wie eine Katze: »Die Welt ist verkommen! Weißt du das? Ja, die Welt ist verkommen! Sie muß brennen! Und jetzt ist sie noch verkommener geworden. Ich bin verrückt. Und du bist auch verrückt. Alle Menschen sind verrückt, und sie müssen ihre Verrücktheit sühnen. Nein, ich bin nicht verrückt. Ihr seid diejenigen, die verrückt seid. Ihr habt mein einziges Kind festgenommen und zum Tode verurteilt. Und die Kirchenglocken haben Hurra gerufen. Ich habe gehört, wie ihr ihn soeben erschossen habt. Auch der Zeitungskerl hat Hurra gerufen. Und mein Sohn ist getötet worden, einfach so. Oh!« Für einen Augenblick verstummt sie. Es ist ihr nicht bewußt, daß zahlreiche Menschen um sie herumstehen und sie anschauen. Und sie murmelt: »Mein einziges Kind ist erschossen worden. Und sie haben Hurra geschrien.« Jetzt explodiert ihre Stimme plötzlich. Sie wird hart und knapp: »Verbrecher! Rattenpack! Kasernenschweine!«
Ihr Körper strafft sich, und mit spitzem Finger deutet sie auf den Direktor. Dann sagt sie mit fester und überzeugter Stimme: »Und du bist auch verkommen. So verkommen wie alle anderen.«
Karel van Keerling widerspricht ihr nicht. Seine müden, geröteten Augen wandern von der Spitze ihres Zeigefingers zum verschrumpelten Gesicht der alten Frau. Kein Laut ist zu hören. Die zu ihm ausgestreckte Hand wird schwer und sinkt schlaff nach unten. Amilah beginnt herzzerreißend zu klagen.
»Soll ich dich nach Hause bringen?« fragt Karel van Keerling. Die zusammengescharten Soldaten schauen ihren Direktor an, doch niemand sagt etwas.

»Nach Hause?« fragt Amilah zwischen ihren Klagerufen, bei denen keine Träne ihre Augen näßt. »Nach Hause? Oh, oh, oh, ich muß gehen.«
»Wohin mußt du gehen?«
»Unendlich weit weg.«
»Wohin?«
»Meinen Sohn suchen, bis ich ihn gefunden habe. Meinen Sohn, den die Militärpolizei mitgenommen hat und der zum Tode verurteilt wurde. Meinen Sohn, für den die Kirchenglocken und der Zeitungskerl Hurra gerufen haben.«
Alle um sie herum schweigen. Jeder sucht begierig nach anderen Gedanken. Der Direktor fingert nach einem Taschentuch, mit dem er sich über das Gesicht und die geröteten Augen wischt. Er fragt noch einmal: »Soll ich dich nach Hause bringen?«
Amilah schüttelt gleichgültig den Kopf. Die Soldaten, die soeben noch Verblüffung und Wut empfunden hatten, sind jetzt voll Mitleid mit der alten Frau.
»Mein Sohn ist verschwunden«, sagt Amilah, »ich muß ihn suchen. Es heißt, er sei zum Tode verurteilt worden. Zum Tode. Mein einziges Kind.«
Wieder herrscht Schweigen. Und während sie hier einander stumm gegenüberstehen, wird dort Sa'amans Leichnam von den Sandsäcken geschleppt und auf eine Bahre gelegt, um zu einem ausgehobenen Loch gebracht zu werden.
Nicht weit vom Gefängnis entfernt sitzen draußen unter einem Baum an der Straße Gang Tengah Mas Darsono, Hasan, Mimi und Patimah. Auch sie haben die Salve aus etlichen Karabinern und den folgenden Gnadenschuß gehört. Vorher haben sie noch etwas anderes gehört: Sa'amans lauten Ruf, der weit über die Gefängnismauern hinaushallte.
Und sie haben diesen Ruf erwidert.
Doch jetzt wissen sie nicht, was als nächstes zu tun ist. Sie sind vollkommen ratlos. Die Bestürzung über den Brand hält ihre Gedanken in Beschlag, und sie sehen die begierig in alle Richtungen züngelnden Flammen noch vor sich. Und auch an Sa'aman müssen sie denken – doch nur kurz. Dann überwiegen

wieder die Bilder von der entsetzlichen Feuersbrunst. Sie sitzen still. Ganz still.

Und unbemerkt verstreicht die Zeit. Schon ist eine Viertelstunde vergangen. Amilah jammert, stöhnt und reißt am letzten Fetzen Tuch, den sie noch am Leibe trägt. Auch van Keerling weiß jetzt nicht mehr weiter. Von der anderen Seite kommt ein Trupp Soldaten, der am Tor des Drahtzaunes stehenbleibt. Amilah schreckt auf. Der Trupp trägt eine Bahre. Und auf dieser Bahre liegt eingewickelt und zugedeckt mit weißem Leintuch der Körper eines Toten.

»Mein Sohn!« kreischt Amilah.

Fast gleichzeitig senken alle den Kopf. Wieder hört man Häftlinge in den Zellen Koranverse rezitieren. Der Gefängnisdirektor atmet tief durch. Als das Zauntor aufgesperrt und der Leichenzug hindurchgeschritten ist, hüpft Amilah wie ein kleines Kind hinter den Trägern her, um sich zu dem Toten auf die Bahre zu werfen. Doch die Soldaten hindern sie daran. Und wieder beginnt sie jammernd ihren Seelenschmerz zu klagen. Van Keerling sagt noch immer nichts.

Die Leintücher sind von einem roten Blutfleck durchtränkt, der langsam größer wird. Mehrere Fliegen zanken sich um diese Stelle. Angesichts des Blutes jammert Amilah noch lauter, denn eine innere Stimme sagt ihr, daß der Körper des Toten unter diesen Tüchern Sa'amans Leichnam ist. Sie hüpft hinter den Trägern her, doch niemand zeigt sich bereit, ihrem Wunsch zu entsprechen und sie an die Bahre zu lassen.

»Bringt sie ins Büro«, sagt Karel van Keerling.

Die Soldaten packen die sich heftig zur Wehr setzende Frau, die so vielen kräftigen Männern nichts entgegenzusetzen hat, und tragen sie weg. Trotzdem gibt sie die Gegenwehr nicht auf. Der Direktor folgt seinen Leuten ins Büro, wo diese die sich Sträubende absetzen, aber sicherheitshalber noch festhalten.

»Du darfst hier nicht randalieren, gute Frau«, sagt jemand. Doch Amilah schenkt der weichen Stimme keine Beachtung, sondern schluchzt: »Mein Sohn ist tot! Er ist tot! Sie töten anderer Menschen Kinder, wie es ihnen gerade paßt! Willkürlich und

skrupellos haben sie mein einziges Kind getötet! Oh, die Welt muß brennen! Aber mein Sohn darf nicht angetastet werden!«
Sie schlägt mit ihren alten Fäusten nach den Soldaten, die sie mit unverminderter Kraft festhalten.
»Du darfst hier nicht randalieren«, wiederholt der Direktor. »Du kannst in meinem Haus wohnen, aber randalieren darfst du nicht.«
Argwöhnisch beäugt Amilah den Indoeuropäer, richtet den Finger auf ihn und schreit gellend: »Jetzt weiß ich's, jetzt weiß ich's! Du bist derjenige, der meinen Sohn erschossen hat! Verbrecher! Schuft! Dreckschwein!«
Sie verstummt. Als van Keerling einen Blick aus dem weit offenstehenden, jedoch mit Eisenstangen gesicherten Fenster auf die Straße Gang Tengah wirft, schaut auch Amilah hinaus und entdeckt, daß die Bahre über den Vorhof getragen worden ist und in ein grünes Automobil verladen werden soll. Da die Soldaten ihre Griffe gelockert haben, kann sie sich losreißen. Sofort stürmt sie auf das äußere Gefängnistor zu, das jedoch verriegelt ist. Sie hängt sich an die Eisenringe und zieht mit aller Kraft ihres ausgemergelten Körpers an dem hohen Tor aus schwerem, dickem Holz, doch es bewegt sich kaum.
Van Keerling ist ihr gefolgt und bleibt zwei Meter hinter ihr stehen. Hinter ihm bleiben auch seine Soldaten stehen, die Amilah aufmerksam beobachten.
»Öffnet!« befiehlt van Keerling.
»Mein Sohn ist tot! Mein Sohn ist tot!« schreit Amilah mit schriller Stimme.
Die Soldaten öffnen das Tor, und Amilah huscht hinaus. Hinter ihr treten auch van Keerling und seine Soldaten nach draußen. Amilah rennt auf die Bahre zu, die soeben in das grüne Automobil geschoben wird.
»Mein Sohn ist tot!« jammert sie wieder.
Mit geröteten Augen blickt der Direktor hinter der Frau, deren Sohn auf seinen Befehl hin getötet worden ist, her. Die Soldaten, die den Leichnam verladen haben, schauen ihren Vorgesetzten in Erwartung neuer Anweisungen an, doch sie erhalten keine.
»Bringt meinen Sohn nicht weg!« schreit Amilah beschwörend.

Und da sich der Leichnam schon im Wagen befindet, sagt der Direktor: »Laßt sie einsteigen.«
Amilah klettert in den Wagen und kriecht sofort zu dem zugedeckten Toten, als wisse sie genau, daß unter den beiden Laken niemand anderes als ihr eigener Sohn liegt. Lautstark ruft sie: »Amaaan! Saa'aaamaaaan!!! Bist du tot, mein Sohn? Bist du wirklich tot? Wer hat dich umgebracht, mein Junge? Sage es mir! Sage es, damit ich ihnen die Schädel einschlagen kann! Sage es mir, mein Junge!«
Und als der Leichnam keine Antwort gibt, jammert sie weiter: »Die Welt ist verkommen! Sie muß brennen! Zu Asche verbrennen!« Dann nimmt ihr Jammern ab und verkommt zu einem Winseln: »Ich sehe Blut ... ich rieche dein Blut. Hat man dich soeben erschossen, mein Junge? Oh, wie grausam ist die Welt!«
Sie schweigt und beginnt zu weinen, doch wie gewohnt bleiben ihre Augen trocken. Das Automobil wird gestartet. Hinter dem Auspuff wirbelt Staub auf. Ein Soldat schreit, Amilah solle jetzt aussteigen, doch van Keerling gibt die Anweisung aus, daß sie mitfahren darf. Mehrere Soldaten klettern zu ihr in den Wagen. Als die Tür geschlossen ist, setzt sich das Fahrzeug langsam in Bewegung, um dann rasch an Geschwindigkeit zu gewinnen. Van Keerling und die zurückbleibenden Soldaten schauen dem Wagen wortlos hinterher.
»So soll sie denn beim Begräbnis anwesend sein«, sagt der Direktor schließlich. Und während Amilah die Arme um den Leichnam ihres Sohnes schlingt, ist van Keerling raschen Schrittes zu seinem Jeep unterwegs, um hinter dem Leichentransport herzufahren.
»Wo willst du hin, mein Sohn?« fragt Amilah den Toten. »Wer hat es gewagt, dich zu erschießen? Oh, ich werde deine Mörder umbringen!«
Sie streichelt dem zugedeckten Leichnam über die Schläfe, aus der noch Blut sickert.
»In den Kopf haben sie dir geschossen, mein Junge? Deine Mutter hat dir nie ein Haar gekrümmt. Ich habe dich nie geschlagen oder gekniffen. Und sie erschießen dich willkürlich und ohne mit der Wimper zu zucken. Ich muß Rache nehmen.

Amilah muß Rache nehmen, sage ich. Sie haben Amilah noch nicht kennengelernt.«

Sie schweigt und schaut die Soldaten, die mit ihr im Wagen sitzen, der Reihe nach an. Dann wirft sie sich über den Leichnam und sagt wehmütig: »Die Welt ist voller Menschen, aber keiner von ihnen hat mir gesagt, wo du steckst. Keiner, mein Sohn. Glaube mir! Keiner! Erst jetzt habe ich dich wiedergefunden. Aber du willst nicht mehr zu mir sprechen. Du bist tot, mein Sohn. Du bist tot.«

»War er ein uneheliches Kind?« fragt ein Soldat.

»Er ist mein einziger Sohn.«

»Er war Untergrundkämpfer und hat Menschen getötet. Deshalb hat er den Tod verdient.«

Amilah stampft mit dem Fuß auf, erhebt sich und deutet mit spitzem Finger auf den Redeführer. Da der Fahrer Schlaglöchern ausweichen muß, schlingert sie von einer Seite zur anderen. Anklagend sagt sie: »Bestimmt hast du meinen Sohn erschossen!«

»Nein, das habe ich nicht!«

»Bestimmt warst du es!«

»Nein, ich war es nicht. Die Militärpolizei hat ihn erschossen.«

Amilahs Stimme wird leiser: »Schon wieder die Militärpolizei, die meinen Sohn abgeholt hat. Aber du bist ein holländischer Soldat.«

»Dein Sohn war Untergrundkämpfer. Er hat zahlreiche Menschen ermordet. Deshalb mußte er sterben. Das ist nur gerecht.«

Amilah wirft sich erneut über den Leichnam und flüstert: »Er sagt, du wärest Untergrundkämpfer und hättest gemordet. Das ist Unsinn, nicht wahr? Du bist kein Mörder und Untergrundkämpfer, nicht wahr, mein Junge?«

Doch der Leichnam gibt keine Antwort.

»Warum sagst du nichts, mein Sohn? Ich weiß, daß du böse bist, weil ich dich nicht gefunden habe. Aber ich habe dich die ganze Zeit gesucht. Aman! Ich belüge dich nicht!«

»He, Alte! Er ist tot! Wie kannst du erwarten, daß er noch etwas sagt?« fragt ein Soldat mit gerührtem Grinsen.

Amilah schaut ihn an und sagt: »Er ist doch mein Sohn.« Dann beklagt sie wieder ihr Schicksal: »Mein einziges Kind. Er ist skrupellos getötet worden, und jetzt nennt man ihn auch noch einen Mörder, Untergrundkämpfer und Banditen. Dabei war er mein einziges Kind. Einfach totgeschossen hat man ihn, und die Zeitung und die Kirchenglocken haben Hurra geschrien. Gestern abend ist mein Haus abgebrannt, und jetzt bin ich ganz alleine. Auch Sergeant Kasdan hat mich betrogen. Alles ist verkommen, pah!« Und wieder verfällt sie in tränenloses Schluchzen.

Niemand stellt eine Frage. Das Automobil gleitet mit einer Geschwindigkeit von fünfzig Stundenkilometern über die Straße. Hin und wieder hält es an, um nach einer kurzen Zeit weiterzufahren. Von Zeit zu Zeit richtet Amilah sich auf und schaut durch das Fenster auf den Straßenverkehr, doch jedesmal wirft sie sich sogleich wieder jammernd über den Leichnam ihres Sohnes.

»Oh, wohin soll ich jetzt gehen?« fragt sie den Toten. »Wo bringt man dich hin, mein Sohn?«

Und der Leichnam gibt ihr auch jetzt keine Antwort.

»Wohin soll ich gehen? Oh, sie bringen dich schon wieder irgendwohin, ohne daß ich den Ort wissen darf. Und jetzt, da ich dich gefunden habe, bist du tot. Mein Sohn!« Und laut schreit sie heraus: »Mein Sohn! Laß uns alle sterben! Laß uns sterben!«

Sie verstummt. Niemand um sie herum sagt ein Wort. Auch der Leichnam nicht. Manchmal schwankt er ein wenig nach links, manchmal ein wenig nach rechts. Über allem liegt das Brummen des Motors. Amilahs Kopf sinkt tief hinab. Ihre Stirn berührt die Schläfe des Toten. Und sie ruft: »Wie das stinkt! Wie fürchterlich du stinkst!«

Grob stößt sie dem Leichnam gegen die Schläfe. Dann zieht sie das Tuch, das den Toten zudeckt, weg und wirft es zu Boden. Und mit dem Kreischen einer Wahnsinnigen reißt sie so heftig an dem anderen Tuch, in das der Leichnam eingewickelt worden ist, daß sich dieser bewegt. Doch sie hat nicht die Kraft, das Leintuch zu zerreißen. Ihre Augen blicken wild. Sie heult und winselt wie ein Hund, der mit einem Rohrstock geprügelt wird.

Ihr Mund ist schmerzlich verzogen. Schweigend sitzen die Soldaten auf ihren Plätzen und lassen sie gewähren. Amilahs Gebaren nimmt an Heftigkeit ab. Schließlich legt sie sich schluchzend auf die Bahre und nimmt den Leichnam wie ein Kind, das sie in den Schlaf wiegen will, in die Arme.
»Mein Sohn«, sagt sie, »früher, als du klein warst, habe ich dich so in den Armen gehalten. Aber warum bist du jetzt tot? Du bist tot! Tot. Früher habe ich immer für dich gesungen. Du bist so still, als ginge dich alles nichts mehr an. Die Holländer haben dich abgeholt und erschossen, und sie schämen sich noch nicht einmal dafür, sondern laufen mit einem Lachen im Gesicht herum. Mein Sohn! Mein Sohn! Die Welt ist verkommen, und eine verkommene Welt muß brennen! Alle Schufte, Kasernenschweine und verfluchten Ratten sollen krepieren! Diese Verräter sollen verrecken!«
Ihre Stimme wird schwächer, bis sich nur noch ihre Lippen bewegen und ihre Worte vom Motorengeräusch übertönt worden. »Mein Sohn«, haucht sie, »mein Aman. Jetzt bist du tot. Ich will mit dir in den Tod gehen. Laß mich sterben! Bitte!«
Sie schweigt, müht sich hoch und steht auf. Als ihr Blick über die sie beobachtenden Soldaten streift, werden ihre Augen wirr und rot. Ihre Hand hebt sich, ihr Finger wird spitz, und es platzt aus ihr heraus: »Ihr habt mitgeholfen, meinen Sohn zu erschießen! Verbrecher! Ihr seid alle Verbrecher! Ihr habt mitgeholfen, sein Blut zu vergießen! Schufte! Kasernenschweine, die ihr seid!«
Die Soldaten wehren sich nicht gegen die Beschimpfungen, sondern schauen betreten auf den Wagenboden. Als das Automobil endlich anhält und der Leichnam ausgeladen werden soll, überschüttet Amilah die Soldaten noch immer mit Schimpfkanonaden. Die Wagentür wird geöffnet. Als die Soldaten den Leichnam hinausschieben, versucht Amilah es zu verhindern, indem sie sich an die Bahre klammert. Jetzt werden die Männer langsam wütend. Einer von ihnen zieht sie grob weg und schleudert sie zu Boden. Wieder beginnt sie zu weinen.
Jetzt ist die Bahre ausgeladen. Schleunigst springt Amilah aus dem Wagen und rennt hinter dem Leichenzug her. Ihr lautes

Weinen nimmt kein Ende. Der Zug strebt auf ein Tor zu, auf dem ein goldfarbener arabischer Schriftzug prangt. In einigem Abstand folgt jetzt auch Karel van Keerling dem Zug. Ein Mann in gewöhnlicher Straßenkleidung öffnet das Tor. Und vor ihnen liegt – der Friedhof. Mit den Gräbern Hunderter Menschen, die einst in dieser Welt lebten.

Der Leichenzug bewegt sich über einen schmalen Pfad zwischen Dutzenden von Gräbern auf eine Stelle zu, an der sechs oder sieben Personen mit nacktem Oberkörper stehen, die soeben ein frisches Grab ausgehoben haben. Gelber Lehmboden schichtet sich um das gegrabene Loch zu einem Wall. An diesem Loch wird die Bahre abgesetzt. Amilah stürzt sich über den Leichnam und klammert ihn an sich.

»Begrabt ihn nicht, er ist mein einziger Sohn!« fleht sie.

Jetzt hat auch van Keerling das ausgehobene Grab erreicht. »Gute Frau«, sagt er eindringlich, »ich weiß, daß du noch andere Kinder hast. Laß ihn beerdigen. Und dann gehst du mit mir nach Hause.«

»Du bist Holländer! Holländer! Du hast mitgeholfen, meinen Sohn zu erschießen!«

Van Keerling schüttelt den Kopf. Mit einem Fingerzeichen gibt er den Soldaten Anweisung, Amilah zur Seite zu schaffen. Nur mit äußerster Mühe können sie ihre Umklammerung der Leiche lösen, und als es ihnen gelungen ist, ergießt sich ein Schwall wüster Beschimpfungen über ihre Köpfe. Zwei Männer nehmen sie in die Mitte und halten sie fest. Amilah kann nichts anderes tun, als ihren Beschimpfungen freien Lauf zu lassen. Von keinen Widerworten gestört, fegen wüste Flüche über das Grab. Ihre Stimme wird zunehmend heiser. Und dann ist der Punkt erreicht, an dem Amilah keine Kraft mehr hat, zu schimpfen. Sie bricht in klagendes Schluchzen aus, ohne daß eine einzige Träne ihre Wangen befeuchtet.

Und währenddessen wird der Leichnam langsam in das Loch hinabgelassen. Amilahs Augen flackern entsetzt auf, weil sie verhindern will, daß man ihn in dieses Loch steckt. Sie schreit und gebärdet sich wie eine Wilde. Und als der Leichnam seitlich

in die gen Mekka gerichtete Grabfurche sinkt, entschwindet er ihrem Blick.
»Laßt mich los!« herrscht sie die Soldaten mit heiserer Stimme an.
Doch niemand schenkt ihr Beachtung. Ganz im Gegenteil verstärken die Soldaten links und rechts von ihr den Griff um ihre Arme. Sie wirft den Kopf in beide Richtungen, um die Peiniger anzuschauen, die die Durchsetzung ihres Willens verhindern. Ihre Augen versprühen Feuer. Und einer der Soldaten fragt langsam: »Was willst du eigentlich, Alte?«
»Mit! Mit meinem Sohn mit! Sa'aman ist doch mein Sohn!« krächzt sie heiser.
Die Soldaten kümmern sich nicht um ihre Worte. Erde wird in das Loch geworfen. Mehrere Hände haben die Arbeit aufgenommen, das frische Grab zuzuschütten. Sie verwenden Spaten und bewegen sich vor und zurück, vor und zurück. Amilah hat keine Kraft mehr, sich zu widersetzen. Keine Kraft mehr, zu schreien. Keine Kraft mehr, irgend etwas zu tun. Ihre Energie ist verbraucht.
Der in das Grab geschaufelte Lehm wächst dem Niveau des Erdbodens entgegen. Dann ist das Loch verschwunden, und statt seiner nimmt ein Grabhügel Gestalt an, zu dessen Enden zwei Pfosten in den Boden gerammt werden. Auf den Kopfpfosten hat jemand zwei sich kreuzende Linien gemalt und in schwarzen Buchstaben geschrieben:

Geëxecuteerd
Sa'aman bin Paijan
.... 1949

Das Begräbnis ist vorbei. Van Keerling gibt den beiden Männern, die Amilah festhalten, ein Fingerzeichen, und sofort wird sie losgelassen. Mit der letzten Kraft, die ihr verblieben ist, wirft sie sich auf das Grab und ruft verzweifelt den Namen ihres Sohnes. Die Männer um sie herum blicken einander fragend an, doch Amilahs heisere Stimme bleibt die einzige, die zu hören ist. Karel van Keerling dreht sich um und schaut zu ihr hinab. Er sieht die frische, gelbe Erde und schweigt. Dann wendet er sich ab und verläßt gemessenen Schrittes die Grabstätte. Die Soldaten nehmen die Bahre mit und folgen ihm. Auch die Totengräber schultern ihre Spaten, um den Friedhof zu verlassen. Der Zug schreitet auf das Friedhofstor zu. Dann wird das Tor geöffnet, und gleich darauf sind die Männer verschwunden.

Amilah bleibt alleine auf dem Friedhof zurück.

Die Sonne steht hoch am klaren, blauen Himmel und streut Hitze auf die Welt. Die Stille über diesem Friedhof am Stadtrand wird von keinem Laut gestört. Und in der glühenden Hitze kriecht Amilah über das Grab ihres Sohnes und klammert sich an den Pfosten, auf dem sein Name steht. Sie weint leise, jedoch mit aller Kraft, die ihrer Stimme verblieben ist. Und wie immer bleiben ihre Augen trocken. Dann wirft sie sich vornüber und breitet die Arme über dem Grab aus, doch die frische, gelbe Erde erwidert ihre Umarmung nicht. Und die Sonne brennt unbarmherzig vom Himmel herab auf ihren nackten Oberkörper und die Leiste, die vom letzten Fetzen Stoff an ihrem Leib nicht bedeckt wird. Auch auf Nacken und Kopf der alten Frau brennt sie herab. Amilahs Kräfte schwinden. Von ihrem Weinen ist kaum noch etwas zu hören. Dann ist an ihrem Körper keine Bewegung mehr wahrzunehmen. Es ist totenstill. Die gelbe Erde vor Amilahs Mund wird feucht.

Und die Zeit verstreicht in ihrem ewigen Rhythmus. Amilah bewegt sich nicht mehr. Schon ist eine Stunde vergangen. Es ist nach zwölf. Die Hitze wird immer unerträglicher. Über dem Friedhof am Stadtrand liegt die übliche Stille.

Nach einer Weile wird das Friedhofstor aufgeschoben, und mit Spaten auf den nackten Schultern kommen die Totengräber zurück. Lustig plaudernd schlurfen sie näher. Kurz vor Sa'amans frischem Grab bleiben sie abrupt stehen, weil Amilahs bewegungslos ausgestreckter Körper sie stutzig macht.

»Ob diese Alte verrückt ist?« fragt einer von ihnen.

Amilah reagiert nicht auf seine Worte.

»Der Hingerichtete war wohl ihr Sohn«, mutmaßt ein anderer.

»Dann hat sie bestimmt über die Hinrichtung den Verstand verloren.«

»Ja.«
»Bemitleidenswert.«
Sie umringen Amilah, und alle Augenpaare richten sich auf die bewegungslose Frau. Vorsichtig stößt einer der Männer den Körper an. Dann schaut er seine Arbeitsgenossen der Reihe nach an.
»Sie ist tot«, sagt er hohl.
»Tot?« wiederholen die anderen mit ausdrucksleeren Stimmen.
»Die Arme.«
»Der Krieg ist schuld! Der Krieg!«
Ihre Stimmen verstummen, und alle Augen haften auf dem regungslos daliegenden Körper. Schließlich regt einer der Männer an: »Wir müssen es melden.«
Als er keine Antwort erhält, dreht er sich um und geht mit dem Spaten auf der nackten Schulter alleine auf das Friedhofstor zu, hinter dem er verschwindet. Die anderen begeben sich zur benachbarten Parzelle, an der noch kein Spaten gewirkt hat. Dort legen sie Maß an und beginnen die letzte Ruhestätte für einen Menschen auszuschachten. Und während sie graben, erreicht die Sonne am Himmel ihren Zenit, von dem sie erbarmungslos auf die Männer mit unter runden Bambushüten entblößten Oberkörpern herabbrennt. Die Rücken dieser Männer beginnen zu glänzen. Während der Arbeit plaudern sie über alle möglichen Nichtigkeiten, doch immer wieder wandern ihre Blicke zu dem Leichnam, der nebenan lang ausgestreckt auf einem frischen Grab liegt. Und als ihnen der Schweiß vom Leib perlt, läßt lauer Wind die Wipfel der Bäume am Rand des Friedhofs tanzen.
Als das Loch schon mehrere Fußbreit im Boden klafft und ein niedriger Wall frisch ausgehobener Erde seine Seiten säumt, stößt der Mann, der Meldung erstattet hat, wieder zu seinen Arbeitsgenossen. Er springt zu ihnen hinunter und setzt ebenfalls den Spaten an. Das Plaudern hält vorerst noch an, geht jedoch bald in der Anstrengung, die die Arbeit erfordert, unter. Nun fließt der Schweiß der Männer in Strömen. Und die Sonne am Himmel kennt kein Erbarmen.
Eine wenige Mann starke Einheit der Zivilpolizei trifft ein. In

korrektem Aufmarsch strebt sie auf Amilahs leblosen Körper zu. Die Totengräber werfen ihre Spaten zur Seite, klettern nach oben und versammeln sich um das benachbarte Grab.
»Hat sich an ihrer Lage nichts mehr verändert?« fragt einer der Polizisten.
»Nein«, erwidern die Totengräber einstimmig.
Die Zivilpolizisten nehmen ein Protokoll auf, und die Totengräber springen wieder in die Grube, um ihre Arbeit zu Ende zu führen. Zehn Minuten verstreichen, bis vorne durch das Tor eine zweite Kolonne Totengräber den Friedhof betritt. Die Polizisten heben Amilahs Leichnam auf und tragen ihn zu einer entfernten Stelle. Dann schreiten sie zügig in Richtung Friedhofstor und verschwinden.
Und auf dem Friedhof versehen zwei Kolonnen Totengräber ihre Pflicht. Ihr Schweiß fließt in Strömen. Und so nimmt an diesem Tag die Anzahl letzter Ruhestätten auf diesem Friedhof um drei zu.

Die Zurückgelassenen

Über dem Friedhof liegt tiefe Stille. Die Sonne hat für heute an Kraft verloren. Schräg schickt sie ihre Strahlen auf die Erde hinab, um sie dort von den Wipfeln der Bäume, die um den Friedhof gepflanzt sind, aufhalten zu lassen und die Wipfel als lange Schatten auf den Boden zu zeichnen. Einzig und allein das fruchtbare Grün des Grases verleiht dem trostlosen Ort Leben.
Der Pfosten, der am Kopfende des frischen Grabes unter einem Kreuz das Wort *Geëxecuteerd* und den Namen *Sa'aman bin Paijan* verkündet, neigt sich schief nach hinten. Niemand weiß zu sagen, warum. Das am Vormittag niedergestampfte Gras um Sa'amans letzte Ruhestätte hat sich längst wieder aufgerichtet. Und mit dem Ablauf der Zeit lassen die Sonnenstrahlen die Schatten der Baumwipfel länger und länger werden. Sanft streicht der Wind über die Erde und läßt das Geäst rascheln.
Nichts scheint die Stille, die über dem Friedhof liegt, stören zu wollen. Doch dann schiebt vorne jemand das Tor auf. Es dauert zwei Sekunden, bis bleiche Gesichter und gebrochen wirkende Körper erscheinen. Die Gestalten bewegen sich langsam auf Sa'amans Grab zu. Alle tragen sie ein Bündel in der Hand. Es sind Mas Darsono, Patimah, Mimi ... und Hasan, der erst in gewissem Abstand folgt. Es fällt kein Wort. Schweigend nähern sie sich dem Grab. Mas Darsonos Haare sind ungekämmt und stehen ihm wirr vom Kopf weg. Mit den Haaren der Geschwister seiner künftigen Ehefrau ist es nicht anders.
Als sie vor dem frischen Grab niederknien, seufzt Mas Darsono tief. Sie öffnen ihre Bündel und streuen die darin befindlichen Blumen zwischen den Pfosten aus, die die obere und untere Begrenzung des Grabes markieren. Die drei Geschwister wei-

nen. Niemand sagt etwas. Und den Wind, der ihre Gesichter berührt, nehmen sie nicht wahr.
»Ihr müßt beten«, flüstert Mas Darsono kaum hörbar.
Und die drei Geschwister beginnen, auswendig gelernte Wörter in arabischer Sprache zu murmeln, deren wahre Bedeutung sie nicht verstehen. Auch Mas Darsonos Lippen bewegen sich. Während sie beten, werden die Gesichter der jungen Menschen um noch eine Spur bleicher – wegen der bedrückenden Friedhofsstimmung, wegen der frischen, gelben Erde … wegen eigentlich allem.
»Betet, daß der Allmächtige Sa'aman, der jetzt von uns gegangen ist, in Frieden ruhen läßt«, flüstert Mas Darsono den anderen zu. »Betet die Al-Fatihah.«
Und die Geschwister sprechen diese erste Sure des Korans. Als sie damit fertig sind, flüstert Mas Darsono: »Und jetzt müßt ihr vor Sa'aman, der uns verlassen hat, ein Gelöbnis abgeben.«
Nachdem die Geschwister ein weiteres Gebet gesprochen haben, haucht Patimah, die den Kopf tief gesenkt hat, mit weicher Stimme: »Aman, ich will alle Hoffnungen, die du in mich gesetzt hast, erfüllen!«
Eine Zeitlang waltet Stille. Schließlich flüstert Mas Darsono sanft: »Jetzt du, Mimi.«
Mimi wischt ihre Tränen weg, ohne ihr Schluchzen zurückdrängen zu können. Dann sagt sie gepreßt und alle Augenblicke stockend: »Aman …, vergib mir, daß ich mich beim Lernen immer so dumm anstelle …« Sie hält inne, um Mut zu schöpfen. »Immer hast du hart gearbeitet, damit ich zur Schule gehen kann, aber … ich habe immer schlechte Leistungen erbracht. Bitte vergib mir!« Wieder bleibt sie stumm, bevor sie im Flüsterton weiterspricht. »Denn ich habe immer mein Bestes gegeben. Aber ich bin nun mal dumm.« Jetzt schießen ihr wieder Tränen in die Augen. Mas Darsono, Patimah und Hasan schauen das Mädchen, dessen überfließende Augen nach unten auf das Grab gerichtet sind, an. Mit jedem Schluchzen zuckt ihr Kopf auf und ab. »Vergib mir meine Dummheit, Bruder«, fährt das Kind fort. »Bitte vergib mir! Ich schaffe es einfach nicht, klug zu werden …« Sie weint bitterlich. »Und immer … habe ich dir bloß Sorgen

bereitet, weil ich … keine Fortschritte erziele.« Ihr Tränenstrom schwillt an. Und noch gepreßter als zuvor fährt sie fort: »Und du hast meine schlechten Noten immer mit freundlichem Lächeln zur Kenntnis genommen.«

Und als sie laut aufschluchzt, sagt Patimah sehr sanft: »Mimi.« Mehr bringt sie nicht heraus, denn auch sie wird von Tränen überwältigt. Ohne zu einer Antwort fähig zu sein, hebt Mimi den Kopf und schaut zu ihrer Schwester auf, und die tränenverhangenen Blicke der beiden jungen Menschen treffen aufeinander.

»Mimi«, drängt Mas Darsono. Und das Mädchen richtet den Blick wieder auf das Grab und flüstert: »Und trotz deines Lächelns wußte ich, daß meine schlechten Noten dir wehtaten. Vergib mir, Bruder. Mir ist klar, daß du wegen meiner Dummheit gelitten hast.«

Sie kann nicht mehr weitersprechen. Eine Zeitlang sind nur Schluchzen und das Geräusch des in den Baumwipfeln spielenden Windes zu hören. Am Himmel beginnt sich eine schwarze Wolke aufzutürmen, und vage ist weit im Westen das grummelnde Geräusch von Donner zu hören. Und das Schluchzen hält unvermindert an.

»Mimi«, drängt Mas Darsono noch einmal. Und das Mädchen flüstert zu Sa'amans Grab hinab: »Bruder, ich traue mich nicht, dir etwas zu versprechen, denn aus mir wird nie ein kluger Mensch. Vergib mir, daß ich dich immer enttäusche, selbst jetzt noch, da du von uns gegangen bist. Ich weiß nicht, was aus mir werden soll … dumm, wie ich bin.«

Sie kann nicht weitersprechen. Mas Darsono hilft nach: »Aman, es fällt Mimi schwer, zu sprechen. Doch ich bin sicher, daß du verstehst, was sie dir sagen will. Und auch, warum sie es sagen will. Sie verspricht dir, als Frau so zu leben, wie du es von ihr erwartest. Sie wird dich nicht enttäuschen, auch wenn kein kluger Mensch aus ihr wird. Du mußt ihr nachsehen, daß ihr das Lernen schwerfällt.«

Schweigend schaut er Mimi an. Sie hatte den Blick auf Mas Darsono gerichtet, während er sprach, doch jetzt sackt ihr Kopf wieder nach unten. Immer noch weint sie.

»Aman«, flüstert jetzt Hasan gebrochen, »du bist immer gut zu mir gewesen. Du hattest so viele gute und edle Eigenschaften, und die will ich mein Leben lang nicht vergessen. Ich hoffe, daß dich das freut.«
Er schaut auf den Pfosten am Kopfende des Grabes, auf dem der Name seines Bruders steht, doch von dort kommt keine Antwort. Sein Blick wandert über den Grabhügel, aber auch dort bleibt es still. Als er zu Mas Darsono schaut, nimmt der es nicht wahr. Er schaut Mimi und Patimah an, doch auch sie erwidern seinen Blick nicht. Jeder starrt für sich alleine auf das frische Grab hinab. Und Hasan folgt ihrem Beispiel.
»Ich muß noch viel lernen«, flüstert er, »und ich will mich nicht immer streiten, das verspreche ich.«
Er schweigt in Gedanken vertieft. Dann schöpft er tief Atem und fährt fort: »Und, Bruder ... ich glaube, ich will nicht mehr General werden. Ich glaube, ich will noch nicht mal Soldat werden. Ich mag den Krieg nicht. Ich will keine Menschen töten. Ich will wie du als Becakfahrer arbeiten.«
Mas Darsono mustert ihn scharf, doch Hasan bemerkt es nicht.
»Und obwohl ich nicht zur Schule gehe, gestern den Wecker des Altwarenhändlers kaputtgemacht und mich so häufig gestritten habe, weiß ich doch, daß ich immer fleißig lernen muß, um einmal so klug zu werden wie du, Mas Darsono und der Präsident.«
Weder Grab noch Pfosten, weder die ausgestreuten Blumen noch die Klumpen frischer Erde geben eine Antwort auf sein Gelöbnis. In seinen überfließenden Augen blitzt Unverständnis auf, doch er sagt nichts, sondern heult nur still vor sich hin.
»Aman«, sagt Mimi, »ich hoffe, daß du nicht zuviel über mich nachdenkst, denn ich fürchte, daß es dir bloß wieder Enttäuschung bereiten würde.« Sie schweigt, verschluckt ein Seufzen und fügt hinzu: »Ich will tun, was ich im Bereich meiner Fähigkeiten tun kann. Aber ich traue mich nicht, dir Versprechungen zu machen. Nein, Bruder, dazu fehlt mir der Mut. Nur eines will ich dir noch sagen, Bruder ...« Sie heult auf. »Du weißt noch nicht, daß vergangene Nacht unser Haus abgebrannt ist. Bruder, wir haben kein Dach mehr über dem Kopf. Aber das

macht uns nicht traurig. Traurig macht uns, daß du uns für immer verlassen hast.«
Sie schweigt.
»Habt ihr alles gesagt?« flüstert Mas Darsono.
Er erhält keine Antwort. Deshalb wendet nun er sich dem Grab zu und sagt mit tiefer, aufrichtiger Stimme: »Ich gelobe, an deine Stelle zu treten, Mas Aman – und ich glaube, daß es das Beste ist, was ich tun kann.«
Das ist alles, was er sagt. Und der Himmel oben ist jetzt von grauen Wolken überzogen. Der Wind stößt in Böen, die anschwellen und sogleich wieder abflauen, auf die vier jungen Menschen herab. Die Sonne entfaltet keine Kraft mehr, weil sie bereits hinter den Horizont fällt. Der Himmel wird immer dunkler, und schließlich fallen die ersten dünnen Regentropfen.
»Wir müssen gehen«, sagt Mas Darsono. Prüfend schaut er in die Gesichter der Geschwister seiner künftigen Ehefrau. Dann sagt er, dem Grab zugewendet: »Mas Aman, deine Geschwister bitten um die Erlaubnis, jetzt gehen zu dürfen. Gib ihnen deinen Segen mit auf den Weg, auf daß ihnen im Leben Glück und Gesundheit beschieden sein möge.«
Er steht als erster auf. Patimah als zweite. Mimi und Hasan zuletzt. Für Augenblicke bleiben alle eng zusammen und mit tief geneigten Köpfen stehen. Dann wenden sie sich um und gehen langsam weg. Vorn geht Mas Darsono, hinten Patimah. Still, wie sie gekommen sind, gehen sie weg. Noch einmal wird das Friedhofstor aufgeschoben, und dann sind die vier jungen Menschen verschwunden.
Und auch der Tag ist verschwunden. Es ist die Zeit der Abenddämmerung. Der Himmel wird trüber und dunkler. Von Zeit zu Zeit wird er von einem Blitz durchschnitten, dem bald das Grollen und Grummeln eines Donners folgt. Und dann ist zwischen dem Rauschen und Brausen des Windes das Brummen eines Automobils zu hören, das vor dem Friedhofstor abtuckert. Und wieder wird das Tor aufgeschoben. Karel van Keerling erscheint. Er schleppt einen großen Blumenkranz vor sich her und bringt seine Frau mit. Mit zügigen Schritten nähern sich die beiden Sa'amans Grab. Als sie es erreicht haben, legen

sie den runden Kranz am Kopfpfosten nieder. Dann sprechen sie ein kurzes Gebet, an dessen Ende sie sich gesenkten Hauptes bekreuzigen. Zwei Minuten später treffen sich ihre Blicke und erkennen Einverständnis. Sie verbeugen sich knapp, drehen sich um und entfernen sich zügig in Richtung des Tores. Ein weiteres Mal wird es aufgeschoben, die beiden drücken sich hindurch und sind verschwunden.

Es ist halb sieben. Über den Friedhof herrscht eine Stille, die weder vom Lichtwurf der Blitze noch von der Stimme des Donners oder den in wechselnder Stärke herabstoßenden Windböen angetastet wird. Die soeben noch lustig zwitschernden und von Zweig zu Zweig hüpfenden Vögel sind verstummt und haben Geborgenheit im Schutz ihrer von starken Ästen gehaltenen Nester gesucht. Nur Schwalben schwingen sich noch kühn in den zornigen Himmel, um herumzuflattern und sich scheinbar ziellos von den Windströmungen umhertragen zu lassen.

Und erneut erstirbt das Geräusch eines Automotors draußen vor dem Friedhofstor, das kurz darauf ein weiteres Mal aufgeschoben wird. Ein glücklich wirkendes Paar betritt das Totenfeld. Erst von dem Mann, der die Friedhofsschlüssel verwaltet, wird das Tor wieder zugeschoben. Der Beamte geht an dem Glück ausstrahlenden Paar vorbei und begibt sich in die Rolle des Führers. Der Mann hinter ihm trägt eine Marineuniform, und die Kleidungsstücke der Frau werden offensichtlich zum ersten Mal getragen. Die Löckchen an ihrer Stirn sind so säuberlich frisiert, wie es sich für eine Braut gehört. In der Befürchtung, naß zu werden, streben die drei rasch auf Sa'amans Grab zu. Dort angekommen, verharren sie. Die vom Schlüsselwart hergeführten Besucher lesen stumm die Aufschrift am Kopfpfosten. Kein Wort fällt.

»Das ist das Grab«, sagt der Schlüsselwart leise.

Die beiden miteinander glücklichen Menschen knien nieder. Und während der Schlüsselwart noch für Sa'amans Seelenheil betet, stehen sie auf, streuen Blumen auf das Grab und legen am Kopfpfosten einen Strauß nieder. Als der Schlüsselwart sein Gebet beendet hat, wird er gefragt: »Von wem ist dieser große Kranz?«

»Von einem Holländer.«
»Von einem Holländer?« schallt es ungläubig zurück.
»Ja. Und zwar vom Gefängnisdirektor«, bekräftigt der Schlüsselwart. Die beiden Besucher schauen einander an.
»Von einem Holländer«, wiederholt der Mann langsam.
»War dieser Holländer der erste, der Blumen brachte?« fragt neben ihm die Frau.
»Nein, der zweite.«
»Und wer war vor ihm hier?« will der Mann in Marineuniform wissen.
»Seine Angehörigen. Zu viert.«
»Die Armen«, stöhnt die Frau. »Ihr Bruder ist erschossen worden, ihr Haus abgebrannt.«
»Gut, du kannst uns alleine lassen«, sagt der Mann in Marineuniform zu dem Schlüsselwart und hält ihm einen Geldschein im Werte eines Ringgit entgegen. Der andere nimmt den Schein an und entfernt sich. Auf halbem Wege dreht er sich zu den beiden Besuchern, die den Eindruck von Glück erwecken, um. Dann beschleunigt er seine Schritte und verläßt den Friedhof.
Die Zurückgelassenen schauen einander zärtlich in die Augen, doch sehr schnell weicht die Zuneigung in ihrem Blick anderen Gedanken.
Ein Stöhnen ist zu hören. »Aman«, sagt die Frau zögernd, »ich bin gekommen. Ich bin es, Zainab Yuliati.«
Schweigen breitet sich aus. Der Wind bläst heftiger und trägt einen Schleier aufkeimenden Nieselregens mit sich fort.
»Ja, ich bin es«, sagt die Frau sanft, »und gekommen bin ich … mit … mit meinem Mann.«
Der Mann in Marineuniform schaut seine Frau von der Seite an, ohne etwas zu sagen. Dann schweift sein Blick zum Grabhügel hinab.
»Aman«, sagt die Frau, »ich habe meine Versprechungen gebrochen. Nachdem das Todesurteil vollstreckt war, haben wir geheiratet. Doch mein Mann und ich wußten nicht, daß die Vollstreckung dich traf!«
Stumm schaut sie ihren Mann an, den man tief durchatmen hört. Und der Mann in Marineuniform sagt anbiedernd: »Mein

Freund, ich hätte mir das alles nie vorstellen können. Ich wußte nicht, daß du derjenige warst, der Zainab liebte. Erst heute vormittag stellte es sich heraus, als wir uns nach der Trauungszeremonie unterhielten. Vergib mir!«

Da er keines weiteren Wortes mächtig ist, schweigt er, und weil Zainab Yuliati begonnen hat, die auf dem Grab ausgestreuten Blumen zu ordnen, beugt er sich zu ihr herab und hilft ihr bei dieser Arbeit.

»Mein Freund«, gesteht er dann ein, »mein Anbandeln mit Zainab war zu Beginn doch nur Spielerei – Seeleute brauchen doch in jedem Hafen eine Braut.«

Yuliatis Gesicht rötet sich vor Eifersucht. Schräg schaut sie den ihr frisch Anvermählten an, und in ihrem Blick werden Schuldzuweisung, Gewissenskonflikte und Niedergeschlagenheit offenbar.

»Und ich habe gedacht, guter Mann, daß diese Heirat für meinen Lebensweg wichtig ist, möchte ich doch allmählich die unziemlichen Gepflogenheiten eines Seemannes ablegen. Und außerdem …«

Verblüfft über seine eigenen Worte, erwidert er den Blick seiner Braut. Yuliati, deren Augen fest an seinem Mund haften, zuckt zusammen. Sie sagt nichts, doch sie steht auf. Tränen des Zorns rollen ihr Gesicht herunter. Und ohne eine Silbe zu sprechen, wendet sie sich ab, um den Friedhof zu verlassen.

Der Mann schaut hinter seiner Frau her. Gehetzt beugt er den Kopf zum Grab hinab, um eine kurze Gebetsformel zu sprechen und dann aufzuspringen. Noch einmal blickt er das Grab an, bevor er hinter seiner Frau her eilt. Er erreicht sie und schiebt sich an ihre Seite. Doch jedesmal, wenn er ihre Hüfte umfassen will, entwindet sich Zainab Yuliati seinem Griff. Jetzt bewegt sich sein Kopf auf den Mund der Frau zu, doch ohne ihren Schritt zu verlangsamen, stößt Yuliati ihn weg. Er springt ihr nach und will sie in die Arme schließen, doch auch jetzt stößt sie ihn weg.

Und deshalb ballt sich seine Faust zusammen und schmettert in das Gesicht der jungen Frau. Yuliati taumelt und stürzt nahe am Friedhofstor gegen einen Grabstein. Der Mann hastet davon

und verschwindet. Draußen heult ein Motor auf, und ein Fahrzeug fährt davon.
Zainab Yuliati weint lauthals, und auf ihrem Gesicht zeichnen sich Schmerzen und Angst ab. Schon wieder wird das Friedhofstor aufgestoßen. Der Schlüsselwart erscheint. Er läuft zu Yuliati hin, hilft ihr auf die Beine und führt die taumelnde Frau nach draußen. Dann sind auch diese beiden verschwunden.

Über dem Friedhof breitet sich tiefe Stille aus. Die Sonne ist längst hinter dem Horizont verschwunden, und auch das Grummeln des Donners ist verstummt. Doch die Wolken am Himmel ballen sich zu immer mächtigeren Türmen auf. Die Vögel haben ihr Zwitschern eingestellt, und selbst Krähen hokken nicht mehr hinter blattreichen Verstecken. Nur einige Schwalben lassen sich am trüben, aschgrauen Firmament spielerisch auf der umschlagenden Thermik treiben.
Rasch und beständig verstreicht die Zeit. Die Abenddämmerung ist längst vorbei, und die Nacht ist heraufgezogen. Es ist finster. Wieder beginnt am Himmel Donner zu grummeln. Blitze werfen für Augenblicke ihr Licht über die Erde. In deren Schein ragen die Grabpfosten empor, als seien sie direkt dem Schlund der Hölle entwachsen. Windböen lassen die Baumwipfel rascheln.
Dann sind die Schritte zweier Menschen zu hören, die sich dem stockfinsteren Friedhof nähern. Als der nächste Blitz den Nachthimmel aufhellt, ist kurz zu erkennen, wie Mas Darsono, der Salamah an der Hand führt, Sa'amans Grab mit sicherem Blick ausfindig macht und seine Verlobte zielstrebig, jedoch nicht ohne Zwang, dorthin zieht.
»Da drüben ist es«, zischt er durch die Zähne.
Das Geräusch ihrer Schritte wird lauter. Dann hört man Mas Darsono hüsteln. Im Lichtschein des nächsten Blitzes sieht man die beiden am Fuße des Grabes kauern.
»So, Salamah, jetzt ist die Reihe an dir, zur Seele deines Bruders Sa'aman zu sprechen. Beginne jetzt.«
Keine Stimme ertönt. Nur der Wind versteift sich zu einer Brise.
»Beginne jetzt«, wiederholt Mas Darsono.

»Bruder …«, sagt Salamah und hält sofort wieder inne.
»Warum beginnst du nicht?« drängt Mas Darsono.
»Oh!« stöhnt Salamah. Doch sie sagt kein Wort. Nur ihr Seufzen ist zu hören. Ein gewaltiger Blitz flammt am nächtlichen Himmel auf und läßt erkennen, daß Salamah sich an ihrem Verlobten festklammert.
»Beruhige dich, Salamah! Vertraue dich ihm an und sage ihm, was du sagen mußt.«
»Bruder! Vergib mir! Vergib mir, daß ich es wage, meinen Fuß an die Seite deines Grabes zu setzen! Vergib mir! Es steht mir nicht zu, Bruder, denn … ich habe die Ehre verloren. Ich habe es nicht länger verdient, deine Schwester genannt zu werden. Ich bin ein verachtenswerter Mensch, nichtswürdig wie ein Tier.« Sie beginnt zu schluchzen. »Bruder, nur weil Mas Darsono mich drängte, wage ich den Platz, an dem du beigesetzt wurdest, zu betreten. Sergeant Kasdan hat mich in eine Falle gelockt. Ich kannte die Schlechtigkeit der Welt noch nicht. Ich war blind. Ja, trotz allem, was ich von dir gelernt habe, war ich blind. Und dumm.« Wieder schluchzt sie heftig auf. »Ich habe diesem Sergeant Kasdan Glauben geschenkt. Ich dachte, daß er dir wirklich helfen wollte. Und deshalb habe ich mich von ihm nach Bogor bringen lassen. Er sagte, du seiest dort und ich könne dich abholen. Und dann, Bruder … vergib mir! Er hat mich zu einem Haus gebracht. Und dort hat er mir gesagt, daß man dich zum Tode verurteilt hat und es in seiner Macht liege, das Urteil zu widerrufen und dir die Freiheit zu schenken. Und dann sagte er, daß er dazu bereit sei, wenn … wenn …«
Ihre Stimme geht in heftigem Schluchzen und dem Brausen des Windes unter.
»Beruhige dich, Salamah!« spricht Mas Darsono ihr Mut zu.
»… wenn ich mich ihm hingebe, Bruder.«
Sie schweigt und beginnt bitterlich zu weinen. Ein heller Blitz durchschneidet den Himmel, und es ist zu erkennen, daß Mas Darsono sie in die Arme schließt. »Vertraue ihm alles an«, flüstert er liebevoll.
»Ich mußte weinen, als ich das hörte. Und ich wurde in jenem Zimmer alleingelassen, nachdem er sagte, ich müsse mich ent-

scheiden: den Tod für dich oder meine Ehre für ihn. Oh, mein Bruder!«
»Vertraue es ihm an, Salamah! Und beruhige dich, sei ruhig!«
»Und deshalb habe ich mich ihm hingegeben.«
Sie läßt ihren Tränen freien Lauf. Einher mit einem grell niederfahrenden Blitz zerreißt ein Donnerschlag die Stille der Nacht. Salamah hat sich Mas Darsonos Armen entwunden. Die stumm emporragenden Grabpfosten beginnen, naß zu schimmern. Salamah verbirgt das Gesicht in den Händen. Der Nieselregen ist dichter geworden.
»Sa'aman, du mußt verstehen, warum ich es tat. Damit ... damit sie dich freilassen. Damit du zu uns zurückkehren kannst. Damit wir wieder beisammen sind.« Schluchzen unterbricht ihre Rede. »Aber ich wurde betrogen. Sie haben dich nicht freigelassen. Du kannst nicht mehr zu uns zurückkehren. Und ich habe meine Ehre verloren – meine Jungfräulichkeit, meine Unschuld.« Wieder erdrückt Schluchzen ihre Stimme. »Und dein Todesurteil wurde vollzogen.«
»Beruhige dich, Salamah«, sagt Mas Darsono leise. Salamah weint hemmungslos. Und der Wind schwillt an und biegt die Wipfel der Bäume. »Es geschieht immer wieder Unrecht auf dieser Welt, meine Liebe«, sagt Mas Darsono, »und du bist nicht die einzige, die es traf. Nur Mut, meine Liebe. Beruhige dich und vertraue ihm auch noch den Rest an.«
»Und als ich meine Ehre verloren hatte«, flüstert Salamah zwischen Tränen und dem Heulen des Windes, »da sagte er, Sa'aman, daß man dich nicht freilassen wird. Und er befahl mir, zu gehen. Doch er sagte noch, mein Bruder, du hättest unseren Vater getötet, und jetzt würde dich bloß dessen Rache ereilen.« Wieder schluchzt sie laut. »Und dann sagte er auch noch, ich müsse ihm dankbar sein, daß er mich nicht umbringt.«
Heftiges Schluchzen bricht aus ihr heraus. Wind und Donner stürzen sich jetzt ungezügelt auf die Welt. Blitze fahren vom Himmel nieder und streuen alle Augenblicke ihr Licht über den Friedhof und die stumm emporragenden Grabpfosten. Und zwischen dem Tosen der Naturgewalten ist nur Salamahs ungehemmtes Weinen zu vernehmen.

»Mas Aman«, ergreift Mas Darsono das Wort, »obwohl sich deine Schwester schänden und demütigen ließ, werde ich das Versprechen, an deine Stelle zu treten, einlösen. Ich werde alles, was ich gelobte, einlösen – so wie es sich gehört, wenn man sich zueinander bekennt.«
Sie schauen einander schweigend an, während die Natur ihren Kräften freies Spiel läßt. Die Regentropfen klatschen jetzt groß und schwer auf die Erde herab.
»Laß uns gehen, Salamah.«
Sie gibt keine Antwort. Blitze flammen immer noch in rascher Folge vom Himmel und lassen erkennen, daß Mas Darsono seine Verlobte, die für ein Menschenleben ihre Unschuld geopfert hat, an der Hand zieht.
»Es regnet, Salamah. Laß uns gehen.«
Doch kein Laut dringt über ihre Lippen.
»Es ist spät, und gleich beginnt die Ausgangssperre.«
Doch noch immer erwidert Salamah nichts. Nur das Pfeifen des Windes und das Platschen des Regens sind zu hören.
»Möchtest du noch hierbleiben?«
»Mas«, haucht Salamah müde, »geh nur alleine.«
»Und du?«
»Ich? Es hat keinen Sinn, daß ich mitkomme. Ich bin es nicht wert, deine Lebensgefährtin zu sein.«
»Laß uns gehen.«
»Meine Ehre ist befleckt. Ich will dein Leben nicht zerstören, Mas. Geh zu dir nach Hause und laß mich hier. Es ist nicht angemessen, daß an deiner Seite eine so verachtenswerte Frau wie ich steht. Du bist rein und unschuldig, Mas. Aber ich? Ich habe bloß noch ein Anrecht auf Ausmerzung und Untergang.«
»Laß uns gehen, meine Liebe. So etwas darfst du nicht sagen.«
»Es steht mir nicht länger zu, mich im Kreise meiner unschuldigen Geschwister zu bewegen.«
Der Regen ergießt sich in Sturzbächen vom Himmel. Vage klingt es durch den pfeifenden Wind: »Ich schäme mich vor der Sonne. Ich schäme mich vor meinen Geschwistern. Ich schäme mich vor allem und jedem. Ich bin keine Jungfrau mehr wie noch gestern, als ich durch die Tür unseres Hauses fortging. Ich bin

bloß ein Stück Dreck, das man wegschmeißen oder verbrennen darf.«

»Liebste, was auch immer geschehen ist, es tastet deinen Platz in meinem Herzen nicht an.«

Das Gespräch erstirbt. Nur der Regen wütet unbarmherzig weiter. Und im Lichtschein der Blitze sind die Blätter zu erkennen, die der Wind von den Zweigen reißt und als wehrloses Spielzeug durch die Luft wirbelt.

»Liebste«, kämpft Mas Darsonos Stimme gegen den Lärm der Naturgewalten an. »Zwischen Besitz und Verlust der Jungfräulichkeit liegen nur wenige Augenblicke. Welchen Sinn macht es, wenn ich diesen paar Sekunden deines Lebens besondere Bedeutung beimesse? Du hast deinen festen Platz in meinem Herzen. Für mich bist du dieselbe Salamah wie gestern. Du hast ein großes Opfer auf dich genommen, und zwar für die Freiheit und das Wohlergehen deines Bruders. Und wenn auch alles vergebens war, habe ich nicht das Recht, deine Entscheidung zu verurteilen und deine Leiden und Qualen noch zu vergrößern. Laß uns gehen. Ach, wie stark es regnet! Du wirst nur krank, wenn du noch länger im Regen bleibst.«

Mas Darsono wartet auf eine Antwort, die aber nicht gegeben wird.

»Laß uns gehen.«

Blitze zerschneiden das Firmament, und ein Donnerschlag will den Himmel auseinanderreißen. Dann leuchtet oben ein gigantisches Netz gezackter Linien auf. In seinem Lichtschein ist zu erkennen, daß die zusammengekauert vor dem Grab hockende Salamah langsam aufsteht und Mas Darsonos Hand ergreift.

Und Hand in Hand streben zwei Menschen nach draußen auf ein Friedhofstor zu – in die Richtung einer Welt, die …

Ende.

Geschrieben im Gefängnis Bukit Duri, X – 1949.

Vorwort von Pramoedya in der indonesischen Ausgabe

Durchsetzt mit erdachten Gedankensträngen, ist das Buch *Die Familie der Partisanen* aus den chaotischen Verhältnissen rund um die nationale indonesische Revolution entstanden.
Wie groß ist die Zahl der Familien, die durch Kriege zerstört werden? Egal, durch welche Kriege – auch durch solche, denen eine nationale Revolution zugrundeliegt. Durch Kriege, in denen man die Opfer, deren Familien mit ins Leid und die Vernichtung getrieben werden, nach Hunderttausenden oder Millionen zählt. Und wie viele Familien werden im Krieg halb oder vollständig ausgerottet? Unzählige sind es.
Und ist die Familie Amilahs – oder Sa'amans – nicht nur ein kleines Beispiel für Familien, die im Krieg ins Leid und die Vernichtung getrieben werden? Und auch für das Leid als solches?
Die vorab an anderer Stelle veröffentlichten Kapitel mit den Titeln *Morgenröte** und *Auf der Suche nach dem verlorenen Sohn*** sind im Rahmen des vorliegenden Buches geringfügig umgeschrieben worden.

Gefängnis Bukit Duri, X - 1949 *Pramoedya Ananta Toer*

Zweites Vorwort von Pramoedya Ananta Toer

Einen Menschen und seine Lebenserfahrungen in allen Einzelheiten klar und deutlich zu beschreiben, ist unmöglich. Klar und deutlich empfindet nur der einzelne Mensch seine Lebenserfahrungen. Deshalb habe ich der Hauptfigur dieser Geschichte von Anfang an einen fiktiven Namen gegeben: Sa'aman. Sein richtiger Name ist Wahab. Sa'aman ist nicht Wahabs wahres Spiegelbild, sondern bloß eine Figur, die von der Feder eines Schriftstellers nachgezeichnet und ausgestaltet worden ist. Wahabs Leben war Realität, und Sa'amans Leben ist eine Wahab aufgestülpte neue Realität – eine literarische Realität, denn erst die Literatur hat Sa'aman geboren.
Und wer war Wahab?
Er war stellvertretender Kommandant einer Einheit, die ich zu leiten hatte. 1946. Genauer gesagt: gegen Ende jenes Jahres. Wir waren zu zweit von unserem Stützpunkt Cikampek aufgebrochen und hatten uns nach Jakarta infiltrieren lassen, das zur damaligen Zeit von Truppen der holländischen Kolonialarmee

besetzt war. Dort wurde ich im Juli 1947 verhaftet, während er den Holländern entschlüpfen konnte.
Wenige Monate vor dem Jahresende 1949 war ich im Gefängnis beim Vorlesen der Zeitung anwesend. Eine Nachricht traf uns Gefangene besonders: Wahab, mein damaliger stellvertretender Kommandant, war vom holländischen Militärgericht zum Tode verurteilt worden, und das Urteil wurde vollstreckt. Er hatte seine inneren Beweggründe, und der Tradition gemäß hat er stets den Menschen und ihrem Tun Respekt entgegengebracht. Und ich konnte nur noch eines für ihn tun: Mich abends nach der Zwangsarbeit einschließen lassen und schreiben. Vier Wochen später war das Buch *Die Familie der Partisanen* geboren.
Im Dezember 1949 entließen die Holländer die letzten Häftlinge aus dem Gefängnis Bukit Duri. Ich gehörte zu jener Gruppe von dreizehn Personen. In einem ärmlichen Stadtteil Jakartas fand ich eine Wohnung. Wie sich herausstellte, hatte auch der hingerichtete Wahab in diesem Stadtteil gelebt. Eingerollt in Matten, war sein Leichnam dorthin zurückgekehrt. Die Nachbarn hatten zweieinhalb Gulden für die Erlaubnis, seine sterblichen Überreste abzuholen, aufbringen müssen. Nur durch die Spenden der Nachbarn war ihm ein Begräbnis vergönnt, das den Regeln seiner Religion und der menschlichen Würde entsprach. Und das war das letzte, was ich nach meiner Ankunft in diesem Stadtteil über ihn erfuhr.
Mit Sicherheit werden sich noch einige an Wahab erinnern, doch es werden nicht viele sein. Und deshalb ist die folgende Geschichte nichts anderes als ein Denkmal, das ich ihm setzen will – auf daß er auf andere Weise in Erinnerung bleibt, als durch das Ausstreuen von Blumen auf seinem Grab am Heldengedenktag. Doch keinesfalls kann meine Geschichte das gesammelte Geld aufwiegen, das es ermöglichte, den Leichnam auszulösen und beizusetzen.

Jakarta, im April 1988 *Pramoedya Ananta Toer*

* »Fajar.« In: Gema No. 1. 1950. [Opbouw-Pembangunan].
** »Mencari anak hilang.« In: Daya No. 2 [Balai Pustaka] und: Percikan Revolusi [Gapura]

Nachwort

Einige Reiseleitungen, die mich diesmal auf einen Vorgipfel des Mt. Everest in Nepal sowie nach Pakistan und über die alte Seidenstraße durch China geführt hatten, lagen hinter mir, und im Flugzeug von Beijing nach Frankfurt wanderten meine Gedanken nach Indonesien, denn zu Hause war meine erste Aufgabe, einige Zeilen zu der vorliegenden Romanübersetzung zu schreiben, die ich mehrere Monate zuvor fertiggestellt hatte. Als ich gedankenverloren im ersten deutschsprachigen Magazin, das mir nach etlichen Wochen in die Finger kam, blätterte, war ich plötzlich wieder mitten in der Romangeschichte. Ein Beitrag über die Todesstrafe in den USA begann mit den Sätzen:
»Der Hinrichtungsraum ist hellblau gestrichen und in grelles, fluoreszierendes Licht getaucht. Auf einer stählernen, im Boden verankerten Pritsche liegt Häftling Nr. 846. Er ist hellwach und hat den Kopf zur Seite gelegt ... Sechs Ledergurte umspannen seinen Körper. Sie sollen Zuckungen auf ein Minimum beschränken.«
Fast ein halbes Jahrhundert zuvor hatte Pramoedya Ananta Toer in »Die Familie der Partisanen« (in einigem Abstand zueinander) Sätze geschrieben wie: »Die Zelle, über die um diese Stunde der Mantel der Dunkelheit gehüllt sein müßte, ist bis in alle Winkel vom Licht einer Fünfzig-Watt-Birne erhellt ... Auf der aus Beton gegossenen Pritsche hat sich ein junger Mann ausgestreckt. Er liegt bewegungslos auf dem Rücken ... Jetzt bindet der Befehlshaber des Erschießungskommandos diese Hände mit der Schnur aus Ananasfasergeflecht zusammen ... Warum werde ich festgebunden? – Dein Körper soll nicht auf die Säcke stürzen.«

Wie sich die Dinge doch ähneln. Aber das wird wohl immer so sein, wenn ein Mensch hingerichtet wird. Interessant erschien mir aber noch ein anderer Aspekt: Die Tempuswahl der Berichterstattung, die dem Leser die Szene unmittelbar vor Augen führt, ihn also anwesend sein läßt. Bei Übersetzungen sind – vor allem im literarischen Bereich – zahlreiche Entscheidungen zu treffen, vor allem wenn es sich um Sprachen aus sehr unterschiedlichen Sprachfamilien handelt. Bei der vorliegenden Romanübersetzung waren aufgrund der Thematik und der Erzählstruktur Überlegungen zur Tempuswahl wichtig – diese gibt das Original nicht unbedingt vor, weil das Indonesische, anders als das Deutsche, keine grammatischen Zeiten kennt. Unstrittig stellen die verschiedenen Vergangenheitsstufen des Deutschen mehr Ausdrucksmöglichkeiten zur Verfügung, doch ich fand bei der Arbeit sehr rasch zu der Überzeugung, daß die Wahl des Präsens dem Original gerechter wird und ihm vor allem getreu ist. An mehreren Stellen fordert Pramoedya den Leser auf: »Schaut!« Diese Aufforderung läßt sich schlecht im Imperfekt weiterführen, denn mit ihr erzählt der Autor aus dem Blickwinkel einer Filmkamera, der nichts entgeht, eine sich soeben abspielende Szene, auf die der Leser durch eben jene Filmkamera blicken soll. Damit will Pramoedya ihn so nahe wie möglich an die Handlung heranführen; er soll Amilahs Weg in den Wahnsinn nicht in der fernen Vergangenheit Indonesiens verfolgen, sondern ihn als stellvertretend für die Brutalität des Krieges zu allen Zeiten und an allen Orten verstehen; er soll neben Sa'aman am Exekutionspfahl stehen und die Gefühle aller, die in dieser Szene dargestellt sind, hautnah nachempfinden. Dazu eignet sich das Präsens besser als das Imperfekt. Pramoedyas Technik, mit Monologen, langen Dialogen und ständigen Wiederholungen zu arbeiten, läßt die Handlung nur sehr langsam fortschreiten, macht sie äußerst dicht und gedrängt. So entsteht ein tiefer Einblick in das Empfinden der einzelnen Romanfiguren. Die Erzählung, die reale Geschehnisse der damaligen Zeit einbezieht, spielt im gedrängten Zeitrahmen von nur zweieinhalb Tagen.

Es ist nicht zu leugnen, daß die Erzählung mitunter ein wenig ins Melodramatische abgleitet, doch dies tut ihrer Glaubwürdigkeit keinen Abbruch, denn trotz aller Anprangerung des Unrechts erliegt Pramoedya niemals der Versuchung einer Schwarz-Weiß-Darstellung; auch denjenigen, die gezwungenermaßen gegen ihr Gewissen Unrecht begehen, wird Menschlichkeit zugestanden. Es sind nicht die Menschen, die über ihr Schicksal bestimmen, sondern es ist der Krieg, dessen Folgen vorgezeichnet sind: Wahnsinn, Zerrüttung, Vernichtung und Tod.

In Fachkreisen gilt *Die Familie der Partisanen* als wichtigstes und bestes Werk der ersten Schaffensphase des bekanntesten indonesischen Schriftstellers, der in seinem Heimatland geächtet ist, international jedoch mit bedeutenden Literaturpreisen ausgezeichnet wurde. Publiziert werden durfte es nach seiner ersten Rehabilitierung Anfang der fünfziger Jahre. Heute ist es, wie alle seine anderen Bücher, in seinem Heimatland verboten, doch Rufe nach einer erneuten Rehabilitierung sind erklungen, bisher jedoch ungehört verhallt. Im Nachbarland Malaysia gehört das Buch zur schulischen Pflichtlektüre.

1949 war Indonesien vier Jahre alt, doch seit dem Ende des Zweiten Weltkriegs versuchten die Holländer, die kolonialen Verhältnisse der Vorkriegszeit wiederherzustellen. Im Untergrund kämpften vor allem junge Menschen für die Freiheit ihres Volkes und ihrer jungen indonesischen Nation.

1949 war Pramoedya Ananta Toer gerade vierundzwanzig – und saß seit zwei Jahren im Gefängnis, nachdem er mit einem Auftrag zur Drucklegung anti-holländischer Pamphlete in eine Straßenkontrolle geraten war. Einen Prozeß hatte er nicht bekommen, also auch keine Verurteilung. Dies sollte in seinem weiteren Leben noch mehrmals geschehen.

Ihm war schon damals klar, daß für den Kampf um die Unabhängigkeit seines Vaterlandes individueller Idealismus eingebracht werden mußte – und daß ein Idealismus, der nicht zur Tat schreitet, bloße Träumerei ist. Er hatte den Krieg mit seiner Grausamkeit und Unmenschlichkeit erlebt, und als er nun hinter Gittern seine ersten Kurzgeschichten und Romane schrieb, war es kein Wunder, daß er Gefängnis und Freiheit, Krieg und

Grausamkeit, Armut und Idealismus, Hoffnung und Wahnsinn sowie die Einforderung von Menschlichkeit und Gerechtigkeit thematisierte.

Pramoedya läßt Sa'aman schreiben: »Vielleicht schafft man mich auf eine Insel, deren Namen ich jetzt noch gar nicht kenne.« Auch wenn hinter Sa'amans Worten ein anderer Gedanke steht, hat Pramoedya damit eine frühe Ahnung von seinem späteren Schicksal niedergeschrieben: Die von seiner jahrelangen Verbannung als politischer Gefangener auf die Insel Buru, wo seine berühmte Tetralogie entstand, die ihn Anfang der achtziger Jahre erstmals in den Kreis der näheren Kandidaten für den Literaturnobelpreis aufrücken ließ.

Diethelm Hofstra

Glossar

Aceh: Provinz im Norden Sumatras.

Aleuten: Inselbogen zwischen Beringmeer und Stillem Ozean.

Al-Fatihah: Die erste Sure des Korans (arab.).

Allahu akbar: Allah der Erhabene, Gott ist groß (arab.).

Ambon: Insel der Süd-Molukken-Gruppe.

Back pay: Rückständiges Gehalt, Nachzahlung (engl.).

Bali: Insel östlich von Java und westlichste der Kleinen Sundainseln.

Banyuwangi: Stadt an Javas Ostküste.

Becak: Dreirädriges Fahrradtaxi, Fahrradrikscha.

Blambangan: Südostzipfel von Java.

Bogor: Stadt in West-Java mit dem weltberühmten Botanischen Garten Kebun Raya.

Bojonegoro: Stadt in Ost-Java.

Borneo: Geographischer Name Kalimantans, drittgrößte Insel der Welt.

Cabe rawit: Kleine, brennend scharfe rote Pfefferschote (Capsicum frutescens).

Cianjur: Stadt in West-Java, zwischen Bogor und Bandung.

Cibarusa: Ort in West-Java.

Cikini: Östlicher Teil von Jakartas Stadtteil Menteng.

Cilacap: Stadt in Zentral-Java, einziger Überseehafen an Javas Südküste.

Ciliwung: Fluß in Jakarta.

Cirebon: Alte Sultansstadt und wichtiger Hafen an Javas Nordküste.

Erste Polizeiaktion: Am 21.07.1947 besetzten schwerbewaffnete holländische Verbände weite Teile des Gebietes der Republik Indonesien.

Gado-Gado: Gemüsesalat mit Erdnußsauce oder Sambal.

Gang Banten: Straßenname in Jakarta.

Gang Tengah: Straßenname in Jakarta.

Geëxecuteerd: Hingerichtet (holl.).

Glodok: Stadtteil im Zentrum Jakartas, altes Chinesenviertel.

Gulai: Currysauce oder mit Currysauce zubereitetes Gericht.

Gurkha: Name einer Stadt in Nepal und der dort lebenden Ethnie. Gurkha-Soldaten dienten im Zweiten Weltkrieg (und auch heute noch) in der britischen Armee.

Haj: Pilgerfahrt nach Mekka, eine der fünf Pflichten des gläubigen Muslims.

Heiho: Indonesische Hilfstruppe der Japaner im Zweiten Weltkrieg.

Hollandia: Name einer holländischen Festung in den Süd-Molukken.

Indo: Frühere Bezeichnung für Indonesier mit einem indonesischen und einem europäischen Elternteil.

Jakarta: Die Hauptstadt der Republik Indonesien.

Jatinegara: Stadtteil von Jakarta, südöstlich von Menteng.

Java: Hauptinsel der Republik Indonesien.

Kalibesar: Nördlicher Stadtteil von Jakarta (Kali Besar).

Kangkung: Gemüse aus den Blättern der Wasserwicke (Ipomoea reptans).

Kapok: Die Fruchtwolle des gleichnamigen Baumes dient als Polstermaterial.

Kebaya: Langärmelige Frauenbluse.

Kemayoran: Stadtteil östlich des Zentrums von Jakarta.

Kendeng: Ödes Kalksteingebirge in Ost-Java.

Ketupat: Gekochter, würfelförmig in Palmblätter gewickelter Reis.

KNIL: Koninklijk Nederlands Indisch Leger (Königlich Niederländisch-Indische Armee). Aufgebaut seit 1830, endgültig aufgelöst 1950. Unter holländischem Kommando dienten Indonesier, vorwiegend aus Ambon und Menado, die gegen ihre eigenen Landsleute vorgehen mußten.

Kota: Stadtteil im Norden Jakartas mit Hauptbahnhof.

Kotaraja: Alter Name der Stadt Banda Aceh im Norden der Provinz Aceh.

Kudus: Stadt im Norden Zentral-Javas, östlich von Semarang.

Kuningan: Stadt in West-Java, zwischen Cirebon und Ciamis.

Linggarjati: Ort in West-Java, in dem am 12.11.1946 ein Abkommen zwischen Holland und der Republik Indonesien unterzeichnet wurde, mit dem die Holländer durch die Hintertür die kolonialen Vorkriegsverhältnisse wiederherstellen wollten.

Madiun: Stadt im westlichen Ost-Java, in der am 17.09.1948 ein kommunistischer Putschversuch unternommen und rasch niedergeschlagen wurde.

Mas: Höfliche und vertraute javanische Anrede für den älteren Bruder oder eine nahestehende männliche Person.

Menado: Heute Manado, Hauptstadt der Provinz Nord-Sulawesi mit überwiegend christlicher Bevölkerung.

Menteng: Stadtteil südlich des Zentrums von Jakarta.

Nefis: Abkürzung für den Geheimdienst der holländischen Armee (Netherlands Expeditionary Forces Intelligence Service).

Neng: Höfliche javanische Anrede für junge Mädchen.

Nica: Abkürzung für die niederländische Zivilverwaltung Indonesiens nach dem Zweiten Weltkrieg (Netherlands Indies Civil Administration).

Nippon: Japan (jap.).

Nu: Jetzt (holl.).

Nusa Kambangan: Nur durch schmale Flußarme von Java getrennte Gefängnisinsel westlich von Cilacap.

Pak: Eine der gebräuchlichsten indonesischen Anredeformen für Männer.

Papua: Staat im Südosten der Insel Neuguinea. Gemeint ist hier jedoch der zu Indonesien gehörende Nordwesten Neuguineas (Irian Jaya).

Pare-Pare: Stadt an der südlichen Westküste der Insel Sulawesi.

Pasar Senen: Beliebter Einkaufsbezirk östlich des Zentrums von Jakarta.

Peta: Abkürzung für Pembela Tanah Air (von den Japanern aus den Reihen der indonesischen Jugend rekrutierter Freiwilligenverband zur Verteidigung des Vaterlandes, der sich nach dem Zweiten Weltkrieg zur Keimzelle der indonesischen Armee entwikkelte).

Plered: Stadt in West-Java, zwischen Purwakarta und Bandung. Heute Zentrum der west-javanischen Keramikindustrie.

Priok: s. Tanjung Priok.

Purwakarta: Stadt in West-Java, zwischen Jakarta und Bandung.

Purwokerto: Stadt im westlichen Zentral-Java.

Rawon: Reis mit Currysauce.

Ringgit: Damalige Währungseinheit, größte Silbermünze im Wert von 2,5 Rupiah.

Rupiah: Die indonesische Währungseinheit, 1 Rupiah = 100 Sen.

Sambal: Sehr scharfe Essensbeilage mit den Ingredienzen Chili, Zwiebeln, Knoblauch, Essig, Salz und Zucker.

Sate: Fleischspieße mit Erdnußsauce.

Sen: Währungseinheit, s. Rupiah.

Senen: s. Pasar Senen.

Shandong: Provinz im Osten der Volksrepublik China.

Sikh: Religionsgemeinschaft im nordindischen Punjab.

Soto: Fleischsuppe.

Sukabumi: Distrikthauptstadt in West-Java.

Sukarno: Erster Präsident der Republik Indonesien, lebte von 1901 - 1970.

Sulawesi: Eine der großen indonesischen Inseln, im Zentrum des Inselstaates zwischen Kalimantan (Borneo) und den Molukken gelegen. Hieß früher Celebes.

Sumatra: Westlichste der großen indonesischen Inseln.

Sundanese: Angehöriger einer Ethnie in West-Java (Großregion Bandung).

Tanah Abang: Stadtteil südwestlich des Zentrums von Jakarta.

Tanah Nyonya: Stadtteil von Jakarta.

Tanah Tinggi: Stadtteil östlich des Zentrums von Jakarta.

Tanjung Priok: Stadtteil und Hafen von Jakarta.

Tarakan: Ölstadt an der nördlichen Ostküste Kalimantans.

Tekkidanto: Name eines japanischen Granatwerfers.

Tenno: Erhabener, Himmelskönig (jap.). Titel des Kaisers von Japan.

Timor: Größte der Kleinen Sundainseln.

Ujung Krawang: Bucht östlich von Jakarta.

Waringin: Über ganz Asien verbreitete Baumart aus der Familie der Ficus-Gewächse.

Wayang: Sammelbegriff für die verschiedenen Arten des traditionellen (javanischen) Puppenspiels und Schauspiels.

Yogya: Abkürzung für Yogyakarta, Stadt in Zentral-Java.

44,-